MARTA BARONE

Als mein Vater in den Straßen von Turin verschwand

MARTA BARONE

Als mein Vater in den Straßen von Turin verschwand

ROMAN

Aus dem Italienischen
von Jan Schönherr

Kiepenheuer & Witsch

Questo libro è stato tradotto grazie a un contributo per la traduzione assegnato dal Ministero degli Affari Esteri e della Cooperazione Internazionale italiano« –
Die Übersetzung dieses Buches erfolgte mit finanzieller Unterstützung des italienischen Ministeriums für Auswärtige Angelegenheiten und Internationale Zusammenarbeit.

Die Arbeit des Übersetzers am vorliegenden Text wurde vom Deutschen Übersetzerfonds gefördert.

FSC www.fsc.org MIX Papier | Fördert gute Waldnutzung FSC® C014496

1. Auflage 2024

Titel der Originalausgabe Città sommersa
2020 Giunti Editore S.p.A. / Bompiani
Aus dem Italienischen von Jan Schönherr

Covergestaltung © Miriam Bröckel
Covermotiv Micaela Badra/ Ascent Xmedia
Gesetzt aus der Adobe Jenson Pro
Satz Buch-Werkstatt GmbH, Bad Aibling
Druck und Bindung GGP Media GmbH, Pößneck

ISBN 978-3-462-00069-6

Für den jungen Mann

»Vom Ganzen des Menschen bleibt –
als Teil – / bloß Sprache übrig.
Er als Sprachanteil. Als Redeteil.«

– JOSEPH BRODSKY

»Es genügt nicht, die
Ehrenlegion abzulehnen:
Man darf sie gar nicht erst
verdienen.«

– ERIK SATIE

Martingale (Sub., fem.) – Strategie im Glücksspiel, bei der der Einsatz im Verlustfall jeweils verdoppelt wird.

I

DAS ERSTE KITESCH

DIESE GESCHICHTE HAT ZWEI ANFÄNGE: Mindestens zwei, denn wie immer im Leben ist es schwer zu bestimmen, was wann genau beginnt, welcher Strudel von Zufällen hinter dem steckt, was scheinbar aus heiterem Himmel kommt, welches Gesicht sich irgendwann in der Vergangenheit einmal einem anderen zugewandt und dadurch die ungeahnte Kette von Ereignissen und Personen angestoßen hat, die uns hervorbrachte. Zuerst aber – das kann ich mit einiger Gewissheit sagen – wurde ich geboren. Es war März, es schneite, und es war 1987. Meine Eltern hatten sich erst ein paar Jahre vorher kennengelernt und sollten sich drei Jahre später endgültig trennen.

Geboren wurde ich von einer Frau mit einem Loch im Kopf – meine Mutter hatte dreizehn Jahre zuvor einen Unfall gehabt. Ich blieb nach der Entbindung eine Woche zur Beobachtung im Krankenhaus, weil ich unter Entzug von den Antiepileptika litt, die sie damals noch nehmen musste. Vom Unfall, von dem Koma und den Operationen war ihr nur eine kleine Delle geblieben, wo man ein fehlendes Stück Schädel durch ein Metallnetz ersetzt hatte, über das mit der Zeit ihr feines Haar wieder gewachsen war. Zum Schlafen legt sie sich immer auf die andere Seite, weil das fehlende Stück Kopf noch heute schmerzt.

In gewisser Hinsicht kann man sagen, dass ich aus diesem Loch hervorgegangen bin. Meine ganze Existenz verdankt sich dieser Wunde, dieser Pforte zum Abgrund der Möglichkeiten. Als meine Mutter mit dreiundzwanzig vom Sozius eines Motorrads stürzte, waren dessen Fahrer und sie gerade unterwegs, um Dokumente für ihrer beider Hochzeit zu besorgen. Und dann kam alles anders. So zweigte vom bisherigen Weg meiner zukünftigen Mutter, dieses spitzgesichtigen Mädchens auf den Fotos dieser Zeit, von ihrem auf den Asphalt einer Landstraße geschleuderten Körper, ein neuer Weg ab, aus dem schließlich der meine hervorgehen sollte.

Der zweite Anfang der Geschichte fiel, ohne dass ich damals etwas davon ahnte, auf den Herbst meines siebenundzwanzigsten Lebensjahrs, in dem ich aus der Wohnung, in der ich mein Leben lang gewohnt hatte, nach Mailand umzog. Dort mietete ich eine Einzimmerwohnung im dritten Stock eines Gebäudes aus den Zwanzigern. Sie hatte Parkett, eine kleine Kochnische und war den ganzen Tag von Licht durchflutet – später fand ich das unerträglich, damals aber noch nicht. Diese Wohnung war der erste Ort, der mir allein gehörte, und sie bedeutete mir fast so viel wie die Liebe eines Menschen.

Unter der Woche war ich allein. Morgens zog ich ganz früh los und streifte ziellos durch die Stadt. Es war Anfang September, und nach einem kalten, regnerischen Sommer lag späte Hitze auf den noch stillen Boulevards. Gleich um die nächste Ecke, in einer Straße mit dem luftigen Namen Beato Angelico, pfiff manchmal von einem der obersten Balkone ein Kanarienvogel. An seinem Ruf – dieser unverwechselbare Rasensprengerklang, der schließlich zu einem langen, schrillen Ton anschwillt – erkannte ich ihn als Belgischen Wasserschläger (und einen Augenblick lag auf dem Bürgersteig der zarte Schatten der Voliere, in der ich als Kind mit meinem Onkel immer die Nester überprüft hatte, und ihr schwerer grüner Duft stieg mir in die Nase). In der stehenden Luft wirkten die leeren Gebäude der naturwissenschaftlichen Fakultäten in meinem Viertel wie seit Jahrtausenden verlassen. Ich spazierte den ganzen Tag herum, bog aufs Geratewohl von einer Straße in die nächste und sah nur hin und wieder mal auf meinem Handy nach, wo ich gelandet war. Die Stadt war mir vollkommen fremd, sie kannte auch mich nicht, und irgendwie war das beruhigend.

Manchmal brachte eine plötzliche Brise die Luft ein wenig in Bewegung. Dann trieben Wolkenflecken über die Stirnseiten der Häuser und hoben flüchtig ein Detail in einer Lichtpfütze hervor: einen schmiedeeisernen Balkon oder einen schreienden Mund am Giebel eines Dachfensters. Die Fassaden flackerten kurz auf und kamen gleich wieder zur Ruhe. Ich setzte mich zum Lesen auf schattige Bänke. Im Park von Porta Venezia stand eine junge Frau vor einem Baum, ein kleines Kind mit Baumwollmützchen auf dem Arm. Mit baumelnden Beinchen bestaunte das Kind den Stamm und betastete die Rinde. Leise lächelnd zog die Frau die Braue hoch, als wüsste sie ein Geheimnis. Wenn ich auf dem Rückweg von einer abendlichen Verabredung ab und zu die U-Bahn nahm, kam ich durch eine Straße, in der aus den großen Bogenfenstern des Chemieinstituts bernsteinfarbenes Licht in die Finsternis hinter dem dunklen, dichten Geäst der Ulmen drang. Einmal ging ich in einer Gasse hinter dem Piazzale Loreto an einem Waschsalon vorbei, in dem drei slawisch aussehende Seeleute herumstanden. Durch die Scheibe sahen sie mich ebenso verblüfft an wie ich sie, so als wäre meine Anwesenheit dort kein Stück weniger erstaunlich als die ihre. Russische Seemänner in einem Mailänder Waschsalon. Ich zuckte die Achseln, wie man das in solchen Fällen eben tut, und ging weiter.

Manchmal sprach ich, was zuvor nur selten vorgekommen war, einen ganzen Tag mit niemandem ein Wort. In diesem langen, umfassenden Schweigen gewann alles, was ich ansah – so wie in nächtlicher Stille jedes Geräusch deutlicher hervortritt –, zwar eine sonderbare Schärfe, blieb jedoch zugleich nur Teil eines losen Reigens von Bildern ohne klaren Sinn jenseits des flüchtigen Interesses, das sie im Vorüberziehen in mir auslösten. Womöglich begriff ein winziger Teil meines Verstands sogar, dass diese aufscheinenden Bilder in gewissem Maß in mir entstanden; doch diese Beobachtung einer Beobachtung einer Beobachtung blieb so blass, so dünn, dass sie sofort wieder verflog und die Bilder bloß immer blutleerer auf einem diffusen Hintergrund schwebten. Dass diese Dinge irgendwas mit mir zu tun haben könnten, kam mir genauso wenig in den Sinn wie die Frage, worin diese Verbindung bestehen könnte.

Tatsächlich schien mir damals gar nicht viel mit mir zu tun zu haben. Dank einer kleinen Erbschaft konnte ich mich noch einige Monate mit meinen sporadischen Einkünften über Wasser halten, in der Hoffnung auf bessere Zeiten. Die Wirtschaftskrise war etwas Abstraktes, Nebulöses – unangenehm, das schon, aber sicher nichts, was mein Leben langfristig beeinflussen würde. Ich brauchte bloß abzuwarten. Also wartete ich ab. Einstweilen las ich gegen Bezahlung für einen großen Verlag englische und französische Manuskripte, um sie für eine mögliche Veröffentlichung in Italien zu begutachten. Eine ruhige Arbeit, bei der auch ich zur Ruhe kam.

Die Einsamkeit war eine neue Welt für mich; wie eine menschenleere Kathedrale, in der jeder Schritt gewaltig widerhallt. Man musste vorsichtig auftreten und durfte nicht zu sehr auf die Echos achten, die jedes unterirdische Flüstern verstärkten. Interessant war das, aber auch anstrengend. Sicher, an den Wochenenden besuchte mich mein Freund N., der in einer Stadt ganz in der Nähe lebte, und ich hatte Freunde in Mailand, die ich häufig traf. Schwierig war jedoch die unerwartete Leere im Alltag. Einmal, beim Mittagessen, kamen mir ohne Grund die Tränen, während ich Datteltomaten aus einer Plastikschale aß. Mein verheulter Blick fiel auf das Etikett: »Tomaten für Kenner«, stand darauf. »Gott, wie spießig«, dachte ich, und die Vorstellung von mir selbst, wie ich einsam vor mich hin weinte und Tomaten für Kenner aß, war dermaßen albern, dass ich mich wieder fasste.

Geschrieben habe ich damals nicht. Seit Jahren war ich in eine Idee verbissen, aber nie über gute Absichten und wirre Gefühle hinausgekommen. Ich wusste, worüber ich schreiben wollte, doch das Wie bekam ich nicht zu fassen. Wichtig war mir nur, dass die Handlung so wenig wie möglich mit meinem eigenen Leben zu tun hätte. So ließ ich meinen Roman in Gedanken mäandern, ließ ihn immer wieder neue Formen annehmen, in unerträglich vagen Umrissen durch meinen Kopf treiben, bloß ein blauer Nebel, in dem ich hin und wieder einen »schönen Satz« einfing, der dann hohl und einsam stehen blieb. Manchmal trat aus dem Dunst das blonde Gespenst von M. hervor, meinem sich mir hartnäckig entziehenden Protagonisten, der schon mehrfach die Identität gewechselt hatte, dessen erzählerische Funktion aber vor allem darin bestand, tot zu sein. Erkennen konnte ich von ihm nur Einzelheiten: den goldenen Flaum im Nacken, die langen Beine, die leicht gekrümmten Schultern. Ein ganzer Mensch sollte er sein, doch ich bekam ihn nicht zusammen. Unerschütterlich und kindlich hielt ich an dem Glauben fest, dass es mir irgendwann gelingen würde. Auch dazu musste ich nur abwarten, nur immer weiter an ihn denken.

Etwa drei Wochen nach meinem Umzug kam meine Mutter mich besuchen. Auf einem Rundgang durchs Viertel blieben wir vor dem Schriftzug »Überall fehl am Platz« stehen, den jemand in der Nähe meiner Wohnung unter einem weiß gerahmten Fenster hinterlassen hatte, und dachten über die Ironie dieses Graffiti nach. Es war ein strahlend sonniger Spätsommertag. Hinter den Toren, in den Innenhöfen, raschelten Palmen und Eukalyptusbäume, zauberhaft und unerwartet, wie einem Traum entsprossen. Wir spazierten durch Porta Venezia. Meine Mutter trieb durch die Straßen wie ein träger Kahn, besah sich wohlwollend die Stadt und alles, was ich ihr von ihr zeigte. Worüber wir uns unterhielten, weiß ich heute nicht mehr, doch das spielt auch keine Rolle: Wir setzten nur das fröhliche Gespräch fort, das wir seit jeher geführt hatten.

Irgendwann betraten wir eine Buchhandlung, und ich ging ins Untergeschoss. Meine Mutter blieb oben, bei dem Regal mit den Büchern über den Ersten Weltkrieg. Seit sie in Rente war, hatte sie ein Faible für diese Zeit entwickelt, betreute auch das historische Archiv der Grundschule, an der sie die letzten achtzehn Jahre ihres Berufslebens unterrichtet hatte. Als ich wieder nach oben ging, drehte sie sich, gerade als ich die obersten Stufen der mitten ins Geschäft mündenden Treppe erreichte, nach mir um, aufgeregt und strahlend, und da passierte etwas, nur ganz flüchtig, gerade so lang, wie ich brauchte, um den Fuß auf die letzte Stufe zu setzen: Einen Moment erschien mir ihr Gesicht weit weg und bedeutungsschwanger, so als blickte ich von später her auf sie zurück, als wären Gegenwart, Vergangenheit und mögliche Zukunft für einen Augenblick in eins gefallen, als wäre dieser Augenblick bereits eine Erinnerung, eine von denen, die wir im Moment ihres Entstehens nicht weiter beachten, aber an die wir viel, viel später immer wieder denken, als könnte sie uns etwas mitteilen, das wir nie wirklich verstehen werden; einen kurzen Moment erschien mir meine Mutter in der Zeit. Dann, als ich ganz oben ankam, fragte sie mich: »Hast du was gefunden?«, und das Gefühl verflog. Am Abend, als sie wieder fort war, musste ich noch einmal daran denken, doch der Sinn blieb mir verschlossen.

Wer war ich? Das fragte ich mich nie. Vor allem, weil ich mich – wie jeder halbwegs vernünftige Mensch – nicht besonders leiden konnte. Außerdem aber sah ich zu der Frage nicht den kleinsten Anlass. Meine Vergangenheit erschien mir wie ein einziger, langer Tag, in dessen klarem Licht alles, was mein Leben ausmachte, erst wenige Stunden her und völlig offensichtlich war. Einerseits natürlich, weil ich so lang noch gar nicht auf der Welt war, doch das war nicht alles. Seit ich mich erinnern konnte, erinnerte ich mich an sehr viel und sehr genau. Mehr noch: Vage, aber deutlich wahrnehmbar, empfand ich völlige Kontinuität zwischen meinem Bewusstsein von mir selbst mit acht, zwölf oder zwanzig Jahren und dem von heute. Das meiste, was ich gesehen und erlebt hatte – sogar als kleines Mädchen, sogar gewisse abstruse, uneingestehbare Gefühle aus der Kindheit –, war mir so präsent wie meine gelbe Obstschale, wie die Grille, die den Sommer überlebt hatte und noch immer einsam vor meinem Fenster zirpte, wie das Glucksen des Neugeborenen von nebenan. Ich musste mich gar nicht bewusst erinnern. Die Vergangenheit breitete sich lückenlos vor mir aus.

DER JUNGE MANN RENNT DURCH DIE NACHT. Quer durch die Stadt, die unendliche Stadt rennt er. Morgen ist sein zwanzigster Geburtstag, er trägt Schlafanzug, ist barfuß und beschmiert mit fremdem Blut. Schlafend liegt die Stadt im Regen, ahnungslos, sorglos, mit geschlossenen Fensterläden. Alles ist unmöglich.

»Ich glaub, er hat die Schlagader erwischt, das überleb ich nicht«, hat der andere gesagt. »Hol Hilfe!«

Die alten Masken sind gefallen, neue werden nachkommen. Vorerst sind die Zeit und er selbst in der Schwebe. Was vor dieser Nacht war: im Zusammenbruch begriffen. Er ist nackt, fürchterlich frei, eine grausame Freiheit, unverhofft und unverlangt. Und schrecklich unschuldig ist er. Das Blut, das Blut, das Blut. Das einzig *Echte*, das diese Nacht erhellt, ist dieses Blut.

Vielleicht sind seine Füße wund davon, so über den Asphalt zu rennen, ohne Schuhe, ohne Strümpfe. Er läuft. Sein Gesicht ist unsichtbar in dieser Nacht. Sein ganzer Körper ist mechanische Handlung, nichts als Laufen, aber wohin, zu was? Hart ist diese Stadt. Dieselben Straßen wie immer, die Straßen lebendiger Tage, jetzt aber unwirklich und blind und fremd. Nicht einmal ein Lokal hat noch geöffnet, was soll er nur tun? Er ist unschuldig. Hat Angst. Weiß noch gar nichts, weiß schon alles, und für immer.

Der junge Mann rennt durch die steinerne Stadt.

ZWEI JAHRE VOR MEINEM UMZUG nach Mailand, am 14. Juni 2011, war mein Vater gestorben. Er litt an einem Leberkarzinom, das innerhalb weniger Monate mit statistischer Unausweichlichkeit in die Lunge gestreut hatte. Noch während er langsam immer kleiner und aschgrau wurde, beharrte er darauf, das mit der Lunge sei nur ein dummer Infekt, den er sich bloß eingefangen hatte, weil er von der längst überstandenen Krankheit noch geschwächt war. Er bediente sich des Fachjargons, mit dem wir aus verschiedenen Gründen beide vertraut waren. Ich saß ihm gegenüber auf dem Sofa und nickte. Wusste er, was ich wusste? Wahrscheinlich ja. Seine Angst konnte er jedenfalls nicht verbergen. Doch in stillem Einverständnis hielten wir diese Scharade aufrecht bis zum Ende.

Als ich das Krankenhauszimmer betrat, in das er zwei Tage zuvor mit Atemnot eingeliefert worden war und wo sein Herz vor etwa einer Stunde zu schlagen aufgehört hatte, lag er da im Pflegehemd, mit offenem Mund, wie in einer peinlichen Stellung eingeschlafen. Auf den Augen hatte er Kompressen, getränkt in die Flüssigkeit, die man beim Entnehmen der Augäpfel verwendet. Seine Frau erklärte mir – oder hatte es mir vorher schon erklärt, das weiß ich nicht mehr –, er habe wenigstens die Augen spenden wollen, vielleicht die einzigen noch brauchbaren Organe der vom Krebs zerfressenen Leiche. Im Zimmer waren noch andere Leute, standen verloren herum und weinten. Niemand sprach mich an: Meine Trauer spielte keine Rolle. Ich konnte den vertrauten Körper mit den fürchterlich verdeckten Augen nicht ansehen, tigerte im Zimmer auf und ab, dem Bett immer den Rücken zugewandt.

Draußen war es schwül, die Wolken ballten sich zu einem finsteren Sommergewitter. Erfahren hatte ich es von meiner Mutter, als die aus dem Krankenhaus zurückkam, zu dem sie erst eine halbe Stunde vorher geradelt war, und ungläubig verkündete: »Er ist tot.«

Die gespenstische Feuchtigkeit ließ auch während der drei langen Tage nicht nach, die mein Vater aus mir unerfindlichen Gründen in der Aufbahrungshalle lag und an deren Ende ich mit Schrecken feststellte, dass seine Lippen langsam von den Zähnen zurückwichen: die ersten Zeichen der Verwesung. Klein wirkte er, beinahe sanft, unter dem unfassbaren Trauerflor mit dem Kreuz darauf, den die Bestatter auf den Sarg gelegt hatten, offenbar ohne dass irgendwer dem widersprochen hatte. Ein Kreuz! Auf *ihm*! Aber ich hatte ja auch nichts gesagt. Ich war sprachlos, wie herausgerissen aus dem, was da jenseits meiner selbst geschah. Seine langen Wimpern – *meine* langen Wimpern – beschatteten sein ausgemergeltes Gesicht. Nicht dass er nicht wiederzuerkennen gewesen wäre. Er sah auch nicht aus wie eine Wachsfigur. Er war ganz eindeutig er, zwar ohne Augen unter den Lidern, doch das machte mir nichts aus. Ich saß auf einem der vor dem Sarg aufgereihten Plastikstühle, den Kopf an die Wand hinter mir gelehnt, und hörte nicht auf, alles um mich zu analysieren, das schmutzige Licht, das durchs Fenster hereinfiel, das Geraune an der Tür, die Wortfetzen, die ich aufschnappte, die Tristesse der Räumlichkeiten, in denen diese Rituale abgehalten werden, und deren immer wieder gleicher Ablauf, den ich erst so kurze Zeit zuvor zuletzt durchlebt hatte; ich analysierte alles, aber müde, beinah angewidert von mir selbst, so als täte ich es nicht aus freien Stücken. Tatsächlich tat ich das auch nicht, ich war nun einmal »so gestrickt«.

Zur Trauerfeier, einer weltlichen Zeremonie im Krematorium – dieser abstoßende Name für einen Ort, in dem Leichen verbrannt werden –, kamen ein paar Hundert Leute, doch abgesehen von denen, die mir zuliebe da waren, kannte ich nur wenige. Bemerkenswert war jedoch bloß die große Zahl der Trauernden; sonst war alles furchtbar unpersönlich, hätte auch die Beerdigung eines x-beliebigen anderen sein können. Aus Pflichtgefühl hatte ich zwei Gedichte seiner Lieblingsdichter ausgesucht, einfach, weil sie schön waren, feierlich klangen und inhaltlich höchstens auf abstrakte, indirekte Weise etwas Relevantes aussagten. Als ich ans Podium trat, um sie vorzulesen, wusste ich nicht, dass vor mir in der Menge ein ganz neuer Weg für mich lag, geheim und unvorstellbar. Ich wusste es nicht, hielt aber auch nicht danach Ausschau: Ich war so blind wie mein neuer toter, augenloser Vater.

Mit fester und sonorer Stimme las ich vor, ohne auch nur einmal aufzublicken. Dann setzte ich mich wieder. Ich war vierundzwanzig Jahre alt und trug das Haar in einem Zopf rund um den Kopf gebunden.

Ich wusste nicht viel über ihn. Abgesehen davon, dass es einem in der Jugend eben reicht zu wissen, dass die Eltern da sind, und man sich sonst nicht groß für sie interessiert, haben mein Vater und ich mehr als zwanzig Jahre getrennt gelebt und einander über unterschiedlich lange Zeiträume hinweg kaum gesprochen oder gesehen. Wir hatten, wie man sagt, ein schwieriges Verhältnis.

Bei meiner Geburt war er beinah zweiundvierzig und immer schon ein Buch mit sieben Siegeln gewesen. Mir war nie richtig klar, welchen Beruf er ausübte (als ich klein war, hat er ein, zwei Jahre an einer Privatschule unterrichtet, aber danach?) oder wieso er wieder angefangen hatte zu studieren. Ich trippelte ihm durch triste Uniflure hinterher, las oder spielte allein, während er umringt von zwanzigjährigen Kommilitonen Reden schwang. Sein Bart war bereits angegraut, aber noch von rostfarbenen Strähnen durchzogen, demselben Hauch von Rot, den auch meine Haare haben. Im grünlichen Licht des Palazzo Nuovo kam er mir wunderlich und traurig vor, irgendwie fehl am Platz.

Er wohnte damals in einer Mansardenwohnung. Durch das breite Fenster in der winzigen Küche, in der wir aßen, wenn ich bei ihm übernachtete, blickte man über die benachbarten Hausdächer. Er hatte überhaupt nichts in die Wohnung mitgenommen. Es war, als wäre er aus dem Nichts aufgetaucht, als wäre vor meiner Geburt noch niemals irgendwas geschehen. Aber mit fünf hat man an dieser Form von Zeit nichts auszusetzen. Erwachsene sind gleichzeitig Naturgegebenheiten und unergründliche Mysterien; sie kommen und sie gehen, ihre Gesichter tauchen auf und verblassen wieder, die Zimmer, in denen sie leben, waren einerseits schon immer da und entstehen andererseits erst exakt in dem Moment, in dem man selbst, der erste Mensch auf Erden, ihre Schwelle überschreitet. Manche sind vergänglich, andere so ewig wie Gebirge. Man zerbricht sich nicht den Kopf darüber.

Natürlich kam er nicht wirklich aus dem Nichts. Er war nicht von hier – genauso wenig wie meine Mutter, die mit neunzehn ihre Heimat an der Grenze der Provinzen Turin und Cuneo verlassen hatte, und so gut wie alle anderen, die ich kannte. Er stammte aus dem Gargano, war aber nach der Schule nach Rom gegangen, um Medizin zu studieren. Mehr wusste ich nicht: Wie er in Turin gelandet war, hatte er mir nie erzählt. Sein Akzent war mittlerweile neutral, frei von jeder erkennbaren Färbung. Im Sommer besuchten wir manchmal ein paar Tage seine Familie. Er war der Zweitjüngste, hatte noch zwei Schwestern und zwei Brüder. Drei seiner Geschwister waren in Apulien geblieben, wenn auch in anderen Städten; der Älteste – der, der es zu was gebracht hatte – lebte am Gardasee, und ich sah ihn praktisch nie. Im Süden beherbergte uns mal sein Bruder, mal eine seiner Schwestern. Irgendwas an ihrem Verhältnis zueinander war ganz eindeutig schief, und mein Vater war ebenso eindeutig anders als sie, doch das wurde nie thematisiert. Wenn wir dort unten waren, sprach er wieder mit leichtem Akzent, aber für mich, die wusste, wie er sonst sprach, klang das bemüht, so als versuchte er, nicht aufzufallen, als wollte er sich anpassen, so gut er konnte.

Als ich zehn war, machte er seinen Abschluss in Psychologie und arbeitete von da an mit Drogensüchtigen, psychisch Kranken und schwer erziehbaren Jugendlichen. Ein paar dieser Jugendlichen sind sogar zur Beerdigung gekommen. Linkisch und zerbrechlich standen sie da in ihren viel zu weiten Anzügen, die Mienen gezeichnet von Trauer, und wussten nicht, wohin mit ihren langen Armen. Damit also hatte er die letzten fünfzehn Jahre seines Lebens zugebracht. Neben dem Abschluss in Psychologie hatte er noch zwei weitere: einen in Medizin, aus seiner Jugend, und einen irgendwann später erworbenen in Jura. Wie die drei zusammenhingen, war mir schleierhaft.

So oder so ließ nichts an seinem Äußeren oder seinem Benehmen erahnen, wie gebildet er war. Er kleidete sich nachlässig, war laut, schlampig und arm wie eine Kirchenmaus. Nach der Mansardenwohnung hatte er siebzehn Jahre mit einer Frau zusammengelebt, die er exakt eine Woche vor seinem Tod geheiratet hat – genau genommen wohnte er *bei* ihr, in *ihrer* Wohnung, die ihm ein Minimum an bürgerlichem Komfort ermöglichte. Zwischen ihren schicken Möbeln, ihrem schönen Porzellan, dem glänzenden Holz und den teuren Seifen wirkte er in etwa so absurd wie ein Pinguin in der Eremitage.

Er war leidenschaftlich und gefühlsselig – seine Postkarten und Nachrichten, sogar die mit unmittelbar praktischem Anlass, hatten immer einen elegischen Schnörkel. Allem, was ihm wichtig war (seinen kreidebleichen, süchtigen Jugendlichen und sonstigen Lebensunfähigen), widmete er sich mit unermüdlichem Eifer, während er mit allem anderen (Kleidung, Geld, der Zukunft) eher beiläufig, beinahe kindlich umging.

Obgleich er zu plötzlichen, fürchterlichen Wutausbrüchen imstande war, die alles um sich niederbrannten wie eine Feuersbrunst ein trockenes Gestrüpp, und obwohl er sehr verletzend sein konnte (was er sich jedoch für seine Nächsten aufsparte), war er im Allgemeinen das, was man eine Frohnatur nennen könnte, liebenswert und äußerst gutmütig. Er mochte jeden, wollte immer alle retten. Sein Vertrauen in die Menschen kannte keine Grenzen, was ihm häufig bittere Enttäuschungen einbrachte.

Doch er war auch eitel, genoss die Bewunderung seiner Mitmenschen, die zu erregen ihm erstaunlich leicht fiel. (Umso mehr verstimmte ihn, dass ich für meinen Teil ihn nie bewunderte.) Den Kontrast zwischen ihm als Privatmensch – wenn nur ich dabei war und wir sonst keine Zuschauer hatten – und dem gekünstelten Gehabe, das er manchmal anderen gegenüber an den Tag legte, fand ich irritierend; es war, als versuchte er krampfhaft, dem Bild zu entsprechen, das die anderen seiner Meinung oder seinem Wunsch nach von ihm hatten. Je nach Situation sah ich ihn in die verschiedensten Rollen schlüpfen. Da gab es den nachdenklichen Intellektuellen, den Naturlyriker, den einfach gestrickten Kumpeltyp und leider auch den vorbildlichen Vater, und alle erzielten ihre Wirkung: Hingerissenheit bei Außenstehenden, unendliche Genervtheit bei mir. Das verseuchte alles. Irgendwann sah ich in all seinen Gefühlsausdrücken eine Falschheit, eine Selbstdarstellerei, die im jeweiligen Augenblick womöglich gar nicht da waren. Aber ich war unerbittlich. Ich ließ ihm nicht das Geringste durchgehen.

Zwar begeisterte er sich schnell für andere Menschen, doch die wenigsten seiner Freundschaften waren von Dauer. Zwischenmenschliche Beziehungen sind immer im Fluss; dass man sich auseinanderlebt, ist nichts Besonderes. In seinem Leben geschah das jedoch mit geradezu krankhafter Regelmäßigkeit. Leute, die ich seit Jahren kannte, mit denen wir Urlaube zusammen verbracht hatten, verschwanden von heute auf morgen und wurden nie wieder erwähnt. Die Gründe mochten vielfältig gewesen sein, der Bruch war aber immer absolut. Als ich mit vierzehn zufällig erfuhr, dass mein Vater schon einmal verheiratet gewesen war (mit einer Frau, bei der ich während meiner gesamten Kindheit ein- und ausgegangen war, deren Kinder und neuen Partner ich kannte), fragte ich meine Mutter: »Wieso hat er das nie erzählt? Was hat das für einen *Sinn?*« Ich war verwirrt.

Meine Mutter dachte darüber nach und sagte dann: »Er hat eben für alles in seinem Leben eine eigene Schublade.«

Eine bessere Erklärung wusste sie nicht. Letztlich gab es für die Verschwiegenheit meines Vaters, für seine Neigung, die Vergangenheit in ihre Einzelteile zu zerlegen, eben keinerlei Erklärungen, keinen echten Sinn und Zweck. Er ging einfach so von einem Lebensmittelpunkt zum nächsten über, verkroch sich vor allen, mit denen er vorher verbunden gewesen war, und gab sich – von gekünsteltem Glanz umhüllt – völlig denen hin, die auf sie folgten.

Sosehr er sich auch anstrengte, es zu ignorieren, wurde er doch älter. Trotzdem kam er mir immer wie derselbe vor, immer gleich berechenbar; ein Mann in völligem Stillstand, fest eingepuckt in die immer gleichen Dinge, Posen und Worte. Weder interessierte ich mich dafür, ihn zu entschlüsseln, noch glaubte ich, dass es da irgendetwas zu entschlüsseln gab. Er – und dann sein Tod – war bloß eine der vielen Evidenzen meines Lebens, ein Teil jener glatten Oberfläche, über die ich sorglos streichen konnte, ohne irgendeine Kräuselung zu spüren, obwohl es darunter brodelte und brauste wie das Wasser in einem zugefrorenen Fluss; und was sollte an einem Mann im Stillstand auch groß interessant sein?

MERKWÜRDIGERWEISE TRÄUMTE ICH OFT von ihm. Immer wieder fast genau denselben Traum, mit winzigen Variationen (manchmal träume ich ihn heute noch): Er hatte seinen Tod nur vorgetäuscht, sich in Wahrheit monate-, ja sogar jahrelang versteckt. Einen plausiblen Grund dafür träumte ich nie. Wir hatten jedenfalls vor einem leeren Sarg getrauert und einen Bluff beweint. Er hatte uns alle belogen, vor allem aber mich.

»Wie konntest du so was nur tun?«, fragte ich ihn, mal so flehentlich, dass es mich selbst anwiderte, mal so zornerfüllt, dass es mir fast den Atem raubte. Warum hatte er mich wegen nichts und wieder nichts so lange leiden lassen?

Meistens reagierte er aggressiv, antwortete schroff und ohne mich anzusehen, ich würde das nicht verstehen. Manchmal aber war er sanft und immer noch krank. Kaum merklich schüttelte er dann den Kopf, konnte es selbst nicht erklären. Er war ein Rätsel, zu dem ich keinen Zugang fand.

Es gab auch schöne Träume, doch die waren viel seltener. Darin taten wir, was wir immer getan hatten: Wir saßen auf einer Café-Terrasse in der Sonne und unterhielten uns über harmlose Kleinigkeiten. Alles völlig normal. Erst nach einer Weile drang wie durch Watte ein Widerhall von irgendeinem fernen Ort zu mir, und ich fragte verdutzt, aber ganz ruhig, im selben Ton wie während des übrigen Gesprächs: »Sag mal, warst du nicht eigentlich tot?« (Ich weiß übrigens, dass viele diesen Traum kennen; ist es nicht seltsam, dass diese Verblüffung offenbar zu unserem kollektiven Traum-Repertoire gehört? Dass wir fast alle unseren verstorbenen nächtlichen Besuchern exakt dieselbe Frage stellen? Und dann gibt es noch die Version, wo wir Bescheid wissen, sie aber nicht, und es uns unhöflich erscheint, sie einzuweihen. Buñuel erzählt in seiner Autobiografie, wie er manchmal träumt, sein Vater säße mit der Familie am Tisch: »Ich weiß, dass er tot ist, und flüstere meiner Mutter und meinen Schwestern zu: ›Wir dürfen ihm das keinesfalls verraten.‹«)

Manchmal merkte in diesen Träumen aber auch ich selbst nichts, und er blieb einfach am Leben, gesund und munter, sprach, wie er immer sprach, und spazierte mit seinen kurzen, wippenden Schritten – denselben Schritten wie immer – neben mir am Fluss entlang.

Den schlimmsten Traum hatte ich im Jahr nach seinem Tod, kurz bevor ich mit einer Freundin in die Ferien auf eine Insel fahren wollte. Wir saßen an einem Tisch in einem fremden Wohnzimmer, und er war noch krank, sehr krank. Lächelnd zeigte ich ihm die Karte der Insel, die mit der echten Insel nichts zu tun hatte, und die Orte, die wir dort besuchen wollten. Ich sagte, dass auch er vor vielen Jahren dort vorbeigekommen sein müsse, und er erwiderte mit schriller, gequälter Stimme, die mich im Nachhinein an die Art Vogelschrei erinnerte, mit dem er einmal, als es mit ihm bereits zu Ende ging, nach einem Streit am Telefon mit mir abrupt aufgelegt hatte: »Ich gehe nirgendwo mehr hin.«

Wann immer ich beim Lesen auf die Schilderung der Trauer eines anderen stieß oder auf die Beschreibung eines Elternteils, das mir – und allem Anschein nach auch dem erzählenden Kind – rundum perfekt erschien, verspürte ich diffusen Neid. Väter und Kinder, die einander ohne Schwierigkeiten liebten, habe ich immer schon beneidet. Ich las diese Stellen bewegt, beschämt und stets im Gefühl, der Schmerz dieser Leute sei mehr wert als meiner. Sie hatten das *Recht* zu leiden. Mir dagegen stand Schmerz im Grunde gar nicht zu: Wir waren nicht wie andere, uns verband keine schöne Geschichte, und mein Vater erschien mir auch nicht als Geist wie Nabokovs Vater ihm, in alle Ewigkeit durchflutet vom Sommerlicht eines verlorenen Gartens. Also fühlte ich stattdessen mit anderen mit.

Eines Tages in diesem ersten Sommer, bei einem Mittagessen auf dem Land, sprach mich Agata an, die erste Frau meines Vaters, die ich in den vergangenen Jahren nur hin und wieder bei Familienfeiern einer anderen Familie gesehen hatte. Verlegen teilte sie mir mit, sie hätte etwas für mich: ein kleines Schwarz-Weiß-Foto in einem viereckigen Umschlag. Ein Kind von vier oder fünf Jahren, am Meer, in einer albernen Badehose mit Rüschen, steht stolz auf der Sitzbank eines Ruderboots am Strand, die Hände in den Hüften, die Beinchen noch speckig, die Miene vor der Sonne verzogen. Es musste etwa 1949 oder 1950 aufgenommen worden sein.

»Ich fand, du solltest das haben«, sagte Agata. Ich konnte sie weder ansehen noch angemessen Freude oder Dankbarkeit ausdrücken. Mir war klar, dass es hier um einen bedeutsamen Akt ging, denn zum ersten Mal, seit mein Vater krank geworden war, gestand mir jemand so etwas wie töchterliche Autorität zu, in gewissem Sinne auch so etwas wie historische Kontinuität. Ihr Geschenk war etwas ganz Besonderes. Es hieß: »Das hier steht dir zu, denn du bist seine Tochter.« In einem anderen Kontext wäre diese Aussage vielleicht banal erschienen, doch in meine Geschichte brach sie mit der ganzen Macht einer verwirrenden Offenbarung ein. Allerdings konnte ich all das nicht einmal ansatzweise ausdrücken – und wollte es womöglich auch nicht. Ich bedankte mich, nahm das Foto mit nach Hause, legte es in eine Schublade und zeigte es höchstens ein paar Freunden, aber eher wie ein Kuriosum aus einer Wunderkammer, nicht als den mächtigen Talisman oder den strahlenden Beleg einer Verbindung, der es hätte sein können. Außer einem ziemlich hässlichen und abgegriffenen Foto, das seit Jahren unter Krimskrams begraben lag, besaß ich sonst keine Kinderbilder meines Vaters. Trotzdem empfand ich bestenfalls eine Art förmlicher Zärtlichkeit bei seinem Anblick. Ein niedliches altes Foto eben, weiter nichts, ebenso lustig wie leblos.

IN DEM SOMMER, IN DEM ICH AUSZOG, fasste meine seit jeher für ihre Sammelleidenschaft berüchtigte Mutter den epischen Entschluss, ihr Zimmer aufzuräumen. Bis kurz vorm Platzen vollgestopfte Schränkchen und Stauräume wurden aufgerissen, von Fotos und Dokumenten überquellende Kisten wurden ausgekippt, ihre gesamte Bibliothek aus den Regalen geräumt. Mit einem Mal war die gesamte Wohnung überschwemmt von zuvor in jedem erdenklichen Winkel verstauten staubigen Papier. In fiebriger Erregung tigerte meine Mutter zwischen den Stapeln umher, die Augen funkelnd wie die einer Eroberin. Sie katalogisierte, streichelte und kommentierte, saß tagelang schmökernd auf dem Fußboden und rief mich als widerwillige Zeugin herbei.

»Schau mal, die Bücher da hab ich als kleines Mädchen im Kiosk gekauft!«, rief sie begeistert und hielt mir ein paar zerlesene Taschenbücher vom Verlag Oscar Mondadori aus den Sechzigern vor die Nase (»Unsere Taschenbibliothek präsentiert wöchentlich Meisterwerke der Literatur und packende Geschichten in günstigen Freizeitausgaben. Unsere ›Oscars‹, die Bücher für den arbeitenden Italiener. Zu Hause, in der Straßenbahn, im Bus, in der U-Bahn, im Auto, im Taxi, im Zug, auf dem Schiff …«): *Tortilla Flat*, *Der Mond ging unter*, *Früchte des Zorns*, *Black Boy*, *Auf Messers Schneide* und so weiter. Fast alle diese Buchcover zeigten – oft aus unerfindlichen Gründen – junge, offenbar pupillenlose Frauen, die sich vor nebulös dramatischen Hintergründen wanden, entweder im Griff der bösen Deutschen oder ihrer stürmischen Gefühle. Als meine dreizehnjährige Mutter, die in dem Kiosk immer ihre Comichefte kaufte, eines Tages auf dem Aufsteller diese Cover entdeckte, kamen sie ihr vor wie Verheißungen einer anderen Welt: ihre ersten »richtigen« Bücher, wie sie sagte. Einmal die Woche kaufte sie sich eins von ihrem Taschengeld und las es heimlich nachts im Bett, im Licht der Straßenlaterne vor dem Fenster. Die Läden ließ sie wohlweislich halb offen, damit es hell genug zum Lesen war, ohne dass ihre Eltern etwas mitbekamen. Ich konnte mir ein Grinsen nicht verkneifen: Ich selbst hatte mir viel raffiniertere Tricks einfallen lassen müssen (ich erinnere mich noch an eine komplizierte Konstruktion mit Handtüchern rings um den Lampenschirm, damit man das Licht nicht durchs Fenster in meiner Tür sah, und daran, wie schwer es war, die Handtücher im Dunkeln aufzuhängen), und all das offenbar nur, weil sie, wie ich jetzt hörte, so viel Erfahrung auf diesem Gebiet hatte. Deshalb also hatte sie mich fast immer erwischt.

Es war unvermeidlich, dass zwischen den Fotos inzwischen erwachsener und in der Zeit verlorener Kinder – die lächelnden, blassen Gesichter für alle Ewigkeit in fernen Schulausflügen festgefroren, hier und da eine rote Winterjacke, die sich noch vom ausgeblichenen Rest abhob wie ein langsam auskühlender Stern –, dass zwischen den Bänden von Zwetajewa, Asimov, Shakespeare (damals auf dem Titel noch »Guglielmo« statt William), Lovecraft, Canetti und Bakunin, den alten Schulaufgaben, den klagenden Briefen der Mutter meiner Mutter von vor vierzig Jahren (»Du fehlst mir, Margherita. Nie kommst du zu Besuch, nie rufst du an. Margherita.« Margherita, Margherita), den Laborberichten, den eselsohrigen, vergilbten Kunstdrucken, den Steuerbelegen, den Büchern von LeGuin, Potok und Cederna, den Flugblättern, den Schönschreibheften, den zahlreichen Fotos aus unserem gemeinsamem Leben, den Geschichts- und Soziologiebüchern, zwischen den Muscheln, Fossilien und Steinen, die sie auf ausgedehnten Expeditionen am Strand und in den Bergen gesammelt hatte, wo man stundenlang ihre Silhouette in der Ferne langsam und geduldig vorwärtsschreiten sah, den Blick gesenkt und auf der Suche nach etwas Interessantem, nach runden Magmasteinen, in denen wie eine Wunde Höhlen voller violetter Kristalle klafften, nach einem leuchtenden Brocken pechschwarzem Obsidian mit einem kleinen, rätselhaften persisch-blauen Fleck oder einem zwiebeligen Klumpen Pyrit, zwischen den auf billiges, einem zwischen den Händen zerfallendes Papier gedruckten Heften von *Linus, Corto Maltese* und den *Sturmtruppen*, denn das Comiclesen hat sie niemals aufgegeben, den Briefen von Constanza aus Amerika, den Briefen von Schulfreundinnen, den zahllosen Postkarten, die riesige, herzzerreißende Zeiträume und Distanzen abdeckten, den Glückwunschkarten zu meiner Geburt, dem Bändchen, das ich als Neugeborene im Krankenhaus ums Handgelenk getragen hatte, den ganz unten in den Schubladen gelandeten Knöpfen wer weiß welcher Hemden und Mäntel, den Texten über Landflucht, den Werken von Mancinelli, Bellow, Achmatowa, Stajano,

Arendt und Bradbury, den Ausstellungskatalogen, der Ehrenpartisanen-Urkunde von der Nationalen Vereinigung der Partisanen Italiens aus ihrer Zeit als Schuldirektorin im Turiner Stadtviertel Vallette, den Büchern von Oz, Queneau und Szymborska, den Krimis, der Theorie von Ferreiro und Teberosky, den Dichtern, den Dichterlingen, den *engagés* und den Tentakelungeheuern, dass zwischen all diesen offenbar unergründlichen Schichten ihrer Habseligkeiten früher oder später etwas auftauchte, das von meinem Vater stammte, aus seinen vier kurzen Jahren hier in dieser Wohnung. (Übrigens hat er überall, wo er jemals gewesen ist, irgendwas vergessen, aufgrund der völligen Gleichgültigkeit gegenüber materiellen Dingen, die ihm zu eigen war.)

»Ich habe Akten von deinem Vater gefunden«, sagte meine Mutter daher eines Tages, in der Tür zu ihrem Zimmer stehend. »Ich glaube, da geht es um seinen Prozess. Möchtest du die vielleicht sehen?«

Ohne großes Interesse blickte ich von meiner Lektüre auf. Meine Mutter lehnte unschlüssig am Türstock.

»Nein«, sagte ich schließlich und las weiter.

»Okay.«

Dann verschwand sie wieder. Die »Akten«, denen auch sie keine weitere Aufmerksamkeit widmete, kamen mit diversen anderen Dokumenten in eine Schachtel, und dort blieben sie.

Du, gewitzter Leser, gut vertraut mit Schreibratgebern, wie du bist, hast das im ersten Akt an die Wand gehängte Gewehr bestimmt längst registriert. Ich dagegen, die unaufmerksame und unfreiwillige (und passenderweise auch ziemlich kränkliche) Figur dieser Geschichte, streifte durch Mailand und ahnte nicht einmal, dass es ein Gewehr gab.

Alles, was ich tat, hatte nach wie vor etwas leicht Unwirkliches an sich; ständig war mir, als spielte ich etwas nach, das alle anderen beherrschten, für das sie eine natürliche Begabung mitbrachten – das Leben, nehme ich an. Zugleich ließ ich mich bereitwillig von den Lappalien des Alltags überwältigen, ja sogar von den Ängsten, die sie in mir auslösten, wobei die immerhin nicht ganz so schlimm waren wie die Angst, die ich verspürte, wenn ich abends allein an meinem Tisch saß und nicht schrieb. Ich wusste nicht einmal mehr, wie das war zu schreiben. Kaum zu glauben, dass ich dazu irgendwann imstande gewesen sein sollte, dass es mit Spaß, Eifer und Lust verknüpft gewesen war (so gönnerhaft ich heute auch auf meine frühen Schreibversuche und dieses naive Glück zurückblicke). Doch das war eben noch gewesen, bevor die Worte in albtraumhafter Dürre stecken geblieben waren. Vor dem Tod von Celina und dem, was darauf folgte.

Geblieben war nur graue Theorie. Und so verging die Zeit; so viel Zeit war schon vergangen, und doch war sie stets stillgestanden, auf sich selbst zurückgefaltet.

Es kam der Herbst und dann der Winter, und es gab so vieles zu bedenken, zu bereden und zu lesen; es gab die Erlebnisse anderer Menschen und meine langen, einsamen Spaziergänge – ich verspürte so heftige, verwirrende Gefühle für die neue Stadt, für die flüchtigen Blicke in ihre offenen Hauseingänge, für ihre Gebäude, ihre Bäume, ihre Straßennamen, dass für anderes kaum Platz blieb; Fristen waren einzuhalten, Enthusiasmus und Verzagtheit auszuhalten, und nirgends, nicht einmal in der winzigsten Lücke, regte sich je ein Gedanke an diese vergessene, unbedeutende Episode im Sommer.

Im Dezember kam ich über Weihnachten zurück nach Turin. Die Wohnung (die ich in Gedanken nach wie vor ganz instinktiv »zu Hause« nannte) war noch immer dieselbe; dieselben nicht zusammenpassenden Möbel, derselbe Überfluss an Plunder, dasselbe unvergleichliche Bernsteinleuchten der Zimmer, und doch war etwas anders. Obwohl ich seit meinem Auszug schon ein paarmal wieder dort gewesen war und die beiden Städte ja nicht so weit auseinanderlagen, dass ich mich wirklich hätte fremd fühlen können, hatte ich doch das Gefühl, nicht mehr wie vorher dorthin zu gehören: Zwischen mich und diese Gegenstände, die mir so vertraut waren wie meine eigenen Gliedmaßen, hatte sich Zeit geschoben; während der vergangenen Monate hatten sie in einer Paralleldimension existiert, hatten sozusagen ihr eigenes Leben geführt, meinen Blicken entzogen, und der Blick, den ich jetzt auf sie richtete, konnte nicht mehr ganz derselbe sein wie früher. Doch wie üblich dachte ich über diese fast unmerkliche Verschiebung nicht lange nach.

Es kam so: Am sechsundzwanzigsten Dezember, als die Feierlichkeiten vorbei und die Freunde wieder fort waren, blieben meine Mutter und ich allein zurück; der Abend war ruhig und träge, und wir sprachen nur wenig, ich saß mit auf die Fäuste gestütztem Kopf und hängenden Lidern am Tisch, sie saß auf dem Sofa, knüpfte wieder mal an ihrem

Teppich, den sie erst drei Jahre später beenden sollte. Das Gespräch kam auf meinen Vater. Tatsächlich war es sein Geburtstag – oder besser gesagt: wäre es sein Geburtstag gewesen. »Wie alt wäre er eigentlich heute geworden?«, fragte meine Mutter.

»Geboren ist er '45, also … achtundsechzig«, rechnete ich nach. Seltsam war das, diese Zahl laut auszusprechen. Es ist immer absurd, an das Alter eines Menschen zu denken, der nie wieder eines haben würde.

»'45? Nein, '47 ist er geboren.«

»Nein, nein. Du verwechselst das mit deinem Bruder.«

Doch sie beharrte so darauf, dass mir schließlich Zweifel kamen. Dann hob sie strahlend den Zeigefinger.

»Weißt du, wo wir nachsehen können? Erinnerst du dich an die Akten, die ich beim Aufräumen gefunden habe?«

»Mhm.«

»Auf der ersten Seite stand sein Geburtsdatum. Warte, das haben wir gleich.«

Ich folgte ihr ins Schlafzimmer und setzte mich aufs Bett, während sie suchte. Sie öffnete die Kiste, holte ein paar getackerte Seiten hervor und überflog die oberste. Dann blickte sie mich über die Schulter an.

»'45, du hattest recht.«

»Siehst du.«

»Das muss der Freispruch sein«, fügte sie nach einem weiteren Blick auf die Akte hinzu.

Diesmal brachte ich zumindest einen Hauch von Interesse auf. Ich streckte eine Hand aus.

»Lass mal sehen.«

Sie hatte sich geirrt (vermutlich hatte sie die Akte noch

gar nicht gelesen): Es war nicht der Freispruch, sondern die Verteidigungsschrift, die der Anwalt meines Vaters vor dem dritten Prozess beim Revisionsgericht vorgelegt hatte. Das ging schon aus dem Titelblatt hervor: »Rechtsmittelgründe, vorgelegt von Dott. LEONARDO BARONE, geb. in Monte Sant'Angelo am 26.12.1945, wohnhaft in Turin, Via ..., vertreten durch RA M.S., gegen das Urteil vom 19. Juni 1986 (n. 11/86) am 2. Berufungsgericht Turin, bei dem das in erster Instanz verhängte Strafmaß in ... Jahre Haft für den Tatbestand der Mitgliedschaft in einer terroristischen Vereinigung geändert wurde.«

Mitgliedschaft in einer terroristischen Vereinigung. Mit einem Mal war ich hellwach.

Wenigstens in groben Zügen wusste ich bereits, was vorgefallen war, aber die juristische Formel, mit Schreibmaschine auf dieses inzwischen vergilbte Papier getippt, und die überraschende Verbindung mit dem bekannten Namen lösten etwas Neues, Heftiges in mir aus. Als wäre die Angelegenheit erst in diesem Moment wahr geworden, der farblosen, verschwommenen Landschaft entrissen, die anderer Leute Vergangenheit für uns darstellt, anderer Leute Leben, an dem wir selbst nicht teilgenommen haben.

Ich weiß nicht mehr, wann ich erfahren habe, dass mein Vater im Gefängnis gewesen war. Ich erinnere mich weder daran, wer es mir erzählt hat, noch an die Umstände noch daran, wie alt ich damals war – ich muss aber noch ziemlich klein gewesen sein. Erinnern kann ich mich daran, was ich damals empfunden habe, an die bedrohliche, märchenhafte Unschärfe des Worts Gefängnis (möglich, dass sie damals sogar »Knast« gesagt haben und sich das in meiner Erinnerung verändert hat) und das diffuse Gefühl, dass da etwas nicht zusammenpasste: Ich konnte diese Information einfach nicht mit meiner Wirklichkeit in Einklang bringen. Es war ja auch schon lange her, erklärte man mir, und außerdem war er sowieso unschuldig. Daran hatte ich nicht den geringsten Zweifel. Zwar wusste ich nicht mal genau, was man ihm vorgeworfen hatte, aber mir war sonnenklar, dass er es nicht gewesen sein konnte. So schwer es mir auch fiel, etwas Gutes über ihn zu sagen, war er doch bestimmt kein Krimineller. Dabei blieb es: bei einem kindlichen Anfall von Mitgefühl für meinen Vater, der ja schließlich viel zu schwach war, um irgendetwas anderes zu sein als Opfer. Auch später spielte dieses Thema nie mehr eine Rolle und kam mir niemals in den Sinn, wenn ich an ihn dachte. Ein paarmal kam es zwar zur Sprache, aber immer eher oberflächlich. Er hat mir erzählt, er sei damals Arzt gewesen und man habe ihn als mutmaßlichen Terroristen verhaftet, worauf seine Kollegen in der Klinik sich von ihm abwandten und er den Arztberuf an den Nagel hängte. Zu guter Letzt habe man ihn vollumfänglich freigesprochen, er sei auch wirklich niemals Terrorist gewesen, und es fiel mir überhaupt nicht schwer, ihm das zu glauben. Das war alles, abgesehen von der ein oder anderen Anspielung im Lauf der Jahre. »Ich hab einen von der Prima Linea verarztet, und *deshalb*«, sagte er einmal, sarkastisch die unlogische Folgerung betonend, »*deshalb* haben sie mir unterstellt, ich sei selbst einer von denen.« Waren das seine genauen Worte? So ungefähr, würde ich sagen. (An den Sarkasmus erinnere ich mich allerdings noch gut, weil er ihm so gar nicht ähnlich sah.) Mehr hat er mir nicht verraten, glaube ich, und ich habe nie nach mehr gefragt.

Bei einer der seltenen Gelegenheiten, zu denen das Thema aufkam, sagte ich so etwas wie: »Irgendwann musst du mir das mal genauer erzählen.« Er lächelte betreten und sagte, das sei eine komplizierte Geschichte, aber ja, er würde es versuchen. Es ist nie dazu gekommen.

Folglich wusste ich, als ich die Verteidigungsschrift aufschlug: so gut wie gar nichts. Rasch blätterte ich sie durch. Sechzehn Seiten, Fotokopien des maschinengeschriebenen, paginierten Originals.

In erster Instanz wurde der Berufungskläger der Mitgliedschaft in der terroristischen Vereinigung Prima Linea für schuldig befunden, da als erwiesen angesehen wurde (S. 184), dass »der Barone, unabhängig von seiner kritischen Haltung gegenüber dem politischen Programm der PL und dem Umstand, dass er dieser nicht formell angehört, der Organisation substanzielle Dienste geleistet hat, indem er die medizinische Versorgung eines ihrer Aktivisten (Galiani) übernahm bzw. nach Rom reiste, um eine zweite Aktivistin (Mancini) medizinisch zu versorgen, die er jedoch aus nicht seinem Willen unterworfenen Gründen nicht antraf, bzw. medizinische Versorgung für im Rahmen künftiger Aktionen verletzte Aktivisten in Aussicht stellte, womit er den Fortbestand der Organisation befördert und ihr so letztlich doch angehört hat.«

Der Barone. Wer war dieser Unbekannte, der da aus dem Nebel des Juristenjargons auftauchte, mit diesem zutiefst juristischen Artikel vor dem Nachnamen?

Der Anwalt fuhr fort: Gegen das Urteil hatte die Verteidigung *des* Barone achtundzwanzig Seiten Rechtsmittelgründe vorgelegt, die Punkt für Punkt die richterliche Bewertung der drei Indizien für die angebliche Unterstützung der Prima Linea zurückwiesen,

soll heißen 1) dass er in seiner Eigenschaft als Arzt im März 1979 einen verletzten Aktivisten, Mure Galiani, untersucht habe; 2) dass er im Januar 1982 nach Rom gereist sei - oder das wenigstens versprochen habe -, um dort eine zweite Aktivistin, Mancini, zu versorgen; 3) dass er sich bereit erklärt habe, bei künftigen Aktionen der Organisation verletzte Aktivisten medizinisch zu versorgen.

Das Berufungsgericht hatte diese achtundzwanzig Seiten nicht berücksichtigt, sondern befunden, dass die belastenden Indizien, insbesondere die Aussagen von Komplizen (sprich: Kronzeugen), eindeutig »seine Zugehörigkeit zur fraglichen kriminellen Vereinigung« belegten, und das erstinstanzliche Urteil deshalb bestätigt.

Hinzugefügt wurde in diesem zweiten Urteil nur:

die Unzulänglichkeit a) der Einlassung des Barone, er sei »in umstürzlerischen Kreisen zwar bekannt gewesen, habe ihnen aber niemals angehört, `weshalb man nicht von Mitgliedschaft in einer terroristischen Vereinigung sprechen könne«, sowie b) der Folgerung des Barone im Hinblick auf seine »grundlegende Ablehnung von Gewalt, während er sich in klarem Widerspruch dazu in umstürzlerischen Kreisen bewegte«.`

Es ist schwer zu vermitteln, wie sprachlos mich diese Worte machten, wie unwirklich sie mir vorkamen, während ich dort auf dem Bett meiner Mutter saß, neben den dunklen Bücherregalen, unter dem gerahmten Foto von mir mit acht Jahren, auf dem ich mit einem Haarreif auf dem Kopf an der Rotterdamer Uferpromenade stehe, geborgen im Archipel ewiger Dinge. Der Kontrast war so extrem, dass ich, außer einer gewissen Befremdung, gar nichts Deutliches empfand. Diese Worte stammten aus einem anderen Universum, lasen sich wie der Text einer Doku im Spätprogramm mit düsterer Abspannmusik, wie die Fußnoten eines der Geschichtsbücher, die ich vor Jahren verschlungen hatte; mit mir und meinem Leben hatten sie nicht das Geringste zu tun, und vor allem – vor allem! – konnten sie unmöglich mit dem Mann zu tun haben, den ich gekannt hatte, dem bescheidenen Mittsechziger, der mir einmal, als ich ihn bei einem unserer Treffen schon von Weitem sah, so wehrlos und zerbrechlich vorgekommen war, wie er da auf sein Fahrrad gestützt stand, die Mütze wie immer schief auf dem Kopf, der Blick im Nichts verloren, dass mich unerklärliche Angst ergriff und ich beinahe losrannte, um nur schnellstmöglich bei ihm anzukommen und ihn vor der grausamen Welt zu beschützen, ihn in meiner Blase einzuhüllen.

Ich musste aufstehen und im Zimmer ein paar Schritte gehen. Dann setzte ich mich wieder und las weiter.

Während ich mich durch die Nebelschwaden des juristischen Jargons kämpfte, begriff ich, dass der Anwalt das zweite Urteil für unzulässig hielt, und zwar wegen »mangelnder Berücksichtigung der Rechtsmittelgründe«, obwohl der zweite Richter sie hätte einbeziehen *müssen*, insofern es sich dabei um »neue, nicht eindeutig unbegründete Argumente handelte, die geeignet waren, Anlass zu einer Änderung des ersten Urteils zu geben«. Dann ging er dazu über, die vermeintlichen Belege der Schuld meines Vaters zu analysieren. Manche Stellen hatte mein Vater selbst mit merkwürdig abgehackten Pfeilchen hervorgehoben. (Dass die Hervorhebungen von ihm stammten, wusste ich, weil es am Seitenrand auch eine Anmerkung in seiner unleserlichen Handschrift gab.)

Das erste Indiz ergab sich im Lauf des Verfahrens aufgrund der Aussagen von Mitgliedern der Prima Linea, die den Barone ersucht hatten, den bei einer Aktion der Organisation verletzten Galiani zu behandeln. [...]

a) Als der Barone um Hilfe ersucht wurde, war er selbst kein Mitglied von Prima Linea. Man wandte sich an ihn ausschließlich aufgrund der akuten Notwendigkeit medizinischer Hilfe. (Befragung Celauro durch den Untersuchungsrichter vom 7.10.1982: »Barone hatte mit Prima Linea nichts zu tun. Wir haben uns trotzdem an ihn gewandt«; Befr. Bo durch UR, 11.10.1982: »Barone [...] gehörte

nicht zur PL, aber wir baten ihn trotzdem, sich um den verletzten Genossen zu kümmern.«)
b) Als man den Barone um Hilfe ersuchte, ließ man ihn über die Mitgliedschaft des Verletzten in einer terroristischen Vereinigung im Dunkeln, ebenso wie über die Umstände der Verletzung. (Befr. Celauro.a.a.O.: »Meli hat ihm bloß gesagt, ein Genosse sei verletzt worden, sonst nichts«)
c) Auch noch einen Monat nach der Behandlung des Galiani sah man den Barone als Unbeteiligten, der über die Angelegenheiten der Organisation nichts wissen durfte. (Befr. Bo, a.a.O.: »Verderame gab Barone mit einem Blick zu verstehen, dass er besser keine weiteren Fragen stellen sollte, und damit hatte es sich.«)

Der Anwalt hatte den Berufungsrichter aufgefordert zu prüfen, ob diese Aussagen »nicht dafür sprachen, dass der Barone der Behandlung des Galiani allein aus humanitären Gründen zugestimmt hat, ohne jedes Wissen über dessen Mitgliedschaft in einer terroristischen Vereinigung, sodass sich unmöglich ein absichtlicher Beitrag zum Fortbestand der Organisation unterstellen lässt«. Doch dazu war es nicht gekommen.

An diesem Punkt wurde eine weitere Figur eingeführt, von der ich nie zuvor gehört hatte.

Das zweite Indiz ergab sich auf Grundlage der Aussagen des Kronzeugen Colomba. Es besteht in der Zustimmung, die der Barone gegen 11 Uhr des

23. Januar 1982 [welch wunderschöne, wahnwitzige, romanhafte Genauigkeit!] (also gut drei Jahre nach dem Vorfall Galiani) dem genannten Colomba und anderen Mitgliedern der Prima Linea gegeben haben soll, als die ihn baten, mit dem Zug um 13.30 Uhr nach Rom zu fahren, um dort eine gewisse Mancini zu behandeln, die bei einer Aktion der Organisation verletzt worden war. Es steht jedoch fest, dass der Barone diesen Zug nicht genommen hat und um 15 Uhr desselben Tages einen gewissen Longo zu Colomba schickte, um sich mit ihm für 18 Uhr zu verabreden; bei diesem Treffen teilte er Letzterem mit, dass er nicht vorhabe, nach Rom zu fahren.

Der Barone hat stets versichert, er habe der um 11 Uhr ergangenen Anfrage nur unter Vorbehalt zugestimmt, hin- und hergerissen zwischen dem humanitären Impuls, einer Verletzten medizinische Hilfe zukommen zu lassen, und der Missbilligung des Programms und der Methoden von Prima Linea; dass er um 15 Uhr bereits entschieden habe, nicht zu fahren, weil seine Missbilligung letztendlich überwog, und dass er um 18 Uhr dem Colomba sowohl diesen Entschluss als auch die ihm zugrunde liegenden politischen Gründe mitgeteilt habe.

Doch dieses sorgfältige Inventar des Innenlebens unseres jungen, unglückseligen Leopold Bloom (gleiche Initialen, böseres Schicksal) an jenem langen, schweren Tag wurde von den Richtern völlig anders ausgelegt:

Das erstinstanzliche Urteil hob indessen hervor, dass der Colomba in einem Gespräch mit einem Komplizen namens Nardelli um 19 Uhr desselben Tages diesem nichts von einer Weigerung des Barone gesagt habe, und zog daraus den Schluss, dass der Barone dem Colomba um 18 Uhr lediglich seinen Entschluss mitgeteilt habe, seinen Aufbruch zu verschieben, bis die behördlichen Kontrollen gelockert würden.

Die Verteidigung wies darauf hin, dass es sich dabei um einen »albernen Trick« gehandelt habe, zumal »die Polizeikontrollen nach der Ermordung der beiden Carabinieri in Monteroni d'Arbia sicher nicht so bald gelockert worden wären«. Mehr noch: Der Kronzeuge, auf den das Gericht sich berief, hatte seine Aussage sofort nach der Verhaftung meines Vaters widerrufen und erklärt, Barone habe nie dem angehört, was mit einem grotesken Euphemismus »die Organisation« genannt wurde. (Ganz zu schweigen von anderen Begriffen wie »Programm« oder »Methoden« ...)

Die Rechtsmittelgründe des Barone betonten, der Colomba habe bei der Verhandlung ausgesagt, der Barone sei bei seiner Zustimmung um 11 Uhr unschlüssig gewesen (Befr. Colomba durch UR, 31.7.1982: »Er wirkte nicht sehr glücklich, als er ja sagte … ich weiß noch, wie Leonardo mir gegenüber die Ermordung der beiden Carabinieri bei Siena kritisiert hat.«) und habe seine Weigerung um 18 Uhr politisch begründet (Befr.

Colomba, a.a.O.: »Ich möchte ein Detail ergänzen, das mir wieder eingefallen ist und an das ich mich glasklar erinnere. Als Leonardo mir in der Wohnung am Corso Peschiera mitteilte, dass er nicht fahren würde [...], sagte er, die PL würde für ihn gar nicht existieren, womit er meinte, die Methoden der Gruppe seien inakzeptabel.«)

Ausgehend von diesen Sätzen vermutete der Anwalt, Colomba habe, als er um sieben mit Nardelli sprach, der so was wie sein Auftraggeber war, diesem Barones Weigerung bewusst verschwiegen. Und zwar, so der Anwalt, weil Colomba »psychisch labil« sei und er Nardelli, dem er sich ergeben fühlte, nicht habe verärgern wollen. Zwar entging mir nicht die ungeheure Dummheit der ganzen Geschichte, doch in diesem Augenblick berührten mich andere, weniger mit Händen zu greifende Aspekte: der direkte Bezug auf einen Ort aus meinem eigenen Leben – die unendliche, schnurgerade und von hohen Zürgelbäumen gesäumte Linie des Corso Peschiera, über die ich so oft mit irgendwem im Auto gefahren war –, die lebendige, sprechende, handelnde Präsenz meines Vaters in einer Stadt, die mir auf einmal fremd und finster vorkam, das vertraute »Leonardo«, das auf ein freundschaftliches Verhältnis zu diesem Colomba hinwies.

Das dritte den Barone belastende Indiz, namentlich die von ihm bekundete Bereitschaft, eventuelle künftige verletzte Aktivisten zu behandeln, ergab sich aus den Aussagen des

Mitangeklagten Garbarino, der zur Tatzeit den Decknamen Asa benutzte.

Die Rechtsmittelgründe des Barone betonten, dass Garbarino/Asa eingeräumt hat, nie direkt mit dem Barone zu tun gehabt, sondern dessen Zustimmung durch den Colomba erbeten zu haben, und dass dieser a) in der Befragung vom 27.7.82 aussagte: »Asa wollte, dass ich anrufe, aber ich habe das in Wahrheit nie getan. Ich habe Asa nur erzählt, ich hätte angerufen, weil der an dem Tag stinksauer war und ich ihn nicht noch mehr verärgern wollte. Aber in Wahrheit habe ich Barone gar nicht angerufen«; b) in der Befragung vom 31.7.82 hinzufügte: »Ich bin sicher, dass Asa mich nur das eine Mal beauftragt hat, ihn zu fragen … Das war das einzige Mal, ganz sicher.«

Der Anwalt argumentierte, es sei unzulässig, aus all diesen indirekten Aussagen ein belastendes Indiz gegen seinen Mandanten zu konstruieren, »während der Einzige, der direkt mit dem Barone zu tun hatte, i.e. der Colomba, den Tatbestand bestreitet«. Er stellte fest, dass Barone nur ein einziges Mal tatsächlich medizinische Hilfe geleistet habe, was unbedingt zu berücksichtigen sei, zumal er bei der Behandlung Galianis nur wusste, dass dieser verletzt war, nicht aber, dass er der Prima Linea angehörte, und im zweiten Fall, der Fahrt nach Rom, erst widerwillig zugestimmt und dann doch seine Meinung geändert habe. Insofern er außerdem danach nur ein einziges Mal gebeten worden sei, sich grundsätzlich zur Behandlung eventueller Verletzter bereit zu erklären, könne man ihn unmöglich als wissentliches Mitglied der PL ansehen.

Die in der Akte beschriebenen Vorwürfe gegen meinen Vater deckten sich nur teilweise mit dem, was er mir gegenüber angedeutet hatte. Offensichtlich war die ganze Sache größer, aber mir fehlten zu viele wichtige Puzzlestücke, um ihren wahren Umfang zu ermessen. Wieso war er nach eigenen Angaben »in umstürzlerischen Kreisen bekannt gewesen«? Wie war das möglich? Wo und unter welchen Umständen hatte ihm jemand – ein Mitglied einer terroristischen Vereinigung! – mit einem Blick zu verstehen geben können, er solle »besser keine weiteren Fragen stellen«? Fragen worüber? Für den Anwalt war es letztlich nur darum gegangen, bekannte und längst mehrfach durchgekaute Fakten zu rekapitulieren, um eine Sammlung von Zitaten aus den Prozessakten, die seine Argumente stützen sollten. Für mich dagegen war das Ganze so frustrierend, als hielte mir jemand in der Ferne ein Schild hoch, auf dem etwas stand, von dem ich wusste, dass es wichtig war, das ich aber nicht lesen konnte, und verschwände dann urplötzlich im Dunkeln.

Ein paar Seiten weiter erregte eine weitere Stelle meine Aufmerksamkeit:

> Der Barone hat wiederholt eingeräumt, in Turin immer in jenen sogenannten linksradikalen oder autonomen Kreisen »politisch aktiv« gewesen zu sein, aus denen schließlich auch gewisse einen gewaltsamen Umsturz anstrebende Initiativen hervorgegangen sind; mit diesen Kreisen Umgang gepflegt zu haben und in ihnen bekannt gewesen

zu sein, ist logisch und historisch voll und ganz vereinbar mit der Ablehnung von Gewalt und der Nichtzugehörigkeit zu Gewalt ausübenden Organisationen. Die Belastungszeugen selbst haben eingeräumt, dass diese Ablehnung seiner politischen Grundhaltung entsprach. So hat der Colomba in der Befragung vom 27.7.1982 ausgesagt: »Während unseres Gesprächs habe ich Barone im Scherz gefragt, ob er bei uns mitmachen will. Er hat nur gelacht. Noch mal, soweit ich sehen kann, gehörte Leonardo auf keinen Fall zu Prima Linea.« Und Garbarino hat in der Befragung vom 30.7.1982 erklärt: »Ich habe Leonardo Barone bei Kundgebungen gehört, seine Aussagen passten kein Stück zu unserer Organisation.«

Na ja, dachte ich schmunzelnd. *Natürlich* »gehörte Leonardo auf keinen Fall zur Prima Linea«. Diese simple Aussage war die beste Beschreibung meines Vaters, die ich bis dahin gelesen hatte, und passte ausnahmsweise auch zu etwas, das ich bereits kannte (oder wenigstens zu kennen glaubte): zu seinem Wesen.

Doch die Richter waren anderer Meinung. Das Berufungsurteil versagte ihm trotz allem »den Milderungsgrund der geringfügigen Tatbeteiligung, da es sich bei dem Straftatbestand der Mitgliedschaft in einer terroristischen Vereinigung gemäß Art. 306 Abs. 2 um ein ontologisch gesehen monosubjektives Delikt handle, für welches keine Milderungsgründe gemäß Art. 114, Abs. 1 Strafgesetzbuch infrage …«, et cetera, et cetera.

»Unter Berücksichtigung all dieser Punkte und vorbehaltlich weiterer Argumente«, ersuchte der Anwalt schließlich das Hohe Gericht, das angefochtene Urteil vollumfänglich aufzuheben. Hochachtungsvoll.

Das vorhin an die Wand gehängte Gewehr war mir soeben ins Gesicht explodiert.

OHNE DASS ICH ES GENAU HÄTTE BENENNEN KÖNNEN, merkte ich in den folgenden Tagen, dass sich etwas verändert hatte, kaum erkennbar, aber entscheidend; ich merkte es daran, wie ich die Stadt wahrnahm, wie mir gewisse Dinge plötzlich wieder einfielen: Gesprächsfetzen, lang vergessene Ausdrücke, der Tonfall einer Stimme. Sogar die Piazza Vittorio, der große Platz, neben dem ich mein Leben lang gewohnt hatte und den ich kannte wie meine Westentasche, dieser helle, harte, symmetrische Platz, der sich zu Brücke, Fluss und Hügel öffnet, schien mir, als ich am nächsten Morgen vor die Tür trat und ihn sah, so menschenleer und beinah transparent im gläsernen Winterlicht, wie ein entlegener Ort auf dem Mond, wie das Vorzeichen eines Mysteriums. Mir fiel ein, dass irgendwo hinter seinen dunklen Dachfenstern eine Wohnung lag, die früher mal ein Unterschlupf der Roten Brigaden oder etwas in der Art gewesen war. Ich las nach, und wirklich, in der Nummer 21 hatte sich der Kolonnenführer und erste Kronzeuge Patrizio P. versteckt gehalten, und hier unten auf dem Platz hat man ihn festgenommen. Die Nummer 21 lag unmittelbar an der Ecke zu meiner Straße, was ich zum ersten Mal bemerkte und was mir – genau wie manche Einzelheiten der Verteidigungsschrift – das Gefühl einer ungeahnten, überwältigenden räumlichen und zeitlichen Nähe vermittelte. Bisher war mir schon meine Kindheit vorgekommen, als hätte sie sich ein Jahrhundert nach diesen Ereignissen abgespielt, doch jetzt wurde mir bewusst (hatten die schwarz auf weiß gedruckten Daten mir bewusst *gemacht*), wie wenig Zeit in Wahrheit dazwischenlag: Ich war fünf Jahre nach der Verhaftung meines Vaters auf die Welt gekommen, und wenn ich es recht bedachte, war die Angelegenheit noch längst nicht ausgestanden gewesen, als ich schon geboren war.

Meine Familie und alle, mit denen wir zu tun hatten, waren links. Das war die Norm, der natürliche Hintergrund meiner Kindheit. Es überraschte mich daher weder, dass mein Vater politisch aktiv noch dass er – wie es in der Akte hieß – »linksradikal« gewesen war; kaum zu glauben war jedoch, dass er eine in der Szene bekannte Persönlichkeit gewesen sein sollte. Das zurückgezogene, farblose Leben, das er später geführt hatte, hätte mich das nie vermuten lassen. Warum hatte er das nie erzählt? Woher kam diese Scheu vor seiner eigenen Geschichte? Wer war mein Vater eigentlich?

Ich hatte nicht damit gerechnet, mir jemals diese Frage zu stellen.

Irgendwo in alledem, in diesem Geheimnis, erahnte ich vage etwas Wesentliches, das mir bislang entgangen war. Dieses diffuse Gefühl trug ich mit mir herum wie einen in mein Mantelfutter eingenähten Schatz.

Meine Mutter wusste nicht viel mehr als ich: Zu Beginn ihrer Beziehung hatte mein Vater über seine Vorgeschichte niemals reden wollen. Er lebte damals beinah wie ein Einsiedler und zog es vor, dass sie von sich erzählte, von Büchern oder von der Schule, seiner Ansicht nach das letzte echte politische Schlachtfeld. Von Politik sprach er zumeist nur allgemein, ohne Details über sein eigenes Engagement. Ihre beiden Welten lagen so weit auseinander, dass sie mit der seinen vorher niemals in Berührung hätte kommen können – höchstens ganz flüchtig, 1980 bei einer Versammlung in Vallette, fünf Jahre bevor sie ihn kennenlernte. Meine Mutter begriff, dass sie für ihn eine Art Zufluchtsort war, auch vor der Vergangenheit, und obwohl sie von seiner Haft wusste – er musste sich wöchentlich im Polizeipräsidium melden, durfte Italien nicht verlassen und sprach ständig davon, wie gern er nach Paris fahren würde, und einmal, als die beiden mit Freunden Urlaub auf den Äolischen Inseln machten, hatte er die Meldung vergessen (vielleicht auch eine kleine, stumme Rebellion), und die Carabinieri holten ihn von den Klippen ab, und manchmal wurde von dieser Meldepflicht gesprochen wie von einer böswilligen Nötigung, einer unerträglichen Schikane – obwohl sie also von seiner Haft und seinem Aktivismus wusste, hatte sie verstanden, dass er diese Dinge gut verschließen und für immer hinter sich lassen wollte, dass er das *brauchte*.

Allerdings kannten wir noch einige Leute, die seine Vorgeschichte mehr oder weniger miterlebt hatten und mir vielleicht etwas erzählen konnten.

Also machte ich ein paar Anrufe. »Ich bin da zufällig auf was gestoßen«, nuschelte ich. »Vielleicht könntest du mir irgendwann mal vom Prozess meines Vaters erzählen. Was da los war. Und wer er war.«

Am anderen Ende der Leitung herrschte dann immer verblüfftes Schweigen. Niemand hätte diese Bitte je von mir erwartet. Dann aber sagten alle Ja.

Was ich mir davon versprach, wusste ich selbst nicht so genau; ich hoffte wohl, wenn ich die einzelnen Fragmente, die verschiedenen Dinge, die diese Leute wussten oder zu wissen glaubten, richtig zusammensetzte, würde ich die ganze Sache besser verstehen. Ich wollte die Leerstellen in der Verteidigungsschrift ausfüllen. Ich wollte die nackten Tatsachen.

»Ha!«, lachte meine Mutter, als ich ihr von meinem Vorhaben erzählte. »Die Tatsachen! Die kriegst du nie, das ist dir doch wohl klar, oder?«

»Sicher. Schließlich hab ich Literatur studiert.«

»Dann weißt du auch, dass du mindestens hundert verschiedene Versionen von deinem Vater bekommen wirst, je nachdem, mit wem du sprichst.«

Ja, auch das wusste ich. Letztlich trifft das wohl für jeden Menschen zu, doch mein Vater war eine besonders harte Nuss. Außer ihm kannte ich niemanden, der dermaßen leidenschaftliche Zuneigung, Abneigung oder Enttäuschung in anderen auslöste, niemanden, der so radikal unterschiedlich auf verschiedene Menschen wirkte. Aber irgendeine winzige Gemeinsamkeit musste es doch geben, etwas, dem ich nachgehen konnte, keine Maske, sondern etwas *Echtes*, irgendeine Spur dessen, was in der Verteidigungsschrift aufgeblitzt war.

Die kühle Küche, in der wir über all das sprachen, war erfüllt von merkwürdiger Freude und geteiltem Glück. Noch heute sehe ich meine Mutter mir gegenübersitzen, ihre Tasse vor sich auf dem Tisch, die Kirgisenaugen lächelnd zugekniffen. Sie gab mir ihren Segen.

Bevor ich abreiste, besorgte ich mir Agatas Nummer und rief auch sie an. Als sie meine Stimme hörte, war sie baff; wir hatten noch nie telefoniert und uns lang nicht mehr gesehen. Als ich ihr sagte, weshalb ich anrief, reagierte sie erregt, beinah beleidigt. Offenbar stieß ihr noch immer sauer auf, wenn man meinen Vater mit diesem Prozess in Verbindung brachte.

»Aber das hat mit ihm doch nichts zu tun, gar nichts«, sagte sie. »Das war nicht er. Wieso willst du das wissen? Was soll das jetzt noch nützen?«

Darauf wusste ich keine Antwort. Zu sagen, dass es mich eben interessierte, schien mir unsensibel. Außerdem würde es die Frage ohnehin nur teilweise beantworten.

Sie sprach weiter, mit leichtem Nachdruck in der Stimme: »Du weißt ja gar nicht, wie das damals war. Über die guten Seiten redet keiner mehr. Nur die Mörder sind geblieben. Du hast ja keine Ahnung, wie *glücklich* wir waren.«

Ich schwieg auch diesmal.

»Nur die Mörder sind geblieben«, wiederholte sie. Sie verstummte kurz, dann fügte sie hinzu: »Dein Vater würde nicht wollen, dass du darüber schreibst. Weißt du, dass man ihn dazu hat überreden wollen? Die anderen ... sein Anwalt. Die wollten das unbedingt, weil sein Fall so ›exemplarisch‹ war. Aber er wollte nicht. Nicht mal daran denken wollte er.«

Das wusste ich tatsächlich – eines der wenigen Dinge, die er mir erzählt hatte. Man hatte ihn gebeten, seine Memoiren zu schreiben, doch er hatte abgelehnt. Gründe dafür hat er mir nicht genannt, aber ich wusste noch, wie er kurz die Augen zugekniffen hat wie vor Ekel oder Schmerz. Allerdings hatte ich ja gar nicht vor, darüber zu schreiben. Mein Interesse lag woanders, im Dunkeln, war nicht ohne Weiteres erklärbar, schon gar nicht einer praktisch Fremden: Ich wollte einfach mehr wissen. Allerhöchstens, dachte ich, würde ich einen kurzen Text über die Verteidigungsschrift schreiben, hier und da ergänzt durch ein paar Einzelheiten, die ich von anderen bekäme. Ich hatte schon eine ungefähre Idee, was daraus werden könnte, falls ich genug Informationen erhielt. Das Ergebnis hätte den wahnsinnig originellen Titel *Der Prozess* tragen können.

Ungeduldig – und im Grunde ehrlich – sagte ich: »Ich will gar nicht darüber schreiben.«

Sie atmete auf. Ich hatte sie überredet. Wir würden uns treffen.

In den folgenden Wochen stellte ich Nachforschungen an. Zum Beispiel nach dem Namen Mure Galiani, der mir überhaupt nichts sagte oder an den ich mich zumindest nicht erinnerte. Mit Unbehagen las ich, dass er bei einer Schießerei verletzt wurde, bei der versehentlich ein Achtzehnjähriger getötet wurde. Erste Hilfe hatte man ihm in Turin geleistet, dann hatten die »Genossen« ihn zu einer heimlichen Operation nach Mailand gebracht. Ich sah noch mal nach: Der Monat stimmte. März 1979. Damals war mein Vater laut der Verteidigungsschrift geholt worden, um ihn zu behandeln, es ging also um diesen Vorfall. War es möglich, dass mein Vater beim Betreten der Wohnung (in meiner Vorstellung zumindest war es eine), in der dieser mit einer Maschinenpistole angeschossene Mann lag, wenige Stunden nach der Schießerei vermutlich, noch nichts davon gewusst, die beiden Punkte nicht verknüpft hatte, den Angeschossenen und den toten Jungen, weit weg auf einem Gehsteig im Viertel Borgo San Paolo? Gut, sofern er kein Radio gehört und seine Abholer ihm – wie anzunehmen – nichts Genaueres verraten hatten, konnte das schon sein. Was mag ihm durch den Kopf gegangen sein, als er sich über diesen Mann beugte? Und wieso haben die gerade ihn geholt?

Die Verteidigungsschrift konzentrierte sich fast nur auf den zweiten Vorfall, auf die Schmierenkomödie drei Jahre später. Der erste wurde darin kaum erwähnt: Nicht einmal das genaue Datum war angegeben. Der Mangel an Informationen machte mich verrückt.

Der Name Colomba war nirgendwo zu finden.

Ich beschloss, einem Schulfreund zu schreiben, zu dem ich seit dem Abschluss keinen Kontakt mehr hatte. Sein Vater war – wie ich erst später erfahren hatte – der Anwalt von meinem gewesen, hatte ihn bei den ersten beiden Prozessen vertreten. (Die Verteidigungsschrift für den dritten Prozess stammte also nicht von ihm.)

Der Anwalt rief mich selbst zurück. Abends, Anfang Januar. Meine Hände zitterten, als er sich meldete, doch auch er wirkte bewegt. Er klang fast gerührt, als würde er sich freuen, dass ich mich an ihn wandte.

»Weißt du, ich hatte deinen Vater wirklich gern«, sagte er. »Komm jederzeit vorbei, ich erzähle dir gern alles, was ich weiß.«

SO BETRAT ICH ALSO ENDE JANUAR die Kanzlei des Anwalts in Turin; eine höfliche Sekretärin führte mich in ein Zimmer und bat mich, kurz zu warten. Ich trat ans Fenster. Draußen war es hell und klar, die von kahlen Kastanien gesäumte Allee leuchtete wie Gold. Ich war sonderbar ruhig, ja geradezu glücklich, ein stilles und bewusstes Glück. Ich wusste, dass ich an einem Wendepunkt stand, dass ich im Begriff war, den Startschuss zu etwas zu geben, das mein Leben für immer verändern würde. All das war mir klar, während ich dort am Fenster stand, die Hände auf das Fensterbrett gestützt.

Ein paar Tage zuvor hatte ich noch einmal mit Agata gesprochen und mich mit ihr verabredet. Sie bat mich um eine Kopie der Verteidigungsschrift, weil sie die noch nie gelesen hatte. Als ich beiläufig den Namen Colomba erwähnte, brach ihr vor Wut die Stimme.

»Colomba hat deinen Vater verraten«, schimpfte sie. »Er war sein Freund. Sie waren Kollegen in der Fabrik, und dein Vater hat ihm mit seinem kranken Kind geholfen. Ein kleiner Handlanger der bewaffneten Gruppen war der, hat Flugblätter in der Fabrik verteilt und so was. Nach seiner Festnahme hat man ihm Strafmilderung angeboten, wenn er Namen nannte – das war damals so üblich –, aber ihm fiel keiner ein, weil schon fast alle verhaftet waren, also hat er deinen Vater angeschwärzt. Er wusste, dass Leonardo nichts mit Prima Linea zu schaffen hatte. Ganz genau wusste er das. Und trotzdem hat er ihn angeschwärzt – und dann alles zurückgenommen, als ihm die Konsequenzen klar wurden, aber da war es zu spät. Er hat Leonardos Leben ruiniert.«

Ich schwieg einen Augenblick, während sich all diese Bausteine in meinem Kopf erneut zu einem unerwarteten Bild ordneten. Das also war passiert. Das also war dieser Colomba. Das also war der Grund.

Nach dem Auflegen war mir speiübel, und ich hätte am liebsten alles sofort abgebrochen. Zum ersten Mal wurde mir klar, dass ich dabei war, unter einen Stein zu blicken, unter dem viel mehr Finsternis gärte, als ich auszuhalten bereit war. Schließlich war ich viel zu faul und viel zu feige. Wenn es hart auf hart kam, verkroch ich mich mit einem Buch. Und doch, dieser andere Drang war unendlich viel stärker – und unendlich viel lebendiger.

Ich überlegte, ob ich Colomba suchen und nach einer Gegendarstellung fragen sollte. Nach seiner »Version der Geschichte«. Doch das abgedroschene Klischee schreckte mich ab. Also schob ich Phrase, Plan und Colomba erst einmal beiseite. (Was hätte das auch bringen sollen? Wie ein Rachegeist aus der Vergangenheit vor seiner Haustür aufzutauchen, ihn an eine Schmach zu erinnern, an die er sicherlich nicht gern zurückdachte, ihn sinnlos zu quälen … und wozu? Bloß aus Liebe zur Vollständigkeit? Außerdem hatte ich ohnehin keine große Lust, ihn zu treffen.)

So war ich nun hier, in der Kanzlei, blickte aus dem Fenster und wartete darauf, dass alles anfing.

Der Anwalt trat ein, sagte: »Marta«, und drückte mir

warmherzig lächelnd die Hand. Er bot mir einen Stuhl an und nahm auf der anderen Seite des wuchtigen Nussbaumschreibtischs Platz.

Er war um die sechzig, trug das graue Haar zur Seite gekämmt, doch eine Strähne hing ihm in die Stirn; ein breites, gutmütiges Gesicht mit einem Hauch von Bart; strahlend blaue freundliche Augen kontrastierten mit dunklen, dichten, diabolisch geschwungenen Brauen.

Er wusste ja, weshalb ich hier war und was ich von ihm wollte, also fing er ohne Vorgeplänkel zu erzählen an. Meinen Vater hatte er bei einer Versammlung an der Uni kennengelernt, erklärte er, und obwohl sie sehr unterschiedliche Leben führten und er viel jünger war, haben sie sich gut verstanden. Oft sah er ihn bei Demonstrationen oder traf ihn zufällig in der Stadt; eng befreundet waren sie zwar nicht, aber doch gut genug, dass er keine Sekunde zögerte, die Verteidigung zu übernehmen, als mein Vater angeklagt wurde. In den Jahren des Prozesses intensivierte sich ihre Beziehung, dann – wie es im Leben nun mal geht, sagte er mit traurigem Lächeln – verloren sie einander aus den Augen.

Er hatte versucht, alte Prozessakten auszugraben, doch die waren offenbar in den Tiefen des Gerichtsarchivs verschüttgegangen. Er glaubte nicht, dass er noch etwas finden würde. Trotzdem wollte er noch einmal suchen.

»Ich erinnere mich noch an eine Situation während des Prozesses«, sagte er. »Leonardo erklärte, er sei von Prima Linea ›Lichtjahre‹ entfernt – an das Wort erinnere ich mich genau, daran, wie er es betont hat –, und der Staatsanwalt unterbrach ihn mit spöttischem Lachen und sagte: ›Lichtjahre, soso!‹ Leonardo sah ihn wutentbrannt, aber eiskalt an und wiederholte: ›Lichtjahre, genau.‹« Der Anwalt verstummte einen Augenblick, war in Gedanken ganz weit weg. Dann erklärte er, alles sei nur noch schlimmer geworden, als ein paar Freunde meines Vaters versucht hatten, ihm mit Falschaussagen ein Alibi zu verschaffen. Ihre Aussagen widersprachen seinen eigenen und brachten ihn noch mehr in die Bredouille. Es war zwar gut gemeint gewesen, im Ergebnis aber miserabel.

Wie viele Monate er letztlich im Gefängnis war, wusste der Anwalt nicht mehr. Jedenfalls kein ganzes Jahr. Auch dort, so sagte er, sei mein Vater wenigstens äußerlich der Alte geblieben: Er kochte, organisierte Proteste gegen die Haftbedingungen, fing an, Jura zu studieren, um sich besser verteidigen zu können (und womöglich, dachte ich, um den langen, fürchterlichen Leerlauf im Gefängnis auszufüllen). Er ist sich immer treu geblieben, sagte der Anwalt. Als ich meiner Mutter das erzählte, schwieg sie erst eine lange Weile und fragte dann ganz leise: »Und in der Nacht? Wie ging es ihm in der Nacht?«

Ich fragte den Anwalt nach Colomba.

»Ach, der ... Der war ein armer Wicht. Keine große Leuchte, konnte kaum lesen und schreiben und wurde überrollt von etwas, das viel größer war als er. Leonardo sah das auch so, er war ihm nicht böse.«

»Glauben Sie, es lohnt sich, ihn zu suchen?«

»Soweit ich weiß, ist er schon vor ein paar Jahren gestorben. Ganz sicher bin ich mir aber nicht.«

Gestorben! An diese Möglichkeit hatte ich noch gar nicht gedacht. Wohin ich mich auch wandte, überall brachen neue Lecks auf.

»Aber weißt du, wo wir etwas finden könnten?«, sagte der Anwalt. »Im Centro Studi Piero Gobetti ist das Archiv von Bianca Guidetti Serra, der Anwältin und Politikerin. Vielleicht findet sich da noch was. Sie hatte zwar nicht mit Leonardos Fall zu tun, aber es gibt da eine Menge Akten über die Prozesse gegen Prima Linea. Morgen gehen wir hin und sehen mal zusammen nach.«

Der nächste Tag war grauer und kälter. Wir trafen uns auf der Piazza Arbarello – wieder so ein Schauplatz meines bisherigen Lebens, der plötzlich eine andere Bedeutung annahm (und bald noch eine dritte bekommen sollte: Die Stadt fing an, sich zu vervielfältigen). Das Gebäude, das die Stiftung beherbergte, sah aus wie viele andere auch: altes, etwas abgeblättertes Turiner Gelb, eine große, dunkle Tür und Fenster mit schmiedeeisernen Gittern. Vor der Tafel neben dem Eingang blieb ich stehen und las: »In diesem Haus verbrachte Piero Gobetti die letzten Jahre seines kurzen Lebens, von hier aus ging er ins Exil und in den Tod.« Gobetti war ein antifaschistischer Politiker und Publizist gewesen. Die Worte »seines kurzen Lebens« rührten mich: Sie klangen viel liebevoller und menschlicher als die üblichen schwülstigen Gedenktafeltexte.

»Dann mal los«, sagte der Anwalt.

Das Archiv befand sich im ersten Stock: finstere Flure und Zimmer, bis unter die Decke voll mit staubigen Ordnern. Über sechshundert Stück, fünfzig Jahre Arbeit, die ganze Karriere der streitbaren Anwältin und Politikerin Bianca Guidetti, die wenige Monate später im Alter von fünfundneunzig Jahren sterben sollte. (Ich weiß noch, wie meine Mutter und ich ihr einmal in der Via Pietro Micca über den Weg gelaufen sind; eine fragile, auf einen Stock gestützte Alte mit weißem, in der Sonne glänzendem Haar. »Das ist die Guidetti Serra«, flüsterte meine Mutter, und wir hielten so feierlich den Atem an, als ginge das gesamte 20. Jahrhundert oder der Geist Turins an uns vorüber.)

Der junge Anwalt, der die Stiftung verwaltete, erwartete uns schon: Die Suche würde nicht leicht, erklärte er uns, das Archiv musste erst geordnet werden, die Flut an Dokumenten war noch nicht katalogisiert. Und das war nicht die einzige Hürde: Als Nachkommin durfte ich nur Akten konsultieren, die direkt meinen Vater betrafen, sonst nichts, nicht mal, wenn Unterlagen über Dritte auch Dinge enthielten, die mit ihm zu tun hatten. Erst nach vierzig Jahren wurden die Akten freigegeben. Bisher waren nur zweiunddreißig vergangen. Nichts zu machen.

Nach langem Stöbern fanden wir einen Ordner zu den Prozessen gegen Prima Linea aus den Jahren 1981 und 82. Ich setzte mich in einem schummerigen Zimmer an einen großen Tisch und fing an zu lesen. Der Anwalt musste noch zu einem anderen Termin, also blieb ich allein mit dem neugierig gewordenen Verwalter, der ab und zu hereinschaute und etwas fragte. Tatsächlich fand ich ein paar Seiten über meinen Vater, aber nur ein Resümee, das kaum mehr Details enthielt als die Verteidigungsschrift. Neu waren nur: ein Kommentar dazu, wie »überheblich« er darauf beharrt hatte, mit Terroristen nichts zu tun zu haben; die Feststellung, dass gewisse Aussagen seiner Frau und seiner Freunde den seinen widersprachen (was mir der Anwalt ja erzählt hatte); und die Annahme, es könne kein Zufall gewesen sein, dass der Mann, der einen Arzt für Mure Galiani hatte holen sollen, ausgerechnet zu ihm gelaufen sei. Und noch ein letzter Punkt: Angeblich hatte Colomba, der meinen Vater erst belastet und dann alles zurückgenommen hatte, in den Wochen darauf seine Meinung noch einmal geändert. Er hatte erklärt, er habe seine Aussage nur aus Angst um seine Kinder revidiert; er habe befürchtet, Barone könnte ihnen etwas antun.

Ich vergrub mein Gesicht in den Händen, war plötzlich todmüde.

Mehr gab es nicht. Ich wollte nur noch weg. Ich dankte dem Verwalter, half ihm, alles aufzuräumen, und ging. Draußen biss mir klirrende Kälte ins Gesicht; fast im Laufschritt wickelte ich mir meinen Schal um den Hals, Tränen stiegen mir in die Augen, düsterer Schmerz stach mir in die Brust. Der ungeheuerliche, widerwärtige Satz ließ mich nicht los. Zum ersten Mal empfand ich Wut auf Colomba, eine Wut, die mir beinahe Angst machte; und wie eine in mir anschwellende Sturmflut verspürte ich zum ersten Mal unendliche Traurigkeit für meinen Vater.

MEINE FAMILIE – UND DAMIT MEINE KINDHEIT – war ebenso skurril wie glücklich. Ich wuchs in einem ganzen Wald aus Erwachsenen auf, von denen fast keiner mit mir verwandt war, aber alle dazu beitrugen, mich zu dem zu machen, was ich heute bin, und mein Leben mit Liebe erfüllten, mit herrlichen, rätselhaften Dissonanzen, mit Bildern, die niemals ihre Kraft verlieren werden.

Sogar meine allererste Erinnerung, die früheste, die ich im ersten Dämmerlicht bewussten Gedächtnisses verorten kann, hat mit einem dieser Erwachsenen zu tun: Ich stehe auf der Straße, eine steile Gasse in irgendeiner Stadt – Istanbul womöglich, dann wäre ich drei Jahre alt; von der anderen Straßenseite lächelt mir Misa zu, ist vielleicht stehen geblieben, um etwas zu fotografieren oder um auf mich zu warten. Vor oder nach diesem kurzen, unscharfen Moment ist nichts mehr da, doch das ist der entfernteste Punkt, den mein Gedächtnis erreicht.

Da gab es Nina, die, als ich noch ganz klein war, zusammen mit meiner Mutter grausame, metasprachdidaktische Experimente an mir durchführte. (Zum Beispiel nannten sie mir die Worte »Zug« und »Ameise«, und ich sollte sagen, welches von beiden länger war; ich sagte »Zug«, weil schließlich jeder weiß, dass ein Zug viel länger ist als eine Ameise, und die beiden Forscherinnen machten sich eifrig

Notizen.) Ab und zu übernachtete ich bei ihr, wir schwatzten, bis es dunkel war, und ich erzählte ihr Geschichten; oft war ich auch bei ihrer Familie auf dem Land zu Besuch, spielte stundenlang im Garten, wo es jedes Frühjahr neue Katzenjunge gab und außerdem Kaninchen und Hunde. (Ihre Schwestern erzählen heute noch von meinem innigen Verhältnis zu einem aufgedrehten Hündchen namens Agostino, von dem ich in heiligem Ernst verkündete: »Agostino ist mein Bruder.«) Es gab meinen Onkel, den Bruder meiner Mutter, einen schlaksigen Mann mit sonnengegerbter Haut, der mich auf der Stange seines Fahrrads herumschob und mir die Namen der Pflanzen und Bäume beibrachte, und mit dem ich die größte, beständigste Liebe meines Lebens nach der zu Büchern teilte: die zu Vögeln nämlich, insbesondere zu den Kanarienvögeln, die er in einer großen Voliere im Hof hielt. Jedes Frühjahr setzte ich zwei davon in einen Brutkäfig, damit sie sich paarten; das erste Ei in ihrem kleinen Nest kam in eine mit Watte ausgelegte Schachtel und wurde mehrmals täglich gewendet, damit der Dotter nicht an der Schale festklebte, und so danach auch alle anderen Eier, bis zum letzten, das man an seiner blauen Farbe erkannte; dann wurden sie zum Brüten zurück zur Mutter gelegt und würden schließlich alle am selben Tag schlüpfen, sodass keins der Küken größer als die anderen wäre und das Schwächste hätte erdrücken oder ihm das Futter stehlen können; dreizehn Tage später dann das Schlüpfen und die ersten Piepser sowie das Ritual der Herstellung des Kleienfutters für die Nestlinge, und jedes Mal war das ein anrührendes Wunder. Das Buch, das ich vielleicht am öftesten im Leben gelesen habe, ist die

Enzyklopädie der Kanarienvögel, die mein Onkel mir eines Tages – ich muss neun oder zehn gewesen sein – feierlich überreicht hat, versehen mit der Widmung: »Für Marta, die große Kanarienzüchterin«, und das ich überall mitschleppte und immer wieder mit derselben rauschhaften Begeisterung las, wobei ich mir meine Lieblingseinträge stets bis zum Schluss aufsparte.

Es gab Arlette, die Waldenserin, mit der ich oft in die Berge ging und die meine Mutter und mich einmal den ganzen Sommer bei sich aufnahm, als bei uns zu Hause renoviert wurde, und eines Abends flog eine Fledermaus ins Haus, und wir versuchten, sie mit einem Besen und einem Nudelsieb zu fangen – ich in der heimlichen Hoffnung, sie als Haustier zu behalten; Arlette, die mich mit nach Torre Pellice zu ihren Eltern nahm, die wirkten wie einem Märchen entsprungen; Arlette, die mir, als ich größer war, Geschichtsbücher borgte. Es gab Teresa, die trotz ihrer tragischen Geschichte und ihrer Ängste immer gut gelaunt war, vor exzentrischer, quirliger Vitalität sprühte und behauptete, ich hätte bei einem Ultraschalltermin *ihr* als Erster zugewinkt, ganz zu schweigen davon, dass ich ihr sowieso meine Existenz zu verdanken hätte, weil sie meine Eltern zusammengebracht hatte.

Es gab Misa und Ester sowie deren schöne Tochter Altea, die sieben Jahre älter war als ich und für die ich tiefe – auf Gegenseitigkeit beruhende – Verehrung hegte. Im Wohnmobil der drei fuhren wir nach Frankreich, Portugal, Spanien, Holland und in die Türkei; dieses Wohnmobil ist für mich noch heute das am sehnsüchtigsten vermisste Kindheitsidyll. Ich schlief in einem Bettchen, das mir jeden

Abend auf der Abdeckung der Kochnische hergerichtet wurde; und als ich dafür zu groß wurde, weinte ich bitterlich um dieses Plätzchen auf dem Herd, das von nun an ein ewiges Symbol der Angst vor dem Größerwerden blieb.

Und es gab – und gibt – noch viele andere. Sie alle sind noch immer da.

Ich liebte sie sehr, und sie liebten mich, und sie ließen mir all meine Schrullen durchgehen: Als Beispiel sei nur das unsichtbare Elefantengehege erwähnt, das ich einmal hinter dem Wohnmobil eingerichtet habe, groß genug für zwei oder drei Fantasieelefanten, die wir durch ganz Portugal mitnahmen. Vergaß mal jemand meine Dickhäuter und ging in Gedanken direkt hinter dem Wohnmobil vorbei, wurde ich wütend: »Du trittst ja den Elefanten auf die Füße!«, mahnte ich tödlich beleidigt. Also machten alle einen großen Bogen darum und erzählen mir noch heute prustend von den Leuten auf Campingplätzen, Haltebuchten und Rastplätzen, die verblüfft zusahen, wie wir aus dem Wohnmobil stiegen und so weit ums Heck herumgingen, als läge dort ein Indianerfriedhof, der keinesfalls gestört werden durfte, wenn man nicht auf Generationen verflucht sein wollte.

In einer Sammlung der Übersetzungsexperimente von Beppe Fenoglio stieß ich einmal auf ein Gedicht von Gerard Manley Hopkins mit dem Titel *In the Valley of the Elwy*, dessen erste Verse ich noch heute auswendig weiß: »*I remember a house where all were good / to me, God knows, deserving no such thing.*« Als ich das las, musste ich weinen: Prägnanter lässt sich nicht beschreiben, was diese Menschen mir bedeuteten, die mich annahmen, lieb hatten und ihre Welt mit mir teilten: meine Familie.

Mein Vater hatte mit alldem in gewisser Hinsicht gar nichts zu tun. Ihn sah ich immer als das separate Wesen, das er bestimmt auch sein wollte. Es tat mir weh, dass alle, die ich lieb hatte, ihn nicht oder nicht mehr mochten. Er glich weder anderen Erwachsenen noch anderen Eltern, die ich kannte: Er hielt sich an keine Regeln, war unvernünftig und verantwortungslos. Der Umgang mit einem kleinen Mädchen glich für ihn eindeutig einem Duell mit seinem verwirrendsten Feind. Wir wussten weder, wie wir uns unterhalten, noch was wir sonst miteinander anfangen sollten. Mit meiner Mutter teilte ich alles – Zauberwelten, Bücher, lange Geschichten, die wir uns bei Autofahrten ausdachten, eine Privatsprache, den Humor –, mit ihm hatte ich nichts gemeinsam. Das Einzige, was uns verband, waren griechische Mythen.

Ich hatte zu dem Thema damals ein paar Bildbände aus den Sechzigern, herrlich illustriert von einem Zeichner mit dem hinreißenden Namen Libico Maraja, und die las ich beinahe zwanghaft: Ich besaß die *Illias*, die *Odyssee*, die *Aeneis* und eine Reihe mythologischer Erzählungen.

Mein Vater liebte die griechische Götterwelt, kannte all ihre Ränke, Intrigen und verwickelten Verwandtschaftsverhältnisse, die sein angeborenes Bedürfnis nach Klatsch befriedigten. Dasselbe galt für die *Ilias* und die *Odyssee*; für die *Aeneis* hatte er dagegen nicht viel übrig. (Abgesehen vom tragischen Schicksal des Palinaurus, Aeneas' Steuermann, der nachts ertrank, weil er am Ruder eingeschlafen war, was mein Vater mir jedes Mal erzählte, wenn wir auf dem Weg in den Urlaub am Kap von Palinuro vorbeikamen. Armer Palinaurus.) Mit fünf, sechs Jahren ging ich zu ihm in die Mansardenwohnung, meine Bildbände im Rucksack, und erzählte ihm Hunderte Male dieselben Geschichten, obwohl er sie genau kannte: Ich erzählte vom niederträchtigen Theseus, vom heiteren, aus einem Schenkel geborenen Dionysos, von Orpheus und Eurydike, Perseus und Medusa, Hektor und Andromache (und dem kleinen, von der Mauer gestoßenen Astyanax), von Odysseus, Penelope, Telemachos, Polyphem, Laertes, Zeus, Poseidon, Hephaistos, Herakles und so weiter und so fort. Wir teilten eine besondere Vorliebe für Athene und verachteten dieselben Schurken: den Frauenräuber Theseus, den alten Wendehals Jason, den unbedeutenden Paris. Hektor war meinem Vater lieber als Achilles, weil er eben grundsätzlich zu den Verlierern hielt. Sein wahrer Held aber, mit weitem Abstand, war Odysseus.

Für uns beide waren diese wundervollen, überzeichneten Figuren so lebendig wie exzentrische Verwandte. Genau so sprachen wir auch über sie: Wir tadelten, bewunderten oder diskutierten mögliche Gründe einer besonders schrägen Tat beim Mittagessen in der Kochecke am Fenster mit Blick über die Dächer oder beim Spazierengehen durch die Straßen. Zwischen zwei Häusern schlängelten sich dann die Köpfe der Hydra, der zwielichtige Zentaur Nessos zwinkerte durch die Linden im Park, das Kopfsteinpflaster tat sich auf und Hades jagte auf seinem finsteren Streitwagen heraus, um die in einem Blumenbeet sitzende Persephone zu rauben. Im Sommer schauten wir in fremden Küchen die Wiederholungen der *Odyssee* von 1968, stets so gespannt über den Tisch gebeugt, als wüssten wir nicht, wie die Geschichte ausging, und bestaunten die mit Bister geschminkten Augen von Irene Papas, deren Name fast klang wie der des Sängers Enrico Maria Papes – auch so eine dieser Sommersachen.

Einmal, im Mai oder April muss das gewesen sein, holte er mich von der Schule ab (ich glaube, es war noch die Vorschule) und führte mich mit geheimnistuerischer Miene zu seiner alten Rostlaube. Ich blickte durchs Fenster: Auf den Sitzen tummelten sich fröhlich zwei grau getigerte Kätzchen. Ich weiß weder, woher er die beiden hatte, noch wie er auf die Schnapsidee gekommen war, er könne sich um zwei kleine Tiere kümmern, wo er doch mit sich selbst schon überfordert war, aber diese reizende Flause galt jedenfalls ganz allein mir: ein plumper, schüchterner Versuch, mich glücklich zu machen. Wenn ich heute mit den Augen einer Erwachsenen auf diese Szene zurückblicke, auf den Mann und das kleine Mädchen, die auf dem sonnigen Gehsteig an der Piazzetta Maria Teresa in den olivgrünen Fiat Ritmo schielen, sehe ich jedoch noch etwas anderes: den Wunsch, ein Teil meiner ihm fremden Welt zu sein, aus seinen beiden dunklen Zimmern ein Zuhause für mich zu machen, in dem etwas Schönes auf mich wartete, wenn ich ihn besuchte.

Selbstverständlich war ich aus dem Häuschen. Nicht bloß ein Kätzchen, sondern gleich zwei! Wie betrunken muss ich gewirkt haben. Wir nahmen die Kleinen (die immer noch auf den Sitzen tollten) mit zum Café *L'Imbarchino* im Parco del Valentino, einem weißen Haus am Flussufer, mit roten Fensterläden und langen Tischen unter einer Pergola, bedeckt von wildem Wein, der sogar das hölzerne Geländer umrankte. Ringsum standen rosarote Oleandersträucher, so groß und dicht, dass sie bis über das Wasser ragten. Man ging durch ein Tor mit einem gebogenen grün gestrichenen Schild hinein und dann eine von großen Steinen gesäumte Treppe hinab. Während mein Vater mit irgendwem plauderte, denn irgendeinen Bekannten traf er dort immer – erst kürzlich habe ich erfahren, dass er irgendwann, als er mal Geld brauchte, ein paar Monate als Aushilfe in dem Café gearbeitet hat –, saß ich ein Stück weiter weg zwischen Töpfen voller Geranien und Kresse und spielte mit den Kätzchen, fing sie wieder ein, wenn sie sich zu weit weg oder zu dicht an den Fluss wagten. Das Wasser war grün, und alles ringsumher war grün und rauschte.

Wie alles, was schön und unvernünftig ist, blieben uns die Kätzchen nicht lange erhalten. Der Kater floh, kaum dass er groß genug für die erste Liebe war, über die Dächer und ward nie mehr gesehen, und ein paar Wochen später gaben wir auch die Katze zu einer Freundin, die noch eine zweite Katze und eine größere Wohnung besaß, in der die unsere ein ehrwürdiges Alter erreicht hat.

Aber an diesen Tag erinnere ich mich noch.

IM FEBRUAR TRAF ICH ENDLICH AGATA. Ich war wegen einer Schreibwerkstatt für Kinder in Turin, und wir verabredeten uns für den späten Nachmittag, wenn sie aus dem Büro käme. Erwartungen hatte ich nicht. Soll heißen, ich wusste gar nicht, was ich erwarten sollte.

Von meinen Besuchen als Kind wusste ich noch, dass man von ihrem Balkon aus einen Kirchturm mit einem Bronzeengel auf der Spitze sah; dass sie im Frühling immer ausgezeichnete Frittata mit Kräutern machte; dass ihre Miene und ihre Stimme stets leicht melancholisch wirkten. Außerdem erinnerte ich mich gut an ihre erste Tochter, die zur Welt kam, als ich sieben Jahre alt war. Seit mein Vater bei seiner neuen Partnerin Dora eingezogen war, hatte er mit Agata und ihrem Partner so gut wie keinen Kontakt mehr gehabt, und folglich hatte auch ich die beiden nie wieder gesehen. Beziehungsweise höchstens bei den erwähnten Familienfeiern, denn unser Freund Misa war der große Bruder ihres Partners.

Ich kannte Agata also eigentlich gar nicht richtig und sie mich auch nur aus Erinnerungen an ein kleines Mädchen. Ich konnte mir gut vorstellen, was sie von mir dachte, und mir war nicht wohl dabei. Bestimmt fand auch sie, ich hätte meinen Vater nicht lieb genug gehabt. Oder besser gesagt, ich hätte ihn nicht auf die richtige Weise lieb gehabt. Wahrscheinlich hatte sie keine Ahnung von meinem

Schmerz (dem ganzen langen, fürchterlichen, anstrengenden Schmerz). Und vielleicht glaubte sie, es stünde mir – der missratenen Tochter – gar nicht zu, Auskunft über ihn zu verlangen. Alles, was sie von mir dachte, konnte nur auf Mutmaßungen und Hörensagen beruhen, und das machte mir Sorgen.

Ich fürchtete, sie würde mir misstrauen. Aber auch, dass sie sich nicht genau genug erinnern könnte oder dazu einfach keine Lust hätte. Ich fürchtete, ihr auf die Nerven zu fallen, die falschen Dinge zu sagen. Und doch war da noch immer dieser Schauder, dieser Ruf …

Das Thema Colomba würde ich nicht noch mal ansprechen: Das war ein Fehler gewesen. Auch den ungeheuerlichen Satz aus dem Archiv würde ich ihr verschweigen. Nicht einmal Mure Galiani würde ich erwähnen oder die anderen düsteren, stummen Gestalten aus dem finsteren Hintergrund dieser traurigen Operette. Ich würde ihr selbst überlassen, was sie erzählen wollte.

Sie erwartete mich an der Ecke Via Garibaldi und Via Sant'Agostino. Sie trug einen karierten Mantel, und ihr Pagenschnitt war sogar noch blonder, als ich in Erinnerung hatte. Zu meiner Überraschung kam sie mir strahlend entgegen und drückte mir die Hände. Ich begrüßte sie etwas verlegen, doch sie brach sofort das Eis, indem sie auf eine Pasticceria zeigte, wo wir in Ruhe reden könnten.

Die Pasticceria war eins dieser Cafés aus dem neunzehnten Jahrhundert mit Möbeln aus dunklem Holz und Auslagen voller goldener Dosen und Schachteln und funkelnd eingewickelter Pralinen, die in Turin alle gleich aussehen und vom selben schummrigen Licht erfüllt sind. Wir setzten uns an ein rundes Tischchen, ein Stück abseits der anderen, in einen Raum voller mit dickem grünem Samt bezogener Stühle und Bänke. Ein devoter Kellner brachte uns die Karte. An einem anderen Tisch steckten zwei elegante Damen um die sechzig tratschend die Köpfe zusammen, das Haar zu komplizierten Frisuren aufgefönt, die Hälse fast ein wenig geierhaft. Ein merkwürdiges Umfeld für das, was ich gleich hören sollte, dachte ich.

Agata musterte mich. Sie wirkte wohlwollend, zuvorkommend, gar nicht so misstrauisch, wie ich befürchtet hatte. Ihre Brille vergrößerte ihre ohnehin schon großen graugrünen, in den Winkeln leicht abwärts gebogenen Augen, die irgendwie mütterlich leuchteten.

Wir bestellten Tee, und weil sie darauf bestand, dass ich auch etwas aß, entschied ich mich (der Jahreszeit entsprechend) widerwillig für ein Karnevalsgebäck, hauptsächlich um zu wissen, wohin mit meinen Händen.

Als der Kellner weg war, sagte sie, ich ähnele immer mehr meiner Großmutter, der Mutter meines Vaters, als die noch jung war; ihre eigene Mutter habe mich bei der Beerdigung meines Vaters nach zwanzig Jahren wiedergesehen und das ebenfalls gesagt. Ich zuckte die Achseln: Ich hatte keinen Schimmer, wie meine Großmutter damals ausgesehen hatte – ein paar Monate später sollte ich ein Foto von ihr in der Hand halten und keine besondere Ähnlichkeit feststellen. Es gibt nur zwei Gesichter, dem das meine ähnelt.

Der Kellner brachte die Teekanne, die Tassen, den Teller mit dem Blätterteiggebäck und schwirrte wieder ab.

Schweigend gab Agata die Teebeutel in die Kanne. Nach kurzem Nachdenken verkündete sie dann: »Ich will dir erzählen, wie ich dich zum ersten Mal gesehen habe. Du lagst in der Krippe auf der Säuglingsstation, warst erst einen Tag auf der Welt, und deine Mama und dein Papa haben sich vor der Scheibe umarmt.«

Beim Sprechen deutete sie eine Umarmung an. Ich wandte mich ab, spürte meine Augen feucht werden. Deshalb war ich nicht gekommen; von mir wollte ich gar nichts wissen, nur die Geschichte hinter dem Prozess erfahren. So war das nicht abgemacht gewesen. Ich glaube, noch mehr als das Bild traf mich die Kombination der Wörter »deine Mama und dein Papa«, die ich so nie zuvor gehört hatte. Als ich später darüber nachdachte, fiel mir übrigens auf, dass diese Szene sich frühestens einige Tage später hatte abspielen können: Nach der Entbindung ging es meiner Mutter sehr schlecht, so schnell hätte sie unmöglich auf den Beinen sein können. Das Gedächtnis von Agata, die diese Szene ja dennoch erlebt haben musste, hatte offenbar zwei Bilder kombiniert: aus Zuneigung, um der Geschichte willen, weil sie es sich so wünschte. Das verriet mir bereits etwas darüber, wie Menschen sich erinnern, etwas über die Grauzone, in der Fakten und Vorstellungen einander so lang durchdringen, bis man sie nicht mehr auseinanderhalten kann.

Sie fuhr fort: »Und als ich deinen Vater zum ersten Mal gesehen habe, war er so alt wie du jetzt.«

Ich sah sie wieder an.

»Wirklich?«

»Ja. Wie alt bist du jetzt? Fast siebenundzwanzig, oder?«

»Nächsten Monat, ja.«

»Siehst du, er war siebenundzwanzig. Und ich achtzehn.«

Sie strich mit der Hand durch die Luft über dem Tisch, als zöge sie den Vorhang auf für die Gespenster.

»Das war am fünfzehnten September 1973«, begann sie. »Ich bog um eine Ecke, und da war er.«

So war es gewesen, mehr oder weniger. Agata stammte aus einer gehobenen Arbeiterfamilie mit einer vertrackten Geschichte aus Entsagungen und nie geklärten Todesfällen. Ihr Vater arbeitete bei Lancia, in der Motorenprüfung; als junger Mann hatte er an der technischen Hochschule studiert, doch die wurde eines Tages bombardiert, und das war es dann gewesen, er musste das Studium abbrechen und hatte es nach dem Krieg nie wieder aufgenommen, weil eine Verkettung unglücklicher Umstände ihn zum Arbeiten zwang. Agata selbst arbeitete schon seit ihrem fünfzehnten Lebensjahr für eine Verwandte, als Zeichnerin in einer Agentur, die vorwiegend Reklame für Autos machte. Anfangs war sie dafür nicht einmal bezahlt worden, dann hatte sie mit den anderen gestreikt und seither einen Lohn bekommen.

»Zeichnen konnte ich gut«, sagte sie, einen Hauch von Wehmut in der Stimme, und den Hauch eines Hauchs der Wehmut ihres Vaters vor ihr.

Später habe ich auch Fotos von Agata aus dieser Zeit gesehen. Sie hatte struwweliges hellbraunes Haar, schulterlang geschnitten, und einen fransigen Pony; dünne Augenbrauen über den riesigen, traurigen, oft hinter einer großen getönten Brille verborgenen Augen, die das kleine Gesicht beherrschten. Wenn sie auf den Fotos überhaupt mal lächelte, wirkte das nur angedeutet, in Gedanken. So als wäre sie irgendwo ganz anders.

Der fünfzehnte September 1973 also. Das meteorologische Archiv weiß dazu Folgendes: mittlere Temperatur zwanzig Grad, Taupunkt sechzehn Komma zwei Grad Celsius. Ein Samstag, also war sie nicht bei der Arbeit. Stattdessen ging sie zur Demo gegen den Putsch in Chile, die erste Demo ihres Lebens, denn sie ahnte, dass da etwas auf dem Spiel stand, spürte den Schrecken ihrer Zeit.

So bog die junge Agata um die Ecke auf die Piazza, wo ein paar Leute sich um einen Redner scharten. Sie lächelten, fragten, riefen dazwischen, Barone dies, Barone das, und so hörte Agata zum ersten Mal seinen Namen. Die Gruppe organisierte die Impfung für die Genossen, die nach Neapel reisen sollten, um dort in den Cholera-Vierteln zu helfen, und er führte das Unternehmen an.

Wie mag er wohl ausgesehen haben, dieser junge Mann, der damals noch nicht mein Vater war? Wir wissen es nicht, lieber Leser, aber wir können es uns vorstellen.

Der einzige Hinweis ist ein blauer Pulli, der sich vom Dunst der Erinnerung abhebt wie ein in die Netzhaut eingebrannter Lichtfleck, wenn man die Lider schließt. Die Haare wird er kurz getragen haben, dazu Koteletten, vielleicht einen Schnurrbart. Wie üblich hatte er wohl eine viel zu weite, knitterige Hose an und klobige Schuhe. Doch in dem lächelnden Gesicht, in seinem beinahe tänzerischen Hin und Her zwischen verschiedenen Gesprächspartnern lag sicher auch die ihm eigene Anmut.

Seit meinem Gespräch mit Agata gehe ich jedes Mal, wenn ich zufällig – oder auf einem absichtlichen Umweg – an diesem Teil der Piazza Arbarello vorbeikomme, wo der Gehsteig sich unter den blauen und cremefarbenen Häusern weitet, ein wenig langsamer, lasse dieses lebhafte Bild sich strahlend vor mir durch die Zeit ausbreiten und mich selbst davon erfassen und denke: Hier hat alles angefangen.

Mehr wissen wir nicht darüber, wie diese einzigartige Liebesgeschichte ihren Lauf genommen hat; Agata erzählte davon recht zurückhaltend, schließlich war das ja auch ihre Privatsache. Offenbar war die erste Zeit jedoch ein bisschen zäh, auch weil es, noch ehe die Beziehung richtig angefangen hatte, zu »der Sache in der Via Artisti« kam, die, Agatas Ton nach zu urteilen, etwas wirklich Furchtbares gewesen sein musste. Ich unterbrach sie nicht, um nachzuhaken, weil sie sich offensichtlich Mühe gab, mir alles der Reihe nach zu erzählen. Wie immer, wenn man sich lang zurückliegende Ereignisse ins Gedächtnis ruft, kamen diese allerdings in Wellen wieder, in kleinen, zufälligen Happen, und sie sprang immer wieder vor- und rückwärts in der Zeit. So erfuhr ich nach und nach, dass mein Vater 1968 an der Schlacht von Valle Giulia teilgenommen hat und in jenen Monaten einer der wichtigsten Vertreter der Studentenbewegung war; dass er zuvor, nach seiner Ankunft an der Universität in Rom 1964, in eine dieser christlichen Organisationen eingetreten war, die nachmittags Kinder in den Vororten betreuten. Wie er von da zum Kommunismus gefunden hatte, blieb ein Geheimnis seines Lebens vor Agata. Die erinnerte sich auch nicht, wann er nach Turin gegangen war. Man habe ihn geschickt, erklärte sie. Die »PCIM-L« habe ihn dorthin abkommandiert: die Partito Comunista Italiano Marxista-Leninista, auch bekannt als Servire il Popolo.

Jetzt konnte ich nicht mehr an mich halten.

»Mein Vater war bei Servire il Popolo?«, fragte ich verblüfft.

»Wir beide, ja«, antwortete Agata mit verkrampftem Grinsen.

Nicht dass ich von dieser Partei viel wusste: Ich hatte nur ab und zu davon gehört, als von einer in ihrem grotesken Dogmatismus fast schon komischen Sekte von Fanatikern. Zum Scherz nannte man sie auch »*Servire il pollo*«, also »Das Hühnchen servieren« statt »Dem Volk dienen«. Ich konnte mir nichts denken, das von meinem chaotischen Vater weiter entfernt gewesen wäre.

»Aber nicht nur das«, fuhr Agata fort. »Dein Vater gehörte zum Parteikader. Man hat ihn nach Turin geschickt, weil es dort so viele Fabriken gab und weil die Philosophie der PCIM-L war, dass die Intellektuellen sich *erniedrigen* müssen.« Sie sprach das Wort verächtlich aus. »Sie mussten das Studium und alles andere aufgeben und nur noch für die Partei da sein. Alles ›Bourgeoise‹ musste abgelegt werden. Man zwang ihnen die niedrigsten Arbeiten auf. Als ich deinen Vater kennenlernte, verdiente er seinen Lebensunterhalt, indem er Straßenbahnen putzte. *Er!* Kannst du dir das vorstellen? Er, der seine Medizinexamen in Rekordzeit abgelegt hatte, der schon seit Jahren ein fertiger Arzt hätte sein können, putzte Straßenbahnen und führte jede Lira, die er dabei verdiente, direkt an die Partei ab.«

Sie erzählte mir, dass die PCIM-L ihre reicheren Mitglieder zwang, einen Teil ihres Gelds an die Parteikasse abzutreten, und dass ein Freund meines Vaters – ich sollte ihn Jahre später noch kennenlernen – deshalb das Haus verkauft hatte, das seine Eltern ihm geschenkt hatten. Es gab Leute, die für die Partei ihr letztes Hemd versetzten, ihr buchstäblich alles gaben, was sie hatten, ja ihr sogar ihr Erbe überschrieben, und das ganz ohne Zwang, nur der Revolution zuliebe. Sogar die ärmsten Mitglieder führten jeden Monat einen Teil ihres Einkommens ab. Besitzen sollten alle nur das Nötigste (irgendwann wurden sogar Richtlinien darüber ausgegeben, wie viel Bettwäsche ein Haushalt braucht), und überhaupt sollten sämtliche Mitglieder ein asketisches Leben führen, das zu dem passte, wofür sie eintraten. Beitragseintreiber gingen unermüdlich von Tür zu Tür, um den monatlichen Obolus zu kassieren und – mit mal mehr, mal weniger Druck – Besitztümer zu »vergemeinschaften«, die dann verkauft wurden, um die Parteiarbeit zu finanzieren; manchmal allerdings, so wurde jedenfalls gemunkelt, sah man diese vergemeinschafteten Güter, von Waschmaschinen über Tafelsilber bis zu Haartrocknern, später auch in den Wohnungen irgendeines Kadermitglieds wieder.

Der Parteigründer und -führer Aldo Brandirali erließ Direktiven über so gut wie jeden Aspekt des Privatlebens der Mitglieder: Die Garderobe sollte auf eine Handvoll Kleidungsstücke reduziert werden, wer sich künstlerisch betätigte, sollte vorher überlegen, ob sein Werk wirklich dem Volk diente. Agata erklärte man erst, ihre Zeichnungen seien Schund, weil sie nicht vom Proletariat erzählten, doch als sie sich der Parteilinie unterwarf, verwendete man oft von ihr entworfene Plakate. Sexualleben (für außereheliche Affären flog man sofort aus der Partei), intimste Gedanken, unklare und folglich »bourgeoise« Gefühle: All das wurde grässlichen Kritik- und Autokritik-Sitzungen unterzogen, im Grunde kollektive Schauprozesse, an deren Ende man so gut wie immer einen Sündenbock ermittelt hatte, der zu Kreuze kriechen musste, wenn er nicht aus der Partei fliegen wollte. Bei diesen Sitzungen brachen viele heulend zusammen; und doch hielten die meisten verzweifelt fest an ihrer Treue zu … ja, zu was eigentlich? Das konnte auch Agata sich nicht recht erklären.

»Nur deshalb haben wir überhaupt geheiratet, weißt du. Die Partei hat uns gezwungen. Außerehelicher Kontakt war verboten. Ich sollte das Leben der Proletarierinnen kennenlernen. Dass ich sowieso Proletarierin war, hatten die wohl übersehen. Wenn ich von der Arbeit kam und die Parteimütter gebraucht wurden, passte *ich* auf deren Kinder auf, damit *sie* Zeit für Politik hatten.«

Ich sah sie ungläubig an.

»Schlimmer als die schlimmsten Katholiken waren die! Wirklich wahr! Die haben sogar kommunistische Hochzeiten organisiert.«

Sie musste laut lachen und ich ebenfalls – die Vorstellung von kommunistischen Hochzeiten war einfach zu bizarr. Doch ihr Lachen verstummte schnell wieder.

»Ich weiß schon, dass dir das alles absurd vorkommt, und das war es auch, so absurd, dass mir noch heute ganz anders wird, wenn ich daran denke. Aber damals fanden wir das vollkommen in Ordnung … Ich weiß auch nicht … Die Partei war irgendwie … praktisch. Wir haben uns an den Arbeitskämpfen und den Kämpfen um Wohnraum beteiligt. Wir haben pausenlos Infomaterial verteilt, um dem Volk – wer immer das auch sein mag – zu zeigen, dass seine Situation sich ändern ließ. Am Ende ging es uns nur darum: Alle sollten ein Dach über dem Kopf und die gleichen Chancen haben, die Reichen sollten nicht mehr so obszön reich sein und die Armen ein anständiges Leben führen, etwas aus sich machen können. Noch sieben Jahre bis zur Revolution, so hieß es immer. Sieben Jahre, eine magische Zahl, wie in Sagen oder Märchen. Und wir glaubten das tatsächlich. Anderswo war es ja schon so weit, so unwahrscheinlich war das nicht, selbst wenn diese Orte für uns praktisch nur in der Fantasie existierten. Wir glaubten dran. Wir hielten die Partei für ein Mittel zum Zweck, dabei war sie nur ein stumpfer Apparat, der uns zermalmte, ohne dass wir es merkten. Als wir geheiratet haben, war ich erst achtzehn. Die Partei nahm mir sogar die Bettwäsche weg, die meine Großmutter mir für die Aussteuer gegeben hatte; ein einziges Laken reicht aus, hieß es. Mein Vater war dagegen, dass ich so früh heirate, und gab mir nur eine Million Lire, die sofort bei der Partei gelandet sind. Dann wollte mir einer auch noch den Napoléon d'or abnehmen, den ich von ihm bekommen hatte. Drei Stück hatte er gekauft, als Geldanlage – je einen für mich, meine Schwester und meinen Bruder. Dummerweise hatte ich davon erzählt. Und gab ihn her. Zur Hochzeit kam fast niemand, nur unsere engsten Verwandten, und niemand hat sich gefreut. Als wir abends mit nichts als einem Satz Besteck in die furchtbare Wohnung kamen, in der wir lange leben sollten, habe ich geweint. Den ganzen Abend habe ich geweint. Wir hatten nichts zu beißen. Erst ein paar Tage später haben Freunde ein Abendessen für uns organisiert. Sie kamen mit Gitarren, um im Park zu feiern, aber vor allem mit Essen … Seit Tagen knurrte mir da schon der Magen.«

Ein paar Tränen kullerten ihr über die Wangen. Ich wusste nicht, was tun. Ihre Hand nehmen vielleicht? Ich rutschte auf dem Sitz herum, legte ihr die Hand auf den Arm. Sie schüttelte den Kopf, wie um zu sagen, dass es schon gut sei, und wischte sich die Tränen ab.

Sie fuhr fort, erzählte, dass sie in diesem Jahr – 1974 – in Villar Perosa gewohnt hatten, einem kleinen Ort im Turiner Umland. Auch dahin waren sie von der Partei entsandt worden, und das Leben dort war schwer. Da Agata Geld verdiente, hatte die PCIM-L meinem Vater umgehend sein Funktionärsgehalt gestrichen. Sie besaßen nichts. Die Eltern meines Vaters kauften den beiden ein paar Möbel und eine Küche, die einige Wochen nach dem Umzug eintrafen – in der Zwischenzeit lebten sie wie auf einer Insel mit zwei Zimmern, ohne Tisch, ohne Bett, an diesem trostlosen Ort genauso gestrandet wie ihre wenigen, nutzlosen Habseligkeiten – das zur Hochzeit erhaltene Besteck, zum Beispiel, ohne eine Schublade, in der sie es hätten aufbewahren, und ohne Teller, von denen sie damit hätten essen können. Allerdings verbrachten sie ohnehin kaum Zeit zu Hause. Ein echtes Eheleben gab es nicht, denn dank Agatas Arbeit, seinen Aushilfsjobs und all den politischen Aktivitäten (von denen ich nach wie vor nur eine vage Vorstellung hatte) waren sie ständig getrennt oder von anderen umgeben. Aber sie hatten einander auf unkomplizierte Weise sehr lieb. Von Anfang an fiel mir auf, dass sie von ihm nie sprach, als wäre sie mit ihm romantisch verbunden gewesen, sondern so zärtlich wie von einem geliebten Bruder. Herrlich sei es mit ihm gewesen, sagte sie, immer habe er versucht, sie aufzuheitern, wenn die Traurigkeit, die sie ständig umwölkte, hin und wieder über sie hereinbrach wie Wasser aus einer geplatzten Rohrleitung. Ach, sagte sie, er hätte sogar einen Stein zum Lachen bringen können; er war »ein Guter«. Und tatsächlich hatte er jede Menge Freunde, viele davon völlig anders als er und fern der PCIM-L. Agata bewunderte seine Opferbereitschaft, den ehrlichen Wunsch, die Welt zu verbessern und überall hinzugehen, wo dafür tatkräftige Hilfe gebraucht wurde. Aber vor allem bewunderte sie seine Intelligenz. (»Er konnte den Leuten alles erklären.«) Diese Intelligenz zu vergeuden, war ihr ein Gräuel. Deshalb hatte sie auch hartnäckig darauf bestanden, dass er doch noch seinen Abschluss machte. Schließlich konnte er seine größte Gabe nicht einfach so wegwerfen: Er musste unbedingt Arzt werden.

Seine Doktorarbeit tippte er spätabends, nach der Arbeit oder den Parteisitzungen, am Küchentisch, auf einer irgendwo beschafften Schreibmaschine, furios, erschöpft, tief in Gedanken. Wenn Agata sich schlafen legte, saß er noch immer dort, eine Decke um die Schultern, weil es dauernd so kalt war, und umgeben von Büchern, einem Wirrwarr aus Notizen und den Rauchschwaden, die im schwachen Licht der Tischlampe über seinem Kopf schwebten. Manchmal, wenn Agata morgens ganz früh aufstand, um den Bus zur Arbeit in Turin zu erwischen, fand sie ihn schlafend in derselben Position vor.

Die Arbeit drehte sich um den Zusammenhang von Tumoren – insbesondere der Lunge – und sozialem Umfeld. Ein paar Seiten wollte er der IPCA widmen, einer Farbfabrik in Ciriè, ein Stück außerhalb von Turin; dort wurde mit Anilin gearbeitet, das Blasenkrebs hervorruft. Jahrzehntelang hörte niemand auf die Vorwürfe. Im Lauf der letzten sieben Jahre waren Dutzende Arbeiter gestorben, etwa dreißig weitere waren erkrankt; man nannte sie die *pissabrut*, die »Rotpinkler«. Am Ende musste mein Vater sich mit ein paar Zeilen darüber begnügen.

»Er ging von Tür zu Tür, um die Leute zu befragen, die dort gearbeitet haben und krank geworden sind, aber damals sprach darüber noch kein Mensch, erst Jahre später wurden die Chefs der IPCA wegen fahrlässiger Tötung angeklagt. Niemand machte ihm auf. Er ging trotzdem immer wieder hin. Sein Diplom hat er sich ganz allein abgeholt. Ich konnte nicht mit, weil ich zur Arbeit musste.«

Es wurde spät, und Agata wurde hektisch: Im Eiltempo erzählte sie, wie Brandirali die Partei 1975 aufgelöst hat (um bald darauf erst zur katholischen Comunione e Liberazione und später zu den Rechten zu wechseln) und mein Vater sich schon Monate zuvor bei einer zähen, hysterischen Versammlung, während derer viele ausgestiegen waren, für die Auflösung ausgesprochen hatte. Ihr selbst gewählter Leviathan war tot, und sie waren endlich frei.

Den Rest, die Jahre danach, wollte sie mir ein andermal erzählen und mir inzwischen Bescheid geben, falls ihr weitere Namen einfielen. Der Tee war ausgetrunken, die Geierdamen vom Nebentisch längst gegangen. Nur eins wollte ich noch wissen: Was hatte sie mit »der Sache in der Via Artisti« gemeint?

Sie sah mich verblüfft an.

»Das weißt du gar nicht? Hat er davon nie erzählt? Nicht mal deiner Mutter?«

Nun ja, genau genommen hatte er mir ja auch alles andere nie erzählt (und auch meine Mutter wusste von nichts, wie ich später erfuhr, auch nicht von der Partei oder von Valle Giulia). Also sah ich sie nur erwartungsvoll an. Ihre Miene wurde hart.

»Ach … Eine furchtbare Geschichte ist das, einfach entsetzlich.«

Und sie erzählte sie mir.

Als wir gingen, war es schon nach sieben, und draußen war es dunkel. In der Fußgängerzone herrschte der übliche Trubel, aber es war stiller als gewöhnlich. Ich kannte diese Straße gut. Und doch überkam mich dasselbe Gefühl wie bei meinem Gang über die Piazza Vittorio, nachdem ich die Verteidigungsschrift gelesen hatte: Als wäre alles urplötzlich verwandelt, durchwirkt von einem Geheimnis, so, als wäre irgendetwas Unwiderrufliches vorgefallen zwischen mir und den Dingen, die ich immer für verständlich gehalten hatte. Zu Fuß gingen Agata und ich in Richtung Piazza Castello.

Auf einmal blieb sie stehen und sagte: »Weißt du, wieso ich dir all das erzählt habe? Weil ich wollte, dass du verstehst … dass du die Kluft zwischen dem siehst, wie dein Vater vorher, und dem, wie er nachher war. Wie du ihn gekannt hast.«

Ich schwieg. Ich war erschöpft.

»Er war ein wirklich bezaubernder Mann«, fügte sie hinzu. »So glücklich. Und dieses Glück färbte auf alle ab, die in seiner Nähe waren.«

Wir gingen weiter. Agata war traurig und aufgewühlt, ihr Gesicht bebte in der Dunkelheit. Vor dem Palast an der Piazza Castello blieben wir noch einmal stehen, im Licht einer Laterne. Ringsum war niemand zu sehen. Sie drückte mir den Arm und fragte erneut: »Aber wieso interessiert dich überhaupt dieser Prozess? Der hat nichts mit ihm zu tun, nichts mit dem, was er gewesen ist.«

»Ja, ich weiß«, log ich, dabei wusste ich gar nichts, noch weniger als vorher – ja, mir war sogar, als hätte ich noch niemals irgendwas gewusst. »Da gibt es kein Geheimnis.«

»Genau«. sagte sie beinahe zärtlich. »Überhaupt kein Geheimnis.«

Agata ging zur gerade einfahrenden Straßenbahn, drehte sich immer wieder nach mir um. Ich winkte ihr zum Abschied, wartete, bis sie eingestiegen war, und ging zu Fuß nach Hause.

MIT IHRER SELTSAMEN, BRUCHSTÜCKHAFTEN SCHILDERUNG, die in der Ferne ungeahnte nächtliche Schimmer aufscheinen ließ, hatte Agata mich ein ganzes Stück weit aus der Bahn geworfen. Jetzt drängte es mich beinahe schmerzhaft, dem, was sie gesagt hatte, klare Formen zu verleihen. So absurd das klingen mag, es war, als bräuchte ich einen Beweis, dass mein Vater wirklich existiert hatte; dass seine Jugend wirklich stattgefunden hatte; dass er irgendwo vor langer Zeit etwas getan hatte, und sei es noch so trivial, etwas, von dem noch eine Spur geblieben war und das noch irgendwie mit mir zu tun hatte.

Drei Tage danach wurde ich fündig. Spät an einem nebligen Abend saß ich allein in meiner Mailänder Wohnung, und draußen vor dem Fenster sah man durch die dichten Schleier kaum noch die wenigen erleuchteten Fenster gegenüber. (»Wer weiß, ob Mailand überhaupt noch existiert; / mein Großvater hat mir davon erzählt, von dieser Hexenstadt«, so schrieb der Dichter.)

Die Suchmaschinen spuckten zum Namen meines Vaters keine Treffer aus, abgesehen von welchen zu Konferenzen über schwer erziehbare Jugendliche, auf denen er in seinen letzten Lebensjahren gesprochen hatte. Also versuchte ich es im Onlinearchiv der Turiner Tageszeitung *La Stampa*, im Suchzeitraum 1968 bis 1990. Vierundzwanzig Treffer. Ich holte tief Luft.

Die ersten Artikel in der Liste handelten von der Verhaftung. Der allererste stammte aus dem Turiner Lokalteil von Dienstag, dem 22. Juni 1982. *Mutmaßlicher Terrorist festgenommen. Fiat-Arbeiter in Kurzarbeit – Mitglied der Prima Linea?* »Im Rahmen der Ermittlungen gegen ›Prima Linea‹ haben die Carabinieri am Vormittag in Turin einen Fiat-Arbeiter in Kurzarbeit verhaftet, einen gewissen Leonardo Barone, 37, wohnhaft in der Via V. Barone ist eine prominente Figur der Turiner Arbeiterbewegung; im Laufe der letzten Jahre hatte er sich stets am Widerstand gegen Kurzarbeit und Kündigungen beteiligt. Der vom stellv. Staatsanwalt A. B. ausgestellte Haftbefehl beschuldigt Barone auf Grundlage von Art. 306 (Mitgliedschaft in einer terroristischen Vereinigung) mit erschwerenden Umständen. Der Arbeiter soll mehrere Straftaten mit dem Ziel eines ›gewaltsamen Umsturzes der Wirtschafts- und Gesellschaftsordnung des Landes‹ begangen haben, darunter die Verteilung von zu bewaffnetem Kampf anstiftenden Schriften, Besitz von Waffen und Sprengstoff und sogar eine Entführung. Belastet wird Barone durch einen anonymen Kronzeugen. Eine Festnahme, so heißt es, sei aufgrund dieser Vorwürfe zwar nicht ›zwingend erforderlich‹, aber ›sachdienlich‹. Aus der Dokumentationsstelle in der Via Plava wurde verlautbart, Barone sei ein ›geachteter Vorkämpfer der Bewegung.‹«

Unter dem Artikel bewarb ein Geschäft seine »neue Kollektion von Teppichböden und Wandfarben«. Ein lustiger Handwerker mit Zeitungshut malte mit einem Pinsel das Firmenlogo. Veranstaltungen: Im Rahmen einer Reihe über »Die Frau, ihre Gesundheit, ihre Probleme« würde es tags darauf um 20.30 Uhr in der Scuola Anna Frank, Via Scotellaro 15, eine Veranstaltung zum Thema »Verhütung, Abtreibung und hygienische Erziehung der Frau« geben. Noch am selben Abend, um 21 Uhr, gab es in der Scuola Edy Franschetti, Via Randaccio, einen Vortrag über »Kulturelle Ausdrucksformen im Piemont«. Dann: »Warum Sanitärausstattung im Laden kaufen? Kommen Sie doch gleich in die Fabrik! Kaufen Sie zu Ihren Wandfliesen passende Spiegel und maßgefertigte Duschkabinen zum Herstellerpreis.« Und darunter noch ein großes Reklamefoto eines Autos: »Saab – Kraft und Verstand. Exklusiv bei Fiorauto.«

Am nächsten Tag folgte ein längerer Artikel: *Arbeiter mit Abschluss in Medizin Mitglied der Sanitätsbrigade der PL?* Von beiden Zeitungsseiten blickte mir dasselbe Schwarz-Weiß-Foto meines Vaters entgegen, mit großen, erschrockenen Augen und halb offenem Mund, so als wolle er gerade etwas sagen. Es folgten weitere Artikel mit Details über die Vorwürfe, über die Uhrzeit, zu der die Carabinieri mit gezückten Waffen die Wohnung gestürmt hatten (sechs Uhr morgens), die Aussage von Agata (»seine Frau, 25, Angestellte«) und die Schützenhilfe der mysteriösen »Dokumentationsstelle« in der Via Plava. Mal nannte man ihn »Arbeiter und Arzt«, mal »Mediziner und Metallarbeiter«. Am 30. Dezember 1983 vermeldete ein Artikel unter dem Titel *Sämtliche Anführer und eine der Ausbrecherinnen von Rovigo* die Anklageerhebung. Außerdem fand ich noch die Meldung über seinen Freispruch am 9. Juni 1988.

Ich lehnte mich auf meinem Stuhl zurück und saugte die Wangen ein. Mir hatte er erzählt, in der Klinik hätte er erst *nach* seiner Verhaftung gekündigt. Dass er danach ein paar Jahre lang Arbeiter gewesen war, hatte ich bereits gewusst: Meine Mutter hatte mir davon erzählt, als Beispiel für seine abstrusen Lügen. Anfangs hatte er nämlich weder seiner Frau noch seinen Freunden verraten, dass er nicht mehr in der Klinik arbeitete. Jeden Morgen tat er, als ginge er noch hin, ging in Wahrheit aber in die Fabrik. So lief das ein gutes halbes Jahr, bevor er aufflog. Meine Mutter hat das von Misa und Ester erfahren, die damals mit ihm befreundet gewesen waren. Aber wenn er bereits Arbeiter war – und schon in Kurzarbeit –, als man ihn verhaftete, hatte er mir offenbar die Unwahrheit gesagt. Wann also hatte er wirklich im Krankenhaus gekündigt? Und warum?

Natürlich gab es auch über »die Sache in der Via Artisti« zahlreiche Artikel, die ich aufmerksam las, obwohl es mich Überwindung kostete. Und es gab weitere Fragmente: diverse Festnahmen wegen Beteiligung an Streikposten und wegen »Beamtenbeleidigung« (auf dem Foto von einem der Prozesse – eine besonders alberne Geschichte – sitzt er neben seiner Mitangeklagten, einer Lehrerin und Parteigenossin, und senkt lachend den Kopf, während sie zu Tode gelangweilt in die Kamera blickt) und 1978 sogar eine im Sande verlaufene Anklage wegen Mitgliedschaft in einer »staatsgefährdenden Vereinigung«, in deren Kontext er als einer der beiden Köpfe der autonomen Szene von Turin bezeichnet wurde.

Es wurde immer später – ich weiß noch, wie um ein Uhr früh die letzte Straßenbahn vorbeiratterte, die zusammen mit der ersten um fünf regelmäßig meine schlaflosen Nächte umrahmte – und ich suchte in anderen Archiven weiter. In dem der kommunistischen Tageszeitung *L'Unità*, das damals noch online verfügbar war, fand ich nur eine beiläufige Erwähnung vom 17. März 1968: Es ging darum, dass am Vortag eine Gruppe Faschisten die Universität Sapienza in Rom besetzt und Tische und Stühle aus den Fenstern auf die darunter demonstrierenden linken Studierenden geworfen hatte. Das war der Tag, an dem Oreste S., der später die außerparlamentarische Gruppe Potere Operaio gründen sollte, schwer am Rücken verletzt wurde. Der zweite erwähnte Verletzte, der jedoch nur leichtere Kopfwunden abbekommen hatte, war der Medizinstudent Leonardo Barone gewesen, zweiundzwanzig Jahre alt. Offenbar haben kaputte Schädel in unserer Familie Tradition. Auf einmal fiel mir eine Szene ein, die ich nicht mehr ganz einordnen konnte (ich meine, es war Sommer, und wir saßen an einer Haltestelle auf der Bank): mein Vater, wie er lachend zu mir sagte: »Meine Eltern hatten keine Ahnung, dass ich das schwarze Schaf der Familie war. Dass ich Kommunist war, hat mein Vater erst erfahren, als die Faschisten mir den Schädel eingehauen haben und die Zeitung darüber schrieb. Irgendjemand aus dem Ort hat's ihm erzählt, und er hat mich im Krankenhaus angerufen und besorgt gefragt: Leonardo, ist das wirklich wahr? Und ich weiß bis heute nicht, ob er meine Kopfverletzung oder den Kommunismus meinte.«

Was daraus folgte, war jedoch weniger lustig, wie ich Jahre später von Dora erfuhr: Sein Vater strich ihm umgehend den Unterhalt, und er musste als Anstreicher schuften. Außerdem herrschte zwischen den beiden von da an fast absolute Funkstille. Die Familie hatte etwas anderes von dem brillanten jungen Mann erwartet, dessen Genialität der Mutter während der Schwangerschaft sogar von einer Wahrsagerin prophezeit wurde, vom einzigen der Kinder, das an die Universität ging; mindestens eine sorglose, anständige und gut bezahlte Arztkarriere. Eine Stellung, die ihm Ehre und ihnen keine Schande machte.

Und stattdessen …

Ich schaltete den Computer aus, im Zimmer wurde es stockfinster. Ich knipste die Nachttischlampe an, ließ den Rollladen herunter, klappte gedankenverloren mein Bett aus, schlüpfte in meinen Pyjama, legte mich hin, knipste das Licht wieder aus und starrte an die dunkle Decke. Diese wirren Bruchstücke waren also alles, was ich schriftlich hatte. Eine vage, schwammige Geschichte, wie Land, das man bei Nacht von einem Schiff sieht und dessen dunkle Silhouette man höchstens erahnen kann, bevor es wieder verschwindet, ohne dass man je sicher sein kann, welches Land es denn nun war; oder wie eine Halluzination vor dem Einschlafen, eine dieser flüchtigen Visionen, bei denen seltsame Bilder auf den Wänden aufblitzen, groteske Gestalten oder die verzerrten Formen eines Gegenstands im Halbdunkel, exakt in dem Moment, in dem man einschläft, wie in einem Spalt zwischen der Umgebung und den Augenlidern.

Statt diesem dunklen, undeutlichen Land ein wenig nähergekommen zu sein, fühlte ich mich nur noch weiter davon entfernt. Noch immer erkannte ich bloß Umrisse. Meine Gedanken kreisten vor allem um die Sache in der Via Artisti, die sich wie eine Krankheit in mir breitmachte. Wie war es möglich, dass ich ihm niemals irgendwas von dieser Vergangenheit angemerkt hatte? Was hatte ich noch alles übersehen, was hätte ich ihn sonst noch fragen können? Hätte das etwas geändert? Erst wenige Monate zuvor hatte ich mir für meinen mausetoten Roman folgenden Satz notiert, gedacht für meinen Protagonisten: »Vielleicht war ich nicht aufmerksam genug gewesen.« Jetzt brachte der schwarze Humor des Schicksals ihn mir in neuer Bedeutung zurück, und er grub sich mir in die Seite wie ein Widerhaken, von dem ich mich nie mehr würde befreien können. Mit einem Ruck setzte ich mich auf, schaltete den Computer wieder an und klickte mich noch einmal zu dem grobkörnigen, verblüfften, undurchschaubaren Porträtfoto durch. Wer bist du?, dachte ich, und die Frage hallte in mir wider wie ein Schrei. Ich klappte den Bildschirm zu und legte mich wieder hin. Doch ich lag noch lang mit offenen Augen im Dunkeln.

LANGE JAHRE HATTEN WIR MITEINANDER im Clinch gelegen. Etwa seitdem er bei Dora eingezogen war und vermutlich beschlossen hatte, ein »richtiger Vater« zu werden, war er nicht mehr derselbe gewesen. Auf einmal war er penetrant und ruppig, sprach fast immer in unnötig aggressivem Ton mit mir und brach ständig in ebenso rasende wie unsinnige Wut wegen Regeln aus, die vorher nie gegolten hatten und die er selbst nicht befolgte. Er konnte nicht ertragen, dass ich auch bei ihnen mal allein sein wollte, ab und zu ein Stündchen für mich brauchte, wie ich es sonst gewohnt war: In seinen Augen war das ein persönlicher Angriff. Was ich auch versuchte, um es ihm recht oder einen (meist völlig unvorhersehbaren) Fehltritt wiedergutzumachen, war am Ende doch wieder verkehrt. Nur zu gern hätte ich den heillos zerstreuten Vater von früher wiedergehabt. Der neue war ein launischer Despot: eher die Karikatur eines Erwachsenen als ein echter. Ich war ratlos. Schließlich war ich immer noch dieselbe: Warum war das plötzlich nicht mehr richtig?

In den Sommerferien, der längsten Zeit, die ich am Stück mit ihm verbrachte, fuhren wir immer für drei, vier Wochen in Doras Ferienwohnung in Kalabrien, und die Waffen schwiegen währenddessen praktisch nie. Wenn man neun ist, sind drei Wochen unendlich lang. Ebenso unendlich war meine Verzweiflung. Ich fand heraus, dass der Kummer eines Kindes fast keinen interessiert: Die meisten Leute halten ihn für unwichtig, für nicht weiter relevant, oder sie bemerken ihn gar nicht. Je größer allerdings mein Kummer wurde, desto größer wurde auch sein Zorn. Ausgerechnet bei ihm war ich traurig: Auch das war ein Affront.

Ich glaube, in Wahrheit tat ihm hinterher oft leid, wie er mit mir sprach; dann bereute er die schlimmen Worte, die er mir an den Kopf warf, wenn ihn die Wut packte, doch er wusste nicht, was er dagegen tun sollte. Manchmal, wenn ich mich nach einer neuerlichen Schimpftirade in meinem Zimmer eingeschlossen hatte und im Dunkeln weinte, stand er plötzlich vor der Tür und murmelte: »Marzolina« – das war der Kosename meiner Mutter für mich, den auch er benutzte, wenn er in liebevoller Stimmung war. »Na komm, Marzolina, mach wieder auf.« Näher kam er nie daran, mich um Entschuldigung zu bitten.

Hin und wieder – ein paar Stunden, manchmal einen Tag lang – war er auch normal und auf seine etwas aufdringliche Art zugewandt, und ich klammerte mich an diese flüchtigen Momente des Friedens, um es überhaupt mit ihm auszuhalten. Doch sie waren immer schnell vorbei, aus unberechenbaren, oft völlig trivialen Gründen. Ich war stets alarmbereit, hatte immer Angst.

(Allerdings wachte er, wenn meine Mandeln wieder mal entzündet waren, auch ganze Nächte an meiner Seite, vor dem Fernseher in der Küche, wo das Bettsofa stand, auf dem ich in der Ferienwohnung schlief. Der Fernseher lief ganz leise, und wenn ich im Fieberwahn die Augen aufschlug, sah ich im Dunkeln seinen Schemen dort am Tisch sitzen, den Kopf auf eine Hand gestützt, das Gesicht nur schwach von den Bildern des Films beleuchtet, mit dem er sich wachhielt.)

Die Einzige, vor der er sich zusammenriss, war meine Mutter. Er respektierte sie sehr, und ich glaube, er hatte auch ein wenig Angst vor ihr; sie war das weise, vernünftige Elternteil. Ihr Urteil war ihm wichtig. Bis zum Schluss war sie das besänftigende Element zwischen uns. Wenn sie dabei war, sprühte der Raum geradezu vor Normalität – nur da sein musste sie dafür, freundlich und diskret, auch wenn sie uns auf Schritt und Tritt im Auge behielt, stets bereits, eine ruhige Mahnung auszusprechen, wenn sie merkte, dass sich etwas zusammenbraute. Wenn sie dabei war, wurde es nie heikel.

Bei Essen und Feiern mit seinen Freunden las mein Vater meine kindlichen Gedichte und Geschichten vor. Mir war das schrecklich peinlich, und ich wusste, dass meine Mutter solche Angeberei nicht mochte, sie für pädagogisch falsch hielt. Das steigerte mein Unbehagen noch, denn auch wenn sie nicht dabei war, spürte ich ihr missbilligendes Naserümpfen, wenn ich zur Schau gestellt wurde oder mich – mitgerissen von der Anerkennung – selbst zur Schau stellte. Trotzdem freute ich mich, dass wenigstens dieser Teil von mir für meinen Vater akzeptabel war – und wer hat schon was gegen ein Lob? Die Tischgäste waren entzückt, und mein Vater platzte vor Stolz. Er prahlte mit meinen frühreifen Schreibkünsten und meiner Intelligenz, die ich natürlich von ihm hatte, klar. So klug wie ihr Vater. »*Talis pater, talis filia*«, sagte er wehmütig, und mir stieg bläulich-giftige Wut aus den Beinen bis in die Fingerspitzen, bis unter die Schädeldecke, und ich dachte: Ich bin nicht wie du. Ich werde nie sein wie du.

Dann legte sich die Wut wieder, und zurück blieb nichts als tiefe Traurigkeit, die quälende Gewissheit einer Niederlage, für ihn genauso wie für mich.

(Und doch – und doch – war da das Meer. Er liebte das Meer, und ich liebte es auch. Ein tief bewegendes und unbeschreibliches Gefühl. Wir unternahmen lange Schnorcheltouren, bei denen wir kaum ein Wort wechselten. Ich hörte nur seinen Atem im Schnorchel – und den meinen, etwas schneller. Er zeigte mir, wie man die Taucherbrille mit Spucke putzt, damit sie nicht beschlägt. Wir wagten uns weiter hinaus als alle anderen, zwischen die Klippen jenseits des Kaps und noch weiter. Die Welt unter der Oberfläche, zugleich lebendig und gespenstisch, gehörte dort nur uns. Diese dumpf brummende Stille, die mir unter Wasser durch die Ohren hallte. Die Algenwälder, die im gemächlichen Rhythmus der Wellen tanzten. Die kleinen Schlupfwinkel in den Felsen, wo sich die Seeigel versteckten. Die Sonnenstrahlen, die schräg durchs Wasser schnitten und zitternde Rauten auf den Grund projizierten. Das dunkle, endlose Blau, das sich vor einem auftat, wenn man hinaus ins offene Meer blickte. Es war anstrengend, aber es machte glücklich. Wenn ich nach einer ausgedehnten Schnorchelrunde auf den Strand niedersank – erschöpft, voller Eindrücke, die nassen Haare im Gesicht – und er mir über den Kopf strich und mir stolz zulächelte, fühlte ich mich wohl und spürte beinahe so etwas wie Liebe.)

Meine Kindheit war mit einem Schlag vorbei, als ich elf wurde: als mein freier, geschlechtsloser Körper sich von einem Monat auf den anderen in den einer Frau verwandelte und die Pubertät aus mir ein schwermütiges, wortkarges und unleidliches Geschöpf machte, voller Hass auf sich selbst und Angst vor den anderen. Man kann sich denken, dass die Bilderbuchbeziehung zu meinem Vater sich dadurch nicht eben verbesserte. Auch ich wurde jetzt immer aufbrausender. Wenn er mich anschrie, brüllte ich zurück. Ich ließ mich auf jede Provokation ein. Ich ertrank in Wut. Die Wut verzehrte mich, überschwemmte mich, löschte jeden klaren Gedanken aus; ich war genauso unbeherrscht wie er, ein hässliches Spiegelbild seines Jähzorns. *Talis pater, talis filia.*

Die Person, die ich in diesen Augenblicken wurde, war mir zuwider. Ich hasste sie, wie ich ihn hasste, ja sogar mehr. Tiefe Scham kroch mir ins Mark, setzte sich fest und ließ mich wünschen, ich könnte mich einfach in Luft auflösen. Niemand konnte mich trösten oder mir helfen: Ich war genauso schuldig wie mein Vater, ja sogar noch schuldiger, weil ich den nötigen Respekt vermissen ließ. Zumindest schienen das die anderen zu denken. Die Zuschauer.

Eine schreckliche Tochter. Völlig missraten.

Mit siebzehn beschloss ich, dem Wahnsinn ein Ende zu setzen. Am Ende meiner Kräfte floh ich – buchstäblich – aus einem unserer Urlaube und fuhr heimlich mit dem Zug nach Hause. Danach sprachen wir lange kein Wort miteinander. Er konnte mir das nicht verzeihen. Ich dagegen musste beinah lachen: Wieso sollte man um jeden Preis an diesem alljährlichen Trauerspiel festhalten? Begriff er nicht, dass es so für alle besser war? Noch heute werde ich nicht schlau aus dem grellen Widerspruch zwischen seinem Wunsch, mich ein paar Wochen bei sich zu haben, und seinem Verhalten, wenn wir dort waren. Ich glaube, er verstand es selbst nicht.

Und trotz alledem hatte er auf seinem Nachttisch ein gerahmtes Foto von mir. Ich war darauf vierzehn, las mit überkreuzten Beinen unterm Sonnenschirm am Strand, stirnrunzelnd, auf einem Nagel kauend, das Haar in den Nacken gestrichen. Als ich es sah, kamen mir fast die Tränen – warum, weiß ich auch nicht.

Als der erste Sturm nach meiner Flucht sich gelegt hatte, wurde es – wie um zu beweisen, dass es doch ging – besser. Zu Hause besuchte ich ihn nur selten, bloß zu wichtigen Anlässen. Drei, viermal im Monat trafen wir uns zum Mittag- oder Abendessen oder auf einen Kaffee. Geradezu schön war das. Wenn wir unter uns waren, benahm er sich anders, das war schon immer so gewesen. Dann hatte er es nicht nötig, eine Rolle zu spielen. Er polterte nicht, gab nicht den Clown, hielt keine Predigten. Wir gingen spazieren und unterhielten uns. Wir holten uns Eiscreme. Ich erzählte ihm von den Büchern, die ich gerade las, oder von meinen Kursen an der Uni. Ich nahm ihn auf den Arm, und er ließ mich lachend gewähren. Höchstens sagte er: »Du bist gemein«, und da hatte er recht. Unser Umgang war geprägt von behutsamer Oberflächlichkeit, doch das war völlig in Ordnung so. Besteht die gemeinsame Zeit mit einem geliebten Menschen nicht letztlich immer vorwiegend aus

Schweigen und überflüssigen Worten? Zum ersten Mal seit Langem sah ich wieder, was meiner Ansicht nach sein natürlichstes Selbst ausmachte: eine heimliche Sanftheit, die Freude an geteilten Momenten. Zum ersten Mal seit Langem konnte ich ihn lieb haben.

Leicht war das trotzdem nicht immer. Die Maskeraden, die abgedroschenen Witze, die dämlichen Sticheleien, die er sich nicht verkneifen konnte, sobald er ein Publikum hatte oder sich nicht wohl in seiner Haut fühlte, gingen mir noch immer übertrieben – das war mir schon damals bewusst – auf die Nerven. Manchmal, wenn er einfach nicht aufhörte, mich zu piesacken, verlor auch ich wieder die Beherrschung und verspürte die alte Verzweiflung, die alte Scham.

Im Stadtviertel Sassi, oben auf dem Hügel, in dem geheimnisvollen Gebiet hinter dem großen Friedhof, wo ich sonst nie hinkam, gab er mir Fahrstunden – im Auto meiner Mutter, das sie ihm verständlicherweise nicht ohne eine gewisse Skepsis anvertraute.

Über sich selbst sprach er nur selten. Von meiner Mutter, der er manchmal sein Herz ausschüttete, wusste ich, dass er Kummer hatte, weil die Kooperative, für die er arbeitete, finanziell in der Klemme steckte. Hinzu kamen die üblichen Enttäuschungen durch Leute, denen er vertraut hatte. Mit mir besprach er so was nie. Aber seine Miene wurde mit der Zeit immer zerbrechlicher, verletzter.

Einmal, ich muss so um die zwanzig gewesen sein, schrieb ich ihm aus einer Laune heraus einen Brief. Mit der Post. Was darin stand, weiß ich nicht mehr. Ich glaube, es war eine Art verkapptes Friedensangebot. Das Einzige, woran ich mich erinnere, ist, wie ich ihm melodramatisch dafür dankte, dass er mich als seine Tochter anerkannt hatte. Er war erschüttert. In einer vergrämten Antwort erklärte er, er habe mich nicht aus Pflichtgefühl anerkannt: *Gewollt* habe er mich, auch wenn er das zuvor nicht gewusst hatte, sei stolz und glücklich, dass ich seine Tochter war, und würde mich gegen nichts und niemanden tauschen. Außerdem schrieb er – ob in diesem oder einem anderen Brief, weiß ich nicht mehr, wie alle Romantiker unterhielt er einen regen Briefverkehr –, dass er sich über unsere Annäherung freute und die Gespräche mit mir schätzte, dass sie ihm manchmal »Fingerzeige« für sein Leben gäben. Von Zeit zu Zeit erwähnte er von da an rührselig meinen Brief (abgesehen von Karten zu Weihnachten und Geburtstag habe ich ihm sonst nie geschrieben), doch ich wechselte dann immer schnell das Thema.

Ich werde mich wohl ewig fragen, was noch hätte werden können, wenn wir mehr Zeit gehabt hätten. Wenn wir nicht all diese Jahre vergeudet hätten.

Und dann endete alles auf die schlechteste nur mögliche Weise.

Ich will versuchen, einige der Dinge festzuhalten, die ihn ausmachten.

Er hatte ein übermenschliches Gedächtnis (was im Nachhinein betrachtet nicht einer gewissen, grausamen Ironie entbehrt). Zum Beispiel wusste er noch Wort für Wort Dutzende Gedichte, die er in der Schule auswendig gelernt hatte, und sagte ab und zu aus heiterem Himmel eins davon auf – fast, als spräche sein Mund ganz von allein, als ließe er die Worte nur um ihres Klangs willen von der Zunge rollen. Hatte er etwas einmal gelesen, merkte er es sich für immer – oder wenigstens fast – und mit verblüffender Genauigkeit. Oft spielten wir zusammen ein Spiel: Einer musste einen Hinweis auf einen Film geben, zum Beispiel einen Darsteller, ein bestimmtes Motiv, den Regisseur oder das Veröffentlichungsjahr, und der andere musste den Titel erraten. Oder man gab den Titel vor, und der andere musste den Regisseur und mindestens die Hauptdarsteller nennen. Er wusste *alles*, von George Cukor bis zu den Krimis mit Tomas Milian.

Er konnte auch komplette Gesänge aus der *Göttlichen Komödie* auswendig, aus dem Inferno, genauer gesagt: Bereits im Fegefeuer seien die Wunder nämlich spärlich gesät, sagte er immer, und das Paradies sei nur noch öde Propaganda. Wenn er Dante rezitierte, blühte er auf, als hätte er ihn gerade erst entdeckt. »Weh euch, Verworfne!«, brüllte er strahlend, immer im gleichen, schwülstigen Tonfall, und fegte dabei mit den Händen durch die Luft, und wie er »Charon, mit Augen, die wie Kohlen glommen« intonierte – nun ja, so werde ich das wohl nie wieder hören. Frei nach Farinata degli Uberti sagte er oft, ich würde über die Welt und ihre Plagen lachen. Er rief mich an und fragte mit hörbarem Grinsen: »Lachst du immer noch der Welt und ihrer Plagen?« Außerdem deklamierte er gern: Ugolino, Paolo und Francesca, Odysseus. Ihr Leid, die ewige Wiederholung ihrer Strafe bewegte ihn tief. Als ich als Teenager zum Spaß ein paar Passagen lernte, freute ihn das sehr. Außer den griechischen Mythen meiner Kindheit war Dante unsere einzige gemeinsame Liturgie. Noch heute merke ich, wenn ich einem wehrlosen Tropf ein paar Verse Dante aufsage, wie mein Tonfall dabei seinem folgt, seinen eigentümlichen, euphorischen Betonungen.

Mit dem Alter wurde er zwar immer cholerischer, verlernte jedoch nie, sich an den Dingen zu freuen, die ihm etwas bedeuteten. Für Freude hatte er Talent.

Er las fast ausschließlich Sachtexte, vor allem psychoanalytische. (In seinen letzten Jahren benutzte er das Wort »imaginär« wie eine Machete.) Einmal fragte ich ihn nach seinem Lieblingsroman. Wie aus der Pistole geschossen sagte er: »Wahrscheinlich die *Erinnerungen des Kaisers Hadrian* von Yourcenar. Was Schöneres habe ich nie gelesen.« Ich war baff. Ein Buch über das Alter, über den Tod, und das, obwohl er beides entschlossen ignorierte.

Es gab allerdings mindestens einen weiteren Roman, den er mochte: *Der Tiger unter Glas* von Alki Zei. Ich erinnere mich noch gut an das Cover seiner alten, zerlesenen Einaudi-Ausgabe, das ich als Kind ganz schön unheimlich fand: Ein Tigerfell oder ein ausgestopfter Tiger hängt über einem Stuhl, wendet das weit aufgerissene Maul zu drei Vierteln dem Betrachter zu, richtet die leeren Augen ins Ungewisse. Ich habe das Buch als kleines Mädchen gelesen, noch zu Zeiten der Mansardenwohnung (aber ich bin sicher, dass es schon in der Wohnung meiner Mutter gestanden hatte, also hatte er wohl doch etwas mitgenommen), und habe fast nichts verstanden. Es spielt in den ersten Tagen der Metaxas-Diktatur in Griechenland im Sommer 1936 – ich glaube, das Einzige, was ich begriff, war die beklemmende Gefahr, die rings um die Protagonistenfamilie schwelte. Allerdings erinnere ich mich an die beiden Hauptfiguren, zwei kleine Schwestern namens Melissa und Myrto. Myrto war die Arrogantere, Frechere und Interessantere der beiden. Auch mein Vater mochte Myrto. Er sagte, er hätte mich gerne nach ihr benannt, aber meine Mutter sei (Gott sei Dank) dagegen gewesen. Auch dieses Buch ist längst verschollen.

Sonst weiß ich nicht viel über seine Lesebiografie. Manchmal überraschte er mich allerdings. Ein Beispiel: Mit fünfzehn las ich zum ersten Mal *Lolita*, rein zufällig, auch wenn ich beim Lesen vage ahnte, dass das ein wichtiges Ereignis war. Die Idee eines unzuverlässigen Erzählers bereitete mir Kopfzerbrechen; ich wusste einfach nicht, ob ich Humbert Humbert glauben sollte, was er über den Tod von Dolores' Mutter sagte. Mein Vater und ich waren damals am Strand, er saß neben mir und las die Zeitung. Ich stützte mich auf die Ellbogen und fragte: »Hast du das mal gelesen?«

»Ja.«

»Dieser Humbert … der hat seine Frau doch nicht umgebracht, oder?«

Mein Vater grinste böse.

»Na klar hat er sie umgebracht«, sagte er. Dann wandte er sich wieder seiner Zeitung zu, ergänzte aber kurz darauf noch: »Du darfst ihm kein Wort glauben.«

Erst als ich neun Jahre später anfing, Nabokovs Gesamtwerk zu lesen – es *kundig* zu lesen –, begriff ich, wie wertvoll diese kleine Erinnerung war, ein erstes Anzeichen dafür, dass mein Vater womöglich etwas Interessanteres, Geheimnisvolleres, Komplexeres in sich trug, als ich geahnt hatte; dass ich keinen Schimmer hatte, was *wirklich* in seinem Kopf vorging. Leider konnte ich mit ihm nicht mehr darüber sprechen: Die *Vorlesungen über Literatur* und *Fahles Feuer* habe ich zwei Monate nach seinem Tod gelesen. Ich konnte ihm nie erzählen, auf welch sonderbare Weise mir *Pnin* das Herz gebrochen hat, nichts von dem ins Spülbecken fallenden Nussknacker und auch nichts von der Anekdote des im Sterben liegenden Tschernyschewski in *Die Gabe*, die von dem fiktiven französischen Autor Delalande handelt, der, als er »bei einer Beerdigung einmal gefragt wurde, warum er nicht den Hut abnehme (*ne se découvre pas*), antwortete (…): ›Ich warte, dass der Tod es zuerst tut.‹ (›*Qu'elle se découvre la première.*‹)« Und auch von Tschernyschewskis Kommentar dazu konnte ich ihm nicht erzählen: »Es liegt darin ein Mangel an metaphysischer Galanterie, aber der Tod verdient es nicht besser.« Trotzdem bedeutet diese kleine Erinnerung mir viel, wie ein geteiltes Geheiminis.

Das letzte Buch, das ich ihm geliehen habe, war *Leben und Schicksal* von Wassili Grossman – wir hatten damals gerade ein paar schwierige Gespräche über den Sowjetkommunismus geführt. Er hat es im Krankenhaus gelesen und konnte sich nicht verkneifen, dem Professor, mit dem er sich das Zimmer teilte, stolz mitzuteilen, dass er das Buch von seiner Tochter habe. Später berichtete er strahlend, der andere sei beeindruckt gewesen und habe ihm zu seiner Tochter »gratuliert«. Er schaffte es sogar noch, das Buch komplett zu lesen, wenn auch nur sehr langsam. Erst vier Jahre später, als ich zum ersten Mal seit seinem Tod wieder bei Dora war, holte ich es mir zurück. Abends im Bett suchte ich darin die wirren Bleistiftanstreichungen, die er immer allem beigebracht hatte, was ich ihm zu lesen gab, einschließlich meiner Bachelorarbeit. Auf den ersten Blick war keine einzige zu finden. Beunruhigt blätterte ich weiter und fand schließlich doch welche. Allerdings nur drei, anstatt der vielen Dutzend, die ich erwartet hatte: eine unter einer sarkastischen Antiphrase über die Tränen des Kapos und des Blockältesten in einem deutschen Lager, eine unter der Beschreibung eines alten Manns mit »blauer Haut und blauen Augen«, die er wohl schön oder interessant fand. Die letzte Unterstreichung war viel weiter hinten, kurz vor Ende des Buchs, wo die alte Schwiegermutter eines Mannes, der alles verloren hat, diesem die Stirn küsst, während er stumm die Wände des Hauses betrachtet, das er verlassen muss: »Mach dir nichts draus, mein Lieber, so ist das Leben nun einmal.«

Er sang immer und überall. Wie schon erwähnt, war er ein ziemlich lauter Zeitgenosse. Auch auf der Straße sang er, bis ich ihm den Ellbogen in die Seite stieß und zischte: »Papa, bitte, hör auf.«

Wenn er im Auto sang, bewegte er die Arme dazu wie Windmühlenflügel, unterstrich einzelne Verse mit feierlichen Gesten und rief: »Verstehst du? ›*Le grandi gelaterie di lampone che fumano lente*‹ – die großen, qualmenden Himbeereisfabriken. Was für *Poesie*!«

»Lass die Hände am Steuer! Wenn wir draufgehen, ist Schluss mit Poesie«, erwiderte ich trocken.

Aber meistens sang ich mit, genauso falsch und mit beinahe genauso wilden Gesten. Unsere Glanznummer war *Carlo Martello torna dalla battaglia di Poitiers* von Fabrizio de André. Hier in zufälliger Reihenfolge eine Auswahl der Lieder, die wir während etwa zwanzig Jahren kürzerer und längerer Autofahrten im Duett schmetterten: *L'auto targata »TO«. Il testamento. Brennero '66. Proposta* und *Tema.* (Eins meiner zahlreichen nutzlosen Talente ist die Fähigkeit, die Stimmen der Band I Giganti zu imitieren.) *Canzone di notte. Alice. I treni per Reggio Calabria. Ballata per Ciriaco Saldutto. L'abbigliamento di un fuochista. Contessa. Nel cuore, nell'anima. Coda di lupo. Berta filava. Noi non ci saremo* (in der Version der Nomadi; »Göttlich!«, schwärmte mein Vater jedes Mal mit brüchiger Stimme, wenn er Augusto Daolios Stimme hörte – wie wir schon bei Palinaurus sahen, währte die Trauer meines Vaters ewig). *4 marzo 1943. Sognando la California. Il feroce monarchico Bava* (»tu non riiider, sabauda marrrmaglia«). *Pezzi di vetro. Dio è morto. Il signor Hood. Singapore. Per i morti di Reggio Emilia. Bartali. Escluso il cane. Il mio canto libero. La locomotiva. Pablo. Ho visto un re. Tammurriata nera.* (Hier stieß ich eigentlich immer nur irgendwelche Laute aus, weil ich kein Wort verstand, aber ich mochte das Lied trotzdem sehr.) *Stalingrado* und *La fabbrica. Ma come fanno i marinai.* Außerdem Kassetten mit Rock'n'Roll aus den Fünfzigern, zu dem er aber nur die Refrains mitsang oder im Rhythmus summte und aufs Lenkrad trommelte, weil er kein Englisch konnte: *Why Do Fools Fall in Love. Oh, Carol. La Bamba. See You Later Alligator. Tutti Frutti. Let's Twist Again. That'll Be the Day. Only You. Under the Boardwalk. Summertime Blues* und einige mehr. *Rimini. Il leone e la gallina. Generale. Disperato erotic stomp. Pugni chiusi* (»in me c'è la noo-tte più neeeraaa«, zu singen mit amerikanischem Schluchzen). *Lugano addio. Il vestito di Rossini. Sant'Antonio a lu desertu. Bufalo Bill. Vengo anch'io (no tu no). Porta Romana bella. 29 settembre. Santa Lucia. Acqua azzurra, acqua chiara. Un altro giorno è andato. Fila la lana. Ballata per Franco Serantini. Rimmel. Ahi, Maria.* Und so weiter und so fort.

Ich glaube, sofern wir überhaupt so etwas wie ein Familienarchiv besitzen, ist es das. Vergänglich, oberflächlich, immateriell. Seine einzigartige Essenz, sein Leben, lässt sich unmöglich wiedergeben, ohne dass die Worte fehlgehen – »com'è povera la lingua della gioia«, wie arm ist doch die Sprache der Freude.

Voll aufrichtigem Mitgefühl hat jemand – und zwar jemand, der ihn wirklich mochte – einmal zu mir gesagt: »Ihn zum Vater zu haben, war bestimmt nicht leicht.«

Nein, war es nicht. Bis zum Schluss nicht. Und es war auch nicht leicht, mir hinterher von einer Schar von Fremden anhören zu müssen, was für ein wunderbarer Vater er doch bestimmt gewesen sei. Ich rang mir zur Antwort immer nur ein höfliches Lächeln ab.

Ich hatte geglaubt, ihn zu kennen. Ihn bis in seine nebligsten, gröbsten, niedrigsten Winkel und in seinen schwächsten Momenten zu kennen. Ich hatte geglaubt, ihn von Kopf bis Fuß verstanden zu haben. Jetzt aber musste ich mir eingestehen, dass ich ihn längst nicht so gut kannte wie gedacht – ja, dass ich ihn womöglich gar nicht kannte.

SEINE BIOGRAFIE ZU REKONSTRUIEREN, und sei es nur in groben Zügen, war mir praktisch unmöglich. Von seiner Kindheit hatte er mir nie erzählt. Nichts von seiner Mutter, seinem Vater, seinen Brüdern und Schwestern als Kinder und schon gar nichts von sich selbst. Ob das Gleichgültigkeit war oder bewusstes Ausradieren, war mir nicht klar. Nur ein paar Anekdoten über eine lang vor meiner Geburt gestorbene lustige Großtante, genannt Zia Ziella, hat er öfter zum Besten gegeben. (Als Kind begriff ich nie, dass Ziella eine Kurzform von Graziella war, sondern dachte immer, es sei eine Art homerische Steigerung von *zia*, Tante, und sie also eine Art Super-Tante.) Dann waren seine Brüder und Schwestern auch noch alle innerhalb von vier Jahren gestorben, kurz vor und nach ihm, vom Jüngsten bis zum Ältesten; ich konnte also niemanden mehr fragen. Ich wusste nur, dass er in Monte Sant'Angelo geboren war, auf dem Gipfel eines Berges, im Dezember des letzten Kriegsjahres, und dass die Familie zwölf Jahre später zurück an die Küste nach Trani gezogen ist. Sogar an die Vornamen seiner Eltern erinnerte ich mich kaum, und alle, die vor ihnen gelebt hatten, verloren sich erst recht in tiefstem Vergessen. Das gilt allerdings auch für die Vorfahren meiner Mutter, obwohl die mir viel von ihrer Kindheit erzählt hat, von ihrem Bruder und ihren Eltern, von ihrem Vater, der immer im Stall Geschichten erzählte, wenn das Dorf dort an Winterabenden zusammenkam, um sich im Warmen zu unterhalten oder den Mais zu putzen, und von ihrer Mutter, die ab ihrem achten Lebensjahr bis zur Hochzeit als Dienstmädchen gearbeitet hatte; schon über ihre Großeltern wusste sie jedoch auch nicht viel mehr zu sagen, als dass sie Bauern gewesen waren.

Meine Mutter hat mir anvertraut, dass sie immer brennenden, beschämenden Neid verspürt, wenn sie die Autobiografien von Schriftstellern aus adligen oder großbürgerlichen Familien liest, die fast bis zur Eiszeit reichende Stammbäume voll faszinierender, in uralten Familienchroniken verewigter Ahnen vorzuweisen haben, inklusive herrlich skurriler Marotten, Heldentaten, skandalöser Ehen oder zumindest einem schönen Profil mit Alabasterhaut, die irgendein dilettantischer Poet ihrer Zeit in honigsüßen Versen besungen hat.

»Ich habe Ahnenneid«, hat sie damals gesagt, halb im Scherz und halb im Ernst.

Ich wusste, was sie meinte. Unsere Familie hat keine Ahnen. Wir wissen nicht, wer unsere Vorfahren waren, und zwar aus einem simplen Grund: Sie waren arme Schlucker, die weder lesen noch schreiben konnten, und haben deshalb keinerlei Spuren hinterlassen. Weder die im Norden noch die im Süden. Die Redewendung »Wer bin ich denn, das Kind vom Dienstmädchen?«, die auch mir manchmal herausrutscht, war meiner Mutter immer schon zuwider, denn auf sie trifft sie tatsächlich zu. Wir stammen von Dienern und Knechten ab, von der riesigen, anonymen Klasse, die den stummen, nur praktische und dekorative Zwecke erfüllenden Hintergrund von anderer Leute Romanen und *récits autobiographiques* abgibt. Der Neid meiner Mutter galt der Kultiviertheit qua Geburt, den von Generation zu Generation vererbten Bibliotheken, den illustren Persönlichkeiten und Beziehungen, den überall weit aufstehenden Türen, all diesem geerbten Reichtum – und zwar nicht einmal dem materiellen.

Auch mir ist dieser Neid nicht fremd.

Eigentlich haben mich Fragen der »Abstammung« nie interessiert. Wenn es um »Wurzeln« und ähnliches Identitätsgeschwätz geht, nehme ich sofort Reißaus. Meine Zugehörigkeiten, wenn wir das mal so nennen wollen, liegen woanders. Aber wenn ich an all diese Einzelschicksale denke, erschüttert mich doch, wie voll und ganz sie aus der Geschichte getilgt wurden. Was gäbe ich nicht für eine durchgeknallte, rachsüchtige Vorfahrin, für einen Ururgroßvater, der gern auf Porzellanfiguren schoss! Stattdessen ist von denen, die mir vorausgingen, nicht das Geringste geblieben, und ich spreche nicht bloß von einem Gefühl, einem Wunsch oder einem flüchtigen Gedanken im Halbschlaf kurz vorm Aufwachen, sondern von wenigstens einer einzigen Anekdote oder prägnanten Eigenschaft.

Vor ein paar Monaten ist die Witwe eines meiner Großonkel gestorben, eines Bruders meiner Nonna mütterlicherseits. Sie hieß Venilia. Bei diesem Anlass erfuhr ich, dass auch sie die »Tochter eines Dienstmädchens« war. Ihre Mutter war Hausmädchen bei irgendwelchen reichen Leuten gewesen. Lange habe ich über diese junge Frau nachgegrübelt, die für ihre Tochter einen so schönen und ungewöhnlichen Namen gewählt hat. Hatte sie ihn irgendwo gelesen? *Konnte* sie überhaupt lesen? Hatte sie ihn zufällig aufgeschnappt, oder erinnerte sie sich aus einer geliebten Geschichte aus ihrer Kindheit daran? Diese einsame, arme Frau, die ihrer vaterlosen Tochter einen ganz besonderen Namen geben wollte, vielleicht, damit sie überhaupt etwas Besonderes, etwas Eigenes besaß.

Das Merkmal eines Individuums: eine junge Frau, die eines Tages in den Zwanzigern einen Namen aussucht.

Apropos Abstammung. Ich weiß nicht mehr, ob das bei unserem ersten Treffen war oder erst später, aber jedenfalls erzählte Agata, sie habe sich immer gefragt, wo eine Taschenuhr geblieben sei, die ihr Vater meinem zur Hochzeit geschenkt hatte; sie war ein Familienerbstück, das ihr Vater wiederum von seinem geerbt hatte und der von seinem und so weiter. Sie hätte sie gern mir überlassen (nicht *ihren* Kindern, sondern *mir,* der Tochter von Leonardo), aber sie muss wohl bei einem Umzug verschüttgegangen sein. Ich, eine *Tochter,* die das Symbol des männlichen Generationenwechsels einer anderen Familie erbt. Das wäre schon interessant gewesen. Doch mein Vater hat auf solche Dinge nie geachtet, nicht einmal, wenn sie anderen wichtig waren.

Seine Kindheit fehlte also. Von seinem Geburtsort hatte ich nur eine vage Vorstellung: ein Städtchen voll schneeweißer Häuser auf einem Berg, beherrscht von einer fünfzehn Jahrhunderte alten, noch zur Zeit der Langobarden über einer Grotte erbauten Wallfahrtskirche sowie den bröckelnden Türmen eines Normannenkastells, das unter den Anjou ein Gefängnis war. Dort, so las ich, fegte der

Wind das ganze Jahr lang durch die Straßen und herrschte im Herbst dichter, ewiger Nebel. Ich versuchte, mir den kleinen Jungen vorzustellen: Ich erahnte seine Silhouette, die sich auf einem der steilen Sträßchen im Nebel zu mir umwandte, doch sein Gesicht konnte ich nicht erkennen.

Rom war jedoch genauso rätselhaft. Was hatte er dort getrieben? Wer war er gewesen? Es gab niemanden, den ich das hätte fragen können. Das heißt: Eines Sommers, daran konnte ich mich noch erinnern, sind wir an einem Filmplakat vorbeigekommen (dem Veröffentlichungsjahr nach muss ich zwölf gewesen sein), und er hat so beiläufig erwähnt, als kommentiere er die Wettervorhersage: »Mit dem Regisseur hab ich in Rom mal eine Weile zusammengewohnt.« Dann sind wir weitergegangen. Ich fragte Agata, und die bestätigte die Geschichte: Irgendwann in den Sechzigern hatte mein Vater mit dem Regisseur und dem schwedischen Schauspieler zusammengewohnt, mit dem dieser damals oft gedreht hat. Als ich las, dass sowohl der Regisseur als auch der Schauspieler bei Servire il Popolo gewesen waren, war mir klar, was die drei zusammengeführt hatte. Ich habe mit keinem der beiden je Kontakt aufgenommen, obwohl ich es anfangs noch versuchte, weil sie die einzige, schwache Verbindung zu diesem Abschnitt seines Lebens waren, die einzige Möglichkeit, etwas darüber zu erfahren. Am Ende war es aber doch zu kompliziert, und ich ließ es gut sein. Vielleicht irgendwann.

Später erzählte mir Agata von einem Mädchen, mit dem mein Vater in Rom zusammen gewesen war. Sie wusste allerdings nur ihren Vornamen, Clara, und dass sie aus einer reichen Familie kam. Als diese Familie herausfand, mit wem ihr Töchterlein sich abgab, durfte Clara nicht mehr vor die Tür, sodass mein Vater mit Megafon und Spruchband eine skurrile Ein-Mann-Demo im Innenhof des Hauses abhielt, um sie »zu befreien«. Offenbar war das Spektakel so gelungen, dass die Eltern, denen es zum Sterben peinlich war, sie sofort gehen ließen – ein Triumph der Liebe über die Bourgeoisie. Agata hatte jedoch keinen Schimmer, was aus Clara geworden war: Sie kannte sie nur aus Erzählungen meines Vaters und wusste nicht mal ihren Nachnamen. Auch Clara blieb also ein Gespenst. Des Namens wegen stellte ich sie mir mit flachsblonden, langen, duftigen und deutschen Haaren vor und aus mir unerfindlichen Gründen auch immer in Kleidern der Jahrhundertwende, wie ein Mädchen am Strand von Balbec. Clara *disparue*.

Es war anzunehmen, dass mein schwer greifbarer Protagonist – der in meinem Kopf inzwischen ein von dem Mann, den ich gekannt hatte, völlig unabhängiges Eigenleben entwickelte, und den ich daher von nun an L. B. nennen werde – in Rom an Kundgebungen und mindestens einer der Besetzungen der Fakultäten für Medizin, Literaturwissenschaft und Architektur im Winter und Frühjahr 1967 bis 68 teilgenommen hatte, vielleicht sogar an allen dreien. Ich weiß nur, dass er mir einmal erzählt hat, er und die anderen hätten, »als wir die Uni besetzt haben«, doppelt so viel Arbeit gehabt wie sonst, weil sie auch noch selbst ihre Kurse organisieren mussten, um planmäßig ihre Prüfungen ablegen zu können. Er wurde bitterböse, wenn jemand behauptete, die Studenten hätten die Uni damals nur aus

Faulheit besetzt. Das Studium war ihm heilig, der höchste Sinn seines irdischen Daseins. An Versammlungen und Besetzungen teilzunehmen, war für einen wie ihn sicher eine Frage der Verantwortung, vielleicht sogar der Moral. Womöglich dachte er dabei an die Vorstadtkinder, die er nachmittags betreute, daran, welches Los sie erwartete, und hoffte, ihnen einen Ausweg aus dem vorgezeichneten Schicksal zu eröffnen, aus der uralten, unüberwindbaren Einsamkeit, in die sie gezwungen waren. Außerdem musste es unglaublich befreiend, unglaublich *neu* für ihn gewesen sein, auf diese Art mit anderen Leuten zusammen zu sein. Der Sinn für Gerechtigkeit, die Abenteuerlust, der diffuse, aber mächtige Zeitgeist. Der unendliche Strom der Worte. Die Jugend.

Er war zweiundzwanzig. Mit der ganzen Hybris dieses Alters glaubte er sicher, bereits alles Wichtige zu wissen – und alles andere würde sich schon ergeben, aus jenen mutmaßlich so wahren Worten, die alle Rätsel dieser Welt zu lösen und zu ordnen schienen. Bestimmt hielt er sich für unsterblich, unverwundbar und vollkommen. Die Zeit war da noch gar nicht in der Welt.

Ich suchte überall nach ihm. Wochenlang sichtete ich Fotos und Filmaufnahmen: an den Armen weggeschleifte Verletzte in Valle Giulia, brennende Mannschaftswagen, durch Rauchschwaden hastende Schatten, Schemen, die auf Hänge kletterten oder von ihnen herabstürmten, Fotos von Demonstrationen und immer größeren Versammlungen. Stundenlang suchte ich die grobkörnigen Bilder vom 16. März nach ihm ab, dem Tag, an dem die Faschisten auf ihrer Strafexpedition die Bänke aus den Fenstern warfen, demselben Tag, an dem – wie man erst viel später erfahren sollte – auf der anderen Seite der Erde die Soldaten um Lieutenant William Calley dreihundertsiebenundvierzig Alte, Frauen, Kinder und Babys in My Lai ermordeten, ihre Leichen auf die Straße und in Gräben warfen und ihre Häuser niederbrannten.

Doch ich konnte ihn nirgends finden: Alles war zu schnell, zu unscharf, zu weit weg. Ich weiß nicht, wieso ich so besessen davon war. Wenn ich von diesem Ausschnitt seiner Existenz nichts in Erfahrung bringen konnte, wollte ich ihn doch wenigstens sehen. Er hatte an einem historischen Ereignis teilgenommen, und doch tauchte er nirgends auf. Es war zum Verzweifeln. War es möglich, dass ich ihn, weil ich nicht wusste, wie er damals ausgesehen hatte, einfach nicht erkannte? Einmal träumte ich sogar, ich hätte einen Schwarz-Weiß-Film entdeckt, in dem er eine ganze Weile lang zu sehen war, wie er neben einem Protestzug herrannte, eindeutig zu erkennen, jung und fröhlich wie in einer der glücklichen Szenen in *Die zweite Heimat*. L. B., verewigt in der Zeit: Im Traum lächelte ich triumphierend, endlich zufrieden.

MAN ERZÄHLT SICH, AM UFER DES SWETLOJAR-SEES, tief in den Wäldern der Region Nischni Nowgorod am nördlichen Teil der Wolga, liege die sagenumwobene Stadt Kitesch. Als die Tataren einst auf dem von einem Verräter preisgegebenen geheimen Pfad zur Stadt herannahten, um sie zu erobern, versank sie vor den Augen der verblüfften Invasoren ganz langsam im See. Das Letzte, was noch auf der Oberfläche aufblitzte, ehe es ebenfalls in den Fluten verschwand, war die goldene Kuppel der Kirche. Zehn Tage und zehn Nächte lang versuchten die Tartaren, die Stadt wiederzufinden, doch ohne Erfolg.

Man erzählt sich außerdem, Kitesch gäbe es heute noch – verborgen unter Wasser mit all seinen Bewohnern. Und hin und wieder kommt es vor, so heißt es in den späteren Chroniken der Schismatiker, dass ein glücklicher Wanderer vage die weißen und goldenen Umrisse der Häuser unter der Oberfläche erkennt und den dumpfen Schlag der Glocken hört.

SELTSAME MONATE WAREN DAS. Ich machte trotzdem weiter wie zuvor, las gegen Bezahlung Bücher, verpasste Gelegenheiten, ging sonntags mit N. spazieren, schaute Filme mit ihm oder las ihm im Park oder auf dem Sofa meiner kleinen Wohnung etwas vor. Im März fuhren wir nach Paris und besuchten meine gute Freundin S., mit der ich ein Jahr die Schulbank geteilt, Dutzende Filmessays in halb leeren Sälen – meistens nur wir zwei und ein paar arme Irre – gesehen und diverse schöne und aufregende Reisen unternommen hatte. In Paris arbeitete sie seit einigen Jahren an ihrer Promotion in Chemie und wohnte zusammen mit ihrem französischen Freund, den sie später heiraten sollte. S. war die Pragmatische von uns beiden, und manchmal schüchterte ihr Sinn fürs Praktische, diese fast schon militärische Beharrlichkeit, mit der sie all ihre Projekte durchzog, mich richtiggehend ein. Sie kannte die geheimsten, traurigsten und schrecklichsten Gedanken, die ich je irgendwem anvertraut hatte, bevor N. in mein Leben getreten war. Sieben Tage vor dem Tod meines Vaters hat sie mich außerdem zu dessen Hochzeit begleitet – zu seiner großen Freude, denn er hatte sie sehr gern. Während dieses ganzen fürchterlichen Nachmittags – dem letzten Mal, dass ich ihn lebend sah – hat sie inmitten all der Fremden auf mich aufgepasst wie eine Leibwächterin, und bloß dank ihrer aufmerksamen grünen Augen bin ich nicht einfach im

Erdboden versunken. Am Abend gleich nach seinem Tod hat sie mich zum Essen ausgeführt und zugehört, wie ich kühl von meinem Tag erzählte. (Geweint habe ich nur, als ich von den Kompressen auf den Augen sprach.) Nach dem Essen saßen wir noch eine Weile auf dem Rasen im Park jenseits des Flusses in der schwülen Nacht. So nah gehe mir das alles gar nicht, sagte ich, und mit vierundzwanzig sei man ja kein Waisenkind mehr, es könnte doch alles viel schlimmer sein, die übliche Leier. Ich glaubte das aber tatsächlich. Hundertmal schlimmer wäre gewesen, sagte ich, wenn meine Mutter gestorben wäre – allein der Gedanke trieb mir einen Kloß in den Hals. S. hörte mir schweigend zu. Wir betrachteten den hell erleuchteten Platz am anderen Ufer. Dann begleitete sie mich nach Hause. Kurz vor der Haustür, das weiß ich noch, blieb sie plötzlich unter einem Baugerüst stehen und erklärte ganz ruhig: »Du bist die Erste«, was heißen sollte: die Erste aus unserem Freundeskreis, die ein Elternteil verloren hatte. »Du stehst jetzt woanders. Du hast eine Grenze überschritten, ob du willst oder nicht. Irgendwann wirst du dich dem stellen müssen.«

Beim einzigen Mal, dass wir in der Woche in Paris unter uns waren – eines Abends nach dem Essen –, erzählte ich ihr von meinen Recherchen und davon, dass mich seit Kurzem eine unerwartete Idee umtrieb. Sie hörte aufmerksam zu, betrachtete dabei ihre auf dem Tisch verschränkten Hände. Dann wandte sie mir ihr ernsthaftes Katzengesicht zu und sagte trocken, ohne jede Regung, ganz, wie ich es mir von ihr gewünscht hatte: »Mach es.«

In Paris traf ich auch Valérie Z., eine frankoisraelische Autorin, die im Marais wohnte und die ich seit Jahren kannte. Kennengelernt hatten wir uns 2009 bei einem Literaturfestival – ich hatte dort ein Kinderbuch von ihr vorgestellt –, und wir waren einander auf Anhieb sympathisch gewesen: Herrlich war sie, große schwarze Augen, lange Wimpern, kurzes rabenschwarzes und mit Blumen geschmücktes Haar, dazu ein ansteckendes Lachen. Wir unterhielten uns lange, auf Französisch, erst draußen auf einer steinernen Bank, dann weiter beim Abendessen. Sie war die Sorte Mensch, der man sich schon nach wenigen Minuten völlig selbstverständlich öffnet. Ihre Lebensgeschichte war faszinierend: In Nizza in eine jüdische Familie geboren, war sie als Jugendliche mit ihren Eltern nach Israel gezogen und hatte mit allem fertigwerden müssen, was eine so extreme Entwurzelung mit sich bringt, einschließlich Wehrdienst in der israelischen Armee. Als Erwachsene war sie dann nach Frankreich zurückgekehrt.

Zwei Jahre nach unserer ersten Begegnung habe ich sie bei einem anderen Literaturfestival wiedergesehen, in Barbigia auf Sardinien. Mein Vater war da erst zwei Wochen tot, aber ich hatte beschlossen, trotzdem zu fahren. Ich sollte mein zweites Kinderbuch vorstellen, das etwa anderthalb Monate vorher erschienen war. Zur Präsentation auf der Turiner Buchmesse war mein Vater noch gekommen, obwohl er da bereits in furchtbarer Verfassung war. Ich bemerkte, wie die anderen ihn erschrocken oder lieber gar nicht ansahen. Er war gekommen, obwohl er sich kaum auf dem Stuhl halten konnte, pausenlos hustete und immer wieder einschlief, sodass Dora ihn sanft wach stupsen musste, wie meine Mutter mir später erzählte.

Auf dem Festival in Barbigia stand ich vollkommen neben mir, umtost von der Menge, dem Lärm und den ständigen Fragen, und die zehnjährige Tochter eines der Organisatoren im Schlepptau. Wie das so oft zwischen kleinen Mädchen und jungen Frauen geschieht, hatte sie mich zu ihrem Liebling erkoren. Mit ihr sprach ich sogar tatsächlich gern, auch wenn es mir vorkam, als sähe und hörte ich sie aus dem Inneren eines Aquariums heraus. Zum ersten und einzigen Mal hatte ich meine Mutter auf so ein Festival mitgenommen: Anders hätte ich das niemals durchgehalten. In dieser Zeit wollte ich nie fotografiert werden, aber als wir uns am letzten Abend für das Abschlussessen schick gemacht hatten, hat sie doch darauf bestanden. Von diesem Foto blickt mich eine Frau an, die ich kaum wiedererkenne: merkwürdig flaches Gesicht, verschlossener Blick, der Anflug eines steifen Lächelns, die Haare zu einem Zopf um den Kopf gebunden (so trug ich sie damals oft), die Hände im Schoß verschränkt, bekleidet mit einem schulterfreien Sommerkleid aus geblümter Baumwolle. Beim Abendessen traf ich überraschend Valérie: Ihr Name war mir im Programm nicht aufgefallen, doch das hatte ich ohnehin nur rasch überflogen. Wir umarmten uns freudig, dann setzte sie sich zum Essen neben mich und wir führten unsere Unterhaltung von damals fort, als hätten wir sie erst vor wenige Minuten unterbrochen.

»*Qu'est-ce qu'il y a, Marta?* Was bedrückt dich?«, fragte sie bald zu meiner großen Verblüffung – ich hatte doch geglaubt, ich sei so gut darin, mich zu verstellen. Seit Wochen, Monaten, Jahren hatte ich nichts anderes getan.

»*Il y a deux semaines, mon père est mort*«, gab ich unverblümt zur Antwort. Sie riss die freundlichen Augen auf und blickte vor sich auf den Tisch, dann legte sie eine Hand auf meine und sprach mir ihr Beileid aus. Ich gab ihr eine geschönte Fassung von dem, was ich an jenem Abend im Park zu S. gesagt hatte. Valérie sagte während dieses Essens noch einiges, das mir sicher helfen sollte, aber ich erinnere mich nicht mehr daran. (Wenigstens zum Teil lag das wohl an all dem sardischen Wein.)

Jetzt, in Paris, trafen wir uns in einer Patisserie an der Place des Vosges, einem dieser dermaßen vor Gold, Spiegeln und prächtigem Kristall strotzenden Läden, dass ich mich fast befangen darin fühlte. Valérie erzählte, dass sie gerade an einem Roman über ihren Onkel Jacob schrieb (oder hatte sie ihn schon fertig?), einen der nach der Unabhängigkeit vertriebenen algerischen Juden. Sie zeigte mir ein Foto, das den Anstoß zu ihrem Projekt gegeben hatte. Ich berichtete ihr daraufhin, dass ich dabei war, Dinge über meinen Vater auszugraben, die ich viel interessanter fand, als ich geahnt hätte. Sie war begeistert.

»Ach«, klagte ich, nachdem ich vergeblich die passende Formulierung für einen bestimmten Gedanken gesucht hatte, »furchtbar ist das, wie einem manchmal die Worte fehlen, obwohl man eine Sprache eigentlich gut kann. Ich komme mir so … dämlich vor. Als würdest du nur eine schlichtere, dümmere Version von mir kennen.«

»Keine Sorge«, erwiderte sie sanft, »ich weiß, wie das ist. Als ich nach Israel gezogen bin, konnte ich vielleicht fünf Worte Hebräisch. Ich bin verstummt. Niemand wusste, wer ich bin, weil ich es keinem sagen konnte. Mein ganzes voriges Selbst, meine ganze Komplexität … alles weg. Die passenden Adjektive, die Nuancen, die Ironie, alles, was eine Persönlichkeit ausmacht, *n'est-ce pas?* Ich war nur noch ein Schatten meiner selbst. Mit der Zeit habe ich die Sprache dann gelernt, und es wurde besser. Aber ich hab nicht vergessen, wie das ist.«

Bevor wir uns verabschiedeten, standen wir noch ein Weilchen gemeinsam auf dem Platz. Es war der erste schöne Tag nach mehreren verregneten. Ich sah mich nach dem Sandkasten um, vor dem S. und ich und G. – eine andere Freundin, die ich seit der Grundschule kannte – mit achtzehn einmal auf einer Bank gesessen und über eine Stunde lang den spielenden Kindern zugesehen hatten. Auf den Rasenflächen räkelten sich junge Leute in der Sonne, lasen und naschten Süßigkeiten. Plötzlich, als griffe sie einen Gesprächsfaden wieder auf, erklärte Valérie: »In gewisser Hinsicht besteht doch unser ganzes Leben aus der Übersetzung dessen, was wir sagen wollen, in das, was wir sagen können.«

Das Frühjahr ging weiter, ich traf alte Freunde wieder und fand neue, ging ab und an zu Lesungen, machte mir Sorgen um die Miete und die Rechnungen, machte mir überhaupt viele Sorgen, verfolgte hilflos betroffen die Nachrichten aus aller Welt. Unfassbar groß war sie geworden, diese Welt. Dass man nun fast in Echtzeit alles – oder beinah alles – mitbekam, was sich gleich nebenan oder in den entlegensten Regionen abspielte, Erdbeben, Folter, Menschen, die auf dem Weg nach Europa im Mittelmeer ertranken, die Verfolgung von Ethnien, von deren Existenz ich bisher nicht einmal gewusst hatte, Attentate auf allen Kontinenten, verstärkte mein Gefühl der Hilflosigkeit nur.

Ich war andauernd krank, hatte oft Freunde aus anderen Städten zu Besuch, leitete Workshops für Kinder, arbeitete an frustrierenden, schlecht oder gar nicht bezahlten Projekten mit, wurde wütend auf mich selbst und ließ es dann doch gut sein, wie ich es immer gut sein ließ, ließ alles über mich ergehen wie betäubt oder im Schlaf, obwohl ich in Wahrheit nie ein Auge zutat. Ich machte weiter wie zuvor, war allem Anschein nach dieselbe, und doch war ich – wie soll ich sagen? – von etwas *bewohnt,* und von diesem Etwas fühlte ich mich mutig, verzaubert und getrieben. Sogar meine Bewegungen waren hungriger als sonst.

Es war, als gäbe es neben dem sichtbaren Leben noch ein zweites, paralleles, unter der Oberfläche: die Spannung vor dem nächsten Treffen mit jemandem, der mir ein neues Fragment aus L. B.s Leben liefern würde; die geduldige Suche nach Namen, Gesichtern und Fakten in Dokus, Büchern, Fotos und Archiven; die bewegten, angefassten Stimmen der mir nach und nach vermittelten Fremden, die mich bei meinen Anrufen selbst jedes Mal rührten. Als würde, obwohl sie L. B. in den letzten Jahrzehnten höchstens noch flüchtig auf der Straße getroffen hatten, allein die Vorstellung, ein paar Stunden mit der Erinnerung an ihn – und an ihr altes Selbst – zu verbringen, sie mit einer Wärme erfüllen, die mich immer wieder überraschte und mich meinerseits mit tiefer Zuneigung für sie und ihr Gespenst erfüllte.

Ich glaube, es war im Mai. Eines Tages setzte ich mich ganz spontan hin, zornig geradezu, und schrieb den kurzen Text über den jungen Mann, der blutverschmiert durch die

Nacht rennt, sowie einen ersten Entwurf des Kapitels über den Tod meines Vaters und das, was ich danach über ihn erfahren hatte. Drei Stunden schrieb ich durch, ein dumpfes Dröhnen in den Ohren. Jenseits meiner Abschlussarbeit hatte ich seit vier Jahren nie mehr als eine Seite am Stück geschrieben. Halb wollte ich jubeln, halb wurde mir angst und bange; es kam mir vor, als hätte ich durch mein Schreiben, durch die damit getroffene Entscheidung, den unmöglichen Roman verraten, von dem ich so lang geträumt hatte, und seinen Protagonisten ein für alle Mal getötet. Wie eine Kapitulation. Und wenn ich nun wirklich *damit* angefangen hatte … Nicht einmal denken wollte ich an all die Schwierigkeiten, all die Mühe, all die Zeit, die nötig wäre, um auch nur ein blasses Abbild des schillernden Flusses zu schaffen, der mich durchströmte und von Jahr zu Jahr nur breiter werden sollte. Doch ich erkannte auch den Jagdinstinkt, der nach langem, langem Schlaf wieder in mir erwachte. *On ne choisit pas son sujet*, schrieb Flaubert 1861 an Madame Roger des Genettes: Man sucht sich sein Thema nicht aus. Als ich das zum ersten Mal gelesen habe, kam es mir absurd vor.

Zwar wusste ich noch nicht, wohin das Ganze führen sollte, doch die Idee nahm schon vor mir Gestalt an wie der in die Luft ragende Anfang einer Brücke. Ich war aufgekratzt – und hatte wahnsinnige Angst. Auch tags darauf schrieb ich. Wohl oder übel musste ich auch ein, zwei Worte über mich sagen: Schließlich war ich die Erzählerin. Banal und ereignislos sei mein Leben gewesen, schrieb ich. Mit Rückgriff auf Mandelstam erklärte ich, ein *raznočinec* – ein kleinbürgerlicher Intellektueller ohne Vergangenheit oder Vermögen – brauche »keine Erinnerungen, es soll ihm genügen, von den Büchern zu erzählen, die er gelesen hat – und fertig ist seine Biografie«. Im Grunde passte das, fand ich: Außer Büchern gab es kaum etwas, das meiner drögen Lebensgeschichte einer *raznočinec* aus dem Westen – geboren im ausgehenden 20. Jahrhundert in Frieden, Wohlstand, Liebe und kulturellem Überfluss – tiefere Bedeutung hätte verleihen können. Ich schrieb, mein »wahres« Leben interessiere mich nicht, und es hatte mich tatsächlich nie interessiert. Als Mädchen habe ich mehrfach versucht, ein Tagebuch zu führen, aber immer schnell gelangweilt aufgegeben: Es gab einfach nichts Interessantes zu sagen. Ich hatte mir schon immer lieber etwas ausgedacht.

Auch über mein Verhältnis zu meinem Vater huschte ich hinweg, hakte das Thema auf ein paar Seiten ab. Mir ging es um eine andere Geschichte. Ich war zufrieden: Ich hatte mich abgeschafft. Die Fronten geklärt.

Jetzt musste ich nur noch die Stimmen der anderen sammeln und überlegen, was ich daraus machen wollte.

Ein paar Tage später fiel mir eine Begebenheit mit meinem Vater wieder ein, ganz ohne Kontext: er, bei mir zu Hause, wie er im Lauf eines Gesprächs über wer weiß was plötzlich zaghaft lächelte, mich von der Seite ansah und verkündete: »Eines Tages schreibst du mal ein Buch über deinen Vater.«

»Gott bewahre!«, habe ich gestöhnt.

Nun hatte er mich also doch erwischt.

DER SCHRIFTSTELLER WAR DÜNN UND DRAHTIG, wirkte täuschend fragil: Er sah aus, als wären seine Knochen hohl wie die von Vögeln. Auch die lange, feine, lippenwärts gebogene Nase hatte etwas Vogel-, etwas Reiherhaftes. Unter der dünnen, leicht gebräunten Gesichtshaut zeichneten sich deutlich die Wangenknochen ab. Er hatte eine Brille mit runden Gläsern, einen weißen Bart und etwas tief liegende Augen mit schweren Lidern, durch die sein Blick müde und durchdringend (müde, *aber* durchdringend) wirkte. Freundlich und traurig war er – ja, eine unermessliche, verhängnisvolle Traurigkeit schien von ihm auszugehen, viel größer als sein zarter Körper. Unter den Bogengängen der Rotonda della Besana in Mailand saßen wir an einem Tischchen, die Sonne schien, und außer uns war fast niemand zu sehen. Er sprach mit tiefer, höflicher Stimme. Ich trug ein blaues Kleid und machte mir Notizen, die ich später bei einem Umzug verlieren sollte. Wir waren uns noch nie zuvor begegnet.

Folgendes war passiert: Ein paar Wochen zuvor hatte ich einen autobiografischen Roman von ihm gelesen, den mir ein Freund geliehen hatte. (»Er schreibt auch über seine Zeit bei Servire il Popolo, vielleicht kannst du damit was anfangen«, hatte dieser Freund gesagt.) Eine Passage im Buch handelte von Brandirali und einer Kaderschulung in einem Hotel in Boca, in der Valsesia, nordwestlich von

Mailand. Darin tauchte ein Mann auf, den ich erkannte, noch ehe ich den langen Absatz über ihn zu Ende gelesen hatte. Vor Aufregung klapperten mir fast die Zähne: Es ging um C.C., »den alten Dampfplauderer«, in den Brandirali ganz »vernarrt« war und der vom Kampf der Bergleute in seiner Heimat erzählte, in Worten, die der Schriftsteller viele Jahre später eins zu eins in einem Roman von Zola wiederfinden sollte. Der alte Bergmann, der die Aktivisten begrapschte, die sich aber nicht wehrten, um nicht »wie eifersüchtig ihre Privilegien hütende Kleinbürger zu wirken«. Im Speisesaal stieg C.C. grölend auf den Tisch, brachte Trinksprüche auf Brandirali aus und verlangte lautstark, er solle ihm eine Frau beschaffen. Ich wusste, wer C.C. war, und auch, wie es mit ihm enden würde. Er war der von der »Sache in der Via Artisti«. Auch davon schrieb der Schriftsteller in seinem Buch, wenn auch mit kleinen Fehlern: Wahrscheinlich wusste er davon nur aus zweiter oder dritter Hand.

Doch das spielte keine Rolle, ich musste ihn unbedingt sprechen. Er kannte C.C., also kannte er vielleicht auch meinen Vater. Ich schrieb einem befreundeten Lektor, und der gab mir seine Kontaktdaten. Der Schriftsteller erklärte sich bereit, mich zu treffen, und nun saßen wir hier. Verabredet hatten wir uns vor einem ehemaligen Plattenladen in Porta Romana.

Ich zeigte ihm Fotos von meinem Vater, in der Hoffnung, dass er ihn wiedererkannte, obwohl er darauf viele Jahre älter war. Der Schriftsteller lächelte nur leise. »Ich bin nicht sicher«, sagte er. »Damals war ich ständig wie benebelt. Außerdem hatten wir in unterschiedlichen Bereichen zu tun.

Schon möglich, dass wir uns begegnet sind ... aber damals trugen ja fast alle Bart.«

Von Servire il Popolo sprach er genauso wie Agata, nämlich wie von einer langen Krankheit. Wenn er bei Kundgebungen sprechen musste, so erzählte er, hat er sich vorher meist betrunken. Offenbar war ihm der ganze Unsinn damals schon ein Gräuel: Nie, nicht einmal einen kurzen Augenblick, hatte ich den Eindruck, er hätte an irgendein höheres Ziel geglaubt, das es wert gewesen wäre, so unmenschliche Opfer zu bringen und über so vieles hinwegzusehen, über die Wichtigtuerei, den Personenkult, die Instrumentalisierung der Kunst, die kindische Mao-Verehrung, die Rehabilitierung Stalins (größtenteils eine Frage der Folklore, wie er meinte), die Einmischung ins Privatleben der Mitglieder. Ich war verwirrt. Wie hatte sich jemand wie er nur so lang an einem dermaßen kunst- und menschenfeindlichen Projekt beteiligen können (menschenfeindlich im Sinne von menschlicher Innerlichkeit und Gefühlen)? Und doch war er dabeigeblieben bis zum Schluss.

»Ich verstehe das nicht«, stutzte ich.

Mit seinen langen Fingern beschrieb er auf dem Tisch einen Kreis.

»Damals konnte jeder, egal, woher er kam, ebenso gut auf der einen wie auf der anderen Seite landen. Ein Sturm lag in der Luft, so, als stünde die Apokalypse unmittelbar bevor. Man hatte den Eindruck, man müsse sich entscheiden, für was man stehen und wofür man kämpfen wollte, und am Ende ging es oft nur darum, wer einen zuerst in die Finger kriegte, die jungen Faschisten oder die jungen Kommunisten ... Ihre Parolen gegen Kapitalismus und

Bürgertum, ihre Ablehnung von Regeln und institutionellen Werten klangen manchmal ohnehin fast gleich. Und letztlich dienten sie alle dem System, das sie stürzen wollten, denn während sie sich gegenseitig grün und blau oder gleich totschlugen, konnten die Vertreter dieses Systems in aller Ruhe machen, was sie wollten.«

Er blinzelte ein paarmal, den Blick noch immer auf den Tisch gerichtet.

»Wir haben die absurden, dummen, unheimlichen Seiten durchaus gesehen. Wir haben sie bloß nicht ernst genommen. Servire il Popolo hatte eine theoretische und wissenschaftliche Patina wie keine andere Partei jenseits der PCI – sie war ideologisch solider als die anderen außerparlamentarischen Kleinparteien und auch strukturierter. Genau das suchten wir damals. Wenn die außerdem die Schriften von Stalin neu herausgeben wollten, dann sollten sie doch. Gelesen hat die vermutlich sowieso kaum jemand. Dass Stalin sich nur ein bisschen verkalkuliert hätte und von der amerikafreundlichen Propaganda verleumdet worden sei, das hat doch niemand ernsthaft geglaubt, auch wenn wir damals noch nicht *alles* darüber wussten, was in der Sowjetunion abgelaufen war und noch immer ablief. Letzten Endes waren Stalin, Mao und Castro nichts als Fabelwesen, und ihre Länder waren Lichtjahre entfernt. Wir waren ignorant, und wir wollten es nicht anders. Die Wahrheit war uns nicht so wichtig. Wir brauchten einen Mythos, einen Leitstern.«

Er sah mich wieder an.

»Ich kannte eine Menge Leute, die an der Partei zerbrochen sind. Die alles verloren haben, deren Talente vernichtet wurden.« Er gab mir Beispiele, bat mich aber, sie nicht namentlich zu nennen. »Ein paar haben sich umgebracht, andere wurden Alkoholiker oder Junkies. Es war schwer, sich von etwas so Obsessivem, alles Beherrschendem zu erholen. Ganz unbeschadet kam da niemand raus.«

Ich schwieg, machte mir auch keine Notizen mehr.

»Und du willst darüber also schreiben?«, fragte der Schriftsteller mich.

»Ja, ich denke schon«, sagte ich. »Aber … ich weiß noch nicht, wie. Ich muss noch eine Menge Leute treffen. Mir darüber klar werden, wie ich all das zusammenbringe.«

Mein Gestammel war mir peinlich. Ich fürchtete, er könnte mich für dumm halten, für einen Möchtegern, wo ich doch in Wirklichkeit nur Angst hatte (immer dieselbe Mischung: Angst und Verlangen, Verlangen und Angst, der Fluss und die Form).

»Ich … hatte das alles nicht erwartet«, schloss ich vage, wandte den Blick ab.

»Eins würde ich dir gern mit auf den Weg geben.« Er machte eine Pause. »Also, wenn du über Servire il Popolo sprichst … Na ja, du bist in einer anderen Welt aufgewachsen. Du findest das alles sicher absurd und auch ein bisschen lustig. Das ist verständlich. Aber sei nicht nur höhnisch. Das wäre zu einfach. Hab ein bisschen Mitgefühl mit diesen Leuten. Sie glaubten an das, was sie taten, und die meisten haben nie irgendwem außer sich selbst geschadet. Die Geschichte hat sie aufgefressen. Spotte nicht zu sehr, sei nicht zu sarkastisch. Hab Mitleid.«

Er hatte, meinte er, noch einige Broschüren der Partei, die er mir leihen könnte. Irgendwo in seinem Büro, das nicht weit weg lag.

»Wenn du diese Leute verstehen willst, musst du ihren Jargon kennen«, erklärte er.

Ich war mir nicht ganz sicher, ob ich das wirklich wollte, ging aber folgsam mit. Oben in der kleinen Wohnung, die ihm als Büro diente, fing der Schriftsteller an zu suchen, führte auch ein paar Telefonate, weil er nicht mehr wusste, wo er die Broschüren gelassen hatte; ich beäugte inzwischen die Bücher, die eine komplette Wand des stillen weißen, kargen Zimmers bedeckten, in dem es sonst nichts gab als einen Schreibtisch am Fenster und vielleicht einen Kaffeekocher. Was er las, gefiel mir, und er war mir überhaupt sympathisch. Ein paar Jahre später stieß ich in einer seiner Essaysammlungen auf einen wundervollen Vergleich zwischen dem jungen Melville auf Walfang und der mehr oder weniger zur selben Zeit in ihrem Zimmer eingeschlossenen Emily Dickinson, jener »anderen großen Abenteurerin«, und es kam mir vor, als fände ich darin genau das wieder, was ich diffus beim Anblick seiner Bibliothek gespürt hatte.

Schließlich tauchten die Broschüren doch noch auf (ein gutes Dutzend, mit grellen Titeln) und wurden mir in einer Papiertüte überreicht. Ich versprach, sie unbeschadet zurückzubringen, und trug sie unterm Arm nach Hause wie eine Handlungsreisende mit etwas wunderlicher Ware.

Mit der Zeit wunderte mich immer weniger, dass L. B. in der marxistisch-leninistischen Partei gewesen war, und das vermutlich schon seit ihrer Gründung im Herbst '68. Die

Studentenbewegung war erstarrt; es gab kein Programm, und sowohl politisch wie moralisch wusste niemand mehr, wo oben und unten war. (So drückte es einige Jahre später Elia Morgari aus, ein anderes Mitglied der Turiner PCIM-L und einer der ersten Freunde von L. B. in dieser Stadt.) Als die erste Euphorie sich legte, war L. B. bestimmt frustriert von der kopflosen, chaotischen Bewegung, und da kam ihm die Partei, die damals noch »Unione dei Comunisti Italiani (Marxisti-Leninisti)« hieß, sicher wie gerufen: Ganz wie der Schriftsteller geschildert hatte, schien sie das Bedürfnis nach Systematik, Organisation und konkreten Zielen zu verkörpern. Die »militanten Untersuchungen«, das Interesse nicht nur für die Arbeiter, sondern auch für Bauern, die tägliche nützliche Arbeit, der ideologische Apparat des Maoismus, mit dem sich wunderbar die ganze Welt erklären ließ und der mit einem Streich sowohl die Sklerose der westeuropäischen Linken als auch die sowjetische Idee des »Sozialismus in einem Land« wegzufegen schien ... Mit »Böllern gegen Kaufhäuser« würde sich nichts ändern. Immer noch wollten sie das verhasste System vernichten, jetzt aber systematisch. Letzten Endes wechselten sie nur die Konfession.

Und doch begriffen viele schnell, in welche Falle sie da tappten, und kehrten der Partei nach ein, zwei Jahren wieder den Rücken. Dass L. B. eingetreten ist, war also verständlich. Aber wieso war er – genauso wie der Schriftsteller und viele andere – geblieben bis zum Schluss?

EINES TAGES BRACH L. B. ALSO NACH TURIN AUF. Wann genau? Das weiß niemand mehr zu sagen. Am wahrscheinlichsten ist 1971.

Sicher ist nur, dass er hingezogen und für immer geblieben ist. Geschickt hat ihn Servire il Popolo. Aber ich vermute, in der Zwischenzeit war irgendetwas vorgefallen, das ihn auch von sich aus dazu trieb, so einfach mir nichts, dir nichts aufzubrechen, gleich nach dem Examen, kurz vor der Doktorarbeit. Eine römische Zeitung hatte sogar einen Artikel über ihn als Nachwuchshoffnung der forensischen Medizin gebracht. (Er hatte den Ausschnitt aufbewahrt, Agata hatte ihn gesehen, doch dann ging er verloren, wie alles andere.) Wie kam jemand wie er, für den das Studium fast eine Religion war, zu so einer Entscheidung?

Wie alles Wichtige in L. B.s seltsamer Geschichte liegt auch dieser Punkt leider im Dunkeln von bruchstückhaften, schlecht erinnerten Schilderungen Dritter, ohne Beweise, Daten oder Fakten. Agata hat mir Jahre später beiläufig davon erzählt, während wir auf einen Aufzug warteten, allerdings nur als unwichtiges Detail, als triviale Anekdote – nicht als das, was mir später wie die eindeutige Ursache für wenigstens einen großen Teil des vertrackten, widersprüchlichen Lebenswegs meines Vaters erschien: wie einer dieser fatalen Punkte, an denen sich ein Lebensweg für immer gabelt; einer dieser Punkte, an denen man sich entscheiden muss, für eine Richtung und ein Schicksal.

Agatas Andeutung entnahm ich, dass ihn während seines Praktikums in der Onkologie einer römischen Klinik etwas unerträglich abgestoßen hatte, etwas, das mit der Atmosphäre jenes Orts zu tun hatte, mit Heuchelei, selbstgefälliger Vulgarität, Herr-und-Knecht-Mentalität und Machtspielchen; obendrein erfuhr er offenbar von einem regen Handel mit Therapieplätzen. Er war dabei, ein Teil dessen zu werden, wogegen er seit Jahren kämpfte: Ich glaube, das hielt er nicht aus.

Vielleicht schien es ihm daher besser, etwaige Ambitionen aufzugeben und der Freude an Medizin und Forschung zu entsagen; vielleicht war für ihn der einzig gangbare Weg, ohne faule Kompromisse etwas Nützliches zu tun, der, sich – wie von der Partei verlangt – zu »proletarisieren«, sich mit denen gleichzumachen, die man unterstützen und von der Notwendigkeit der Revolution überzeugen wollte. Ein Rest katholischer Bekenntniszwang quasi: lieber in Lumpen gehen, als Chefärzten die Füße küssen. Außerdem wollte er sich garantiert nicht selbst retten, während unzähligen anderen jede Aussicht auf Rettung verwehrt blieb. Sich selbst aufzulösen, die eigene Identität auszustreichen, war also ein nahezu unvermeidbarer Schritt: Private Gefühle konnte man sich sowieso nicht leisten, wie die Parteibroschüren predigten, denn die verstellten den Blick für das gute, wahre, schöne Ziel des Glückes aller Menschen, das jedes Übel aus der Welt tilgen würde.

Wir dürfen also annehmen, dass der Vorschlag (oder Befehl), in die brodelnde Stadt der Fabriken – oder besser *der*

Fabrik, der »Fabbrica«, der FIAT-Werke – zu ziehen, ihn genau zu dieser Zeit erreichte, und er sofort aufbrach. Er ging, ohne irgendwem Bescheid zu sagen, noch nicht einmal seiner Familie, die seit Monaten kein Wort von ihm gehört hatte; von heute auf morgen war er einfach weg. Ein paar Wochen später riefen seine Eltern die römischen Verwandten an, bei denen er manchmal zu Abend aß: »Wo steckt denn Leonardo?«, fragten sie, und die antworteten nur: »Das wissen wir auch nicht. Er ist fortgegangen.«

Einmal hatte ich einen besonders merkwürdigen Traum: Ich erfuhr darin, dass es eine Videokassette gab, auf der mein Vater sein Leben erzählte; er hatte sie Dora überlassen, die damit eine Art Wohnzimmerkino organisierte. Dabei nur im Publikum zu sitzen, statt die Kassette selbst bekommen zu haben, tat weh. Das Video zeigte verwackelte Schwarz-Weiß-Aufnahmen in Super 8 von einer kahlen, weiten Berglandschaft, die im Traum die Gegend sein sollte, in der er geboren war, aber eigentlich eher aussah wie die Basilicata oder das Gennargentu. Aus dem Off erzählte mein Vater von seinem Aufbruch; in leicht angeschlagenem Ton verkündete er: »*Oltre la valle del Vij, la vita* – jenseits des Tales des Wij liegt das Leben.«

Vermutlich erinnere ich mich daran noch so genau wegen der Alliteration – und vor allem wegen der überraschenden Metapher des »Wij«, des Dämonen aus der ukrainischen Folklore. Stimmte das wirklich? War seine Heimat für ihn das »Tal des Wij« gewesen? Hatte er die Gegend wirklich so verabscheut, oder färbte da bloß meine Fantasie ein viel verworreneres, uneindeutigeres Gefühl – das Wissen um eine unüberbrückbare Differenz, aber auch eine verzweifelte Liebe? Ich wusste es nicht. War L. B. am Ende vielleicht sogar selbst sein eigener Wij?

Es ist möglich, dass seinem endgültigen Umzug in die schicksalhafte Stadt eine Erkundungsreise vorausging, denn ein paar Leute erinnern sich, ihn bereits 1969 in Turin gesehen zu haben. Vielleicht bringen die nur was durcheinander, doch das spielt letztlich keine Rolle. 1969 also. Die damalige Statistik der Toten und Verletzten am Arbeitsplatz besagt: alle zwanzig Sekunden ein Unfall, alle zwanzig Minuten ein Invalide, alle zwei Stunden ein Toter. »Klingt wie eine Frontmeldung«, kommentiert das ein Gewerkschaftler in einer Reportage aus der Zeit. Hinter seinem Podium prangen die erschreckenden Zahlen auf riesigen Plakaten, die fast zu atmen scheinen.

In Battipaglia bei Salerno, wo »nur ein Gott einen Dreimonatsvertrag kriegt«, wie ein auf der Straße interviewter junger Mann es resigniert ausdrückte, wo gerade erst eine Zuckerraffinerie geschlossen worden war und die Schließung einer Tabakmanufaktur drohte, wurde am neunten April demonstriert: Man blies zur Attacke, dann folgten die ersten Handgemenge. Mannschaftswagen auf den Bürgersteigen, Schlägereien, und auf die Steinwürfe antwortete die Polizei mit scharfer Munition. (In derselben Reportage zeigt ein anderer frustrierter Mann die Einschusslöcher in den Mauern, auf Kopfhöhe, und das bestimmt nicht aus Versehen, wie die offizielle Version behauptete.) Dutzende wurden verletzt, zwei wurden getötet: ein junger Mann, dem seit Monaten das Bild des sich selbst verbrennenden Jan Palach sowie die damit verbundene radikale Vorstellung von Gerechtigkeit nicht mehr aus dem Kopf gegangen waren, und eine Lehrerin, die von ihrem Balkon aus zugesehen hatte. Wenige Monate zuvor war Ähnliches im sizilianischen Avola passiert: Tagelöhner hatten dort für bessere Arbeitsverträge gestreikt, die Polizei hatte etwa eine halbe Stunde lang scharf geschossen. Am Ende waren achtundvierzig Menschen verletzt und zwei Tagelöhner tot. Etwa zwei Kilo Patronenhülsen las man hinterher vom Boden auf. Doch erst von Battipaglia breitete der Brand sich über das gesamte Land aus.

Am elften April 1969 gab es wegen Battipaglia einen dreistündigen, italienweiten Generalstreik. In der Turiner »Fabbrica«, wo man von Disziplin und Effizienz besessen war, wo Zeitnehmer in der Produktionskette umgingen und sogar stoppten, wie lang die Arbeiter auf der Toilette brauchten, wo seit der Säuberungsaktion gegen fünfundfünfzig kommunistische Arbeiter, die am 22. Januar 1953 gestreikt hatten, niemand mehr zu protestieren wagte, wo die Arbeitszeiten immer unmenschlicher und länger wurden, um die Produktivität immer weiter zu steigern – im Karosseriebau, wo die Taktung besonders strapaziös war, kündigten monatlich fast tausend Arbeiter und wurden umgehend durch tausend andere ersetzt –, in dieser Fabbrica, in der es zuging wie in einem versteinerten Königreich aus durchperfektionierten Abläufen und unterwürfigen, loyalen, isolierten Arbeitern, die nach Feierabend entsetzt feststellten, dass ihre Hände noch immer mechanisch die Bewegungen aus der Montage wiederholten, und die in der Nacht vom Fließband albträumten, in dieser Fabbrica wurde am 11. April 1969 zum ersten Mal seit fünfzehn Jahren wieder gestreikt. Die Arbeiter erhoben sich von den Maschinen und verließen als schweigende Masse das Werk, vorbei an verdatterten Abteilungsleitern und Aufsehern.

Tausende junge, alleinstehende Männer vor allem aus dem Süden waren vor Jahren in die Stadt gekommen, um in der Fabbrica zu arbeiten. Sie schliefen im Bahnhof oder in verlausten Zimmern, für die man sie kräftig zur Ader ließ, oder in Stundenhotels, wo sie sich die Betten in Schichten teilten. Wer Frau und Kinder mitgebracht hatte, musste sich mit ihnen in Keller und Dachstuben zwängen. Die Stadt war groß, höhnisch, gemein: Für die Zuwanderer hatte sie keinen Platz, und niemand interessierte sich für sie. In einem Buch las ich ein Interview mit dem 1940 geborenen Salvatore F. aus Potenza, der neun Jahre in der Fabbrica gearbeitet hat. Die Details waren erschütternd: »Das Dachzimmer, in das sie mich nach meiner Ankunft brachten, war ein einziges Dreckloch, und die junge Frau aus dem Veneto, die aus der Tür linste, um zu sehen, wer da einzog, erzählte mir, letzte Woche hätte sich der Vormieter – ein alter Mann – darin erhängt. Wieso, das wusste keiner so genau. Aber sie zeigte mir den Nagel, an dem er die Krawatte festgebunden hatte. Es war nicht leicht in Turin, am schlimmsten war die Einsamkeit. Nur in der Fabrik und beim Einkaufen sprach ich mal mit jemandem. Als hätte mir einer die Zunge abgeschnitten.«

Ich sah die Frau förmlich vor mir, in Pantoffeln und Nylonstrümpfen, das Haar zum Dutt gebunden, wie sie dem einsamen, zwischen seinen Koffern stehenden Mann den Nagel in der Dachstube zeigt wie eine Kuriosität, die Requisite einer schaurigen Anekdote. Ich sehe sie beide vor mir. Kann sie mir in allen Einzelheiten vorstellen.

Viele wurden wahnsinnig – was auch immer das hieß – und zogen aus den Kellern direkt in die Irrenanstalt.

Dann drängte man sie an den äußersten Stadtrand ab, in eigens für sie und ihre Familien erbaute Viertel mit Ameisenbau-Hochhäusern und Straßen mit hübschen Blumen- oder Baumnamen. Die Kinder hingen in der Schule fast ausnahmslos ein oder zwei Jahre zurück, weil sie nur Dialekt sprachen, sich mit Italienisch schwertaten und reihenweise sitzenblieben. In einem solchen Viertel hat meine Mutter mehr als zwanzig Jahre lang gearbeitet, zusammen mit anderen Lehrkräften, die ganz bewusst dorthin gegangen waren, um sich dieser Kinder anzunehmen; kamen die mal nicht zur Schule, ging man sie zu Hause abholen, weckte sie, wenn sie verschlafen hatten, und sie, die eben auch nur Kinder waren, flehten, verhandelten und diskutierten voll heroisch unerschütterlichem Kinderglauben. Es gibt ein Schwarz-Weiß-Foto aus dem Schuljahr 1973/74, auf dem meine Mutter, damals dreiundzwanzig, mit ihrem zierlichen Gesicht, dem Pferdeschwanz, dem noch intakten Kopf (das sollte er nur noch wenige Wochen bleiben), dem karierten Hemd unter der weißen Strickjacke, der Schlaghose und der schmalen, androgynen Statur kaum größer wirkt als die genau wie sie gekleideten Kinder ihrer Klasse. Und diese Kinder stehen fast alle mit verschränkten Armen da, mit stolzen, schon erwachsenen Gesichtern, ohne auch nur einen Anflug eines Lächelns.

Der elfte April war nur der Anfang: Es folgten Dutzende weitere Streiks und Versammlungen, um sich auf konkrete Forderungen zur Verbesserung der Arbeitsbedingungen und zur Lohnregulierung zu einigen, sowie regelmäßige Treffen mit den Studenten und Aktivisten, die bei Schichtwechsel immer vor den Fabriktoren standen. Bei diesen Treffen kamen die parallelen Welten endlich miteinander ins Gespräch: Die Stadt drang in die Fabbrica vor und die Fabbrica – ja die Fabriken überhaupt – in die Stadt. Es kam zu wüsten Schlachten wie der vom Corso Traiano am dritten Juli, bei der Arbeiter, Studenten und Anwohner sich vierzehn Stunden mit der Polizei schlugen, Steine als Wurfgeschosse von der noch nicht asphaltierten Straße auflasen, Barrikaden errichteten und Blumenvasen aus den Fenstern warfen. Schließlich die Demonstrationen im Herbst und die großen Streiks für die Erneuerung der Arbeitsverträge, in Turin und ganz Italien, in Mailand, Genua, Terni, Porto Marghera, Brescia und vielen anderen Städten, so als wäre plötzlich der Deckel von etwas geflogen, das sich nun nicht mehr bändigen ließ.

Dann, als die Mannschaftswagen bei einer Demo gegen den Mietwucher in Mailand mit Tränengas vorrückten, starb der erste Polizist – ein von den Demonstranten geworfenes Rohr traf ihn tödlich. Und bald darauf die Bombe an der Piazza Fontana und alles, was daraus folgte.

Eines Tages, im August 1971, fand ein Staatsanwalt bei der Durchsuchung des Büros eines aus heiterem Himmel entlassenen Angestellten der Fabbrica, der auf Grundlage der in den Jahren zuvor erkämpften Arbeiterrechte gegen diese Kündigung vorging und dabei enthüllte, dass er in Wahrheit heimlich Informationen gesammelt hatte, einhundertfünfzigtausend Dossiers über die »moralische Qualität« von Angestellten und solchen, die es werden wollten. Seit dem Ende der Vierzigerjahre waren sie von einem riesigen, hocheffizienten Spitzelnetz zusammengetragen worden. »C.C.: spielte bis vor Kurzem (Dez. 1949) Flöte in der Pfarrkirche von M.C.« (Nachtrag, Januar 1950: »Flötenspiel kann nicht bestätigt werden, stattdessen zeigen Nachforschungen, dass sämtliche Familienmitglieder einschließlich C. kommunistische Neigungen haben.)« »F.A. (1952): angestellt bei Fiat Mirafiori … sympathisiert mit PCI … war bei Hochzeit bereits hochschwanger … Ernsthaft, ehrlich, durchschnittlich intelligent, gutmütig. Allerdings auch arrogant und stolz … [Ihre Angehörigen] vertreten ausnahmslos mehr oder weniger gemäßigte [sic!] Extremismen … nicht besonders religiös, als am Abend des 31. Mai 1950 die Madonna Pellegrina durch die Stadt kam (einmal in hundert Jahren), weigerten sie sich, mit den anderen Bewohnern Lichter in die Fenster zu stellen. Großvater mütterlicherseits wurde … verbrannt (weltliche Trauerfeier).« »C.R. (1957): langjähriger Abonnent von L'Unità, die seine Angehörigen und er mit Begeisterung lesen.« »F.T. (verstorben in Turin am 14-4-1960) [ein Dossier über einen Mann also, der schon seit acht Monaten tot ist]. Familiäre Situation: verheiratet mit B.F., Arbeiterin bei kleiner Strickwarenfabrik in der Gegend. Finanzielle Situation (der Frau):

bescheiden. Beschäftigt: bei Fiat Mirafiori als XX, vor etwa 5 Jahren aus politischen Gründen entlassen. Politische Vorstrafen: N.N. Politische Orientierung: indifferent. Parteinähe Zentrum:, Rechts:, Links: ja. Zu Lebzeiten aktiver, gewaltbereiter Kommunist. Weltliche Trauerfeier, Sarg von Genossen zum Sitz des kommunistischen Vereins ›Zukunft‹ getragen. Leumund: durchschnittlich. Gesundheit: prekär. Anmerkungen über Angehörige: politische Orientierung: Ehefrau aktive, gewaltbereite Kommunistin. Immer noch wohnhaft in obiger Adresse. Leumund: durchschnittlich.« »C.G. (Oktober 1962): … Arbeiter bei Fiat Mirafiori seit 1951 … vorbestraft … Beleg für kommunistische Tendenzen: Verwehrt jedes Jahr dem Priester den Zutritt, wenn er die Wohnung segnen will.« R.I. (1963): sympathisiert mit PCI. Leumund: schlecht, gilt allgemein als homosexuell.«

Und so weiter.

Ungefähr zu dieser Zeit, irgendwann im Sommer oder Herbst, kam L.B. in Turin an. Vielleicht mit einem der Nachtzüge, die spätabends in Rom ab- und bei Morgengrauen am Bahnhof Porta Nuova einfuhren; vielleicht sah er im perlfarbenen Licht vor Sonnenaufgang durchs Zugfenster das Piemont vorbeirauschen, erst hügelig, dann flach, sah die taufeuchten silbergrünen Weiten, aus denen ab und zu ein Landhaus oder eine Reihe Pappeln ragte, und das Land war menschenleer, und der weite, fahle Himmel wurde langsam heller, als zöge jemand einen Vorhang vor den Bergen auf. Oder er ist tagsüber gefahren, erreichte seine neue Heimat in der Dämmerung und sah, wie sich erst gelblich rotes, dann tiefblaues Abendlicht auf die Wiesen und Felder legte und kleine Nebelbänke aus dem Gras stiegen, sah vielleicht auch eine menschliche Gestalt auf einem Feldweg, einen Hund, der ihr vorauslief. Was hat er wohl empfunden, als der Zug am Bahnsteig einfuhr, was dachte er beim ersten Anblick jener fremden Häuser, am Morgen oder rußig schwarzen Abend, auf dem halbrunden Platz mit dem kleinen Park vor dem Bahnhof, auf den langen, schnurgeraden Straßen und in den Arkaden, die mir so vertraut sind? Ehrlich gesagt fiel es mir schwer, mir all das vorzustellen: Genauso auch bei meiner Mutter, die kurz darauf dort angekommen war. Für mich hatten die zwei immer schon zu dieser Stadt gehört, hätten nie woanders sein können. Als wäre die Stadt rechtmäßig ihre, als wäre sie eine von ihnen ausgehende Emanation – als müsste sie, wenn meine Eltern eines Tages beide nicht mehr wären, selbst zu existieren aufhören.

Jetzt befand L.B. sich jedenfalls im Herzen von Turin, trug vielleicht eine zerknüllte Adresse in der Tasche, blieb kurz stehen, um sich umzusehen, nach einem Café zu suchen; vielleicht fühlte er sich hilflos und verloren, oder er verspürte das Knistern eines neuen Anfangs oder beides zugleich, oder er war einfach nur erschlagen von der langen Reise. Aber vielleicht sagte ihm dort, im Herzen der Stadt, auch einen kleinen, winzigen Augenblick lang irgendetwas – ein Schaudern, eine so flüchtige Vorahnung, dass ihm nicht einmal Zeit blieb, sie richtig wahrzunehmen, irgendetwas eben –, dass er hierbleiben würde, dass sein Schicksal, wie immer es auch aussähe, sich hier erfüllen würde.

II

LÜCKE

DIE SPUREN VON L. B. in jenen ersten Jahren in der Stadt nachzuvollziehen, war schwierig. In den Schilderungen anderer leuchtete stets nur flüchtig sein charmantes Lächeln auf, dann verschwand er gleich wieder: ungeordnete Fragmente davon, wie er vor Studenten sprach und an einem Streikposten, einer Flugblattaktion oder einer Demo teilnahm; wie er ein paar Tage verliebt war; wie er für jemanden kochte und dabei dessen Küche auf den Kopf stellte; wie er wochenlang verschwand und plötzlich wieder auftauchte; wie er zu Besuch bei Freunden einen Fremden oder eine Fremde so beeindruckte, dass diese Person sich noch Jahrzehnte später daran erinnerte, obwohl sie ihn nur zwei Stunden erlebt hatte; wie er sich zufrieden durch den Bart strich, wenn er sich über etwas freute, oder wie er wieder mal verhaftet und gleich wieder auf freien Fuß gesetzt wurde und dabei so ungerührt blieb, als würde er nach Feierabend eine Stechuhr drücken.

Bei wem er, falls er schon im Sommer ankam, in der ersten Zeit gewohnt hat, ist nicht bekannt, aber ab November 1971 schlief er mehrere Monate in der Diele der winzigen Wohnung von Elia Morgari und seiner Frau Madruina, genannt Druina. Morgari war fünfundzwanzig, ein Jahr jünger als L. B. also, und ebenfalls bei Servire il Popolo: Er war der Sohn eines renommierten Arztes, des Direktors des Instituts für Anatomie und pathologische Histologie, hatte die ihm von den Eltern geschenkte Wohnung aber der Partei überschrieben und wohnte nun von seinem schmalen Funktionärsgehalt zur Miete. Auch Druina stammte aus gutem Hause und war in der Partei. Genossen zu beherbergen, war ganz normal. Ich lernte Morgari im Sommer 2016 kennen, vor einem Restaurant, wo ich mit ihm und zwei weiteren damaligen Freunden von L. B. verabredet war, einem Paar namens Alberto und Lucilla. Elia Morgari traf als Erster ein. Er hatte einen grauen Schnauzbart und eine leidgeprüfte Miene – seine zweite Frau war schon seit Langem krank. Als er mich sah, stiegen ihm Tränen in die Augen; kräftig drückte er mir die Hand und sagte mit brüchiger Stimme: »Du siehst aus wie Leonardo.« Das »wie« betonte er, und mein Anblick schien ihn anzurühren bis ins zarteste Herz seiner fernen Jugend.

Ich hörte das oft, und tatsächlich sah ich schon als kleines Mädchen aus wie eine Miniaturausgabe meines Vaters, wenn auch eine hübschere, wie er oft lachend sagte; erst mit den Jahren habe ich auch Züge meiner Mutter angenommen. Der Satz selbst überraschte mich also nicht. Doch die Art und Weise, auf die diese Leute, die ihn gekannt hatten, als er noch jünger war als ich jetzt, ihn aussprachen, das ungläubige Stutzen, wenn sie das geliebte Gesicht in meinem wiedersahen, machten aus mir zugleich mich selbst und ein Gespenst, wie bei einer liebevollen Totenbeschwörung – eine Vergegenwärtigung der Vergangenheit, die Zeit und Tod besiegte. Genauso erstaunt und mit derselben Betonung hatte das auch der Anwalt aus L. B.s drittem Prozess zu mir gesagt (»Sie sehen aus *wie* Ihr Vater«), gleich als Erstes, obwohl er ihn seit den Achtzigern nicht mehr gesehen und nur beruflich mit ihm zu tun gehabt hatte.

Elia Morgari hatte vor allem Innendienst gemacht; L. B. und Druina waren geschulte Agitprops gewesen, zuständig für Propaganda und militante Untersuchungen, und hatten ihre Parteiarbeit oft gemeinsam erledigt.

Diese Arbeit, so entnahm ich den Broschüren, die mir der Schriftsteller gegeben hatte – und die alle in derselben entschlossenen, schwärmerischen, einschläfernden Prosa und fast alle von Brandirali persönlich verfasst waren –, bestand im Wesentlichen darin, der kommenden Revolution den Weg zu ebnen, indem man den Massen ihre wahren Interessen aufzeigte. Diese Massen waren selbstverständlich intrinsisch gut sowie mit einem angeborenen Sinn für das Wahre und Gerechte ausgestattet, und ihr wahres Interesse konnte gar nichts anderem gelten als der Revolution, dem Sturz der Chefs und Unterdrücker.

Der größte Feind, so erfuhr ich aus dem Pamphlet *Wider den Idealismus,* war der Pessimismus, den der Idealismus notwendig hervorbrachte, denn »insofern dieser die materiellen Sachverhalte nicht berücksichtigt [...] stellt er ständig fest, dass die Dinge nicht in das von ihm zugrunde gelegte idealistische Schema passen, und sieht daher überall nur Scheitern«. Auch die weiteren Folgerungen will ich in ihrer ganzen dialektischen Pracht wiedergeben: »Der Pessimismus kann nur Wahrnehmungen entspringen, die sich von der universellen Wahrheit abgekoppelt haben. Universell wahr ist zum Beispiel der Triumph der sozialistischen Revolution in unserer Zeit. Aber wer sich nur an eigene Wahrnehmungen hält und diese materielle, sich in der Praxis der gesamten Menschheit bestätigende Wahrheit aus dem Blick verliert, kann infolge irgendeines einzelnen Fehlschlags oder einer misslungenen Initiative leicht in Pessimismus verfallen und sich von der universellen Wahrheit entfernen, ja sie sogar in der Praxis negieren.

Sollte es so einer Einzelwahrnehmung wirklich zustehen, die universelle Wahrheit infragezustellen?!

»Aus der zweiten Form des Idealismus ergibt sich weiterhin ein Pessimismus, der sieht, dass der Sieg nicht leicht und der Kampf schwer ist und daraus schließt, der Sieg sei eigentlich unmöglich [...] Wir Kommunisten aber blicken in die Ferne und sehen dort die strahlende Zukunft, denn wahrer Fortschritt ist von keiner Hürde aufzuhalten, weil es ein universelles Gesetz ist, dass die sozialistische Revolution weltweit triumphiert.«

Zweifel kamen niemals vor in dieser kategorischen, traumtänzerischen Erzählung von der Wirklichkeit: Es gab keine Individuen, keine inneren Widersprüche (die galten als egoistisch, als Verschwendung von Zeit, die man auch der Revolution widmen konnte), keine Komplexität des Lebens. Und wagte diese Komplexität es doch einmal, sich in die engen Maschen des Dogmatismus einzuspleißen, musste man sie eben per Autokritik auflösen – oder per Parteiausschluss. In der götzenhaften Anbetung eines abstrakten Menschenbilds vergaß man bewusst alles, was einen *lebendigen* Menschen ausmacht, und auch all die Unterschiede zwischen *zwei* lebendigen Menschen.

Zwar sprachen die Broschüren auch über konkrete Probleme, doch stets im selben mystifizierenden Ton: Es ging um das Recht auf Wohnen, Bildung und menschenwürdige

Arbeit, um Mieten, die oft mehr als einen halben Arbeitslohn betrugen, um Wucherpreise, um Korruption auf allen Ebenen des Staates, um das bittere wirtschaftliche und kulturelle Elend, in dem noch immer Hunderttausende Menschen steckten, und um die verbrecherische Ausbeutung des Südens. Die Parteimitglieder sollten Werkzeuge der Vereinigung der Massen sein, sollten den Kampf der Arbeiter und Tagelöhner unterstützen und sich mit ihnen und im Innern der Partei für die »proletarische Weltsicht« starkmachen.

Die Taktik war offenbar immer dieselbe: »Unermüdlich im ganzen Volk die kommunistische Kritik propagieren, das historische Bewusstsein, das Bewusstsein der Gegenwart, das Bewusstsein der Zukunft, auf dass die Massen selbst interpretierendes Subjekt ihrer Kämpfe werden. [...] Stets um die Selbstbewusstwerdung der Massen bemüht sein.« Das wiederum bedeutete vor allem, an der Parteizeitung mitzuarbeiten und sie jedem in die Hand zu drücken, der bei drei nicht auf dem Baum war. Die Fehleinschätzung der »Massen« als homogenes Ganzes von unbezweifelbarer moralischer Herrlichkeit, die aktuell zwar vielleicht unter aufgezwungener Verrohung begraben lag, aber wie von Zauberhand umgehend auferstünde, sobald das nötige »Selbstbewusstsein« erlangt wäre, diese Fehleinschätzung war derart allumfassend und naiv, dass sie fast schon wieder rührend war. »Die Forderungen der Arbeiter sind frei von jedem Egoismus. Sie wissen, wie man liebt, denn sie kämpfen und arbeiten, sie wissen, wie man sich zusammenschließt, denn sie organisieren sich in der Produktion, sie wissen, wie man lenkt, denn sie verändern die Welt. In der

Arbeiterklasse ist die leitende Kraft der Menschheit am Werk: die mächtige Waffe der Nächstenliebe.« Das Volk war gut, dem Volk musste man nacheifern.

Was *nach* der phantomatischen Revolution passieren würde, blieb jedoch unklar. Das »Programm« der zukünftigen revolutionären Regierung war äußerst vage. Natürlich würde man die Ausbeuter einsperren und – sofern sie Reue zeigten – umerziehen; in sämtlichen Fabriken würde man Kindergärten einrichten, um die Arbeiterinnen zu entlasten; die Spitzengehälter würden höchstens noch das Dreifache des durchschnittlichen Arbeitslohns betragen; Volkstribunale würden eingerichtet, et cetera, et cetera. Auch mit nur zehntausend Mitgliedern, so Brandirali, würde die Partei schließlich das ganze Land, einschließlich der Kleinbürger, von Wert und Wirklichkeit ihres Vorhabens überzeugen. In einem der Heftchen fand ich ein Panorama des zukünftigen Arkadiens, gesehen vom himmlischen Balkon der universellen Wahrheit aus: »Die Städte werden sich harmonisch in die Landschaft schmiegen, in den Bergen und am Meer werden die Alten in Gemeinschaftszentren leben und die Arbeiter mit ihren Kindern ihre Freizeit verbringen. Der Wein und die Köstlichkeiten unseres Landes werden für alle produziert, jede Region teilt mit den anderen ihre herrlichsten Früchte. Die schönsten Volksbräuche werden im Kollektiv auferstehen, und ganz Italien wird ein blühender Garten sein.«

Lange habe ich mich gefragt, ob L. B. das alles ernst nahm. Lange wusste ich rein gar nichts darüber, was er wirklich von der PCIM-L hielt – bis ich Jahre später Emanuele

Pariante traf und einen maschinengeschriebenen Text entdeckte. Das war jedoch noch eine Weile hin. Vorerst hatte ich nichts als diese Broschüren, die ich verblüfft und irritiert durchlas; doch ich konnte nicht umhin, mir auszumalen, wie ihn manchmal – in der Nacht, in seiner jeweiligen Bleibe, in geliehener Bettwäsche – ein Zweifel durchschauerte, dieser von der Partei so verpönte Pessimismus, ja vielleicht sogar das nagende Bewusstsein, wie grotesk das alles war, zumindest ein paar Augenblicke lang.

Wissen konnte ich das jedoch nicht. In Wahrheit weiß ich noch heute nichts darüber, was er damals dachte oder fühlte. Nur eine Handvoll Schilderungen Dritter habe ich, ausgemergelt von der Zeit, verzerrt durch die Erinnerung. *Nichts* kann ich darüber wissen, was *er* dachte oder fühlte, und das lässt sich unmöglich ändern. Nicht nur, weil ich ihn nicht mehr fragen kann, sondern weil es überhaupt unmöglich ist, eine Vorstellung des ganzen Lebens einer anderen Person zu haben (geschweige denn sie wiederzugeben). Wir wissen ja schon kaum etwas über uns selbst, und sogar da liegen wir oft daneben.

Zwischen ihm und mir bestand eine unüberwindliche Distanz, die ich immer deutlicher wahrnahm, je weniger er einfach nur mein Vater war und je mehr er mein Protagonist L. B. wurde, der junge Mann aus der Vergangenheit, dessen Züge immer noch so unscharf waren wie ein grobkörniges Zeitungsfoto. Der junge Mann. Wie hat er sich gefühlt in seiner Haut? Wie nahm er die Welt wahr? Hin und wieder kommt es vor, dass ich mir plötzlich meiner sich bewegenden Hände und Beine bewusst werde, der warmen Sonne auf einer Schulter oder anderer Reize, auf eine Weise, die man fast animalisch nennen könnte. Das ist schwierig zu beschreiben: Es ist, als wäre ich mir ein paar Augenblicke völlig meines lebendigen Körpers bewusst, als träte ich ganz in Verbindung mit ihm. In diesen Momenten kann ich fast gar nicht mehr glauben, dass ich irgendwann sterben soll. Mit Furcht hat das allerdings nichts zu tun: Angst vor dem Tod, Verleugnung des Umstands, dass ich und andere sterben werden, all das gehört in andere Momente. Ich kann es ganz einfach nicht glauben. Wie soll das gehen, dass es mich mal nicht mehr gibt? Ich lebe doch, ich lebe! Hier sind die Augen, mit denen ich diese Blumenvase auf dem Balkontischchen sehe, hier die Ohren, mit denen ich den Wind rauschen höre, hier ist mein Nacken, auf dem ich ihn spüre. Mein lebendiger Nacken. Ich bin lebendig, daran gibt es nichts zu rütteln. Der Augenblick, in dem ich lebe, dauert ewig. Mein Körper und mein Geist können kein Ende haben.

Seit ich von der Existenz des jungen Manns weiß, frage ich mich in diesen Momenten jedoch manchmal, wie er wohl sah und hörte, wie er die über ihn hinweggehende Zeit gespürt hat und seinen Körper in der Welt.

Als ich wegen einer Hochzeit einmal drei Tage in Rom war – zum ersten Mal seit meinem ersten Besuch vor zehn Jahren nach meinem Schulabschluss –, musste ich daran oft denken. Spätabends, als ich mit N. und seinen Freunden durch Monti und Trastevere spazierte, sah ich mich plötzlich um und fühlte mich insgeheim von ihnen abgetrennt, als befänden wir uns auf unterschiedlichen Ebenen: So also sahen die Nächte aus, in denen er vor fünfzig Jahren unterwegs gewesen war. Fünfzig Jahre. Unwirklich klang das, so unfassbar weit weg. Und doch spürte ich seine Gegenwart mit erstaunlicher Kraft, wie Dampf, der aus dem Boden stieg und mich fast pausenlos umgab, so unglaublich ich auch fand, dass diese mir völlig fremden Dinge – die gelben und rötlichen umbertinischen Gebäude, die kolossalen Bauten der »Ewigen Stadt«, die Kiefern mit dunklen, ausladenden Kronen wie blühender Klatschmohn, die Treppen der Fakultät für Architektur, auf denen ich ein paar Minuten stehen blieb, um dem Grollen der Zeit zu lauschen, das über mich hinwegrauschte, die Allee, die wir nach dem Besuch der Uni La Sapienza hinabgingen, der abendliche Campo de' Fiori im Juni, mit seinem bizarren Kontrast zwischen dem bunten Alltag einer Piazza und der finsteren Statue von Giordano Bruno –, dass all diese mir fremden Dinge früher mal zu ihm gehört hatten, zu diesem mir ebenso fremden jungen Mann, diesem jungen, freien, unschuldigen Wesen, dem ich mich fast geschwisterlich verbunden fühlte, ich, die inzwischen älter war als er, als er hier fortgegangen war (und auch das war nicht zu glauben). Und ich fragte mich, wie seine Augen sie gesehen haben mochten, diese Dinge, welche Form sie für ihn hatten; wie Valle Giulia gewesen war und die langen Monate, die darauf folgten, und wie L. B. gewesen war, in diesem Alter, diesem Augenblick, an diesen Orten.

Doch ich wusste, dass ich das unmöglich wissen konnte, so wenig wie von jedem anderen.

Allerdings ließ L. B. sich sogar noch schwerer rekonstruieren als andere, die wenigstens etwas in Form von Dokumenten, Briefen, Tagebüchern hinterlassen hatten, die Erinnerungen aufbewahrt hatten und von denen nicht nur flüchtige Eindrücke Dritter geblieben waren. Verrückt: Vom Innenleben meines Vaters wusste ich kaum mehr als von meinen ausgelöschten Vorfahren, und auch das nur vermittelt durch andere. Der Gedanke daran, wie viel da verloren war, war mir unerträglich: Ich wollte sein ganzes Leben, in seiner konkreten Fülle, ich wollte alles retten, obwohl ich wusste, wie unmöglich das war. Die Einmaligkeit, die unwiederholbare Komplexität einer einzigen Welle im Ozean. Eines vergessenen Tags im Leben eines Menschen, eines einzigen Wimpernschlags. Und zugleich: Wie viele Stunden, Tage, Unterhaltungen, unbedeutende und beiläufige Begegnungen kommen in so einem Leben zusammen? Mir wurde schwindlig. Trotzdem blieb der irrwitzige, aber wohl natürliche Wunsch nach Ganzheit, nach lückenloser Wiederherstellung, und ich bekam doch nur eine löchrige Erzählung zusammen, ein Staubkorn im riesigen, blutigen Mühlstein der Geschichte, und immer fehlte die Stimme ihrer wichtigsten Figur.

Und dabei hatte ich noch bis vor Kurzem ganze Jahre damit zugebracht, so wenig wie möglich an ihn zu denken und die unangenehmsten Aspekte seiner Krankheit und der schrecklichen Sommer, in denen ich ihn so gehasst hatte, zu verdrängen – und damit auch fast alle anderen Erinnerungen. Es stimmt eben doch: Irgendwann kehren die Toten zurück, und man muss sich mit ihnen an den Tisch setzen.

JEDEN MORGEN UM FÜNF STANDEN L. B. und Druina auf, um Flugblätter vor den Toren der Fabricca zu verteilen. Im Gepäck hatten sie Neuigkeiten, die sie beim Schichtwechsel am Nachmittag zuvor gesammelt hatten: Was war im Karosseriebau los, was in der Lackiererei etc. Es gab so viele Abteilungen und Leute, die Fabbrica war so gewaltig, dass sich nur so Informationen zwischen den Sektionen übermitteln ließen. Seit 1969 herrschte vor den Nebentoren an der langen, auf die Berge zulaufenden Allee (an klaren Tagen zeichnen diese Berge sich so scharf über der heutzutage menschenleeren Straße ab, dass man fast glaubt, sie berühren zu können, schön, rein und erhaben) stets Getümmel. Menschen, Megafone, Flugblätter und Unterhaltungen. Beim Schichtwechsel um zwei kam man zurück, um Neuigkeiten zu erfahren, und tags darauf wieder von vorn, und immer so weiter.

Abends versammelten sich die Parteimitglieder in der Zentrale und berichteten einander von ihren Posten, davon, was sie im Gespräch mit den Arbeitern und den Frauen auf dem Markt erfahren hatten und was in den Wohnvierteln und anderen Fabriken los war. Damit war der Tag jedoch oft nicht vorbei: Manchmal zogen sie um ein Uhr früh in kleinen Gruppen zu abenteuerlichen Missionen los, bei denen sie Plakate klebten – das war nämlich verboten, sodass man es nicht tagsüber tun konnte. Zum Schlafen blieben hinterher nur knapp drei Stunden. Dann stiegen L.B. und Druina wieder ins Auto und durchquerten erneut die winterdunkle Stadt, noch ehe die ersten Arbeiter das Haus verließen.

Ich stelle mir L.B. im Morgennebel vor, wie er – ungekämmt und in zu langem Mantel, einen dicken Schal um den Hals gewickelt – mit Menschen spricht, die noch halb schlafend in der langen, stummen Prozession an ihm vorüberziehen, wie er ihnen ein Flugblatt oder eine Zeitung in die Hand drückt, kalte Wölkchen vor dem Gesicht. Ob man sich an solchen dunklen Wintermorgen vor den Toren wohl selbst inmitten der Genossen manchmal müde und allein fühlte, wenn die Arbeiter mit tiefen Augenringen einfach stumm vorbeigingen, einen womöglich sogar rüde zur Seite stießen? Oder war die ideologische Begeisterung zu groß, und L.B. fühlte sich bloß lebendig, am rechten Ort und voller Eifer? Wie bitter mag er gefroren haben? Hat er jemanden geliebt? War er jemals verzweifelt?

Ich zumindest könnte schon verzweifeln, wenn ich nur an die Tore der Fabbrica um sechs Uhr morgens denke.

Und doch gab es auch Glück in diesem zermürbenden Leben. Ständig war man unterwegs, unterhielt sich mal über die Geschicke der Welt, mal über banale Kleinigkeiten, saß mit den Genossen in der Kneipe, auch mit denen aus anderen Organisationen, flachste herum, ging ins Kino, hörte Schallplatten, sang, raufte und las Romane, die die Partei bestimmt nicht gutgeheißen hätte, weil sie nicht erbaulich genug waren, verspürte ein Knistern, eine Nähe, eine beständige Wärme, eine unerschöpfliche Neugier aufeinander, und dazu noch der Rausch der Demos, der Versammlungen (L. B. war ein hervorragender Redner, sprach für sein Leben gern vor Publikum, schien geradezu dafür geboren), und wenn all das die halbe Nacht dauerte, war es nicht weiter schlimm, wenn es kein Bett gab – dann schlief man eben irgendwo auf einer Bank im Park oder im Bahnhof, was machte das schon aus, wenn man so jung, so glücklich war.

Der Slogan war simpel: Brot, Frieden und Arbeit. Den heikelsten Punkt aber, den, dass zu einer Revolution meistens Gewalt, Waffengewalt, gehört, kehrte man unter den Teppich. Untereinander sprachen sie darüber nie. Überhaupt sprach man weder über das, was einen privat beschäftigte – nicht einmal mit den engsten Freunden –, noch stellte man sich selbst zu viele Fragen. Zweifel war Verrat. Außerdem hatten alle viel zu viel zu tun, um lange nachzudenken. Der Gedanke an Gewalt war weit weg und abstrakt, ein lästiges Flimmern im Hintergrund, das man mit einer Handbewegung wegwischen konnte wie Dunst auf einer Fensterscheibe. Druina allerdings hatte bei der Vorstellung trotzdem einen unschönen, metallischen Geschmack im Mund. Ob das auch L. B. so ging, konnte sie nicht wissen, zumal sie niemals über so etwas geredet hätten. Doch sie hatte den Verdacht, dass auch er daran nicht gerne dachte.

Zumindest bis dato waren Verbrechen und Gewalt allerdings exklusiv von der Gegenseite gekommen: von den Faschisten und der Polizei. Sicher, hin und wieder kam es mal zu Raufereien, wurde Widerstand geleistet, doch weiter war man bisher nie gegangen, abgesehen von dem toten

Polizisten in Mailand, der aber, da waren sie sich alle einig, nur ein Unfall gewesen war. Dieser schmale, unsichere Grat muss dennoch vielen Angst gemacht haben. Und was einem Angst macht, ignoriert man. Die Gegenwart, der heutige Tag und höchstens noch der nächste, weiter konnte man unmöglich denken.

L.B. war der Partei treu ergeben, doch das beruhte nicht auf Gegenseitigkeit. Die Parteiführung konnte ihn nicht leiden. Zwar wussten sie, was sie an ihm hatten, aber er galt auch als undiszipliniert und war Dauergast auf einer ungeschriebenen schwarzen Liste. Er hatte zu viele Freunde außerhalb der Partei, und die sah alle »anderen« als Feinde des wahren Kommunismus an, als Reaktionäre, Verräter und Revisionisten, die auf Reformen und Vermittlung abzielten, auf den »schändlichsten aller Kompromisse«, wie die Pamphlete zeterten. Die Unione dei Comunisti Italiani wurde nun offiziell zur marxistisch-leninistischen PCIM-L, die Hysterie über das Schreckgespenst der »Spalterei« erreichte ihren Höhepunkt und täglich wurde Einheit propagiert – gegen die erwähnten »anderen«, diese verkappten Bourgeois, die sie entzweien wollten. Dass L.B. sich mit Leuten abseits des Radars des Zentralkomitees abgab, war ein Affront. Man warf ihm vor, basisdemokratisches, movimentistisches Gedankengut in die Partei zu tragen. Was zählte, war einzig die Parteilinie, das gelobte Land der strahlenden Zukunft, und er, Druina und andere kümmerten sich stattdessen nur um schnöden, alltäglichen Firlefanz.

In Wahrheit schämten sie sich, vor den Toren der Fabbrica über Mao zu reden, während es drinnen um etwas völlig anderes ging. Wie konnte man dort stehen und Leute indoktrinieren, deren Probleme aus Fahrgestellen, Schichtplänen, Pausenzeiten, Betriebsräten und gewerkschaftlicher Vertretung bestanden? Sie wollten Flugblätter verfassen, mit denen diese Leute etwas anfangen konnten, keine peinlich weltfremden Propaganda-Aufsätze. (Dafür genügte voll und ganz die Zeitung, die sie ebenfalls verteilten.) Das taten sie bald auch. Auch Druina wurde deshalb regelmäßig der Kopf gewaschen. Das Problem war, dass sie beide so tüchtig waren und die Turiner PCIM-L insgesamt so schwach, auch was die Mitgliederzahl anging: Sie einfach rauszuwerfen, war also schwierig. Sie waren die Engagiertesten, konnten am besten mit den Leuten reden und sie am besten überzeugen, wenn sie wollten. Agata sprach voll der Bewunderung über Druina.

»Sie stand Leonardo in nichts nach«, erzählte sie mir. »So mutig, so selbstlos, immer für Leute in Not da, immer an der Front.« Agata saß in einem Sessel, und während sie das zu mir sagte, lehnte sie sich vor und streckte die Arme aus wie jemand, der sich schützend vor einen anderen stellt.

So war also Druina, und so war offenbar auch L. B., dessen Großmut – laut Agata – fast an Leichtsinn grenzte und der sich Kopf voran in jede Auseinandersetzung stürzte, ohne Rücksicht auf die Folgen (sprich: Verhaftungen).

Tatsächlich finden sich aus dieser Zeit in L. B.s Leben diverse Kurzmeldungen in der Turiner Lokalpresse. Eine Festnahme im Januar 1972, im Rahmen einer großen Durchsuchungsaktion im Viertel Porta Palazzo. Ein mit Lautsprechern versehener Cinquecento war durch die Straßen gekurvt und hatte verkündet: »Polizisten sind

Faschisten! Bürger, lasst sie nicht in eure Wohnungen!« Die Carabinieri hielten das Fahrzeug an und fanden sich kurz darauf selbst von Hunderten Anwohnern umzingelt. Es kam zu Handgreiflichkeiten mit mehreren Verletzten. In dem Cinquecento hatte unter anderem der Student Leonardo Barone, sechsundzwanzig, gesessen. Er und drei weitere wurden verhaftet, wegen Widerstands gegen die Staatsgewalt und Beamtenbeleidigung. Ebenfalls verhaftet wurde kurz darauf der Onkel eines der drei anderen, der ins Revier stürmte und schrie, wenn sein Neffe nicht sofort einen Anwalt bekäme, würde er alles kaputt schlagen. Noch am selben Nachmittag demonstrierten Mitglieder diverser APO-Gruppen vor dem Gefängnis für die sofortige Freilassung der fünf, und wenig später ordnete die Staatsanwaltschaft ihre vorläufige Entlassung an. Später dann ein Prozess wegen Beteiligung an einem Streikposten bei L'Oréal, wo L.B. im März 1972 zusammen mit anderen »Gewaltbereiten« einige Streikbrecher am Betreten der Fabrik zu hindern versucht und »die mit der Wahrung der Ordnung beauftragten Carabinieri beleidigt« hatte.

Zwischen 1971 und 1972 stieg die Zahl der Festnahmen wegen sogenannter »Meinungsdelikte« erschreckend an, und es kam vor, dass man Wochen oder Monate in Haft auf sein Urteil wartete. Dieser Behandlung erfreuten sich jedoch nur – aber zu Hunderten – außerparlamentarische Linke, Wehrdienstleistende, kritische Katholiken und Wehrdienstverweigerer. Auch ein gewisser C.C., der heldenhafte Bergmann, den Brandirali so schätzte, verbüßte einen Monat und vier Tage Haft nach einer Versammlung bei Caltanissetta im Jahr 1971.

Im Mai 1972 wurde Vanni Pasca, einer der Parteichefs der PCIM-L, nach einer Wahlkampfkundgebung in Reggio Calabria verhaftet. Im ganzen Land ging man für ihn auf die Straße. Intellektuelle, Regisseure, Psychiater, Journalisten und Politiker unterzeichneten Appelle für seine Freilassung; bald darauf würde man ein Komitee zur Abschaffung der Meinungsdelikte gründen, bei dem die PCIM-L erstmals mit anderen linken Gruppen sowie mit demokratischen Juristen und Richtern kooperierte.

Uns führt das zurück zu jener Episode mit dem Foto von L.B.s Prozess wegen Beamtenbeleidigung, das ich gefunden hatte – das mit der gelangweilten Genossin und dem in sich hineinlachenden L.B.: Am achten Juni 1972 war der unverbesserliche Querulant mit dieser Frau in einem Cinquecento (vermutlich derselbe wie beim letzten Mal, obwohl es davon offenbar eine ganze Flotte gab) zum Marktplatz von Venaria gefahren, um hektografierte Flugblätter gegen Vanni Pascas Inhaftierung zu verteilen. Aus den Lautsprechern im Auto dröhnte eine Kassette mit »Bandiera rossa« und einer Erklärung gegen den Staat und die Verhaftung. Ein Carabiniere in Zivil (was für eine packende Szene!) sprach die beiden an und wollte wissen, ob sie eine Genehmigung für eine Kundgebung hätten. L.B. und seine Genossin erwiderten, es handle sich gar nicht um eine Kundgebung, woraufhin der Carabiniere sich mit großem Tusch zu erkennen gab und ihre Ausweise verlangte. Die Frau hatte ihren dabei, L.B. nicht. Dann müsse er mit auf die Wache, erklärte der Carabiniere. Ja, gleich, erwiderte L.B., ich verteile nur schnell die restlichen Flugblätter. Der Carabiniere zog ab, um Verstärkung zu holen, während »Barone per Megafon die Polizei verunglimpfte« (also wohl irgendwas in der Art von »Polizisten sind Faschisten« rief). Vier Mann führten ihn schließlich ab, die Frau brüllte Beleidigungen und widersetzte sich, und ein Jahr später wurden die beiden zu vier Monaten und zehn Tagen wegen Beamtenbeleidigung und zu weiteren zehn Tagen wegen Abhaltens einer nicht genehmigten Kundgebung verurteilt.

In Venaria, so erzählte mir Elia Morgari, war man damals sehr aktiv gewesen. In der schmutzigen, maroden Altstadt wohnten, wie Schlachtvieh zusammengepfercht, die Zuwanderer aus dem Süden, die in den umliegenden Fabriken arbeiteten. Außerdem gab es noch die »Kasernen«, ebenfalls mit Arbeitern vollgestopfte Elendsquartiere rings um einen verdorrten, von Müll übersäten Rasen; in den ehemaligen Einzelstuben für Soldaten hausten nun ganze Familien. Die Decken bröckelten, die Wände waren voller Stockflecken, die Betten waren oft nur achtlos hingeworfene Matratzen. Ratten huschten über die vermüllten Fußböden. Besonders in Erinnerung geblieben war Morgari ein junger Mann mit starrem Blick, der trotz seines Alters bereits hinfällig wirkte und im Erdgeschoss in einem erbärmlichen Loch hauste, das überquoll von Müll, den allem Anschein nach seit Hunderten von Jahren niemand weggeräumt hatte. Frühmorgens ging er zur Arbeit, abends kam er erschöpft zurück und legte sich schlafen, mitten im Dreck, als wäre das nun einmal nicht zu ändern, als wäre das eben sein Schicksal.

Die Leute von der Partei, darunter auch Morgari und L. B., halfen, wo sie konnten: In Trupps entrümpelten sie Wohnungen, verputzten Wände, machten notdürftige Reparaturen, setzten Fensterscheiben ein und verteilten Gebrauchsgegenstände, um den Menschen ein würdigeres Leben zu ermöglichen: Decken, Kleidung, Seife, Windeln, H-Milch, Konserven und manchmal auch frisches Essen. Sie brachten die Kinder zum Arzt und erklärten ihnen unterwegs, wieso es unbedingt eine Revolution brauchte. (Sahen sie das denn nicht selbst ein?). Als Gegenleistung bekamen sie kurze, müde, leere Dankbarkeit, dann verloren sie die Leute wieder. Wir haben sie verloren, sagte Morgari dann auch, wir haben sie fast alle verloren. Er klang resigniert.

Im Sommer 1972 zog L. B. ein paar Monate zu Emanuele Pariante, ebenfalls ein Funktionär der PCIM-L, und seiner Frau. Auch mit ihr brach er in aller Frühe auf, um Flugblätter vor den Fabriken zu verteilen.

Im Übrigen erledigte er die niederen Arbeiten, die ihm zur Proletarisierung auferlegt wurden, führte sein ganzes Einkommen an die Parteikasse ab, aus der er sein kleines Funktionärsgehalt bezog, nahm an sämtlichen Fabrikbesetzungen teil und hielt viele flammende Reden. Während einer davon – auf der Treppe des Palazzo Nuovo, noch in seinen farbverschmierten Anstreicherklamotten – sah Cecilia Longoni ihn zum ersten Mal. Möglicherweise war das im Frühjahr '72.

Wie und warum die beiden Freunde wurden, konnte sie mir auch nicht erklären, wusste es wohl selbst nicht mehr genau: Sie hätten jedenfalls unterschiedlicher nicht sein können, bewegten sich in völlig anderen Kreisen. Cecilia stammte aus gutem, liberalem Hause aus der Provinz, hatte aber gleich zu

Anfang ihres Jurastudiums in Turin gemerkt, dass die Linke ihr viel mehr entsprach, und sich den Leuten vom *Manifesto* angeschlossen, der linken Tageszeitung. Mit drei Freundinnen, ebenfalls aus bestem Hause und vom Land, war sie in eine schöne, große Wohnung in der Via Petrarca gezogen, im Viertel San Salvario. Eines schönen Tages hatten sie das »Zu vermieten«-Schild gesehen, und als sie gegen drei Uhr nachmittags zur Besichtigung kamen, schlief einer der Vormieter, ein Vorachtundsechziger um die fünfzig, nackt auf dem Sofa. Die Wände waren tapeziert mit Plakaten der Black Panthers. Tatsächlich waren dort auch ein paar Black Panthers zu Besuch gewesen, vielleicht sogar häufiger. Die Besitzer der schönen Wohnung hatten sich von diesem Schock noch immer nicht erholt und waren ganz begeistert darüber, sie nun diesen adretten Studentinnen mit den runden Unschuldsmienen zu vermieten.

Dann aber kamen deren Freunde und die Freunde ihrer Freunde. Man konnte nie wissen, wen man in der Wohnung antreffen würde: junge Frauen, die in feinen chinesischen Morgenmänteln und weiten senffarbenen Pullovern durch die verrauchten Zimmer schlurften, dünne Zigaretten schwach zwischen zwei Finger geklemmt; Arbeiter, manche entlassen, andere nicht; Studenten, vor allem aus der seltsamerweise besonders politisierten Fakultät für Architektur, die die halbe Nacht lang eifrig diskutierten, bis sie jemand rauswarf oder ihnen ein Bett anbot; grüblerische Intellektuelle mit imposanten Brillen; Freunde, Ex-Freunde, mögliche Freunde in spe, Affären, Katzen aus den umliegenden Höfen – und L.B., der manchmal spontan vorbeikam, erzählte, eine Platte auflegte, ein bisschen las (für eigene Bücher hatte er nur selten Geld) und sich irgendwo hinlümmelte. Jeden Abend aßen am langen, das Wohnzimmer beherrschenden Esstisch zehn bis fünfzehn Leute, von denen viele niemand je zuvor gesehen hatte. Eine besonders pragmatische Mitbewohnerin setzte irgendwann einen »politischen Preis« für diese Abendessen fest, die immer jede Menge Schnorrer angezogen hatten: Fünfhundert Lire, oder der Teller blieb leer.

Was L. B. in dieser ihrer Meinung nach vollkommen verrückten Partei verloren hatte, war Cecilia schleierhaft. Die PCIM-L erschien ihr lebensfremd, verkalkt und unnatürlich; er dagegen war doch viel zu bodenständig, lustig und ausgelassen für diese Fanatikersekte. Doch wenn sie ihn darauf ansprach, winkte er nur ab, als wollte er eine Mücke verscheuchen, und sagte: »Ach …«

Am Ende hörte sie einfach auf zu fragen, und die beiden sprachen nicht mehr über Politik, weil das ohnehin nur zu Streit führte. Und doch waren sie Freunde, die humorvolle Pragmatistin und der zerstreute Dogmatiker. Sie verstanden sich auf Anhieb, liebten einander wie Geschwister, und das hielt auch noch lange an, nachdem ihre Wege sich getrennt hatten. Ich sah das heute noch in Cecilias rosiger, angenehm ironischer Miene, die sich manchmal leicht verzog, wenn sie von ihm erzählte, auch wenn ihr Mund weiterlächelte. Freundschaften sind der vernachlässigste Stoff der Literatur, dabei spielen sich in den unerforschlichen Mechanismen und Übereinstimmungen, die eine Freundschaft begründen und erhalten – Freundschaft ganz frei von sexuellen und sentimentalen Kehrseiten, Freundschaft trotz aller Gegensätze –, oft die interessantesten Aspekte eines Lebens ab. Von allen autobiografischen Gedichten und Erzählungen waren mir schon immer die – erstaunlich seltenen – am liebsten, die Freunden gewidmet sind (und zwar *nur* ihnen, mit dem Freund als einzigem Protagonisten oder als verstorbener Stimme, an die der Dichter sich liebevoll wendet – mit dieser Liebe ohne Rechtfertigungen, die alle Fehler, Distanzen, Funkstillen und Jahrzehnte in sich aufbewahrt, ohne zu zerbrechen).

Ganz eindeutig hatte L.B. etwas Außergewöhnliches an sich, etwas Magisches, von dem mir alle erzählten, mit denen ich sprach, das aber niemand definieren konnte; jedenfalls war es nicht nur Großzügigkeit, Charisma oder Leidenschaft; es war eine Art purpurnes Feuer, ein rätselhaftes Leuchten, das allein aus ihm kam und jeden sofort für ihn einnahm. »Seine Größe«, hatte Cecilia es einmal genannt, im Versuch, diesem magischen Licht einen Namen zu geben. Ich weiß nur, dass es so hell leuchtete, dass seine Strahlen fast fünfzig Jahre später diese Zeilen hier ermöglichen.

Er freute sich an allem Möglichen, besonders an anderen Menschen, er nahm sie, wie sie waren, hörte ihnen zu und fand stets die richtigen Worte. Brauchte jemand Hilfe, riss er sich fast ein Bein aus, um für ihn da zu sein. In jener Zeit starb die Partnerin eines Freundes, vergiftet durch ein Gasleck im Ofen ihrer bitterkalten Wohnung. Im Gegensatz zu vielen anderen, die dieser Freund mit seiner Trauer abschreckte, ging L.B. ihm nicht aus dem Weg. Er besuchte ihn monatelang fast jeden Tag, brachte ihm Essen, hörte zu, wenn er reden wollte, oder saß einfach stundenlang stumm bei ihm im Dunkeln, wenn der andere zu mehr nicht in der Lage war.

Obwohl er aber so viele Freunde und Bekannte hatte, obwohl er so charmant und offen und praktisch nie allein war, blieb er für die Menschen um ihn doch eigenartig undurchsichtig. Er war ein guter Zuhörer, erzählte aber nie von sich. Er war für andere da, wich ihnen aber sein Leben lang aus. Ein ewiges Rätsel war er. Niemand kann behaupten, ihn wirklich gekannt zu haben, sagte mir mal jemand.

Ein Beispiel: L.B. erzählte seinen Freunden, sein Vater sei Richter, und er habe deshalb mit ihm und der Familie gebrochen. Auch meiner Mutter hatte er das anfangs erzählt; sie fand die Wahrheit erst heraus, als sie das erste Mal mit zu seinen Verwandten nach Apulien fuhr – mit mir, kurz nach meiner Geburt – und dort mit meiner Großmutter darüber sprach, die aus allen Wolken fiel. L. B.s Vater war einfacher Gerichtsvollzieher, ein ehrbarer Beruf, der seiner Familie bescheidenen Wohlstand und den Söhnen ein Studium ermöglicht hatte (für die Töchter dachte man an so etwas wie Studium natürlich gar nicht) und dank dem seine aus ärmlichsten Verhältnissen stammende Frau in der Stadt mit »Signora« angesprochen wurde. Außerdem, so erzählte meine Nonna meiner Mutter, übte er seine nicht immer leichte Pflicht so höflich und sensibel aus, dass jedermann ihn respektierte, und zwar nicht aus Schmeichelei, sondern ganz aufrichtig.

Warum also diese Lüge, an die heute noch alle glaubten, mit denen ich über ihn sprach? Sogar seine Anwälte, ja selbst der Staatsanwalt, der im Laufe einer Befragung bei seinem Terrorismusprozess gesagt haben soll: »Und dabei war Ihr Vater Richter! Schämen Sie sich nicht, sein Andenken so zu beschmutzen?« (Aber wie war das möglich? Gab es keine Dokumente, keine Aufzeichnungen über den Beruf der Eltern? L. B. wird das dem Staatsanwalt ja kaum erzählt haben. Wer war es dann?)

Eine Erklärung dafür habe ich nie gefunden, genauso wenig wie für viele andere seiner verschrobenen, sinnlosen Lügen. Soweit ich weiß, war sein Vater vor dem großen Bruch gar nicht so übel gewesen. Den Kindern gegenüber war er eher freundlich und aufmerksam, half ihnen abends bei den Hausaufgaben, polierte morgens ihre Schuhe und stellte sie ihnen für die Schule an die Tür. »Schade, dass du ihn nicht mehr kennenlernen konntest«, hat mein Vater mal zu mir gesagt. »Er war ein feiner Kerl.« Dabei ließ er es bewenden. Und doch war es zum Bruch gekommen. Bestimmt fühlte L. B. sich von ihm verleugnet, abgelehnt, weil er war, wer er war. Dieser Schmerz – genau wie der, den er seinem Vater zugefügt hat, indem er erst seine Erwartungen enttäuschte und dann von einem Tag auf den anderen verschwand, vielleicht aus einem bitteren Wunsch nach Rache heraus – ließ sich nicht mit den dogmatischen, um jedes Privatgefühl und jede Ambiguität verstümmelten Begriffen erklären, die seine Sprache und die seines Umfelds beherrschten. Einen bourgeoisen Schuft aus ihm zu machen, war da wohl leichter: plausibel und obendrein romantisch. Der Richter und der Revoluzzersohn! Weitere Erklärungen unnötig. Wie es in den wunderbaren Memoiren von Umberto Silva heißt, der in der PCI aktiv war: »Wir waren Kinder, bereit, unsere netten, manchmal sogar liebevollen Eltern zu ermorden, um uns grausamen Despoten aus der Steppe und vom Gelben Fluss anzudienen, die uns für ein geklautes Bonbon aufgeknüpft hätten.«

Ich weiß nicht, wie und wie oft die beiden nach dem Bruch noch miteinander sprachen. Wenn man jung ist und alle um einen herum unsterblich sind, denkt man ohnehin nicht viel an diese Dinge, an die abwegige Möglichkeit, dass der Mann, mit dem man sich irgendwann vielleicht versöhnen würde, von heute auf morgen nicht mehr da sein könnte, vom Angesicht der Erde verschwunden, mitsamt der eckigen Brille, den Geheimsratsecken und den schmalen Lippen.

So kam es dann aber, im Oktober 1972. Am einundzwanzigsten Oktober, um genau zu sein, dem Vortag der großen, von Metallarbeitern organisierten Demo in Reggio Calabria gegen die Welle faschistischer Gewalt, die dort nicht abriss, seit zwei Jahre vorher Catanzaro und nicht Reggio zur Hauptstadt von Kalabrien erkoren worden war. Während mehrere Züge die Arbeiter, die Männer, Frauen und Kinder aus dem Norden in den Süden brachten, eine lange Reise in die feindselige Stadt, die Gleise übersät mit Bomben, die andauernd zu Umwegen und Zwischenhalten zwangen, bis am Ende fünfzigtausend Menschen durch die Stadt marschierten, »Nord und Süd im Kampf vereint«, während sich also auf der einen Seite des italienischen Stiefels dieses große Epos abspielte, stieg L. B. in einen Zug zur anderen, ganz allein, um seinen Vater zu beerdigen.

IM FRÜHJAHR 1973 FAND IN VALGANNA, einem kleinen Ort in der Provinz Varese an der Schweizer Grenze, eine Kaderschulung von Servire il Popolo statt. Die Partei hatte ein paar Hütten als Speise- und Versammlungsräume gekauft sowie zum Übernachten ein paar winzige Fertighäuschen, deren Zimmer nur mit Wellblech abgeteilt waren, um etwaige Vertraulichkeiten im Keim zu ersticken. Thema der Veranstaltung war die »sexuelle Frage«, Brandiralis neuestes Steckenpferd: Langsam, aber sicher sickerte der Feminismus inzwischen nämlich auch in die Reihen der braven und vermeintlich längst befreiten weiblichen Parteimitglieder ein. Obwohl diese Frauen nominell gleichberechtigt waren, blieben sie faktisch allein zuständig für Kinder, Haushalt und diverse andere Lappalien, zu denen sich die mit der Revolution viel zu beschäftigten Männer selbstredend nicht herablassen konnten. Der Feminismus war also gefährlich und musste unbedingt gezügelt werden. Auch Abtreibung wurde misstrauisch beäugt, wenn nicht offen verdammt, ganz zu schweigen von Selbstbefriedigung und Homosexualität. Sogar Vorschriften für Sexstellungen gab es (bloß nichts allzu Kreatives, was in bourgeoise Perversion hätte münden können); Oralsex war komplett verboten, außer wenn ihm »Beischlaf« folgte. Der Orgasmus, so predigte Brandirali, musste gleichzeitig stattfinden: als höchster Ausdruck von Altruismus und tugendhaftem

Verkehr, der die Partner zusammenschweißte und zu besseren, der guten Sache noch ergebeneren Menschen machte.

Liebe und Politik sollten Hand in Hand gehen, ein immer gruseligeres Geflecht, dessen wichtigste Knoten die kommunistischen Ehen waren. Aus dem Pamphlet *Eine kommunistische Ehe*, entstanden im Rahmen der ersten in der Partei durchgeführten Hochzeit im Januar '72: »In der Vergangenheit dachten viele, der Kommunismus dürfe sich in familiäre Angelegenheiten nicht einmischen, so als gäbe es ein von den gesellschaftlichen Verhältnissen und den darin stattfindenden Kämpfen zu trennendes Privatleben. Das war ein grober Fehler, der die Genossen korrumpierte und zum Liberalismus verführte. Zu leiden hatten darunter vor allem die Frauen, die fernab der Partei weiter unterdrückt wurden. Heute, nach vielen erfolgreichen Kämpfen um innere Einheit, dringt die Partei auch ins Private vor und will, dass der Kommunismus für beide Partner zum Leitstern in allen Bereichen des Lebens wird.« Der Bräutigam dankte in seiner Rede »der Partei, die mir mehr gegeben hat als meine Mutter. Ich danke der Partei, weil sie mir nicht nur wie meine Mutter das Leben geschenkt, sondern meinem Leben außerdem Sinn, Richtung und Schutz gegeben hat, Lebens*kraft*, und dafür kann ich der Partei nur immer wieder danken, ich verdanke der Partei mein Leben!«

Manchmal arrangierte die Partei die Ehen sogar selbst, und zwar mit System: In der Regel wurde eine intellektuelle Frau zwecks Proletarisierung mit einem proletarischen Mann verkuppelt.

Die Stimmung bei der Schulung war bleiern. Es entspann sich ein brutales, kollektives Psychodrama, bei dem

Einzelne vor versammelter Mannschaft ausführliche, demütigende Beichten abzulegen hatten. Nichts durfte der Parteielite verborgen bleiben, nicht mal die schäbigsten Details. Junggesellen und ledige Frauen mussten Selbstkritik üben, Paare von ihrem Sexualleben und Beziehungsproblemen berichten. Die Tränen flossen in Strömen. Emanuele Pariante, der zwei Jahre später in die USA zog und in die Werbung ging – »Ich hab mich für das Geld entschieden«, sagte er grinsend –, hat mir von Seminaren über Sexualität erzählt, in denen er rückblickend Mechanismen amerikanischer Reklame erkannte, die man womöglich eigens für diese Kaderschulung studiert hatte: Letztlich waren sie nichts als Gehirnwäsche und Machtdemonstration. Selbst die linientreusten Mitglieder waren entsetzt.

Gerade, als die Kontrolle über die Mitglieder den Gipfel der Psychose erreichte, begann die Partei zu zerbröckeln. Die Leute gingen still und leise freiwillig, oder sie wurden mit viel Tamtam hinausgeworfen. Druina war im März '73 Mutter geworden und hatte sich in den Monaten darauf von der Partei entfernt, weil sie nicht mehr an sie glaubte, weil die täglichen Pflichten – die Arbeit, das Kind – viel konkreter waren als die immer unrealistischere Aussicht auf Revolution. Ja, die Welt war schlecht. Aber die Antworten der Partei, davon war sie inzwischen überzeugt, waren auch nicht besser.

»Glaub bloß nicht alles, was wir erzählen«, riet sie mir. »Menschen verdrehen die Tatsachen, schildern ihr Leben lieber schmeichelhaft für sich selbst. Und sie vergessen auch.« Sie hielt inne, dachte offenbar darüber nach. »Die drei großen Sünden der Menschheit: Heuchelei, Ressentiments und Verdrängung all dessen, wofür man sich schämt.«

Elia Morgari, der die Massen weder für intrinsisch gut noch ihren kollektiven Ausdruck für notwendig fortschrittlich hielt, wurde bei Parteisitzungen häufig vorgeworfen, er sei ein »intimistischer Fatalist«. Das traf es ganz gut, bemerkte er mir gegenüber schmunzelnd. Er hatte die Nase voll von den immer gleichen Liedern der PCIM-L, vom Radau, von dem ständigen Drunter und Drüber und der Phrasendrescherei. Einmal leitete er in der Schweiz eine Kaderschulung für italienische Gastarbeiter auf dem Bau, die fast alle aus Kampanien stammten und in Holzbaracken hausten wie Sklaven. Zwei Tage sprach er mit ihnen, und der Abschied wurde melodramatisch. Die Arbeiter zerrissen ihre Unterhemden, schrien: »Ich will zurück zu meiner Familie!« Morgari war dieses Theater furchtbar unangenehm.

»Vielleicht«, gab ich schüchtern zu bedenken, »wussten sie bloß nicht, wie sie ihren Schmerz anders ausdrücken sollten.«

»Klar«, sagte er. »Aber mir ging es trotzdem auf die Nerven, und dafür fühlte ich mich auch noch schuldig.«

Das verstand ich wohl besser, als er dachte. Eines Abends – ich wohnte mit N. in Como, war aus der kleinen Wohnung in Mailand schon vor Jahren ausgezogen – dachte ich an unser Gespräch, als wir eine Doku über italienische Gastarbeiter in der Schweiz sahen. In den Sechzigern hatte das italienische Fernsehen eine im Nachbarland ausgestrahlte Sendung produziert, in der die Angehörigen der Ausgewanderten ihre Lieben grüßen konnten. Meist zeigte man Kinder mit ihren Großeltern, die keine Ahnung hatten, wie sie sich vor der Kamera verhalten sollten. Ein pummeliges Mädchen von zwölf oder dreizehn Jahren erzählte ihrer fernen Mutter, sie habe eine Schneiderlehre angefangen. Mit zitternder Stimme sagte sie: »Wenn du heimkommst, Mama, mach ich dir ein schönes Kleid, mit ganz viel Spitze dran.« Dann entglitten ihr die Züge ihres runden Gesichts, sie riss die Hände hoch und schluchzte: »Bitte, Schluss, ich bin zu aufgewühlt.« Ich stand auf, verkroch mich in der Küche und weinte bitterlich. War dieses beherrschte Mädchen denn wirklich so anders als die mit großem Pathos ihre Hemden zerreißenden Männer? War das Gefühl nicht letztlich dasselbe?

Waren die Gefühle meines Vaters, die er stets so theatralisch ausdrückte, dass ich sie automatisch für künstlich hielt, denn wirklich so anders als die meinen?

Morgari wurde am Ende nicht wegen seines intimistischen Fatalimus aus der Partei geworfen, sondern floh aus einer dieser grausigen Kaderschulungen. Nachdem er in der ersten oder zweiten Nacht lang wachgelegen und an die Decke gestarrt hatte, beschloss er, dass er nicht mehr konnte. Er packte seinen Rucksack, zog sich die Schuhe an und schlich aus dem Fertigbau. Gegen zwei oder drei Uhr morgens muss das gewesen sein. Blindlings marschierte er los, quer durch den Wald, und erreichte am Morgen völlig ermattet Varese. Dort nahm er den Zug nach Turin – geschlafen hatte er noch immer nicht –, ging schnurstracks zur Parteizentrale und erklärte, die Hände auf den Tisch gestützt: »Ich steige aus.«

Trotz allem aber, trotz aller Schlechtigkeit der Welt, trotz der immer längeren Liste der Ermordeten, trotz des Todes seines Vaters ohne vorige Versöhnung, trotz der Festnahmen und der vier Monate Haft für eine Dummheit, trotz aller Entbehrungen und trotz des Umstands, dass ein großer Teil dessen, was die Partei trieb, menschlich arm war und den Geist der Mitglieder verkümmern ließ, wie Elia Morgari es ausdrückte, trotz der Drohung eines rechten Putschs, die wie ein unsichtbarer, aber keineswegs abstrakter Schatten über allem lag, trotz alledem glaube ich, dass diese Jahre für L. B. ausgesprochen schön waren.

Er lebte völlig in der Gegenwart, die Zukunft war nur Fantasie (aber welche Zukunft ist das nicht?), er war umgeben von Menschen, die ihn mochten, strotzte vor Kraft und Gesundheit, und es gab noch echte Hoffnung, manchmal schlecht durchdacht und manchmal blind, aber doch Hoffnung.

Gern würde ich den jungen Mann dort noch verweilen lassen. Ein paar Stunden, ein paar Tage wenigstens. Ihn am Ärmel packen, als wäre *ich* der Geist seiner Vergangenheit. Diese unschuldigen Monate verlängern, die Zeiger festhalten, ihm so lang wie möglich seinen Glauben, seine Freude, seine Reinheit, ja selbst seine Dummheit gönnen. Doch das geht nicht.

Es war 1973, und zuerst kam Chile wie eine Explosion am Sternenhimmel, dann die noch nur vage unheilvolle Ölkrise. Die Städte wurden finster, weil der Staat Strom sparte. Meine Mutter wurde in einer Provinzklinik zum zweiten oder dritten Mal am Schädel operiert. Das Gefängnis von Turin war derart überfüllt, dass es keinen Platz mehr für neue Verhaftete gab, und bald waren auch im Umland alle Zellen voll. Es war ein schwarzer bitterer Winter.

Es war 1973, und vor der Tür stand das Weihnachten in der Via Artisti Nummer 13.

BILDER VON MEINEM VATER. Sein sommersprossiger Arm im offenen Autofenster, in den Ferien. Die endlosen Fahrten mit dem Nachtzug vom Norden in den Süden und vom Süden in den Norden. Der herbe, schmutzige metallische Geruch in den Abteilen und das Knistern der Papierbettwäsche, wenn man sie aus der Packung nahm, die vorbeirasenden Landschaften, auf die sich rasch Finsternis legte. Bäuchlings in der Koje liegend blickte ich hinaus ins märchenhafte Glitzern der von nächtlichen Lichtern übersäten ligurischen Berge, bis irgendjemand das Rollo herunterzog und die Namen der Bahnhöfe, an denen wir hielten, ein Geheimnis blieben. Das kleine Lämpchen, an das man sein Buch zum Lesen ganz dicht heranhalten musste, das Atmen der Fremden ringsherum. Der tapsige Tanz meines Vaters im Schlafwagen für Reiche, in einem Abteil nur für uns (wie hatte er sich das bloß leisten können?), bis hinunter nach Neapel, von wo wir das Tragflügelboot nach Lipari nehmen würden. Ich war sieben. Begeistert zeigte er mir all die Wunder des Abteils, die richtigen Betten, die weichen Matratzen und das Waschbecken, riss sämtliche kleinen und großen Türen auf, bis er aus Versehen die zur Nachbarkabine öffnete, »Entschuldigung« brummte und sie schnell wieder schloss. Die stummen Märsche zu kleinen Buchten in der sengenden Sonne, vorbei an von Ginster und Mastixsträuchern bewachsenen Felsen. Das tiefe Rot und Gold der spätgotischen Madonna della

Misericordia, die in einem Museum in Arezzo ihren Mantel ausbreitet, und er davor, wie er sich entzückt lächelnd zu mir umdrehte, als ich auf ihn zukam. Ich sehe noch genau vor mir, wie hinter seinem Kopf das Rot strahlte. Wie wir bei Sonnenuntergang den wilden Fenchel pflückten. Den Garten der drei Schwestern in Santa Maria di Leuca, der abends geheimnisvoll und riesig wie ein Wald oder ein Traum wirkte. Die Klippen, auf die wir kletterten, um uns zwischen den Wellen auszuruhen, wenn ich vom vielen Schwimmen nicht mehr konnte, die weichen, glitschigen Algen unter meinen Füßen, wenn das Wasser flach genug war. Das hypnotische Schwappen der Brandung, hin und her und hin und her. Der Pfad zu unserer Unterkunft auf Lipari, in unserem letzten Urlaub zu zweit, querfeldein über Stock und Stein. Es war dunkel, wir kamen vom Abendessen bei Freunden, den Engländern vielleicht, es roch nach Jasmin, und wir sprachen … ja, worüber eigentlich? Über Fledermäuse, glaube ich, weil gerade eine über uns hinweggeflattert war. Aber sicher weiß ich das nicht mehr.

An all diese Dinge hatte ich gar nicht mehr gedacht, aber in dem Frühjahr, in dem ich L. B. entdeckte, stiegen sie in sonderbaren Wellen wieder in mir hoch, wenn ich am wenigsten mit ihnen rechnete: in der Straßenbahn, beim Abspülen, beim Spaziergang zwischen Kirschblüten und Magnolien oder wenn ich abends von einer Verabredung nach Hause kam; ich ging dann meistens zu Fuß, auch wenn es weit war, denn ich mochte diese Dauer, die gedehnte Zeit in den stillen, nächtlichen Straßen, die hellen Fenster, die gelben durchs dunkle Laubwerk leuchtenden Laternen –

nie bin ich so viel zu Fuß gegangen, so weit und ohne Not wie in meinen zwei Jahren in Mailand.

Einfach so kamen sie also wieder, aus heiterem Himmel, und verflimmerten dann beinah augenblicklich; eine wirre, unlesbare Konstellation. Die Bilder glichen den Stereoskop-Landschaften, die man im 19. Jahrhundert durch diese Apparate mit zwei Okularen betrachtete: Ohne Zusammenhang traten sie aus dem Nichts und vermittelten die Illusion von Dreidimensionalität, aber ohne Bedeutung oder echte Tiefe.

Ich, die immer geglaubt hatte, mich an alles zu erinnern und obendrein alles zu begreifen – zu *besitzen* –, woran ich mich erinnerte, stand meinen Erinnerungen plötzlich ratlos gegenüber.

Es gelang mir nicht, von Lipari mehr als in rosaroten Dunst gehüllte Bruchstücke aus meinem Gedächtnis zu bergen, so unscharf und opak wie die Zeit in der Mansardenwohnung, bloß noch weiter entfernt; ich fühlte mich so machtlos wie damals, als ich zum ersten Mal vom Tod hörte. Während ich mich anstrengte, mich zu erinnern, tauchte aus dem Dunkel der Mansardenwohnung unerklärlicherweise ein altes, illustriertes Märchenbuch auf, das ich dort gerne gelesen hatte; es war das einzige Kinderbuch in dieser Wohnung, vielleicht von einem Vormieter zurückgelassen. Abgesehen von diesem Buch – und vom *Tiger unter Glas* – fiel mir kein einziger Gegenstand aus der Wohnung mehr ein, keine einzige Farbe oder Einzelheit, höchstens noch die Schummrigkeit der Zimmer. Waren es eigentlich zwei Zimmer gewesen oder drei? Doch, es waren drei: In einem wohnte ein paar Monate ein Mann, der mit seinem langen dunklen Bart einem indischen Guru glich, aber ich habe ihn, glaube ich, nur einmal gesehen, im Lotossitz auf dem Fußboden. Er hat mir lächelnd zugenickt, dann ist auch er verschwunden. Ich dachte an das Buch. Vage hatte ich eine der hübschen, altmodischen Illustrationen vor Augen. Ich glaube, sie gehörte zu dem Märchen von den Brüdern, die sich durch einen Fluch in Schwäne verwandeln. Vielleicht verwechsle ich das auch. Ich konnte mich einfach nicht erinnern. Was aus dem Buch geworden war, wusste ich auch nicht – vermutlich war es dortgeblieben. Auf einmal quälte mich verrückte Nostalgie: Zu gern hätte ich es noch einmal gelesen, so wie manchmal meine alten Kinderbücher in der Wohnung meiner Mutter. Auf gewisse Weise verklärte sich das Buch – so heiß ersehnt, weil es verschollen und gleichzeitig das einzig Sichtbare im Nebel war – zum Symbol eines verlorenen, getilgten Lebens; als berge es in sich das ganze Licht, das dieses Leben einst verströmt hatte, und tauche deshalb alles andere in ungewisse Schatten.

Mich überkam das quälende Gefühl, dass sich in diesen unerreichbar fernen Augenblicken etwas Wichtiges verbarg, dass sie ein Rätsel enthielten, das zu entschlüsseln ich nicht mehr imstande war. Vielleicht stimmte das auch gar nicht. Doch da ich sie nicht mal mehr erreichen konnte, würde ich das nie herausfinden. Auch weil außer mir niemand mehr da war, der sich überhaupt an irgendwas davon erinnerte.

Die Mühe selbst, mein verzweifelter Versuch, mich zu erinnern, war mir genauso unbegreiflich. Warum zerbrach ich mir den Kopf über so unwichtige, willkürliche Dinge, ohne jeden Bezug zueinander, zu meiner Gegenwart und – vor allem – zu der Geschichte, mit der ich mich befasste?

Und doch umwaberte Lipari mich wie ein Phantomschmerz.

EINS DER VON DER PCIM-L VERKUPPELTEN PAARE bestand aus C.C. – dem »Dampfplauderer«, wie der Schriftsteller ihn in seinem Buch genannt hatte, jenem sardischen Bergmann Mitte fünfzig, der so gern voll zolaschem Eifer mit seinen Heldentaten prahlte – und einer etwa dreißigjährigen Italienischlehrerin aus Rom, die wir Adele nennen wollen. Ihn nennen wir Cabras, wie die Stadt in Sardinien. (Übrigens steht das erste C des C.C. nicht für seinen echten Namen, sondern für den Spitznamen, unter dem man ihn kannte.) Ein zum Funktionär aufgestiegener Proletarier und eine Intellektuelle: in den Augen des ZK eine ideale Verbindung. Zu Anfang fand Adele ihn bestimmt hinreißend: Alle Frauen erzählten mir von seiner Ausstrahlung. Groß, selbstbewusstes Auftreten, nicht direkt schön, aber stark, ein Raubein mit schallender Stimme und romantischer Vergangenheit. Doch all das verlor schnell seinen Reiz für Adele: Die beiden waren noch nicht lang zusammen, da fing er an, sie brutal zu verprügeln und pausenlos mit seiner Eifersucht zu schikanieren – bis sie eines Tages beschloss, mit ihrem Baby, das den Namen seines Vaters trug, davonzulaufen.

Die Partei schickte Cabras fort, zurück nach Carbonia auf Sardinien. Adele ging nach Turin, wo sie an der Mittelschule in der Via Artom unterrichtete. In ihrer Wohnung in der Via Artisti – schmucklos, aber nett, und voll bis unters Dach mit Propagandamaterial, Flugschriften und Zeitungen der Partei – gingen Freunde und Genossen ein und aus. Cabras schrieb ihr wirre, wütende Drohbriefe, die sie geflissentlich ignorierte. Sie war ein vernünftiger Mensch und vertraute darauf, dass es auch im Rest der Welt vernünftig zuging.

In einem der Briefe bat Cabras, sie an Heiligabend 1973 besuchen zu dürfen. Das Kind war mittlerweile fast ein Jahr alt. Adele willigte ein, weil sie fand, ein Vater müsse doch trotz allem seinen Sohn sehen dürfen. Allerdings bat sie zwei Freunde dazu, zur Sicherheit. Einer der beiden war L. B., der andere ein junger Mann, der in den Monaten davor ein guter Freund L. B.s geworden war, ein dreiundzwanzigjähriger Parteiaktivist und angehender Ingenieur, der ebenfalls in der Wohnung lebte. Er hieß Roberto und kam aus Riva del Garda. Auf dem einzigen verfügbaren Foto von ihm, in körnigem Zeitungs-Schwarz-Weiß, hat er ein schönes Lächeln im Gesicht, amüsiert funkelnde Augen und einen dunklen Seitenscheitel. Alle hatten ihn gern: ein netter Kerl, freundlich, humorvoll und mit einer Leichtigkeit gesegnet, die in der drückend klösterlichen Tristesse der PCIM-L durchaus nicht an der Tagesordnung war. Er schrieb Gedichte, allem Anschein nach auch ziemlich schöne. Nur einen Monat zuvor waren L. B. und er Trauzeugen für zwei Parteigenossen gewesen – Roberto für den Bräutigam, L. B. für die Braut.

Die beiden kamen Adeles Bitte gerne nach. Sollte Cabras auf dumme Gedanken kommen, würde er sich in Anwesenheit zweier Männer zweifellos beherrschen. Wer weiß, warum die zwei zu Weihnachten überhaupt in Turin waren, und nicht bei ihren Familien. Den Zeitungen zufolge hatte auch Roberto kurz zuvor seinen Vater verloren. Sie waren eben drei einsame Seelen und füreinander da.

Cabras kam am Nachmittag und zeigte sich von seiner besten Seite. Zusammen mit Adele spielte er mit dem Kleinen, hinterher blieb er zum Abendessen. Er schenkte jede Menge schweren, aus Sardinien mitgebrachten Rotwein aus und erzählte den jungen Männern, die gar nicht anders konnten, als gebannt zu lauschen, von seinen aufregenden Abenteuern. Am Ende war er eben doch ein alter Kommunistenrecke. 1948 hatte er mit den Bergleuten von Carbonia fünfundsechzig Tage lang die Minen besetzt, war dafür sechs Jahre im Knast gewesen. Ein waschechter Revolutionär der alten Garde also. Niemandem fiel auf, dass er, während die anderen ein Glas nach dem anderen von seinem Wein leerten, selbst keinen Tropfen anrührte.

Nach dem Abendessen, dem Dessert und ein paar letzten Höflichkeiten begleiteten die beiden Männer Cabras zu der Pension, in der Adele ihm ein Zimmer reserviert hatte. Als sie wiederkamen, bat Adele sie, über Nacht bei ihr zu bleiben. So ganz sicher fühlte sie sich doch nicht. Die Männer waren einverstanden, tranken vielleicht noch einen Absacker mit ihr, um ihr zu demonstrieren, dass wirklich alles in Ordnung und ihre Tortur vorüber war, dass es nichts mehr zu befürchten gab. Dann legten sich alle in verschiedenen Zimmern schlafen, Adele wie immer mit dem Kinderbettchen neben sich.

Doch Cabras kam noch mal zurück, um halb drei Uhr am Morgen, nicht ahnend, dass die beiden anderen noch da waren. Bei sich hatte er ein Metzgermesser. Er verschaffte sich Zutritt – womöglich war die Tür nicht abgeschlossen – und ging direkt in Adeles Zimmer. Über dem Kinderbettchen hing ein Poster mit dem Schriftzug »Frohe Weihnachten«, umringt von roten Sternen. Cabras trat neben Adeles Bett, blieb vielleicht kurz stehen, um ihr beim Schlafen zuzusehen, um noch einmal zu betrachten, was er zu zerstören im Begriff war, dann beugte er sich über sie und stach auf sie ein. Sie wachte auf und schrie, unbeschreibliche Schreie, die die stille Luft der regnerischen Nacht zerfetzten.

Roberto kam als Erster dazu, verschlafen und in Unterwäsche, L. B. folgte ihm auf dem Fuß. Als sie ins Zimmer traten, saß Cabras dort auf dem Bett wie ein geduldiger Metzger. Adele wollte aufstehen, er stieß sie zurück, stach sofort noch einmal zu. Alles war voll Blut, Cabras, Adele, das Bett, der Fußboden, die Wand. Roberto stürzte instinktiv auf Cabras zu, doch der drehte sich im selben Moment um, das Messer in der Hand, und stieß es ihm bis zum Griff in die Brust. Noch immer seelenruhig, zog er es wieder heraus. Roberto schwankte, hielt sich die blutende Brust und sah L. B. an, der wie versteinert in der Tür stand. Schließlich nahm L. B. ihn am Arm, stützte ihn und brachte ihn zu seinem Bett, legte ihn hin. Blut sprudelte aus der Wunde, tränkte Robertos Unterhemd. Erstaunlicherweise blieb er trotzdem bei Bewusstsein. »Ich glaub, er hat die Schlagader erwischt«, sagte er, »das überleb ich nicht. Hol Hilfe, ruf einen Krankenwagen.«

L. B. trat auf den Flur, und einen Augenblick war alles still. Dann wieder markerschütternde Schreie aus dem anderen Zimmer.

Er eilte zurück zu Adele, die erneut mit Cabras rang: Sie wollte entkommen, er hockte auf ihr wie Füsslis Nachtmahr und stach auf sie ein. L.B. warf sich auf ihn, stieß ihn zu Boden, verletzte sich dabei an der Hand; doch Cabras war gleich wieder taumelnd auf den Beinen, sah jetzt aus wie ein Dämon, finster, Furcht einflößend, blutig, als wäre er denselben Schatten entstiegen wie dieser ganze verfluchte Winter. Er stürmte auf L.B. zu, doch der wich aus und rannte nach draußen, barfuß und im Schlafanzug. Er klopfte an die Nachbartüren doch niemand – niemand – machte auf. Also ging er hinaus auf die Straße und rannte.

Der junge Mann rennt durch die Nacht. Quer durch die Stadt, die unendliche Stadt rennt er. Morgen ist sein zwanzigster Geburtstag. Schlafend liegt die Stadt im Regen, ahnungslos, sorglos, mit geschlossenen Fensterläden.

Die alten Masken sind gefallen, neue werden nachkommen. Vorerst sind die Zeit und er selbst in der Schwebe. Was vor dieser Nacht war: im Zusammenbruch begriffen. Er ist nackt, fürchterlich frei, eine grausame Freiheit, ungeahnt und unerwünscht. Und schrecklich unschuldig ist er. Das Blut, das Blut, das Blut. Das einzig *Echte*, das diese Nacht erhellt, ist dieses Blut.

Vielleicht sind seine Füße wund davon, so über den Asphalt zu rennen, ohne Schuhe, ohne Strümpfe. Er läuft. Sein Gesicht ist unsichtbar in dieser Nacht. Sein ganzer Körper ist mechanische Handlung, nichts als Laufen, aber wohin, zu was? Hart ist diese Stadt. Dieselben Straßen wie immer, die Straßen lebendiger Tage, jetzt aber unwirklich und blind und fremd. Nicht mal ein Lokal hat noch geöffnet, was soll er nur tun? Er ist unschuldig. Hat Angst. Weiß noch gar nichts, weiß schon alles und für immer.

Der junge Mann rennt durch die steinerne Stadt.

Kilometerweit rannte er durch den Regen, ohne einer Menschenseele zu begegnen, bis zur Wohnung von Elia und Druina. Er klingelte Sturm, bis einer der beiden ihm aufmachte. Zitternd und mit glasigen Augen stand er vor ihnen auf der Straße, der Schlafanzug voll Blut, eine unbegreifliche Erscheinung, ein Traumbild wie aus einem Schauermärchen. Völlig durcheinander versuchte er, den beiden zu erklären, was passiert war. Morgari hielt sich nicht mit Worten auf: Er ging nach oben, holte eine Jacke, streifte sie L. B. über und fuhr im Auto mit ihm zurück in die Via Artisti. Unterdessen rief Druina einen Krankenwagen.

Als die Polizei kam, saß Cabras noch immer auf Adeles Bett. Man nahm ihn sofort fest, und er ließ es geschehen: Seelenruhig erklärte er, sie hätte ihm doch einfach nur zuhören müssen. Wie durch ein Wunder war Adele, trotz gut fünfzig Stichen in Beine, Arme, Brust und Lunge, noch am Leben. Roberto allerdings, im Zimmer nebenan, war tot. Gestorben war er jedoch nicht an jener ersten Wunde. Cabras war noch mal zu ihm gegangen und hatte ihm mit drei weiteren Stichen den Rest gegeben. Adele brachte man ins Krankenhaus, wo sie operiert wurde und eine Transfusion bekam. Nach einigen Tagen erklärte man sie für außer Gefahr. Sie überlebte.

Es gibt ein Foto von dem jungen Mann – von L. B., meinem Vater –, das ein Journalist der *Stampa sera* noch in dieser Nacht gemacht hat. Irgendjemand muss ihm frische Kleider gegeben haben. Er trägt einen hellen Pullover und eine leichte Jacke mit halb offenem Reißverschluss. Hinter ihm stehen zwei Männer: Einer trägt Hut, der andere blickt mit verzogenem Mund irgendetwas außerhalb des Bilds an. Links unten streckt sich eine Hand herein: Irgendwer gestikuliert beim Sprechen, die beiden Männer hören zu. L. B. nicht, der blickt nach unten und ins Leere. Seine Lippe blutet, auf seiner Nase klebt ein Pflaster, die Hände verschränkt er im Schoß, als wüsste er nicht recht, wohin damit. Fast sind die Hände gar nicht mehr im Bild, doch an der einen erkennt man gerade noch den Wundverband.

Gern würde ich L. B.s Miene auf diesem Foto beschreiben; Fotos sind nun mal die einzigen Quellen, denen ich wenigstens ansatzweise seine Gefühle ablesen kann. Doch mir fehlen die Worte, sie bröckeln mir weg. Leer ist sie: eine leere Miene. Eine Miene, deren Anblick ich nur wenige Sekunden ertrage. Dann muss ich wegsehen.

Als Agata mir an jenem Februarabend kurz vor unserem Abschied von diesem Weihnachten 1973 erzählt hatte, waren der eigentliche Grund, aus dem ich sie getroffen hatte, und sogar die Flut an Informationen, mit der sie mich zuvor überschüttet hatte, in den Hintergrund getreten. Lange hatte die Via Artisti danach wie Nebel über allem anderen gelegen. Sehr langsam war ich an jenem Abend durch die verwaisten Arkaden heimwärts gegangen, die Fäuste in den

Taschen geballt, den Blick gesenkt; vorsichtig und ängstlich ging ich, als müsste ich das Gehen noch einmal von Neuem lernen, während mein Bild von einem ganzen Leben sich in Luft auflöste.

Ich weiß noch, dass ich eine Zeitung an einem Kiosk kaufte, kurz bevor er zumachte, und mir sowohl die Stimme des jungen Verkäufers als auch meine eigene erschienen, als kämen sie aus einem fernen Land.

Mehr als alles andere führte der Vorfall in der Via Artisti mir die gewaltige Kluft vor Augen, die den Mann, den ich zu kennen geglaubt hatte, von dem trennte, der tatsächlich in ihm gesteckt haben musste; die Distanz zwischen der Wasseroberfläche und den unsichtbaren, unerreichbaren Dächern von Kitesch.

Meine Mutter hat das alles nicht gewusst. Ich habe es nicht gewusst. Die Via Artisti lag nur ein paar Straßen weg von der Wohnung, in der ich mein ganzes Leben gewohnt hatte. Wie oft sind wir gemeinsam dort vorbeigegangen?

Viele Nächte lag ich danach in meinem Bett in Mailand wach, dachte allein im Dunkeln an den jungen Mann, der rennt, und Schmerz und Mitleid brachen mir das Herz. Roberto war sein bester Freund, hatte Agata mir erzählt. Wie hält man seinem besten Freund den Kopf, während er verblutet? Wie muss es gewesen sein, ihn seinem Schicksal zu überlassen und davonzulaufen – um Hilfe zu holen, sicher, aber ihn dennoch alleinzulassen? Was wird aus einem, der so was erlebt hat? Ich konnte es mir nicht mal vorstellen: Ich konnte meine Fantasie nicht in ein so schreckliches und notwendig abstraktes Terrain treiben; ich wusste nur, dass mir so eiskalt bei dem Gedanken wurde, dass meine Schläfen schmerzten.

Ich fragte mich, wie oft er nachts wohl machtlos eingerollt im Bett lag und diese Bilder vor sich sah, ohne sich die Augen zuhalten zu können, ohne jede Aussicht auf ein Abschwellen des quälenden Kloßes aus Grauen und Scham in seiner Brust. Ich hätte bleiben müssen, sagte er roboterhaft zu jedem, der ihn darauf ansprach. Ich hätte ihn retten können, ich hätte bleiben müssen, bleiben, bleiben, bleiben, bleiben, bleiben, bleiben, bleiben, bleiben, bleiben …

Natürlich hätte er rein gar nichts tun können. Wäre er geblieben, wäre auch er gestorben, weiter nichts. Doch das konnte man ihm sagen, sooft man wollte. Er nickte bloß, dann verschloss sich seine Miene und sein Blick verlor sich wieder müde in der Ferne.

An Robertos Beerdigung denken alle, die dabei waren, noch heute mit Schrecken zurück. Der Schmerz saß tief, doch ebenso tief saß der Schock über dieses unwirkliche Ereignis inmitten der winzigen Welt der Partei. Der sinnlose Mord und der nur durch großes Glück gescheiterte Mordversuch an Adele waren ausgerechnet von einem der Menschen verübt worden, die Brandirali zur Verkörperung der engelsgleichen, tapferen, großherzigen Reinheit des wahren Proletariers verklärt hatte: von einem heldenhaften Bergmann. Und überhaupt, ein Genosse bringt doch keine Genossen um! Wieso Cabras dem armen Roberto noch den Todesstoß versetzt hat, weiß bis heute niemand. Um keine Zeugen zu hinterlassen? Aber er wusste doch, dass es einen zweiten gab, einen, der alles mitangesehen hatte und entkommen war. Außerdem wollte er sich vermutlich ohnehin stellen. Agatas nicht so abwegige These lautet, dass er vorgehabt hatte, die beiden Leichen in dasselbe Bett zu legen, um das Ganze aussehen zu lassen wie einen Ehrenmord (damals noch ein strafmildernder Umstand), obwohl es da ein winziges Problem gegeben hätte: Er war ja gar nicht offiziell verheiratet mit Adele, von der die Zeitungen übrigens als seiner »Ex-Geliebten« sprachen – ihn dagegen nannten sie »Mörder aus Liebe«. Warum er Roberto aber auch immer umgebracht haben mag, bei der Verhandlung gab er die Schuld Adele und der Partei, die ihre Verbindung gestiftet und dann wieder aufgelöst hatte, obwohl er Adele hatte heiraten wollen. Vor der Reise nach Turin hatte er sogar einen Brief an seinen Sohn geschrieben, in dem er ihm erklärte, seine Mutter sei eine Hure.

Doch er hat es nicht geschafft, Adele zu töten. Als sie wieder auf den Beinen war, wohnten sie und ihr Kind längere Zeit bei Elia, Druina und deren Sohn; sie hatte zu viel Angst, um auch nur ein paar Stunden allein zu bleiben. Und es gab einen Zeugen: L. B. Auf einem Foto aus dem Berufungsprozess ein paar Jahre später sieht man ihn voll Wut und Trauer aussagen. Die ehemaligen Genossen hüteten sich, auch nur ein Wort zu Cabras' Verteidigung vorzubringen – im Gegenteil, sie bezeichneten ihn ausdrücklich als Faschisten. Dass er ein Gewaltmensch war, der sogar Genossen malträtierte, war längst bekannt, doch später kam auch noch heraus – so sagte man mir –, dass er mehr als zwanzig Jahre zuvor ein kleines Mädchen missbraucht hatte. Am Ende wurde er in letzter Instanz zu achtundzwanzig Jahren Haft verurteilt, weil die Richter keinen Vorsatz annahmen – auch wenn der Brief an den Sohn durchaus vermuten ließ, dass die Idee ihm schon früher gekommen war. »Mord aus Leidenschaft.« Ich konnte keine Meldung über seinen Tod finden, nehme aber an, dass er das Gefängnis nie verlassen hat.

Einmal ist L.B. mit Agata an Robertos Grab gewesen, in dessen Heimatstadt Riva del Garda. Lang stand er mit den Händen in den Taschen vor dem Grabstein, ohne ein Wort zu sagen. Der Wind zerzauste ihm das Haar und schlug ihm den Kragen seiner Regenjacke an die Wange. Auf dem Friedhof war sonst weit und breit niemand zu sehen; der Himmel war hoch und grau, und die Berge ringsherum sahen aus wie kauernde Riesen.

»Wäre ich doch nur …«, sagte er irgendwann mit dünner Stimme. Sie drückte ihm den Arm, lehnte sich an seine Schulter und schüttelte langsam den Kopf.

Ich hätte bleiben sollen, bleiben, bleiben, bleiben, bleiben.

Heute ist diese Geschichte lange vergessen. Eine Schreckensmeldung unter vielen, verbannt in die Tiefen der Zeitungsarchive wie die meisten Verbrechen, die niemanden mehr interessieren, zumal der Fall noch in derselben Nacht abgeschlossen worden war. Weitere Geheimnisse gab es nicht auszugraben. Die Angelegenheit betraf allein die Überlebenden, die damit bis ans Ende ihrer Tage würden leben müssen.

Ich dachte an die Frau. Adele. Daran, wie es sie belastet haben muss zu wissen, dass Roberto gestorben war, um sie zu retten – man hatte ihr das gleich nach ihrer Genesung mitgeteilt. Ich dachte an die Furcht, die an ihr haften blieb wie klebriger Schlamm. An die schrecklichen Narben, die sie für immer auf der Haut trug und die sie Tag für Tag daran erinnerten, was ihr widerfahren war, ob sie wollte oder nicht. Ich dachte an ihren Sohn, daran, wie sein Leben nach alldem verlaufen sein mochte. Hoffentlich war er glücklich, hoffentlich haben die beiden es gemeinsam irgendwie geschafft, glücklich zu sein und die Via Artisti hinter sich zu lassen. Von ihr erzählte man mir, sie habe sich noch ein paar Jahre in der Turiner Frauenbewegung engagiert, dann sei sie nach Mailand gezogen, habe womöglich auch geheiratet, doch wo sie heute war, wusste niemand.

Halbherzig suchte ich nach ihr in einem Online-Telefonbuch, war mir gar nicht sicher, ob ich sie wirklich finden wollte. Warum auch? Um sie noch einmal an diese Nacht des Grauens zu erinnern? Ja, auch sie besaß ein Stück des Puzzles von meinem Vater, doch das war untrennbar mit dem verbunden, was passiert war. Im Telefonbuch gab es drei Einträge für Adele S. Ein Schauder durchlief mich: Eine – die aus Mailand – wohnte an dem kleinen, von Bäumen gesäumten Platz nur wenige Hundert Meter von meiner Wohnung. Sollten uns über vierzig Jahre später tatsächlich nur fünf Minuten Fußweg trennen?

Nach einigem Ringen wählte ich die Nummer. Zitternd wartete ich auf das Klingelzeichen, überlegte, was ich sagen sollte, ob ich vielleicht doch einen Fehler machte. Dann verkündete eine Tonbandstimme, dass die Nummer nicht mehr in Betrieb war.

Tags darauf ging ich zu der Adresse. Ich wusste nicht, ob ich mich wirklich zu klingeln trauen würde, ich wollte einfach wissen, ob sie noch da, ob sie noch am Leben war. Sofern es überhaupt *sie* war. Doch es war eine dieser Klingeln ohne Namen, nur mit einem Tastenfeld für einen Code. Ich setzte mich auf eine Bank. In gewisser Hinsicht war ich erleichtert.

Einmal im Sommer – ich hatte Freundinnen aus Turin zu Besuch, und wir waren zu Fuß auf dem Heimweg – begegneten wir auf dem bewussten kleinen Platz einer älteren Dame, augenscheinlich etwa in Adeles Alter, und ich blieb einen Moment stehen: Irgendetwas lag in ihren Zügen, das mich an die Frau von den Zeitungsfotos erinnerte. Vielleicht spielte mir aber auch nur die Wehmut einen Streich.

Die Frau ging weiter und ich ebenfalls.

MEIN ZWEITES TREFFEN MIT AGATA fand Mitte April bei ihr zu Hause statt – in ihrer neuen Wohnung, in die ich noch nie einen Fuß gesetzt hatte, nicht in der alten mit Laubengang und Blick auf die Kirchturmspitze. Sie war größer und lag im reizendsten Viertel von Turin, wo ganze Straßenzüge voller Jugendstilhäuser das Bombardement überlebt haben, das im Zweiten Weltkrieg die halbe Stadt in Schutt und Asche gelegt hatte, und wo überall hübsche Erker, neogotische Hauseingänge, Stuck und bunte Kreaturen aus Stein und Glas prangen. Agata freute sich, mich zu sehen: Sie zeigte mir die Wohnung, einschließlich der Zimmer ihrer mittlerweile großen Kinder, die eine kurz vor dem Abschluss an der Uni und damals gerade in Belgien, der andere fast fertig mit der Schule. Die Wohnung war schön, schick eingerichtet und gepflegt. Agata erzählte, den riesigen saphirblauen Schrank ihrer Tochter hätten sie und mein Vater damals zur Hochzeit bekommen; sogar nach vierzig Jahren war er noch gut in Schuss. Auch die Küche stammte aus diesem früheren Leben, genau wie die beiden Bilder gleich neben der Haustür, wirre Kohlezeichnungen von Arbeitern im Stil von Guttuso, die ein befreundeter Künstler ihr und L.B. geschenkt und die in all ihren gemeinsamen Wohnungen gehangen hatten. Und in ihrem Schlafzimmer hatte sie noch eine Truhe und einen Spiegel mit Olivenholzrahmen aus Monte Sant'Angelo. Also existierten hier und da doch noch ehemalige Besitztümer L. B.s, gehörten jetzt zum Leben anderer, hatten sich in diese Leben eingefügt und blieben trotzdem eine Art Zeugnis. Ich fand das schön.

Agata kochte Tee und servierte ihn im Wohnzimmer, bot mir einen Sessel ihr gegenüber an. Auf dem Couchtisch lag ein altes, prall gefülltes Fotoalbum: Sie schlug es auf und zeigte mir sepiafarbene Bilder von ihrer Hochzeit mit L. B. im Oktober '74. Alle darauf wirkten bierernst, beinahe zerknirscht. Meine Onkel, meine Großmutter – ein gutes Stück kleiner als alle anderen – und Agatas Familie: der kleine Bruder und das Schwesterchen, ihre Mutter und ihr Vater. Nur als die zwei die Heiratsurkunde unterzeichnen, hellen die Mienen sich ein wenig auf. Auch Zia Ziella war dabei, weinte als Einzige vor Rührung, wie es sich für eine Verwandte bei einer Hochzeit gehört, und schaute ansonsten drein wie eine Mischung aus Anna Magnani und der heiligen Teresa von Ávila. Agata trug auf den Bildern einen Hosenanzug, dessen Herkunft und Eigenschaften sie mir detailliert beschrieb, und wirkte deutlich älter – und trauriger – als die kaum Achtzehnjährige, die sie damals war. Ihre Trauzeugin war eine junge blonde Frau mit hagerem Gesicht, die die Partei geschickt hatte. L. B.s Trauzeuge war ein Architekturprofessor, den er auf einer der Versammlungen in der Fakultät kennengelernt hatte, bei denen er oft sprach. Er selbst trug einen hellen Anzug mit Schlaghose und lächelte auf den Fotos außerhalb des Standesamts schon deutlich überzeugender. Auch Agata wirkte dort entspannter.

Und auch andere Fotos gab es. Urlaubsfotos, zum Beispiel, von spontanen Reisen, immer der Nase nach und ohne eine Lira in der Tasche; zehn, fünfzehn Leute, die oft am Strand oder im Wald kampierten. Fotos auf irgendjemandes Boot, 1975 oder '76 vielleicht, auf den Tremiti-Inseln. Agata zeigte auf Gesichter, nannte Namen und erzählte Geschichten, schilderte, wenn sie es wusste, was aus diesem oder jener geworden war, und berichtete von glücklicher und unglücklicher Liebe. Ein Foto zeigte Cecilia Longoni und ihre Schwester; Cecilia, die aus der Wohnung in der Via Petrarca, stand mit kurzem Haar und seit ihrer Kindheit braun gebranntem Gesicht am Heck und stützte die Ellbogen auf die Reling. Ich sollte sie erst ein Jahr später kennenlernen, als sie mir erzählte, wie sie und ein paar andere einmal mit dem Boot eines Freunds am Gargano entlanggefahren waren, vielleicht sogar mit dem Boot auf diesen Fotos. L.B. musste sich da schon wieder mit meiner Familie versöhnt haben, meinte sie. Irgendwann hörten sie vom Strand jemanden rufen. »Hey! Heeey!«, rief es, und da war er, L. B, schwamm freudig auf sie zu, konnte es kaum glauben, ihr hier, das gibt's ja nicht, und sie konnten es auch nicht glauben, ein irrer Zufall. Sie holten ihn an Bord und gingen für den Rest des Tags vor Anker. Es gab Fotos aus Griechenland in den Achtzigern, mit Misa, Ester und der kleinen Altea, erst ein paar Monate alt und babyspeckig, mit einem Baumwollmützchen auf dem Kopf, und ein Bild von L.B., wie er neugierig einem Koch zusieht, der gerade irgendwas auf einem Bratspieß grillt. Und es gab ein Foto, in Farbe diesmal, von der Hochzeit einer Jura-Kommilitonin in den Achtzigern, auf dem L.B. so langsam meinem Vater ähnelte, dem, den ich gekannt hatte, ein bisschen kahl an den Schläfen, Haar und Bart ein wenig angegraut.

Dann erzählte Agata mir die Fortsetzung dessen, was ich wissen wollte, und ein paarmal kamen ihr die Tränen. In gewisser Hinsicht handelte ihre Erzählung von einem Ende, und das war schmerzhaft. Nicht vom Ende ihrer Ehe, aber dem von vielem anderen. Ein seltsamer Gedanke, dass das Ende ihrer Beziehung zugleich Bedingung meiner Existenz war. Aber ich glaube, das kam ihr gar nicht in den Sinn. Sie war – da bin ich sicher – froh, dass es mich gab; in erster Linie, weil ich Leonardos Tochter, und in zweiter, weil ich ich war. Einmal erzählte sie mir sogar etwas Sonderbares: Sie bedaure, sagte sie, dass ihr Vater gestorben sei, bevor ich auch nur unterwegs war, weil er sich gefreut hätte, dass Leonardo ein Kind bekam. Und das obwohl er anfangs ganz und gar nicht einverstanden mit ihrer Ehe gewesen war, weil Agata viel zu jung war, weil er nicht wollte, dass sie Politik machte, aus Angst, dass ihr etwas passieren könnte. Trotzdem hatten L. B. und er sich später offenbar gut verstanden.

Zum Abschluss sagte sie: »Ich hab noch was für dich.«

Ich folgte ihr in die Küche. Auf dem Tisch lag ein langer weißer Umschlag, den ich vorher nicht bemerkt hatte. Agata zog weitere Fotos daraus hervor.

»Das hier«, sagte sie ergriffen, »sind Fotos aus der Kindheit und Jugend deines Vaters, die hat er bei mir vergessen. Ich habe sie gut aufbewahrt. Jetzt sollst du sie haben. Ich hab sie mir kopiert, so bleiben sie mir zur Erinnerung an ihn.«

Ich holte tief Luft und sah mir die Bilder an. Das Einzige mit einem Datum auf der Rückseite – April 1956, L. B. war also zehneinhalb – war das Passbild eines schönen, ernsten, für den Anlass in ein Jackett gesteckten Kindes mit zur Seite gekämmten Locken. Auf einem anderen (vermutlich von einem Ausflug in der Mittelstufe, meinte Agata) kniff derselbe Junge die Augen vor der Sonne zu, das Gesicht gebräunt und übersät mit Sommersprossen, eine wilde Strähne in der Stirn, ein gestreifter Pulli und der Blick von jemandem, der nur mal ganz kurz im Laufen innegehalten hat; ein Lehrer mit getönter Brille legt ihm eine Hand auf die Schulter, und hinter den beiden liegen eine Bucht und ein bewölkter Himmel. Dann das letzte: Der spindeldürre Junge, wie er in Badehose und mit nassen Haaren am Strand sitzt, die Hände im Wasser, ein Bein unter sich angewinkelt, das zweite ausgestreckt, im Gesicht ein Lächeln, das das ausgebleichte Schwarz-Weiß erstrahlen lässt und das spiegelglatte Meer im Hintergrund erfüllt bis zu den Badenden am Horizont. Der kleine Junge mit meinem Gesicht, der glückliche Junge am Meer.

Am stärksten berührte mich jedoch ein anderes Passbild, auf dem er wohl so um die zwanzig war; es musste also zwischen '64 und '66 gemacht worden sein, kurz vor dem Anfang der Geschichte, die ich rekonstruierte. Er war nicht wiederzuerkennen, noch weniger als auf den Kinderfotos: ein schöner, strenger junger Mann, immer noch mit Seitenscheitel, dunkler Pullover mit V-Kragen, die Augenbrauen dichter, aber noch gerade, dazu stechende, schräg nach vorn blickende Augen und wulstige Lippen. Noch nie hatte ich ihn ohne Bart gesehen. Sprachlos betrachtete ich das edle, glatt rasierte, fremde Gesicht. Es sah ihm kein Stück ähnlich, gehörte einem ganz anderen Menschen, dessen Anblick mich ähnlich ergriff und faszinierte wie damals die

Verteidigungsschrift: Da, auf diesem kleinen Bild in meiner Hand, lag er nun also endlich vor mir, L.B., der Unbekannte.

»Wie schön er war«, stieß ich verblüfft hervor.

»Ja, nicht wahr?«, sagt Agata. Wir lächelten uns an.

Noch einmal betrachtete ich die Fotos, das des jungen Manns und die des Kindes, dann steckte ich sie nacheinander wieder in den Umschlag. Da war er also, der Junge aus meinem Traum, das Phantom aus dem Nebel in der Stadt in den Bergen, das ich nie ganz zu fassen bekommen hatte und das jetzt Gestalt annahm, oder besser gesagt Wünsche, Sehnsucht: verlorene, nie empfundene Liebe ...

DAS LEBEN IN MAILAND GING WEITER seinen Gang, auch wenn es mir nicht schien, als ginge es voran; ständig hatte ich so ein Gefühl von Starre, von Warten, das ich nicht verstand. Kann man ein ganzes Leben nur mit Abwarten zubringen? Ohne Schlaftabletten schlief ich nachts höchstens vier Stunden, war ständig übermüdet und von Übelkeit geplagt, und wenn ich welche nahm, halluzinierte ich vorm Einschlafen und verbrachte den folgenden Tag in einem dumpfen Dämmerzustand. Dennoch genoss ich weiterhin meine Spaziergänge, neue Begegnungen, aus denen Freundschaften wurden, die Besuche meiner Mutter, mit der ich zu Ausstellungen ging, durch die Stadt flanierte und in meinen Lieblingsrestaurants essen ging, die Wochenenden mit N. und meine schlichte Wohnung. Ich hatte keine Bilder aufgehängt, ihr keinerlei persönlichen Touch verliehen, abgesehen von den paar Dutzend Büchern, die ich in das kleine Regal zwängen konnte: Mehr brauchte ich auch nicht, nur einen Ort, der meine neue Freiheit repräsentierte.

Inzwischen arbeitete ich für mehrere Verlage und las praktisch den ganzen Tag. Morgens stand ich auf, trank einen Kaffee, zog mich an, ging in ein Café oder die nahe Bibliothek und begutachtete Manuskripte. An schönen Tagen gönnte ich mir auch mal einen kleinen Umweg oder setzte mich ein Weilchen auf eine Parkbank. Vor dem Abendessen schrieb ich dann die Gutachten. War ich abends nicht verabredet, arbeitete ich nach dem Essen noch lange weiter, vor allem in Buchmessewochen, wenn es neue Manuskripte förmlich hagelte. Trotzdem las ich auch noch zum Vergnügen. Ich verschlang die Bücher nur so: Ich holte die Italiener nach, die ich in den vergangenen, erst der amerikanischen, dann der jüdischen und israelischen, der englischen, französischen und schließlich der russischen Literatur gewidmeten Jahren fast komplett links liegen gelassen hatte. Ich las Giorgio Manganelli, Michele Mari, Anna Maria Ortese (die mich aufwühlte und in die ich mich heillos verliebte, auch wenn ihre Exaltierheit mir manchmal auf die Nerven ging), Juan Rodolfo Wilcock (zwar kein gebürtiger Italiener, aber irgendwie doch einer), Lalla Romano, Tommaso Landolfi, Goffredo Parise, die mir noch fehlenden Bücher von Primo Levi, Natalia Ginzburg, Dino Buzzati und Marina Jarre. Und ich entdeckte neue Autoren und Autorinnen: Clarice Lispector, Danilo Kiš, Aleksandar Hemon, Martin Amis, Annie Dillard, Julio Cortázar und Magda Szabó. Außerdem las ich ein paar zeitgenössische Italiener, kämpfte an gegen mein dummes, altes Vorurteil, allein schon, weil einige dieser Autoren inzwischen meine Freunde waren und ich sehen wollte, wie sie ihre Ideen umgesetzt hatten. Ich las meine Lieblingsbücher wieder und entdeckte immer wieder etwas Neues. Und ich las Sachbücher, Zeitzeugnisse und Dokumente über die Jahre im Leben meines Vaters, über die ich schreiben wollte, sah außerdem Filme, Dokus und Reportagen über diese Zeit. Ich las ohne Pause. Mein Kopf war angefüllt mit Stimmen. Es war herrlich.

Ich hatte mittlerweile nicht mehr das Gefühl, ich hätte etwas aufgegeben – eine Promotion, zum Beispiel. Die akademische Welt reizte mich nicht, sosehr ich mich auch für Literaturtheorie interessierte und die Dozenten mochte, die sie mir nahegebracht hatten. Wirklich zufrieden war ich aber auch nicht. Dunkel war ich mir bewusst, dass die Zeit verging und ich nichts unternahm, um mir meine Rolle im Leben zu erkämpfen.

Ich tagträumte von so etwas wie der Gemeinschaft von Schriftstellern, Kritikern, Dichtern und Malern in den Zehner- und Zwanzigerjahren in Petersburg, unter den russischen *émigrés* in Berlin und Paris, den Turinern in der Zwischen- und Nachkriegszeit oder bei den Franzosen nach dem Krieg: nicht von hermetischen Gruppen mit einheitlicher künstlerischer Ideologie, die interessierten mich kein Stück, sondern von bunten Scharen verschiedenster Leute, die selbstbewusst an ihrem eigenen Zugang festhielten, einander aber auch ihre Gedichte oder frisch geschriebenen Romanpassagen vorlasen, bis tief in die Nacht diskutierten, sich an festen Orten trafen und den stetigen, vielseitigen und spannenden Austausch pflegten, der mich in den Memoiren und Briefwechseln dieser Autoren immer so begeisterte – wie sollte ich je Schklowskijs Schilderung des Petrograder Hauses der Künste kurz nach der Revolution vergessen, wo in jedem Zimmer irgendwer grübelte, arbeitete oder mit jemandem tuschelte, eingemummelt in sämtliche verfügbaren Decken und halb verhungert, während »auf den Treppen, den dunklen Treppen (…) der Dichter Ossip Mandelstam« umherging und die Verse eines neuen Gedichts murmelte?

Einmal, bei einer Kaffeepause in der Bibliothek, erzählte ich das schüchtern einem Freund, einem etwa fünfzehn Jahre älteren und deutlich abgebrühteren Schriftsteller und Übersetzer, der an den ersten Online-Zeitschriften mitgewirkt, das aber inzwischen aufgegeben hatte. Jung und dumm klang ich, das fand ich sogar selbst, während ich darüber schwärmte, wie schön es wäre, dasselbe zu tun wie die Leute vor fünfzig oder hundert Jahren, sich zu treffen, gemeinsam zu lesen und zu diskutieren – von Angesicht zu Angesicht, was mir nur noch viel zu selten zu passieren schien.

»Wir haben das vor Jahren mal probiert. Ist aber bald wieder im Sande verlaufen. So was funktioniert heute nicht mehr«, erklärte er.

»Wieso nicht?«

»Das kann alle möglichen Gründe haben. Letzten Endes ist es eben einfach so. Auch anderswo gibt es so was ja eigentlich nicht.«

Zornig biss ich mir auf die Zunge. Gern hätte ich erwidert: Sogar in *Turin* hat das geklappt!

Doch ich musste leider einsehen, dass meine romantischen Träume sich nicht realisieren ließen, auch wenn mir der Grund dafür nicht klar war. Offenbar konnte man sich nur zu dritt, höchstens zu viert treffen – und das war schon ein Großereignis. Wohnungen waren sowieso tabu. Man kam nur zusammen für Petitionen gegen kontroverse Veranstaltungen oder um Spenden zu sammeln, sich über irgendetwas zu empören, oder um jemanden zu verspotten, der sich einen mehr oder weniger schlimmen Fauxpas geleistet oder der ein mutmaßlich mittelmäßiges Buch geschrieben hatte (oder, und das verblüffte mich immer wieder aufs Neue, um ein wirklich mittelmäßiges Buch zu beweihräuchern). Die Autoren klagten, weil niemand sie las; die Übersetzer klagten, weil niemand sie wahrnahm, die Kritiker klagten, weil die zeitgenössische Belletristik so schlecht war und niemand ihre Kritiken ernst nahm; die Kinderbuchautoren klagten, weil man sie nicht als »richtige« Autoren ansah (was man ihnen nicht verübeln kann), und verkrochen sich in einer Art Reservat, in dem sie lautstark ihre Entrüstung kundtaten, egal, wie gut oder schlecht sie tatsächlich waren. Es gab den faden, geradezu alttestamentarischen Zwist zwischen denen, die fanden, Intellektuelle seien moralisch zu gesellschaftlichem Engagement verpflichtet, und denen, die fanden, gerade Intellektuelle hätten überhaupt keine moralische Verpflichtung – wobei sich aber alle implizit für intellektuell erklärten, wie ich grimmig belustigt feststellte. All das Gerede über Generationen (»*Unsere* Aufgabe ist xy«) ließ mich ohnehin fast schreiend davonlaufen. Es gab zwar die Zeitschriften, doch die brachten Leute, die einander liebend gerne lasen, im wahren Leben fast nie in Kontakt. Es war – und ist noch heute – eine armselige Epoche, in der emotionaler und intellektueller Elan höchstens zwischen zwei Monaden stattfand, an einem Cafétisch oder am Telefon.

Mit Briefen war es auch aus: Niemand würde mehr einen Briefwechsel hinterlassen, wie es sie bis vor wenigen Jahrzehnten noch gegeben hatte, voller Beschreibungen bekannter und unbekannter Personen, privater Witze und Gedanken übers Schreiben. Was würde stattdessen von uns bleiben? Hin und wieder vereinbarte man mal mit irgendwem, sich Briefe zu schreiben, doch daraus wurde nie etwas, man schrieb weiter nur Textnachrichten und E-Mails, in denen man kaum über das ritualisierte »Wie geht's?« hinauskam. Wir waren gar nicht mehr imstande, diese Idee tatsächlich umzusetzen.

Eine Zeit lang gab es ein Projekt, das meinem Traum recht nahekam, organisiert von Mitarbeitern eines der Verlage, für die ich arbeitete: Wir trafen uns und lasen reihum aus »traurigen« Büchern vor, erfuhren dabei viel über die anderen und über Bücher, die wir noch nie gelesen hatten. Doch es blieb bei einer Handvoll Treffen. Bei einem las ich aus *Die Flucht* von Katherine Mansfield. Eine Kollegin las eine Passage aus *Das dreißigste Jahr* von Ingeborg Bachmann, über die Angst vor den Zwängen der Zeit, darüber, plötzlich nur noch einen einzigen Weg vor sich zu sehen, statt einer unendlichen Auswahl. Sie war hübsch, blond und sehr traurig, passend zum Motto des Abends. Hinterher sagte ich ihr, diese Angst käme mir so unendlich weit weg vor, geradezu unvorstellbar. Später sollte ich lächelnd an dieses Gespräch zurückdenken.

Wie gern ich diese Leute mochte, wie sehr sie mich interessierten! Mehr noch, fürchte ich, als sie von sich preisgeben wollten. Seit ich mich mit L. B. und den Menschen beschäftigte, mit denen ich über ihn sprach, war dieses Interesse gewachsen wie die Rose in Magrittes *Grab der Ringer*, die am Ende ein ganzes Zimmer erfüllt. Mir war, als finge ich endlich an, die Menschen um mich richtig wahrzunehmen, als hätte die merkwürdige Distanz, die ich in den vergangenen Jahren (oder immer schon?) zu fremden Leben und Gesichtern verspürt hatte, etwas abgenommen.

Ganz weg war sie aber nicht: Mir war sehr wohl bewusst, dass ich noch immer höchst abstrakt lebte. Rings um mich blühte Wirklichkeit, und ich sah weiterhin nur zu. Noch immer konnte ich mir die seltsame Wirkung nicht erklären, die die im dichten Nebel eines Winterabends in der Via Paracelso schwebenden Laternen auf mich hatten, oder die blaugrünen Spitztürme auf dem Dach des Chemieinstituts, des »Kreml vom Mailänder Campus«, die absurd und kontextlos hinter Baumwipfeln aufragten. Oder weshalb mein Bewusstsein sich immer wieder in diesen unsinnigen Streifzügen in die Vergangenheit verlor, von denen nur eine leuchtende Spur aus blauem Meeresschimmern blieb, ein Inselpfad bei Nacht, das Dämmerlicht einer Mansardenwohnung oder die in der glühend heißen Luft eines Augusttags flirrende Tempelanlage von Paestum; ich spürte es, aber ich spürte ihm nicht nach: Es blieb bei diesen losen Bildern, bei diesem verschwommenen Blick.

IM OKTOBER '74 GINGEN AGATA UND L. B. auf höheren Befehl den Bund der Ehe ein und begannen ihr gemeinsames Leben in der kalten, ungemütlichen Wohnung in Villar Perosa, die Agata so grässlich fand; aus all diesen Jahren gibt es – zumal die beiden sich bestimmt keinen Fotoapparat leisten konnten – nur noch ein kleines, unscharfes Schwarz-Weiß-Bild, das Agata kürzlich tief unten in einer Schublade gefunden und mir überlassen hat, unter Entschuldigungen ob der schlechten Qualität. Wer es geschossen hat, ist nicht bekannt. L. B. sitzt darauf in einer kargen Küche, in Hemd und Pullover, eine Hand auf der Brust: Sein Gesicht ist beinahe bis zur Unkenntlichkeit verblasst. Man sieht nur noch den Schnurrbart und sein Lächeln. Beim Anblick dieses Bildes hoffte ich für ihn, für sie beide, dass dieses harte, entbehrungsreiche Leben hin und wieder auch mal freudige Momente bot.

Noch immer grassierte die Wirtschaftskrise. Brot, Fleisch, Zucker und Benzin wurden fast im Wochenrhythmus teurer. In manchen ärmeren Vierteln nahm die außerparlamentarische Linke erste »autonome Preisreduzierungen« für Miete und Strom vor, ein Instrument gegen steigende Lebenshaltungskosten, das bald in den meisten großen Städten Schule machte. Oft weigerten sich Angestellte des Elektrizitätswerks aus reiner Solidarität sogar, den Beteiligten den Strom abzustellen. Überall entstanden »rote Märkte«, auf denen Bedarfsartikel günstig angeboten wurden – zu »politischen Preisen«, wie man sagte. Und auch die ersten Kurzarbeiter tauchten auf: abnorme, vielleicht auf ewig zum Nichtstun verdammte Geschöpfe, die verloren durch die Städte irrten. In den Gefängnissen brach ein Aufstand nach dem anderen aus; es kam sogar vor, dass auf Häftlinge geschossen wurde, die sich bereits ergeben hatten. Die Roten Brigaden gingen zum ersten Mal so weit, einen Richter zu entführen, doch der Staat wollte nicht mit ihnen verhandeln, trotz all der flehentlichen Briefe, die der Richter an die halbe Welt schrieb. Nach fünfunddreißig Tagen wurde er schließlich trotzdem freigelassen.

1974 stimmte Italien per Referendum über die Abschaffung der erst 1970 eingeführten Scheidung ab, und der Sieg des »Nein« wurde erleichtert gefeiert. Dann die zweite Bombe, auf der Piazza della Loggia in Brescia. Und die dritte, im August, in einem Zug.

Ebenfalls in diesem Jahr überredete Agata ihren Mann, doch noch sein Studium abzuschließen – mit Bestnote. Vor zwei Jahren bekam ich seine Doktorarbeit in die Hände; aus irgendwelchen Gründen hatte sie in der Wohnung einer seiner Freundinnen aus den Achtzigern gelegen. Wie Agata erzählt hatte, handelte sie von der Beziehung zwischen bronchopulmonalen Tumoren und sozialem Umfeld. Ich fand sie recht interessant. Für die damalige Zeit, in der man noch nach dem geheimnisvollen »Virus« suchte, das Krebs auslöste, war sie fortschrittlich, auch wenn der Subtext eindeutig politisch war; an einer Stelle schrieb L.B.

sogar ausdrücklich vom Interesse der Arbeitgeber daran, dass die Forschung sich weiter auf das ominöse Virus konzentrierte, weil sie so keine Verantwortung dafür übernehmen mussten, was sie ihren Arbeitern antaten. Mit Verweis auf Dulbecco erwog er zwar die Möglichkeit, dass manche Krebstypen virale Ursachen haben könnten, ging jedoch davon aus, dass die meisten auf Zellschäden durch Umwelteinflüsse zurückgingen.

Nach seinem Abschluss arbeitete er ein paar Monate in der Forschung, am Institut für Anatomie und histologische Pathologie. Dann – warum und wann genau, weiß niemand – hörte er auf.

Es bahnte sich das kurze Interregnum in der Strada delle Cacce an: L. B.s letzte Schlacht als Mitglied der Partei.

Die Strada delle Cacce lag in einem der mit Unterstützung der Fabbrica am Stadtrand neu angelegten Sozialviertel; ein selten hässlicher Ort am Ende der Welt, ohne Laternen und Geschäfte, weit weg von der nächsten Bushaltestelle. Die ungeteerten Straßen waren im Herbst und Winter ein einziger Morast, durch den die fünftausend Einwohner – fast alle aus dem Süden – mit Taschenlampen und Galoschen wateten. Aufgrund eines Konstruktionsfehlers waren die Rohrleitungen größtenteils kaputt und lagen offen, sodass die Straße aussah wie frisch bombardiert. Hunderte Kinder aus den meist fünf- bis siebenköpfigen Familien mussten sich kilometerweit durch den Schlamm zur Schule schleppen und später im Dunkeln denselben Hürdenlauf nach Hause antreten. Spielten sie mal Fußball in den Nachbarvierteln, wo die Straßen asphaltiert waren, jagte man sie fort, weil sie ja eine Scheibe zerschießen könnten; ihr einziger Zeitvertreib bestand darin, Zeitungsboote auf den Pfützen schwimmen zu lassen wie in einer erbärmlichen Parodie der Pariser Kinder am Brunnen des Jardin du Luxembourg. Nur hin und wieder wurde ihnen etwas Abwechslung beschert, zum Beispiel, wenn im Sumpf aus Schutt und Schlamm ein Umzugswagen stecken blieb und ein Bulldozer anrücken musste, um ihn freizuziehen. Die Müllabfuhr hatte die Strada delle Cacce offenbar komplett vergessen, und die meisten Ärzte verweigerten dort Hausbesuche, weil sie diese Suhle nicht betreten wollten.

Trotz alledem waren die Neubauten im Schlamm das Objekt der Begierde für Tausende Menschen: Für zwanzigtausend, um genau zu sein – plus minus ein paar Hundert –, die sich bei der Handelskammer für eine der 2.240 Wohnungen in der Strada delle Cacce und in Falchera, dem zweiten neuen Sozialviertel, ganz im Norden der Stadt, beworben hatten. Die Wohnungen sollten anhand eines Punktesystems vergeben werden, das die Größe der Familie, die bezahlten Sozialbeiträge, den Gesundheitszustand des Familienoberhaupts, die aktuellen Wohnverhältnisse und weitere Aspekte einrechnete. Der Haken war jedoch, dass letztlich alle im selben Schlamassel steckten: wohnungslos, arbeitslos, zehnköpfige Familien, gepfercht in ein, zwei Zimmer mit Bad und Toilette auf dem Gang – und das zu mehr als unverschämten Mieten –, junge, frisch eingetroffene Hilfsarbeiter, die niemals genug Punkte bekommen würden, weil sie dummerweise gesund waren und erst seit wenigen Monaten oder Jahren Beiträge einzahlten. Ach, diese Kälte der Kriterien! Wie vergibt man Punkte für

Verzweiflung? Wessen Bettwanzen waren die schlimmsten, welche Löcher am dreckigsten, welche Ratten am dreistesten, welcher Vermieter der größte Halsabschneider?

Zwanzigtausend Anträge und hinter jedem eine Familie: Wie viele Menschen mochten das gewesen sein? Eine ganze Geisterstadt voll nicht einwohnender Einwohner, mit denen sich jene andere – die offizielle, *echte* – Stadt jahrzehntelang nimmersatt vollgestopft hatte, ohne sich je zu fragen, wo diese Leute ein Leben führen sollten, das nicht bloß hieß, lebendig begraben zu sein. Eine richtige Wohnung, eine für Menschen. Selbst wenn es ringsherum nichts gab als Sumpf, Einsamkeit und unüberbrückbare Distanz zu den »anderen«.

Innerhalb nur eines Tages waren alle Wohnungen vergeben; das Urteil war ein schwerer Schlag für die Verlierer – zehnmal mehr, als eine Wohnung bekamen.

Ungefähr drei Wochen später, in der Nacht zum 27. September 1974, brach Emanuele Pariante mit einigen Genossen von der PCIM-L und anderen APO-Aktivisten die Türen der noch gar nicht bezugsfertigen Wohnungen in der Strada delle Cacce auf. L. B. war da noch nicht dabei, erzählte mir Pariante, er stieß erst ein paar Tage später dazu. Am nächsten Morgen ließ man die Besetzer ein: hundertzwanzig Familien, Männer, Frauen, Alte und Kinder. Fast alle kamen aus den nassen, rattenverseuchten Elendsquartieren der in den Fünfzigern und Sechzigern errichteten Neubauten bei der Barriera di Orbassano. Außer ein paar in Tüten gestopften Habseligkeiten brachten sie nichts mit. Das flugs gebildete Besetzungskomitee stellte ein Flutlicht auf, um die Häuser zu beleuchten, während die Familien sich einrichteten. Dann gingen die meisten Männer zur

Arbeit in die Fabrik; die Frauen hüteten inzwischen die Wohnungen und machten mit den Aktivisten Feuer in den Höfen. Das Bauunternehmen erstattete umgehend Anzeige wegen Hausbesetzung, woraufhin Polizei und Carabineri einen Belagerungsring um das Viertel legten, bereit für den Befehl, die Wohnungen zu räumen. Dann wurden sie wieder abgezogen. Während der folgenden Tage herrschte ein ständiges Kommen und Gehen, um Nahrung, Kleider, Decken, Heizofen, Gasflaschen und Trinkwasser herbeizuschaffen, und immer neue Familien trafen ein, größtenteils von Arbeitern der Fabbrica.

Den Besetzern ging es keineswegs darum, den rechtmäßigen Gewinnern des Losverfahrens, die ohnehin erst Mitte November einziehen durften, ihre Wohnungen zu nehmen. Allen war bewusst, dass die genauso arm dran waren und die Wohnungen genauso nötig hatten. Empört wies man den bösen Spott über den »Krieg der Armen« von sich, der bald die Runde machte. Man wolle nur ein Zeichen setzen, erklärten die Aktivisten in der Casa del Popolo von Mirafiori, wo sie und eine Schar Arbeiter aus dem Viertel sich am folgenden Sonntag mit Vertretern der Gemeinde, der Region und des Sozialbauamts IACP trafen: der hypnotischen Trägheit angeblicher *Tatsachen* eine *Tat* entgegensetzen, die Menschen aus dem ewigen »So war es schon immer, und so wird es immer sein« reißen, aus der stummen Akzeptanz eines Lebens, das ein bloßer Zufall der gottgleichen Bürokratie ihnen zuwies, weil sie leider nicht genügend Punkte vorzuweisen hatten.

Doch der Mieterbund, das IACP und der Baufonds GESCAL interessierten sich nicht für die intrinsischen

Ungerechtigkeiten menschlichen Daseins – diese Leute hatten dort nichts verloren und sollten schleunigst verschwinden. Ihre Widersacher waren allerdings genauso stur: Die Besetzung würde erst beendet, so erklärten sie, wenn es für die diesmal nicht zum Zug gekommenen Bewerber eine annehmbare Zwischenlösung gäbe, zum Beispiel durch Beschlagnahme der etwa dreißigtausend in Turin leer stehenden Wohnungen. Und zwar nicht erst in zehn oder zwanzig Jahren, sondern möglichst sofort. Vorher würde niemand irgendwohin gehen.

Ein Vertreter der kommunistischen Partei PCI ergriff das Mikrofon und mahnte, auf diese Weise ließe sich die Wohnungsnot nicht lösen, das Problem sei doch viel »grundsätzlicher«, erfordere eine Mobilisierung der Massen, worauf jemand dazwischenrief, sein ganzes Leben höre er schon von der PCI, man müsse streiken und die Massen mobilisieren, also sollten sie doch endlich auch mal streiken und mobilisieren, dann wäre man sofort an Bord. Doch dazu kam es nie.

Pariante verdrückte sich schnell wieder aus der Strada delle Cacce, doch L.B. blieb länger. Während die PCIM-L anderswo bereits in Stücke fiel, hielt er mit einigen Parteigenossen und ein paar Leuten von Lotta Communista die Stellung in diesem zermürbenden, einsamen Kampf.

Sie organisierten die Besetzung nach dem Vorbild der Fabriken: Sogenannte Treppenbeauftragte teilten Wachschichten ein, informierten sich täglich über die Probleme der Bewohner, moderierten Versammlungen und achteten darauf, dass alle sich gleichermaßen einbrachten und niemand die Situation ausnutzte, um sich ohne echte Not eine Wohnung zu verschaffen.

Wenige Tage später wurden auch die ersten Wohnungen in Falchera besetzt, woraufhin das Sozialbauamt den rechtmäßigen Mietern umgehend die Schlüssel übergab. Unverhofft zeigten sich viele dieser Mieter jedoch solidarisch mit den »Illegalen« – sie wussten, dass dieser Kampf sie alle anging und ihr Losglück nicht mehr wert war als die Bedürfnisse der anderen. Von einem Punktesystem, das sie selbst als willkürlich empfanden, würden sie sich nicht spalten lassen. Sie nannten einander Genossen, und das vermeintlich abgenutzte Wort erhielt in ihren Mündern neue Kraft und neue Reinheit. Es ging nicht nur um diese beiden Viertel oder diese eine Stadt: Es ging ums Ganze, um die Ungerechtigkeiten der Vergangenheit und die von heute, um das gesamte Land, um ihre Menschlichkeit – und um den Kollaps, den sie kommen sahen, von dem man schon die ersten Zeichen ahnte und gegen den sie sich in rasender Verzweiflung stemmten.

Es wurde ein langer Herbst. Die ganze Stadt stand kopf wegen der Besetzungen, und die Wohnungsnot wurde sogar noch schlimmer, weil die Krise im Baugewerbe sich ohne Aussicht auf Entspannung zuspitzte. Die Baustellen standen still, Tausende Bauarbeiter fürchteten die Kündigung, weil nicht mal mehr das Geld da war, sie in Kurzarbeit zu schicken. Ständig gab es Demos und fruchtlose Marathonsitzungen mit Vertretern der Besetzer und der Stadtverwaltung. Ständig wurde alles Mögliche vertagt, um Zeit zu schinden, und die zuständigen Stellen schoben die Verantwortung immer wieder hin und her. Niemand ging auch nur einen Schritt auf den anderen zu: Die Gemeinde verlangte die sofortige Räumung der Wohnungen und wollte erst dann über eine eventuelle Unterbringung der Besetzerfamilien sprechen; die Besetzerkomitees wollten erst räumen, wenn allen ein Dach über dem Kopf garantiert wäre.

Dann kam die Kälte, und das Komitee der Strada delle Cacce bat mehrfach darum, doch wenigstens Wasser, Gas und Strom anzuschließen. Bislang hatte man sich zum Kochen und Heizen mit Gasflaschen beholfen, doch das genügte jetzt nicht mehr, die Zimmer waren eisig kalt. Die Kanalisation lag immer noch offen: Jeden Tag kam irgendwer mit einer Infektionskrankheit ins Krankenhaus. Die Besetzer demonstrierten vor dem Wasserwerk, um wenigstens Trinkwasser zu bekommen, erreichten aber nichts. Und was die Heizungen und Boiler betraf, die wollte das IACP erst »überprüfen«, weil angeblich daran herumgeschraubt worden war. Wieder wurde Zeit geschunden. Eine Woche später starb ein vier Monate altes Baby mit Herzfehler an einer Lungenentzündung.

Druina konnte sich noch gut erinnern: Gemeinsam mit anderen Frauen hatte sie eine Straße blockiert, um wegen des toten Kinds zu protestieren. Auch Adele war an diesem Tag dabei. Druina wurde als Einzige für eine Woche inhaftiert, weil sie schon als »Unruhestifterin« bekannt war. Die Familien aus der Strada delle Cacce zogen mit Delegationen der Betriebsräte aus der gesamten Stadt los, um das Rathaus zu besetzen. Sie verlangten einen Amtsarzt sowie sofortigen Anschluss von Strom, Wasser und Gas und wiederholten zum hundertsten Mal die Forderungen, die der Bürgermeister so beharrlich ignoriert hatte: Beschlagnahme der leer stehenden Wohnungen, sofortiges Obdach für alle und Miete in Höhe von maximal zehn Prozent des Einkommens. Der Bürgermeister ließ sich erst um zwei Uhr nachmittags blicken, war aber schließlich bereit, die Familien in drei Stufen zu versorgen: eine erste Gruppe innerhalb von fünfzehn Tagen, eine zweite bis Ende des Jahres, die dritte im Laufe des nächsten.

Ein Teilerfolg, aber bitter erkauft.

Nun begann das lange Warten darauf, dass die Zusagen eingehalten würden. Eines Abends, so gegen sechs, es war schon dunkel, saß L. B. womöglich eingepackt in Mütze, Schal und Mantel an einem der Feuer, die in den Höfen brannten wie in ewigen Feldlagern; müde las er ein Buch im Licht der Flammen; um ihn saßen schweigend andere, erschöpft von einem langen Arbeitstag. Vielleicht würde er dort übernachten, wie er es hin und wieder tat, wenn es spät wurde; oder er würde sich noch zu einer Parteisitzung schleppen, im Bus oder im Auto eines Genossen, und hinterher bei jemand anders schlafen oder doch noch nach Hause fahren, zu Agata, falls die überhaupt schon dort war, *falls* sie rechtzeitig den Bus nach Villar Perosa erwischt hatte. Vielleicht würden die beiden sich auch bei der Sitzung treffen. Ein Auto besaßen sie nicht. Gut möglich, dass es zu Hause nicht mal etwas zu essen gab. Ab und zu blickte L. B. von seinem Buch auf und betrachtete durch die Flammen die dahinter flirrenden Gesichter, die unter Mützen gerunzelten Stirnen, die in schweren Handschuhen matt zwischen den Beinen baumelnden Hände. Er kannte sie fast alle, auch wenn es mittlerweile viele

Hundert waren, aber manchmal, jetzt zum Beispiel, fühlte er sich merkwürdig verloren, weit weg von allen Dingen dieser Welt, vom Leben in der Partei und sogar von diesen Leuten. Sicher, sie saßen direkt vor ihm: Aber wer waren sie? Und er? Wer war er? Weshalb war er hier? Bang blickte er hoch in den schwarzen weiten Himmel, sah jedoch gleich wieder zu Boden: Der Himmel war kryptisch und unendlich, auch er machte ihm Angst.

Ein Baby weinte leise vor sich hin, gepuckt in den Wintermantel seiner Mutter; irgendjemand sagte was zu irgendwem, ohne dass L. B. es recht verstand. Doch er hörte sowieso nicht zu. Er dachte nach: Er dachte an das Gute. Immer hatte er Gutes tun wollen. Deshalb war er hier. Allerdings schien es, als träte dieses Gute niemals ein. Was, wenn er sich immer nur im Kreis drehte, wenn all das gar nichts nutzte? Was war das Leben, was war *sein* Leben? Welcher Impuls, welche Kraft trieb ihn voran?

»Zigarette, Leo?«, fragte der Mann neben ihm. Sebastiano, sein Freund aus der Partei, bei dessen Hochzeit Roberto und er Trauzeugen gewesen waren.

»Danke«, antwortete er lächelnd und zog kurz einen Handschuh aus, um die Zigarette anzuzünden, mit einem Feuerzeug, das vor lauter Kälte erst beim zehnten Versuch funktionierte. Dann starrte er wieder ins Feuer. Der Anblick machte ihn merkwürdig benommen, doch das war nicht unangenehm. Er wusste, dass es langsam spät wurde, dass er sich beeilen sollte. Aufstehen und gehen sollte er … aber wohin eigentlich? Er hatte es vergessen.

Aus freien Stücken und ohne zu zögern hatte er seine Freiheit aufgegeben. Er hatte keine Wahl gehabt – und zwar, weil er das Gute wollte. Jetzt aber, nach und nach und beinah unbewusst, spürte er, dass dieses Gute vielleicht doch nicht dort lag, wo er es vermutet hatte. Der Weg war längst nicht mehr so sonnenklar und schnurgerade, wie er ihm anfangs noch erschienen war, sondern verschachtelt, verworren und fürchterlich falsch. Weit, weit weg war die Partei, so unendlich weit weg von diesem Feuer am Stadtrand und vom unentschlüsselbaren Himmel. Und auch die alten Gewissheiten waren weit weg. Wohin sollte er gehen? Was sollte er tun? Auch die Freiheit ängstigte ihn. Er wollte nicht alles verlieren.

Jetzt aber war er hier, und was er tat, war richtig. Schon möglich, dass die Leute hier nicht alle schön und gut, dass nicht all ihre Regungen tugendhaft waren, dass man die falschen Regungen im Zaum halten, stets die Kontrolle über sie bewahren musste; trotzdem, für sie da zu sein war definitiv richtig – beziehungsweise »deffinitiv«, wie er das Wort aussprach.

Vom Feuer aus ließ er den Blick über die finstere Straße schweifen: Einen kurzen Augenblick lang glaubte er – vielleicht, weil er zu lang ins Licht gestarrt hatte – in den Schatten einen Schemen zu erkennen, der aussah wie das Gesicht von Cabras, glaubte sogar, Cabras' Stimme zu hören, die höhnisch flüsterte: »Du weißt ja, das Gute ist nicht immer da, wo du es gerne hättest.«

Mit einem Ruck wandte er sich ab, trat zornig seine Zigarette aus und steckte das Buch in den Mantel: Er musste los.

Ich weiß nicht genau, wann die Besetzung der Strada delle Cacce endete. Höchstwahrscheinlich dauerte sie noch bis weit in den Winter an, weil die Gemeinde nach wie vor Ausflüchte machte und auch bei Ablauf der zweiten zugesagten Frist nur wenige Wohnungen vergeben hatte, von denen manche noch gar nicht bewohnbar waren. Ich weiß auch nicht, wann die Anschlüsse aufgedreht wurden. Jedenfalls trat irgendwann – ganz in Weiß gekleidet, wie Sebastiano sich erinnert – Diego Novelli auf den Plan, damals noch Minderheitenführer im Stadtrat, aber wenige Monate später der erste kommunistische Bürgermeister von Turin, und bot sich als Vermittler an. Von da an übernahm die PCI das Ruder und regelte die Wohnungsvergabe. Pariante ezählte mir, L. B. habe die Strada delle Cacce tief verbittert verlassen, weil er fand, man habe ihnen einfach das Heft aus der Hand genommen, und weil ein Kompromiss für ihn beinah dasselbe war wie eine Niederlage: Bestimmt würde die Stadt nun doch nicht alle unterbringen, so wie ohnehin von Anfang an geplant.

Eins der engagiertesten Mitglieder des Komitees in Falchera war Tonino Micciché, ein fünfundzwanzigjähriger Sizilianer aus der APO-Gruppe Lotta Continua, der in der Fabbrica gearbeitet hatte, bis er aus politischen Gründen verhaftet und deshalb entlassen worden war. Er war ein geschickter Organisator, ein echter Idealist, und hatte alles so hervorragend geregelt, dass man ihn scherzhaft den »Bürgermeister von Falchera« nannte. Dort, in Falchera, war einem der »offiziellen« Wachmänner versehentlich eine zweite Garage zugeteilt worden, und die Besetzer hatten ihn mehrfach gebeten, sie ihnen für ihre Treffen zu überlassen, damit sie abends nicht immer so viel Lärm auf der Straße veranstalten mussten. Doch der Wachmann blieb eisern. Eines Abends brachen sie deshalb kurzerhand die Garagentür auf und schoben das Auto davor. Die Frau des Wachmanns bekam das mit und stürmte zeternd auf die Straße. Ein paar Minuten später schnappte der Wachmann sich seine Pistole und kam ebenfalls herunter. Miccichè trat versöhnlich lächelnd auf die beiden zu, hoffte, die Frau besänftigen zu können. Der Wachmann schoss ihm genau zwischen die Augen. Miccichè war fast auf der Stelle tot, stammelte im Sterben aber noch, er könne nicht mehr richtig sehen. Neuntausend Trauernde begleiteten seinen Sarg zu dem Zug, der ihn zurück in den Süden bringen sollte, von wo er zwanzig Jahre zuvor aufgebrochen war. Mit seinem Tod ging alles zu Ende.

Seine alten Eltern, die zur Verhandlung nach Turin gekommen waren und das vom Wachmann angebotene Schmerzensgeld von neun Millionen Lire abgelehnt hatten, ließen auf die Marmortafel weit oben im Kolombarium des kleinen Friedhofs ihres Heimatorts schreiben: »Beurteilt nicht das Leben, das zu Ende geht, sondern das Leben, das beginnt.«

Ich besichtigte die Strada delle Cacce an einem Sonntag im März: eine ganz normale Vorstadtstraße, zur einen Seite große rote Mietskasernen, von denen eine aussieht wie die andere, zur anderen ein Grünstreifen und drei Reihen Bäume. Keine Menschenseele weit und breit, außer N. und mir, die aus dem Auto stiegen und durch diesen Ort ohne Erinnerung spazierten, der mir überhaupt nichts mehr zu sagen hatte. Wir blieben nur ein paar Minuten.

EIN MANN KAM AUS MAILAND. Er besuchte L. B. und Agata zu Hause und unterhielt sich lange mit ihnen. In seiner Stadt gab es eine Strömung der Partei, die Brandiralis Linie – immer paternalistischer, dogmatischer und weltfremder – nicht mehr tolerierte. Den einzigen Ausweg sahen sie in der Auflösung der PCIM-L. Anders ging es nicht mehr. Der Mann zählte all die Gründe auf, aus denen die Mailänder davon überzeugt waren. L. B. hörte ihn aufmerksam an und sagte schließlich: »Du brauchst mich nicht zu überreden. Ich bin ganz deiner Meinung.«

Das Ende der Partei war langsam und qualvoll; in manchen Fällen bedeutete es, dass ganze Familien von heute auf morgen ohne ihre Funktionärsgehälter und folglich ohne Einkommen dastanden, und für einige verlor das ganze Leben seinen Sinn. Was gab es denn auch sonst für sie da draußen? Wem oder was sollten sie ihr Leben, ihr Geld, ihren Idealismus widmen? In Turin stürzten sich drei Frauen vom Balkon. Nichts an diesem jämmerlichen, zähen Untergang war befreiend oder lustig.

Am 22. November 1975 trat Brandirali vor die Versammlung, die die Partei offiziell für aufgelöst erklären sollte. Ob L. B. dabei war, weiß ich nicht. Mürrisch listete der Gründervater die exakt zweihunderteinundsiebzig Fehler auf, die die Partei gemacht hatte. Und auch wenn er sich um ein drohendes Abgleiten in die Gewalt bisher nicht groß gekümmert hatte, erklärte er zum Abschluss, es sei besser aufzuhören, bevor einen die Schatten verschlängen.

Und die Schatten häuften sich tatsächlich im dichten Nebel ringsherum; was sie waren und woher sie kamen, wusste niemand so genau; aber wenn es Nacht war in der Stadt, wenn sogar die letzten Säufer in den Hauseingängen eingeschlafen waren und das letzte Kollektiv getagt hatte, hätte man, wenn man nur lang und aufmerksam genug hinsah, fast so lang, bis einem schwindlig wurde, hinten in den menschenleeren Gassen einen kurzen Augenblick lang die Chimäre sehen können, die langsam ihren langen Leib durchs Dunkel schleppte, schwer und vielgestaltig, auf kurzen, schuppigen Beinen. Und vielleicht hätte man im Licht einer Laterne sogar das Maul der Bestie ausgemacht, die kleinen, muschellosen Ohren, die trüben, triefenden Augen, die wie blind umherhuschten, während das Tier witternd die Nüstern blähte, und seinen Leib, diese groteske Collage aus den verschiedensten Geschöpfen, auf der Fetzen von in einer unverständlichen Sprache verfassten Kommuniqués flackerten wie von irgendwo aufprojiziert. Die Chimäre stank nach Metall, Benzin und Blut, nach Pubertät und Verwesung, und nach scharfem, kriegerischem Adrenalin. Sie schüttelte den Kopf, und unablässig stiegen ihr die Tränen in die Augen: Sie war ergriffen von sich selbst, berauscht von ihrem eigenen Gestank. Und schließlich hätte unser tapferer Beobachter sie wieder in der Finsternis verschwinden sehen, sofern er lang genug geblieben wäre, und ihm wäre nichts geblieben als der Eindruck eines sonderbaren Traums.

IM MAI 2015 FUHR ICH ZUM ERSTEN MAL seit sechs Jahren wieder nach Apulien, zur Hochzeit einer Cousine. Das letzte Mal davor war in dem traurigen Oktober gewesen, in dem Celina gestorben ist. Auch damals waren wir zu einer Hochzeit gefahren – im Auto, mein Vater, Dora und ich. Die beiden waren hinterher noch ein paar Tage geblieben, während ich mit dem Nachtzug allein zurück nach Norden fuhr. Im Abteil war außer mir nur eine Frau, die in der Koje unter mir lag und unaufhörlich quasselte, in einem aufgeregten, dringlichen Tonfall, den ich mir nicht erklären konnte. Irgendwann schlief sie dann doch ein, ich aber nicht. Ich las *Die letzten Tage der Menschheit* von Karl Kraus zu Ende, das ich im Sommer angefangen, aber nach drei Vierteln weggelegt hatte, und ich weiß noch, wie die Frau unter mir leise schnarchte, während ich auf die schrägen Lichtstreifen lauerte, die immer kurz aufblitzten, wenn wir durch einen Bahnhof fuhren. Stück für Stück las ich so von den zwölfhundert ertrunkenen Pferden, die dem Fluss entstiegen, um den General zu verfluchen, dem sie ihren Tod verdankten, und von den anderen Traumbildern im letzten Akt. Es war meine letzte Fahrt mit dem Nachtzug.

Der Zug, den ich diesmal nahm, fuhr morgens los und war viel schneller. Fiebrig sah ich aus dem Fenster, hoffte auf irgendetwas, bei dem mir plötzlich alles wieder einfiel. Die

Stunden vergingen, dann passierte es: Nach dem Bahnhof Pesaro tauchte das Meer gleich neben dem Zug auf, dieses enteneigrüne Meer mit rosigen Flecken, dieses seichte, glatte Meer der Marken, das ich immer nur beiläufig wahrgenommen hatte, jetzt aber sofort erkannte. Es war kalt und windig, und die blassen Sandstrände waren noch beinah menschenleer; nur hier und da stand eine einsame Gestalt mit windgeblähter Jacke und blickte mit den Händen in den Taschen übers Wasser. In San Benedetto del Tronto passierte der Zug einen blühenden Park, wo Leute unter Palmen spazierten; an den konnte ich mich nicht erinnern. Dann (oder davor?) eine Art Tunnel, vielleicht unter den Bergen, in dem immer wieder das Meer in großen Steinbögen aufblitzte. Ich trank gerade einen Kaffee im Speisewagen, und der Zug hatte die Fahrt etwas verlangsamt. Ich drehte mich zum Fenster, und da waren sie, die Bögen, und auch von ihnen wusste ich, dass ich sie kannte, sah sie aus dem tiefen Schacht der Dinge aufsteigen, die man nie wirklich beachtet hat. Bahnhöfe rauschten vorbei, mit Namen, die ich von frühen Sommermorgen kannte, an denen ich mich immer, noch bevor es richtig hell war, aus der Koje stahl, um aus dem Gangfenster zu schauen. Die Namen der Erinnerung. Senigallia, Pescara, Francavilla al Mare. Hier und da die uralten Gerippe verlassener Fabriken und Hotels. Dann taten sich unvermittelt die endlosen gelben und smaragdgrünen Felder der Tavoliere vor mir auf, und in den blauen Horizont ragten – scheinbar endlos weit entfernt – die großen Windräder, weiße, melancholisch würdevolle Riesen, die kaum die Arme regten, denn der Wind hatte sich jetzt gelegt.

Jetzt erst fiel mir auf, dass ich mich vorgebeugt hatte, und ich lehnte mich wieder zurück, ließ mich von dem Anblick überwältigen. Meine Ergriffenheit war nicht zu leugnen; trotzdem fühlte sich das nicht an wie eine »Rückkehr zu den Wurzeln« oder dergleichen Unfug. Es war bloß das umfassende Erkennen, auf das ich gewartet hatte, seit ich in den Zug gestiegen war. Das hier war die Heimat des Jungen auf dem Berg, und ich kam in Frieden.

Lange blieb ich nicht, bloß drei Tage. Nur für die Hochzeitsvorbereitungen – ständig unterwegs im Auto mit meiner Tante und meiner älteren Cousine, die irgendwo letzte Besorgungen zu machen hatten –, für die Fotos mit der Braut in weißem Kleid, im Wohnzimmer der Wohnung, in der ich als Mädchen so oft übernachtet hatte und wo jetzt nur noch Frauen wohnten, denn auch hier fehlte der Vater (der herzensgute Michele, Lieblingsbruder meines Vaters und der jüngste der fünf, aber der Erste, der starb, zwei Jahre vor ihm), und schließlich für die Hochzeit und das Hochzeitsessen, mit mir, die sich etwas befangen durchlavierte, mit meinen Cousins und Cousinen, die ich so viele Jahre nicht gesehen hatte, mit den Kindern, mit den Überlebenden, Gealterten, Veränderten und Immergleichen. Und dann, am nächsten Tag, schon wieder in den Zug, zurück nach Mailand und in meine kleine Wohnung, die ich betrat, als es schon dunkel war und der Duft der Jasminhecken die Straßen erfüllte.

Einmal waren meine Cousine und ich im Auto an der Uferpromenade von Trani entlanggefahren, in der Altstadt, bei der Kathedrale. Diesen Teil der Stadt hatte ich vorher fast nie gesehen. »Mein« Trani war das, in dem meine

Verwandten wohnten, der neue Teil, der mit den anonymen Betonburgen und den mit verblassten Zirkusplakaten tapezierten Überführungen, das Trani, wo auch das kleine Häuschen der anderen Großeltern meiner Cousine stand, mit der Terrasse in dem schlauchartigen, umzäunten Garten voller dicht belaubter, schräg von der Sonne durchfluteter Bäume, ein verwunschener Ort, der mich immer verzaubert hatte. (*Vielleicht* gab es da auch ein rundes, von laubbedeckten Stühlen umringtes Metalltischchen, dessen weiße Farbe mittlerweile abgeblättert war, so wie in den Gärten englischer Romane.) Als Mädchen war dieser Garten mir gigantisch vorgekommen: Als ich ihn jetzt wiedersah – die Eltern meiner Tante waren inzwischen tot und das Haus verkauft worden –, staunte ich, wie winzig klein er in Wirklichkeit war, kaum eine Handbreit Rasen hinterm Haus. Hatte die Bäume irgendwer gefällt? Hatte es sie je gegeben? Gott, wie ich diese Risse im Gedächtnis hasste.

In der Altstadt jedenfalls war ich nur zwei-, dreimal gewesen. Sie war schön, und gern hätte ich Zeit gehabt, durch diese Gassen zu schlendern, in die ich nur flüchtige Blicke werfen konnte. Vom Auto aus zeigte meine Cousine mir die Straße, in der – weiter hinten, noch ein Stückchen weiter oben, von hier aus sieht man es nicht richtig – jahrelang die Familie unserer Väter gewohnt hatte. Auch die hätte ich mir gern genauer angesehen. Doch ich hatte keine Zeit, das Zugticket war schon gekauft.

Der Wunsch blieb allerdings bestehen und wuchs weiter, genau wie der noch stärkere, Monte Sant'Angelo zu sehen.

Mir erschien das wie ein passender letzter Akt, auch wenn ich selbst nicht recht wusste, wovon. Womöglich war es der perfekte Schluss für das, was ich noch schreiben wollte, das aber noch keine Gestalt angenommen hatte: Alles fügt sich, der Kreis schließt sich – die Idee gefiel mir.

Also fuhr ich im Sommer gleich noch einmal hin, zusammen mit N., zur nächsten Hochzeit. Dieses Mal wollten wir eine volle Woche bleiben. Wir nahmen das Auto, denn auch diese Reise wollte ich noch mal erleben. Am späten Nachmittag erreichten wir Apulien – ich saß am Steuer, N. war eingeschlafen. So blickte ich allein hinaus in die weite Tavoliere, über die gerade dicht geballte aschgraue Gewitterwolken zogen. Auf der Autobahn war weit und breit niemand zu sehen. Ein Gefühl von grenzenloser Macht ergriff mich beim Durchqueren dieser unendlichen, leeren Ebene: Dieses Mal saß ich hinter dem Lenkrad, war ich die Dame auf dem Schachbrett, und ich würde mir nehmen, was ich kriegen konnte, ohne auch nur einen Augenblick zu zögern.

Dann aber kam alles anders. Es war eine zwiespältige Reise, und zwiespältig war auch das Wetter: Es regnete oft, und der Himmel lag fast die ganze Zeit hinter einer dichten, bläulich grauen Decke verborgen, die hin und wieder kurz aufriss, nur um sich gleich wieder zu schließen. Wenn das gute Wetter mal zu halten schien und wir uns an den Strand wagten, zog es schon nach ein, zwei Stunden wieder zu und in der Ferne grollte Donner. Meist streiften wir ziellos durch die engen, gepflasterten Gassen, entlang des Hafens, durch das jüdische Viertel, das seine

Blüte in der Stauferzeit erlebt hatte, über die mittelalterlichen Festungswälle, oder durch den auf einer Terrasse am Meer angelegten Stadtpark Villa Communale mit seinen vor Feuchtigkeit strotzenden Palmen, Pinien und Eichen und halb in riesigen smaragdgrünen Pfützen versunkenen Bänken. Tagsüber war die Altstadt still und ruhig. Im fahlen Licht wirkten die Plätze und die niedrigen, aus grobem Stein gebauten Häuser gelblich und verwaschen grau, mit einem Hauch von Rosa und bläulichem Perlmutt; abends, im Schein der Laternen, nahmen sie die Farbe alten Goldes an, und die dunklen Gassen wurden finster wie Höhlen. Dann schwärmten die Gäste der Restaurants und Bars über die Uferpromenade aus, und die Stille füllte sich mit fröhlichem Geschnatter. Tagsüber aber sah man nur hier und da mal eine alte Frau auf einem Plastikstuhl, die Ärmel ihres Kleides hochgekrempelt und der Straße den Rücken zugewandt, oder alte Männer mit dunklen Kappen, die auf einer Parkbank schwatzten. Zu meinem Erstaunen sah ich nirgends allein spielende Kinder. Am zweiten oder dritten Tag besichtigten wir die Kathedrale. Als wir wieder herauskamen, stand neben der Pforte des Glockenturms ein blondes Mädchen, zierlich und sehr jung, und weinte in tiefen, kaum kontrollierten Schluchzern. Ihr Gesicht war rot, die Augen – blau, meine ich – angeschwollen, als weinte sie schon lange Zeit. Sie trug ein helles geblümtes Kleid und weiße Tennisschuhe. Ich weiß nicht, weshalb ich mich vier Jahre später ausgerechnet daran noch so gut erinnere, und nicht etwa an die Farbe des Hauses, in dem mein Vater früher vielleicht einmal gewohnt hatte, oder an die Dinge, die N. und ich zueinander gesagt hatten, doch in diesem

Augenblick war dieses Mädchen ein so rätselhafter, unerwarteter Anblick, wie sie da einfach stand, an diesem Ort, allein, sich selbst im Arm hielt und weinte wie eine versteinerte Niobe – endlich etwas mit Gefühlen, etwas, das *lebte*. Während wir in Richtung Mole weitergingen, drehte ich mich noch ein paarmal nach ihr um.

Wir spazierten durch die verschlafenen Straßen, und ich besah mir aufmerksam die Häuser, während N. fotografierte. Ich glaubte sogar, das Haus identifiziert zu haben, in dem die Familie meines Vaters gelebt hatte. Aber diese schönen, leblosen Fassaden sprachen nicht zu mir, öffneten sich meiner Sehnsucht nicht. Welche Spuren ich mir auch erhofft hatte, ich fand keine einzige. Akribisch spürte ich meinen Gefühlen nach, entdeckte jedoch nichts als kalten Trübsinn. Ich fühlte mich, als wäre mir ein Hotelzimmerschlüssel im Schloss abgebrochen und die Rezeption war nicht besetzt, und ich drückte wieder und wieder die Glocke, bis ich nicht einmal mehr wusste, wieso.

Am vierten Tag fuhren wir nach Monte Sant'Angelo, ans eigentliche Ziel der Reise. Die Bergstraße, von der aus man in jeder Kurve in den Abgrund blickte, schien niemals enden zu wollen. Wie schwer musste es wohl in den Vierzigern gewesen sein, von diesem Berg herab- und wieder raufzukommen, erst recht im Winter? Damals war der Ort bestimmt noch isolierter.

Ich war zum ersten Mal da. Glaubte ich zumindest: In Wahrheit, so erfuhr ich hinterher von meiner Mutter, war ich doch schon einmal dort gewesen, allerdings war ich damals noch zu klein, um mich zu erinnern. Fünf Monate war ich da alt gewesen, und meine Eltern waren zum ersten Mal gemeinsam in Apulien. Von dieser Reise gibt es noch etwa zwei Dutzend Fotos, die ich x-mal beim Durchblättern der alten Alben gesehen hatte: Menschen, an die meine Mutter sich nicht mehr erinnert, eine junge Frau mit einer kleinen Tocher, ein Mann mit Schnurrbart und dunklen Locken, zwei etwa zehnjährige Mädchen am Strand, vielleicht auch an zwei verschiedenen Stränden; meine Mutter und mein Vater, die auf einem Mäuerchen vor einer Wäscheleine sitzen, beide braun gebrannt, sie mit ihrem typisch katzenhaften Schmunzeln, in einem Trägerkleid mit fliederfarbenem Blumenmuster, die kurzen Haare von der Sonne hell gebleicht, den dünnen Arm um ihn gelegt; auf dem nächsten Foto legt sie das Kinn auf seine Schulter, und er lächelt, sagt etwas zu ihr (eine von nur zwei Fotografien, die ich besitze, auf denen meine Eltern zärtlich miteinander wirken). Alle anderen Bilder hat meine Mutter gemacht: das Baby, wie es sie mit strampelnden Füßchen aus dem Kinderwagen anstrahlt, mein Vater, der das Baby in die Brandung hält, mein Vater mit dem Baby bäuchlings auf dem Schoß, während er auf einer Liege Zeitung liest, Vater und Tochter mit Strickmützchen auf dem Kopf, und schließlich noch zwei Fotos, auf denen er – ohne die Kamera zu bemerken – das zarte, immerzu kränkelnde Mädchen an die Brust drückt und verletzlich ins Leere starrt, als suche *er* Zuflucht bei *ihr*, als wäre das Baby ein Stück Treibholz, an dem er sich festklammert. Auf dem zweiten dieser Bilder presst er seine Wange an ihre, lässt halb die Lider sinken. Diese Fotos waren mir ein Rätsel.

Von Monte Sant'Angelo gab es allerdings keine Bilder – vielleicht wurden sie nie geknipst, vielleicht auch einfach nicht entwickelt, oder sie gingen irgendwann verloren. Meine Mutter erinnert sich, dass er bei ihrem gemeinsamen Besuch dort ungewöhnlich schweigsam war. Er sprach über die Geschichte der Stadt, die dank der über einer Grotte erbauten Basilica San Michele Arcangelo seit dem Mittelalter ein bekannter Wallfahrtsort ist, an dem früher die ins Gemetzel ziehenden Kreuzritter Station machten, er erzählte vom Schnee im Winter und vom Foresta Umbra, dem dunklen Wald, der seinen Namen dem tiefen Schatten unter seinen dichten Baumkronen verdankt. Triviales wie aus einem Reiseführer. Wenn wir später zu zweit oder zu dritt mit Dora in der Gegend waren, sind wir niemals hingefahren.

Ich kam also völlig unvoreingenommen an, bereit, mich von allen möglichen Eindrücken bestürmen zu lassen. Es war der Tag nach Ferragosto, dem 15. August, und es wimmelte von Touristen. Der Ort strahlte tatsächlich eine beinah unwirkliche Unschuld aus, trotz der lärmenden Realität, die in bunten Socken durch die Gassen drängte. Breite Treppen führten weiter nach unten, und die weiß gekalkten Reihenhäuser waren – abgesehen von ein paar originellen Schornsteinen – derart gleich und akkurat gebaut, dass sie fast aussahen wie Papierbögen. Je weiter wir uns vom Zentrum entfernten, desto stiller wurden die Straßen. Hätte nicht hier und da Wäsche zum Trocknen vor einem Fenster gehangen, man hätte meinen können, die Bewohner seien seit Urzeiten verschwunden. Vielleicht durch den sich neuerlich verfinsternden Himmel wirkten die Fassaden mit der Zeit immer weißer und weißer, leuchteten milchig. Ein kalter Wind erhob sich; ich trug nur eine leichte Jacke, und N. lieh mir seinen Marinemantel, der mir viel zu weit war.

»Gleich regnet's wieder«, unkte er mit Blick in die dunklen Wolken, die sich über den Bergen ballten.

»Ja«, sagte ich, und er sah mich an, hatte meinen resignierten Tonfall offenbar nicht überhört. Er stellte keine Fragen, und ich war ihm dankbar. Stattdessen drückte er nur kurz meine Schulter.

»Gehen wir noch ein bisschen«, sagte er sanft.

Ich legte meine Hand auf seine, nickte, und wir gingen weiter. Doch auf unserem Gang durch diese weiße Planotypie passierte rein gar nichts. Keinerlei Magie zeigte sich in diesen Straßen; keine Offenbarung, keine Geister, kein schicksalhafter Blitzschlag plötzlichen Begreifens. An einem Aussichtspunkt über den Golf von Manfredonia blieb ich stehen, eingemummelt in N.s Jacke, und betrachtete das Unwetter, das in wirbelnden tiefblauen Säulen von der Ebene heraufzog, das metallische Meer und die schwarzen Vogelschwärme, die durch die dicken Wolken schnitten. Ich ließ mir den Wind ins Gesicht peitschen und wartete, fragte mich, was ich eigentlich suchte und weshalb ich es schon wieder nicht gefunden hatte. Eine Antwort darauf fand ich auch nicht. Dabei hatte ich mich so bemüht, wirklich hinzusehen, *klug* hinzusehen, methodisch, würde ich sogar behaupten, mehr als je zuvor im Leben. Es war, als hätte eine unberechenbare Macht meine geplante symbolische Tat einfach höflich abgewiesen.

Es fing an zu regnen, zuerst in einzelnen, dicken Tropfen, dann immer heftiger. Wir flüchteten in eine Bar, um die schlimmsten Schauer abzuwarten, und als der Regen nachließ, eilten wir auf nassen Füßen zurück zum Auto, wollten nur schnellstmöglich weg. Wir waren beide hundemüde. Auf dem Rückweg nach Trani kam mir ein seltsamer Gedanke: Hier gab es nichts von meinem Vater. Diese Wahrheit erschien mir völlig selbstverständlich, so eindeutig und klar wie die leuchtenden Häuser vor dem Wolkenbruch, doch ich begriff weder, woher sie kam, noch was sie bedeutete.

»Das war wohl nichts«, sagte ich bedrückt zu N.

»Du musstest trotzdem herkommen«, antwortete er entschieden. »Auch wenn es nichts gebracht hat. Du musstest das aus dem Kopf kriegen.«

»Mhm.«

Ich ließ mich tiefer in den Sitz sinken und blickte hinaus in die Felder.

DINGE, DIE NICHT LAUFEN WIE GEPLANT, verdrängt man hinterher lieber, und so dachte ich erst Jahre später noch einmal an diese Reise: Dora hatte mir einen USB-Stick mit Fotos der Weihnachts- und Geburtstagskarten gegeben, die ich meinem Vater geschrieben hatte, und mit einigen Bildern von ihm in seinen letzten Lebensjahren, an Orten und mit Leuten, die ich kaum oder gar nicht kannte und die mich daher auch nicht sonderlich interessierten. Vor allem aber mied ich sorgfältig die Bilder seiner letzten Monate, den erschreckenden, mitleiderregenden Anblick dieser grauen Kreatur mit ausgemergeltem Gesicht und immer größeren gelblicheren Augen, immerzu in hässliche, viel zu weit gewordene Trainingsanzüge gekleidet, ganz egal, wo er gerade war, auf einer Bank auf der Piazza oder in dem Wald in Deutschland, wo er in seinem letzten Frühling eine »Thermalkur« gemacht hat wie anno dazumal die Schwindsüchtigen und von wo er mir begeistert schrieb, es ginge ihm bereits viel besser, die Kur zeige schon Wirkung. (Klein und einsam sah er aus auf diesen Waldfotos, gehüllt in seine blaue Jacke, fast wie die verirrte Hauptfigur in einem alten Märchenbilderbuch, und sein angsterfülltes Lächeln brach mir fast das Herz.)

Aus diesen Gründen hatte ich die Fotos nie komplett gesichtet, sondern den Stick nur irgendwo verstaut; erst als ich ein paar Jahre später etwas völlig anderes suchte, fiel er mir wieder in die Hände, und ich stieß zufällig auf einen Ordner aus dem Sommer 2010. Zu meiner großen Überraschung fand ich darin eine ganze Reihe Fotos aus Monte Sant'Angelo. Auch mein Vater war darauf zu sehen, dünner als sonst, aber braun gebrannt und offenbar halbwegs gesund. Den Tumor in der Leber hatte man ihm Ende Mai entfernt – nach ein oder zwei Wochen Wartezeit im Krankenhaus, weil der Chirurg so viele Transplantationen vorzunehmen hatte, ein oder zwei Wochen, die sich in meiner Erinnerung zu einem kaum erträglichen Monat ausgedehnt haben – und die Chemo hatte er gerade erst begonnen. Mein Vater, auf denselben Treppen und denselben Plätzen, auf denen ich mit N. gewesen war. Auf zwei, drei Bildern posierte er vor einer Haustür. Ich schrieb Dora, um mich zu erkundigen, ob das sein Elternhaus war, ob er noch mal nach Monte Sant'Angelo gefahren war, weil er seinen Frieden mit dem Ort hatte machen wollen, bevor es dafür bald vielleicht zu spät gewesen wäre. Zur Antwort schrieb sie mir eine weitschweifige Nachricht, in der sie von jenem Sommer erzählte, davon, wie er unbedingt seine üblichen langen Schnorcheltouren unternehmen wollte, vielleicht erinnerst du dich noch, von den Klippen von Scalea bis zur Bucht von Carpino (ja, ich erinnerte mich noch), wenn auch mit einem T-Shirt, um den Oberkörper zu schützen, denn wenn er dasselbe wie im Jahr davor tun konnte, dann durfte er zu hoffen wagen; aber jedenfalls, ja, es war sein Elternhaus. Er hatte es rein zufällig entdeckt, beim Schlendern durch den Ort, und sich darüber sehr gefreut, hatte staunend festgestellt, dass es noch genauso aussah wie vor sechzig Jahren. Er hatte sogar klingeln wollen, um einen

Blick hineinzuwerfen, doch die Klingeln waren nicht beschriftet gewesen und niemand hatte aufgemacht – wahrscheinlich war es eins der Häuser, die nur noch als Ferienwohnungen genutzt werden, und damals war gerade niemand da. Außerdem schrieb Dora, die Idee, in Monte Sant'Angelo vorbeizufahren, sei ihm gekommen, weil – einer dieser sonderbaren Zufälle, die einem niemand abkauft, wenn man sie erfindet – sein Onkologe ebenfalls von dort stammte, und die beiden festgestellt hatten, dass sie fast im selben Alter waren und in derselben Straße gewohnt und dieselbe Schule besucht hatten. Vielleicht hatte er darin ein Zeichen gesehen, das zu bedeutsam war, um es zu ignorieren. Und vielleicht war die Entscheidung, wieder hinzufahren, beidem geschuldet gewesen: der Hoffnung, noch ein wenig auf der Welt zu bleiben, und der Ahnung, dass seine Zukunft sich unwiederbringlich verkürzt hatte.

Die letzten Fotos waren vom Aussichtspunkt aus geschossen und glichen einem Daumenkino, einem dieser Büchlein, die beim schnellen Durchblättern die Illusion von Bewegung erzeugen, dem Übergang von einem Zustand in den anderen: Auf dem ersten posierte er lächelnd an der Stelle, von der aus man den Ort sieht; dann, während er entlang des Mäuerchens zur anderen Seite hinüberging, wurde seine Miene immer aufgewühlter und abwesender, bis er auf dem letzten Bild exakt dort stand, wo ich fünf Jahre vorher selbst gestanden hatte, und mit tief hängenden Mundwinkeln versonnen in das Panorama vor ihm blickte. Ein beängstigender Anblick, doch dieser winzig kleine Zauber – genau an derselben Stelle wie er gestanden zu haben, exakt auf derselben Höhe des Aussichtspunkts, das bewies ein Foto, das N. damals von mir gemacht hatte – ließ mein Herz schneller schlagen: Ich hatte mich getäuscht; es hatte doch eine unsichtbare, unbewusste Verbindung gegeben, mein Vater war am selben Ort lebendig gewesen, an dem auch ich ein paar Minuten lang lebendig gewesen war, in seiner fremden, verhinderten Heimatstadt.

Erst da begriff ich, wo der Fehler meiner Forschungsreise gelegen hatte, dabei war er doch so offensichtlich: Ich hatte gar nichts in der Hand gehabt. Keine Geschichten, die den Orten eine Bedeutung hätten verleihen, und niemanden, der mir eine hätte erzählen können, keine bekannten Szenen, die ich mir dort hätte ausmalen, keine Details, die ich hätte nachempfinden, keine Bilder, die die Worte in mir hätten wachrufen können. Diese ganze nie erzählte Kindheit hatte nur so lange existiert wie die Menschen, die sie teilten, und als diese Menschen noch gelebt haben, war ich noch gar nicht in der Lage, sie danach zu fragen. Sie war für immer verloren.

Einige Monate nach dem Tod meiner Tante Maria, dem letzten der Geschwister meines Vaters, die fast zehn Jahre an einer rätselhaften, vielleicht neurologischen Krankheit gelitten hatte, fasste ich mir ein Herz und rief meine Cousine Alida an, eins ihrer beiden Kinder. Alida – die mein Vater gern bewundernd »das einfache Gemüt« genannt hatte, weil sie immer gut gelaunt und zum Scherzen aufgelegt war, sogar, wenn etwas sie bedrückte – hatte noch ein paar Dinge behalten, die ihre Mutter ihr erzählt hatte. Viel war es nicht, und manches wusste ich bereits, doch dieses kleine bisschen löste dennoch ein diffuses, berührendes Flimmern in mir aus.

L.B. kam im letzten Jahr des Kriegs zur Welt. Er hatte eine Fehlbildung der Hüfte, eine Dysplasie, weshalb eins seiner Beine kürzer als das andere war: Viele Jahre, mindestens bis er sieben oder acht war, musste er eine Art metallenen Stützkäfig um Bein und Becken tragen, und einen Gipsverband, der monatlich gewechselt wurde. Oft war ihm das Gewicht zu viel, und seine großen Schwestern, fast so etwas wie Ersatzmütter für ihn, mussten ihn zum Arzt tragen. Doch wie eins dieser Tierchen, die sich nach dem Verlust eines Glieds instinktiv der Umwelt anpassen, gewöhnte er sich mit erstaunlicher, frühreifer Sturheit an den Ballast und lernte, ziemlich schnell voranzukommen, wegzulaufen und sich heimlich zu verdrücken (eine Fähigkeit, die er sich, wie wir inzwischen wissen, sein Leben lang erhalten sollte). Unermüdlich schleppte er sich über die steilen Straßen des Städtchens und die Feldwege des Umlands. Er war buchstäblich nicht aufzuhalten.

Eines Tages schließlich hatte er die Nase voll: Er nahm die Schienen ab, brach mit wer weiß welchem Werkzeug und voll sturem Zorn den Gips auf, ließ alles einfach auf dem Küchenboden liegen und trat hinaus in die Sonne. Eine verräterische weiße Spur aus Gipskrümeln zurücklassend, ging er mit seinen Freunden Fußball spielen. Alles gute Zureden blieb fruchtlos, er wollte das Ding nie wieder anlegen, egal, wie die Erwachsenen auch schimpften, und obwohl er immer noch ein wenig hinkte; zeit seines Lebens ging er ein wenig schief, was jedoch nur auffiel, wenn man genau hinsah. Wenigstens ansatzweise wusste ich das schon: Er hatte es selbst einmal widerwillig erwähnt, und auch Dora hatte mir davon erzählt.

Als Agata mir das Foto gab, auf dem er als kleiner Junge am Strand sitzt, habe ich das ausgestreckte Bein betrachtet und mich gefragt, ob es wohl das kürzere war, ob jemand ihm zum Baden die Schiene abgenommen oder er sich schon daraus befreit hatte. Das strahlende Kindergesicht rührte mich. So gut er auch zurechtgekommen war, musste es doch schrecklich gewesen sein, in diesem Alter ein Gefangener des eigenen Körpers zu sein, und das so furchtbar lange Zeit. (Die Zeit der Kinder ist unendlich, ein langer, grenzenloser Nachmittag.) Ob er sich jemals erniedrigt fühlte, hilflos gegenüber den »Normalen«? Manchmal bestimmt. Wie schmerzhaft mochte dieser Apparat auf die weichen, wachsenden Knochen gedrückt haben? Ein grässlicher Gedanke. Beschützerinstinkt packte mich, für ein Kind, das es seit über sechzig Jahren nicht mehr gab.

Doch ohne den Gips war er endlich frei und hörte sein ganzes Leben nicht mehr auf zu rennen. Wenn er nicht in die Schule musste, unternahm er ausgedehnte Streifzüge durch die umliegenden Wälder, wo die Hirten ihre Tiere weiden ließen, riesige Buchen und Eichen und Efeu wuchsen und Wildkatzen lebten, über die sanft geschwungenen Hänge, auf denen im Frühling Glockenblumen, Disteln und Ranunkeln blühten, soweit das Auge reichte, durch die von felsigen Kirchenruinen und Höhlen gesprenkelten Täler, wo Raubvögel nisteten und vor Hunderten von Jahren die Wallfahrer entlanggezogen waren; oder, in der warmen Jahreszeit, mit den anderen Kindern über die *passi riponte*, wie man im Ort die Schleichwege hinab zum Meer nannte, zu Stränden, die es heute nicht mehr gibt, abgetragen von der Zeit oder den Menschen.

Sie nannten ihn Nardino.

Über sein Verhältnis zu seiner Mutter wusste ich genauso wenig wie über das zu seinem Vater, obwohl ich sie noch kennengelernt hatte. Meine Großmutter, »die andere Nonna«, die ich so gut wie nie gesehen habe. Mit Kindern wirkte sie immer überfordert, und sie war grundlegend unfähig, Zuneigung zu zeigen. Mehr als an ihr hing L. B. an seinen Schwestern. In dem kühlen, pragmatischen, kurz angebundenen Verhältnis zu ihr lag etwas Dunkles, das er vermutlich nie ganz losgeworden ist. Genaueres weiß jedoch niemand. Meine Großmutter war ein kleines, immer in Schwarz gekleidetes Weiblein mit einer großen, dicken Brille, durch die ihre Augen größer wirkten als der Kopf, und kurzem grauem, immer sorgfältig frisiertem Haar. Selbst mitten im August trug sie Strümpfe. Sie wohnte in einem Altersheim, in das die Kinder sie gesteckt hatten, als sie etwa achtzig war. Dort besuchten wir sie jeden Sommer, und ich wusste nie recht, was ich mit ihr reden sollte, zumal ich sie ja gar nicht kannte. Doch auch mein Vater tat sich schwer mit ihr. Mit gesenktem Blick tigerte er auf und ab. Ich spürte, wie unwohl er sich fühlte. Sie sprach in Sprichwörtern, Denksprüchen und Versen aus Schlagertexten. Als ich sechzehn war, wurde sie krank, und mein Vater, Dora und ich fuhren mit dem Zug zu ihr. Er kümmerte sich um sie, aufmerksam, besorgt und unbeholfen liebevoll. Manchmal schien er es mit anderen nur auszuhalten, wenn er sich um sie kümmern konnte. Ob er traurig war, als sie gestorben ist, kann ich nicht sagen. Ich glaube, sie waren einander so fremd, dass er selbst gar nicht mehr wusste, was er für sie empfinden sollte.

Schon als Kind war er der Schutzengel der Unterdrückten, wie Alida lachend erzählte: Wenn seine Mutter vor der Kirche Almosen verteilte, bestand er stets darauf, dass sie den Bettlern etwas mehr gab, als sie wollte; sie herrschte ihn an, er solle still sein, erinnerte ihn, dass sie fünf Kinder und nur ein Einkommen hatte, doch er drängte unbeirrt weiter, bis einer der beiden nicht mehr konnte. Einmal, im Herbst, hatte Tante Maria beobachtet, wie er an einem armen, an einer Mauer kauernden Kerl vorbeikam, der nur ein paar Lumpen am Leib trug, die gegen die Kälte nicht das Geringste nutzten; nach kurzem Zögern machte er kehrt, zog den Pullover aus und drückte ihn dem anderen wortlos in die Hand. Dass seine Schwester ihn gesehen hatte – von einer höher gelegenen Straße aus, halb hinter einem Mäuerchen verborgen –, hatte er gar nicht bemerkt. Als er nach Hause kam, fragte die Mutter: »Wo hast du deinen Pulli gelassen?«

»Verloren.«

»Wie, verloren?«

Er zuckte nur die Achseln, und Maria wandte sich verstohlen grinsend ab. Dass sie alles mitangesehen hat, hat sie ihm nie verraten.

Der missratene Sohn war er damals allerdings noch nicht, oder besser gesagt: Besorgniserregende Kapriolen wie die eben genannten wurden damals noch nicht als Omen künftiger Verderbnis ausgelegt, und auf den Hochzeitsfotos von Alidas Eltern, die sie mir nach unserem Telefonat geschickt hat, wirkt der junge L. B. mit dem Koboldsgesicht und den sogar in Schwarz-Weiß noch leuchtenden Wangen, in Sakko und Krawatte, das Haar mit Brillantine frisiert, gar nicht mal so fehl am Platz, wie ich erwartet hätte, nein, er wirkt fröhlich und entspannt. Haltung, Lachen und Miene sind die von einem, der sich unter seinesgleichen befindet, unter Menschen, die seine Sprache sprechen. Ganz im Gegensatz zu meiner Mutter, die auf allen Kinderfotos mit ihrer Familie klar von Differenz und Einsamkeit gezeichnet ist, schwer zu beschreiben, aber so unübersehbar wie ein Muttermal mitten im Gesicht. Dora erzählte mir, vor der Tür des alten Hauses habe er zu ihr gesagt: »Schön hatten wir's hier.« Warum hätte er lügen sollen?

Bei der Beerdigung eines meiner Onkel – dem ältesten Bruder, der zwei Jahre nach L. B. starb – hatte Dora eine Frau aus Monte Sant'Angelo kennengelernt, die sich gut an L. B. erinnerte, an den »Dickkopf«, der es in die weite Welt geschafft hatte. Wenn er im Sommer aus Rom nach Hause fuhr, kam er jedes Mal in Monte Sant'Angelo vorbei, obwohl seine Familie dort seit vielen Jahren nicht mehr lebte, und immer wurde er dort aufgeregt begrüßt: Er brachte die neuesten Tänze mit, die heißesten Scheiben aus dem Piper Club. Man trug einen Plattenspieler auf die Piazza und schmiss Partys unter freiem Himmel, bei denen die Achtzehnjährigen aus den Bergen stundenlang den Twist, den Surf und den Shake tanzten, ein Wirbelwind aus Haaren, langen Röcken und in die Luft gereckten Armen bis in den späten Abend, und L. B. war wie üblich mittendrin, wurde hin und her gereicht, drehte sich im Kreis, stampfte mit den Füßen und klatschte in die Hände, und langsam, von Sommer zu Sommer, ohne dass die anderen es merkten, zog er sich tanzend langsam aus dem Mittelpunkt zurück, machte sich nach und nach davon, bis er ganz hinter dem Horizont verschwand wie eine Fata Morgana.

Mehr werde ich nie erfahren. Ich werde nie erfahren, wann er die Literatur für sich entdeckt hat, ob er ein geheimes Plätzchen hatte, an dem er sich versteckte, um seinen Gedanken nachzuhängen oder ungestört zu lesen, nie erfahren, was er von der Welt jenseits der Berge wusste und ob er davon träumte, irgendwann Amerika zu sehen oder den Dschungel, wer seine erste Liebe war und wer sein bester Freund, mit wem er über die *passi riponte* zum Meer hinablief, ob er einen Lieblingslehrer hatte – einen von denen, die das ganze Leben prägen –, worüber er mit seinen Geschwistern sprach, wie die Macht in der Familie tatsächlich verteilt war, was ihm Kummer oder Freude machte, welche Sagen und Sirenen seine Fantasie bevölkerten, welche Dinge in ihm die heftig kindliche Begeisterung auslösten, die einen mit solcher Kraft nur packt, bis man zwölf oder dreizehn ist, wie er sich so unsterblich ins Griechische verliebt hat, wieso er sich entschlossen hat, das alles hinter sich zu lassen, und was ihn von all den anderen unterschied, von diesen seit Generationen auf liebenswerte Weise ihrem Schicksal ergebenen Menschen, den ehrlichen Angestellten und den strengen Hausfrauen. Vielleicht wuchs das erst mit der Zeit, oder aber er war so zur Welt gekommen, durch irgendeine Mutation im Erbgut. Woher hatte er dieses kompromisslose Gespür für Ungerechtigkeit gehabt? War das ein Zufall, eine Reaktion oder Berufung?

Wie entsteht in einem Menschen dieses schicksalhafte Mitgefühl, diese Art von »heißem Mitleid«, das Marguerite Yourcenar meint, wenn sie von ihrem Großonkel Octave Pirmez berichtet? Wie wird man »mit der Fähigkeit geschlagen, die Welt so zu sehen, wie sie ist«?

III

MUSCHEL

IN DER GROSSEN STAUBWOLKE DES JAHRES 1976, als sich die APO-Gruppen eine nach der anderen auflösten, irrten die Angehörigen der alten Garde verloren umher, verbannt aus dem, was ihr Leben ausgemacht hatte. Viele räumten vor lauter Frust und Müdigkeit komplett das Feld, und bei den Verbliebenen wurden die Worte, Gesten und Mienen immer grimmiger – mancher Protest glich inzwischen einem kaltblütig geplanten Militärschlag, die Fabbrica leitete klammheimlich ihre »Restrukturierung« ein, und mit der Hoffnung auf politische Projekte war es aus; in dieser, mal in sinistrer Stille wabernden, mal von gärender Unruhe aufgewirbelten Staubwolke aus Zerschlagenem, Erledigtem, Unverständlichem und Ungesagtem, waren L. B. und die Chronologie seines Lebens immer schwerer auszumachen, als würden sie ein für alle Mal mit dem Hintergrund der Stadt verschmelzen.

Als Agata und er 1975 von Villar Perosa zurück nach Turin gezogen waren, hatte L. B. beschlossen, wieder im Krankenhaus zu arbeiten, im Ospedale Molinette, vermutlich am Institut für Anatomie und pathologische Histologie, an dem er vor der Strada delle Cacce schon beschäftigt gewesen war. Dieser ganze Abschnitt seines Lebens liegt heute im Dunkeln. L. B. verschwand – zumindest scheinbar – von der Bühne; und in gewisser Weise verschwand er auch aus seinem Leben mit Agata, die ihn kaum noch zu Gesicht bekam. In ihrer Freizeit engagierte sie sich in der Frauenbewegung, und auch er machte weiter Politik, vor und nach den Diensten in der Klinik. Die beiden sahen und sprachen einander nur noch selten. Was diese junge Frau, fast noch ein Teenager damals, dabei empfand, ob sie sich je gefangen fühlte, ob Einsamkeit sie quälte, ob sie ihm grollte oder eifersüchtig war, hat die Erwachsene mir nie erzählt; allerdings sicher nicht aus Resten ehelicher Unterwürfigkeit heraus, sondern nur aus unerschütterlicher Treue zu L. B., jener geschwisterlichen Loyalität, die ich ihr bereits bei unserem ersten Treffen angemerkt hatte – aus dem Wunsch, ihn zu beschützen, sogar heute noch. Gut möglich, dass L. B. sich ihr gegenüber schuldig fühlte und deshalb – wie vor all seinen Beziehungen – nur umso schneller weglief.

So führten sie nun also zwei getrennte Leben, die sich nur selten überschnitten, und vielleicht verliebten sie sich sogar neu, veränderten sich, unbemerkt vom anderen, so subtil, wie man sich zwischen zwanzig und dreißig eben verändert (ein neuer Schatten auf der Stirn, eine neue Art, die Lippen zu kräuseln, eine neue, tief verborgene Falte des Charakters), und aus Ehepartnern wurden mit der Zeit Geschwister. Agata war so jung, L. B. ihr schon so weit voraus. Eine echte Ehe war das nie, sagte Agata mir einmal mit nachsichtigem Lachen und diesem träumerischen Blick, der hin und wieder über sie kam. Es war ein Schlamassel mit Ansage: eine Beziehung, die vielleicht schon nach ein paar Monaten vorbei gewesen wäre, hätte es nicht die Partei gegeben. Agatas wahre Liebe war ein anderer, den sie erst Jahre später kennenlernen sollte. Doch so schräg das alles auch gewesen war, konnten sie doch bis zum Ende nicht ganz voneinander lassen.

Hier und da wurde allerdings auch im Jahr der Staubwolke ein Auftauchen L.B.s vermerkt; ein paar Leute erinnern sich, ihn – hüpfend und springend und sein unverwechselbares Lächeln auf den Lippen – auf den Demos von Kurzarbeitern und Metallbauern, von Arbeits- oder Obdachlosen gesehen zu haben, die ständig durch die Straßen von Turin zogen; andere hatten ihn bei Kundgebungen gehört, bei Fabrikbesetzungen und Studentenversammlungen, wo man seinen Namen so respektvoll in den Mund nahm, wie sonst nur den von »wichtigen Leuten« (»Wir müssen dahin, da spricht Barone«, sagte ein Klassenkamerad zu Agatas späterem Mann, der damals noch zur Schule ging und den Namen nie zuvor gehört hatte); und dann war da noch Beniamino, genannt Mino, ein junger Sizilianer mit dichten Locken, großer Brille und flinker Zunge, der erst im Jahr zuvor mit siebzehn nach Turin gekommen war und von dem Landsmann, der ihn erst so freudig eingestellt hatte, bereits ohne Abfindung gefeuert worden war. Mino hatte sich den Organisierten Arbeitslosen angeschlossen (»Arbeitslos waren wir definitiv, bei ›organisiert‹ bin ich mir nicht so sicher«, scherzte er vierzig Jahre später auf seiner Terrasse) und erinnerte sich noch gut an L.B., der oft mit seinem dichten Bart und seinem ledernen Aktenkoffer in die Uni-Mensa kam, den Arbeitslosen ein Essen spendierte, sich mit irgendeinem von der PCI zoffte und wieder abzog.

Passierte das alles noch 1976? Oder doch schon 1977, im Jahr, in dem die kurze, hoffnungsvolle Ära der jungproletarischen »Circoli del Proletariato Giovanile« zu Ende ging, L.B.s Weg den von Misa und Ester kreuzte und so viele Wege ins Verderben abzweigten? Oder ist eins dieser Bilder sogar jünger? Während mein Gegenüber versuchte, sich zu erinnern, überschlugen sich wieder einmal die Daten, und die Details zerstoben in der Rückschau auf zu lang vergangene Ereignisse. Im unfairen Zusammenstoß individueller Biografien mit der Geschichte sind exakte Daten und Details eben meistens Toten, Prominenten und Mördern vorbehalten.

Am 11. März 1977 störten linke Studenten in Bologna eine Versammlung der katholischen Vereinigung Comunione e Liberazione im Anatomischen Institut der Universität. Der Rektor rief die Polizei, die auch prompt anrückte und die Demonstranten mit Tränengas zurückdrängte. Im dichten Rauch, der durch die Straßen waberte bis unter die Dächer, schlüpften ein paar von ihnen jedoch an den Beamten vorbei und warfen Pflastersteine und zwei Molotowcocktails. Einer traf die Plane eines Lastwagens; der kleine Brand war schnell gelöscht, doch der Carabiniere hinterm Steuer, ein Wehrdienstleistender, stieg aus, zückte die Beretta oder vielleicht auch ein Gewehr, gab zwei Schüsse ab oder vielleicht auch ein Dutzend, bog um die nächste Ecke und schoss noch einmal auf die Demonstranten. Ein Student wurde in die Brust getroffen, schleppte sich noch ein paar Meter weiter und brach tot zusammen. Blinde Wut flammte in der Stadt auf, zwei Tage tobten Straßen- und Barrikadenkämpfe, bis schließlich Panzer im verwaisten Univiertel in Stellung gingen und Grabesstille sich über Bologna legte.

Am 20. März, um 7:40 Uhr, trat an der Ecke Via Gorizia und Via Barletta im Turiner Stadtviertel Santa Rita ein seitengescheitelter Brigadiere um die dreißig vor die Haustür, um zu seinem kanariengelben Auto zu gehen. Der Brigadiere um die dreißig war ein ganz normaler Polizeibeamter, hatte sich nichts Besonderes zuschulden kommen lassen. Besonders war an ihm nur, dass die Männer, die ihn auf der Straße schon erwarteten, ihn kannten. Zu seinen Aufgaben zählte nämlich die Überwachung der Fakultät für Architektur und verschiedener Oberschulen, darunter auch das naturwissenschaftliche Gymnasium Galileo Ferraris. Oft diskutierte er dort entspannt mit Schülern und Studenten oder trat schlichtend zwischen Kommunisten und Faschisten, und alle behandelten ihn als wohlbekannten, harmlosen Teil ihrer Umgebung, ja manchmal sogar mit einem gewissen Respekt, weil sie wussten, dass ihm die »Methoden« seiner Kollegen missfielen und er sie schon oft kritisiert hatte. So gesehen war der Brigadiere um die dreißig vielleicht doch kein ganz normaler Polizeibeamter, doch das spielte keine Rolle: Für sein Schicksal relevant war nur, dass einer der drei, die gekommen waren, um ihn zu ermorden, ein attraktiver Kerl mit kantigem Kiefer, edler Nase und theaterhaften Augenbrauen, im Liceo Galileo Ferraris als Bibliothekar arbeitete und ein anderer – der, der das Auto gestohlen hatte, aus dem sie jetzt stiegen – dort noch zur Schule ging. Der Brigadiere diente nur einem einzigen Zweck: der Vergeltung. Er war nur ein Gewicht auf einer unsichtbaren Waage. Das heißt, eigentlich erfüllte er noch eine zweite, subtilere Funktion, genau wie schon der andere, der Erste, der 1976 in Mailand ermordet worden war, nachdem man geduldig die nächste neofaschistische Provokation abgewartet hatte, die freilich nicht lang auf sich warten ließ. Eines Abends passten Neofaschisten an einer Straßenecke einen werktätigen Studenten ab, der an einer Hausbesetzung an der Piazza Risorgimento teilgenommen hatte, und stachen mehrfach auf ihn ein. Drei Tage später erlag der Student seinen Verletzungen, und für die Vergeltung wählte man einen Politiker der neofaschistischen Partei MSI aus, der zwar nicht sehr bedeutend war, aber – wie der ganz normale Brigadiere – sehr regelmäßige Gewohnheiten pflegte. Sowohl die Ermordung des Politikers als auch die des Brigadiere gingen auf die Initiative eines gewissen Erno Bellaria zurück, eines der Gründer von Prima Linea, der einen endgültigen Bruch herbeiführen, »zur Tat schreiten« und den Zweiflern die Erfüllung ihrer Träume vor Augen führen wollte: Schaut, da liegt der Feind, da liegt seine Leiche, könnt ihr sie riechen, seht ihr die ideologische Vollendung? Wie bereits bei jenem ersten Mord würde Bellaria dem Nationalkommando auch diesmal erst Bescheid geben, wenn alles erledigt wäre. Er schoss dem ganz normalen Brigadiere in den Kopf, als der gerade in sein Auto stieg.

Später ging bei der Presseagentur ANSA ein Bekenneranruf ein.

»Guten Tag, der Carabiniere heute Morgen wurde von den Kämpfenden Brigaden exekutiert – nicht von den *Roten* Brigaden, sondern von den *Kämpfenden*, bitte nicht verwechseln.«

»Aber der Mann war überhaupt kein Carabiniere.«

»Doch, der vom Staatsschutz, den meine ich.«

»Nein, nein, der war nicht vom Staatsschutz, er hatte bloß politischen Dienst.«

»Da haben wir was anderes gehört. Aber egal, ein Klassenfeind war er so oder so.«

»Verstehe.«

»Es kommt auch noch ein Kommuniqué. Haben Sie das auch richtig aufgeschrieben? *Kämpfende* Brigaden.«

»Und das Kommuniqué, wann kommt das?«

»Im Laufe des Tages.«

»Gut. Ach so, hinterlassen Sie uns das doch bitte in der Nähe vom Büro, dann geht es nicht wieder verloren.«

»In Ordnung, danke.«

»Wiederhören.«

Was für ein Meisterstück des parteiübergreifenden Schwachsinns der Bürokratie und ihrer seelenlosen Sprache! Und die stumpfe Buchführung über Leichen und »Kommuniqués« hatte gerade erst begonnen.

Der Mord an dem ganz normalen Brigadiere war der erste in Turin. Weitere würde es lange Zeit nicht geben, und das Ereignis war so ungewöhnlich – und der Name der Gruppe, die sich dazu bekannt hatte, dermaßen unbekannt –, dass es bald wieder in den Hintergrund trat. Niemand rechnete mit mehr.

Es gab drängendere Sorgen: Der Prozess gegen die Anführer der Roten Brigaden stand bevor, wurde aber immer wieder aufgeschoben, weil die Angeklagten die Autorität von Staat und Justiz nicht anerkannten und die gestellten Pflichtverteidiger ablehnten. Dann wurde an einem verregneten Nachmittag im April der mit ihrer Verteidigung betraute Anwalt Fulvio Croce vor seiner Haustür ermordet, und plötzlich erkrankten Hunderte Verteidiger und Schöffen an »Depressionen«. Die ganze Stadt war angespannt, bestürzt und in Trauer. Wenige Wochen später, im Mai, kam es zu mehreren Festnahmen wegen einer Serie von Bombenanschlägen, Entführungen und weiterer Gewalttaten im Laufe der vorhergegangenen Monate. Unter den Verhafteten waren auch Erno Bellaria und andere Mitglieder der Prima Linea, womit der Turiner Zweig der Gruppe urplötzlich ohne Führung dastand. Hastig schickte man Ersatz: einen dünnen Mann mit dunklem, welligem Haar, schwarzen Augenbrauen und Nickelbrille, der zunächst von Mailand nach Turin pendelte und so ernst und schüchtern wirkte wie ein junger Philosophielehrer am Gymnasium. Tatsächlich brachte er einige militärische Erfahrung mit, war während seines Wehrdiensts Ausbilder gewesen. In Turin fand er Studententrupps vor, die viel schlechter geschult waren als ihre Mailänder Pendants, außerdem gekappte Verbindungen zur übrigen Bewegung, die nach der beinah vollständigen Zerschlagung der Turiner Sektion wieder geknüpft werden mussten. Die sich überschlagenden Ereignisse riefen zur Eile: Dann musste er seine Leute eben selbst ausbilden.

Die ersten Aktionen waren heillose Fehlschläge. Im September, als die Welle der Razzien, Fluchten und Verhaftungen abflaute und der Mann aus Mailand die Lage für halbwegs stabil hielt, zog er ganz nach Turin um, in eine möblierte Wohnung am Corso Duca degli Abruzzi. Mit ihm kam auch seine Partnerin, die einen schönen, nach Wald klingenden Namen trug, ein zierliches Gesicht und prächtige Locken hatte und zuständig war für die logistischen Recherchen für Morde, Attentate und *gambizzazioni*, wie man die Praxis nannte, politischen Gegnern »zur Warnung« in die Beine zu schießen. Der Mann war gerade mal vierundzwanzig, ein an der Universität eingeschriebener Arbeiter und hatte bei der Ermordung des MSI-Politikers Schmiere gestanden. Sein Name war Mure Galiani.

ES KAM DER TAG MIT MISA UND ESTER. Inzwischen stand der Sommer vor der Tür, doch sie waren die Ersten gewesen, die ich angerufen hatte, vielleicht sogar noch an dem Abend, an dem ich die Verteidigungsschrift gelesen hatte, damals, in jenem Dezember, der mir mittlerweile zu einer anderen Epoche zu gehören schien: Der Vorschlag war von meiner Mutter gekommen, und ich hatte erst nur verwirrt geblinzelt, hatte völlig vergessen, dass die beiden einst ein Teil des Lebens meines Vaters gewesen waren.

»Die drei standen sich nah«, hatte meine Mutter gesagt. »Misa und Ester waren seine besten Freunde.«

Das Telefon hatte Misa abgenommen. Ich habe ja schon erzählt, wie ihr meine Frage im ersten Moment die Sprache verschlug. Dann – mit einer Stimme, die ich noch nie von ihr gehört hatte, ernst, reumütig, beinahe feierlich – sagte sie Ja.

Schon seit Jahren lebten die beiden nicht mehr in dem Apartment in Parella, in dem ich so viele Abende meiner Kindheit und Jugend verbracht habe, in der Wohnung mit dem großen Balkon zum Innenhof, auf dem meine Mutter und sie im Sommer an einem langen, schmalen Tisch saßen und sich unterhielten, eine brummende, funzelige Lampe über ihren Köpfen, die flackernd die große Brille und weiche Haut meiner Mutter beschien, Misas schöne Indiozüge und Esters edles, zugleich zartes und kantiges Profil.

Ihre Stimmen plätscherten wohltuend dahin, es roch nach Räucherspirale und feuchtem Stein, und ich schlief mal in Misas Armen ein, mal umschlungen von den langen Gliedern seiner apfelhäutigen Tochter Altea. Inzwischen waren Misa und Ester aufs Land gezogen, genau wie Altea, die obendrein geheiratet und zwei unglaublich blonde, einem nordischen Traum entsprungene Kinder zur Welt gebracht hatte.

Es hatte also etwas gedauert, bis wir uns treffen konnten, bis sie zufällig mal in der Stadt waren, als ich aus Mailand zu Besuch kam; nun saßen sie da, an dem guten alten Nussbaumtisch in meinem alten Zuhause, Misa zu meiner Linken, Ester mir gegenüber. Sie waren gekommen, trotz allem. Sie waren gekommen, obwohl ihre lange Freundschaft mit meinem Vater bei der Trennung meiner Eltern ein brüskes Ende gefunden hatte. Ich war damals erst drei, kann mir aber vorstellen, wie er sich meiner Mutter gegenüber verhalten hat – und zum Teil auch mir gegenüber. Misa und Ester hatten sich für meine Mutter entschieden, obwohl sie die erst kannten, seit ich auf der Welt war. Meinen Vater sahen sie nur noch Heiligabend, beim einzigen richtigen Weihnachtsfest, dass es bei mir zu Hause gab, stets mit demselben Dutzend Freunde und dem ein oder anderen zusätzlichen Gast, der sonst allein geblieben wäre. Mein Vater, ein begnadeter Koch, bereitete köstliche Fischgerichte für alle zu, und die Gäste überschlugen sich vor Komplimenten, sprachen jenseits solcher Höflichkeiten aber kaum ein Wort mit ihm.

Die längste Zeit hatte ich keinen Schimmer gehabt, dass Misa, Ester und mein Vater so gut befreundet gewesen waren und sich dann so zerstritten hatten, auch wenn ich irgendwann die unangenehme Unterkühltheit zwischen ihnen bemerkte. Ich war hin- und hergerissen zwischen gleich starken Gefühlen; und ich kam mir illoyal gegenüber meinem Vater vor, der sich allerdings auch keine Mühe gab, sich ihre Sympathien zu verdienen. Ich glaube, erst als Jugendliche habe ich erfahren, dass er mehr als ein Jahrzehnt ihr Freund gewesen war. Das erstaunte mich sehr, vor allem, weil die beiden so völlig anders waren als seine anderen Freunde – und als der Mensch, der aus ihm geworden war. Nachgefragt habe ich allerdings nie. Ab und zu erkundigte mein Vater sich spöttisch, wie es den beiden ging, sie dagegen sprachen nie von ihm. Doch an jenem schwülen Nachmittag, als er gestorben ist, als ich im Krankenhaus auf einem Stuhl saß und niemand sonst mich auch nur eines Blickes würdigte, tauchte plötzlich Misa auf; mit einem Mal trat er ins Zimmer, und wir fielen uns weinend um den Hals. Endlich war einer »der meinen« da. Traurig sah er mich an und stammelte: »Ich werde mich nur an seine guten Seiten erinnern, die schlechten gibt es jetzt nicht mehr.« Ich nickte bloß verwirrt und suchte erneut Zuflucht in seinen Armen.

Ja, die beiden zählten definitiv zu den Menschen, die meinen Vater nicht mehr leiden konnten. Dennoch waren sie gekommen – und ich merkte ihnen gleich an, wie bewegt wie waren. Ja, sie *freuten sich* sogar! Wie rätselhaft die Herzen der Menschen doch sind: L.B. – *ihr* L.B. – hätte eigentlich vergessen sein müssen, von ihrem Groll aus der Geschichte ausgestrichen. Und doch war er noch da.

Also erzählten sie. Sie erzählten, dass sie beide sich von klein auf kannten, weil sie aus demselben Dorf im Val di

Susa stammten, dass sie schon seit der Schule ein Paar waren – eine Liebe fürs Leben, vom Schicksal gewollt – und dass sie später in Turin, wo Ester Grundschullehramt studiert und Misa sich erst in Pädagogik eingeschrieben, dann aber doch als Arbeiter bei den Stromwerken angefangen hatte, im Umfeld von Lotta Continua und der Avanguardia Operaia aktiv gewesen waren. Misa hatte sein Milchgesicht bald hinter einem Bart versteckt, Ester sich das seidenglatte Haar fast bis zur Hüfte wachsen lassen, wie sie es auch noch trug, bis ich vier oder fünf war – ich erinnere mich gut an den braunen Vorhang, der wallte wie ein stilles Meer, wenn sie sich vorbeugte, um etwas zu lesen oder zu fotografieren.

Nach der Auflösung der APO-Gruppen gingen sie wie viele andere in die autonome Szene, flottierten frei zwischen den kuriosen, lockeren Bündnissen, die sich in raschem Wechsel neu formierten und wieder auflösten – in der Via Plana, bei der Fabbrica, war der Circolo Barraba ein solches Auffangbecken für all die Versprengten, für Stadtindianer und Ex-Mitglieder der verschiedensten Gruppen, ein buntes Mosaik aus Leuten, die etwas Neues suchten und mehr im Leben brauchten als die Politik. Natürlich schwebte die noch immer über allem, doch lagen jetzt so viele neue Worte und Wünsche in der Luft: mehr Raum für Zwischenmenschliches, Körperliches, für andere Meinungen, für all die »nicht marxistischen« Kunstwerke, Bücher und Filme, die sie jahrelang missachtet hatten, ein Blick für ganz andere Dinge, für die Form eines Berges oder einer Kathedrale, für ein ungewöhnliches Detail in irgendeinem Torbogen, für ein Insekt, einen Vogel oder eine herbstliche

Allee. Nicht nur engagiert sein, sondern auch *lebendig.* »Wir wollen Gedichte!«, schrieben drei junge Leute im Juni dieses Jahres an die *Lotta Continua,* die Zeitung der gleichnamigen Gruppe. Wir haben die Nase voll vom Jargon der Flugblätter, von den Versammlungen und der routinierten Rhetorik, wir wollen Gedichte, so viele wir nur kriegen können, und zwar überall, auf allen Wänden; besser der Liebeskummer irgendeines Teenagers als die tränenreichen Bekenntnisse des hundertsten Parteichefs beim hundertsten Auflösungskongress, wir wollen Gedichte, sogar über versmogte Sonnenuntergänge, ja wir wollen sie sogar noch, wenn sie schlecht sind. Wir wollen Gedichte, auch wenn alles um uns fürchterlich und trostlos ist, und vielleicht wollen wir sie sogar gerade deshalb.

Denn das Frühjahr und der Sommer waren grauenhaft gewesen, nichts als ermordete Demonstranten und Polizisten und Leute, denen man in die Beine schoss, denen man Schienbeine und Knorpel und Kniescheiben und Becken zertrümmerte, nichts als verbotene Demos und faschistische Hinterhalte, und der Apparat wurde immer unfähiger, hermetischer und grausamer.

Wann genau sie L.B. kennengelernt haben, wussten Misa und Ester nicht mehr. Sie wohnten damals mit Freunden zusammen, die genauso jung waren wie sie. Unter den vielen Leuten, die dort ständig ein- und ausgingen, war auch eine ehemalige Klassenkameradin ihrer Mitbewohner, liebenswert, charmant und klug, mit langen blonden Haaren und einem lichten Pony bis über die Augen und stets in sackartige Pullis und ausgebeulte Jeans gekleidet. Ihr Name war Petra, und sie arbeitete in der Fabbrica. Mit ihr und einem ihrer Kollegen gingen sie zum ersten Mal zu der nach ihrer Adresse benannten Koordinierungsstelle Via Plava im Stadtteil Mirafiori Süd, ein ziegelrotes Gebäude mit Spitzdach wie in Skandinavien. Dort trafen sich die vielen operaistischen Autonomen von Turin, die keiner Partei oder Gewerkschaft angehörten, sondern unabhängig bleiben wollten. Und mittendrin, wie immer er auch dort gelandet sein mochte, war L. B.

Wie seit jeher tauchte er einfach so auf, von Zauberhand geradezu, ständig auf dem Sprung wie eine Katze, immer sonderbar auf Abstand, selbst noch in seiner eindrucksvollen körperlichen Präsenz, in seiner sonoren Stimme. Und immer noch hatte er dieses geheimnisvolle Leuchten an sich, das die Leute sofort für ihn einnahm, und dieses seltsame Bedürfnis, für sie da zu sein.

»Also, der Chef war er nicht«, sagte Ester und spielte mit ihren Ringen. »Am meisten im Rampenlicht standen zwei andere, ein Mann und eine Frau. Aber irgendwie hatte er trotzdem alle Fäden in der Hand. Er war mit Abstand der Klügste von uns. Er stieß Diskussionen an, indem er eine gegebene Situation erst mit einer Flut von Zahlen und Fakten umriss und sie dann analysierte und seine Schlüsse daraus zog. Es war erstaunlich, wie weit er über den Tellerrand hinausschaute, was er alles *sah* … Ich weiß, nicht wie ich dir das erklären soll. Er hatte Weitblick. Ehrlich gesagt erinnere ich mich kaum noch, was bei den Treffen so gesagt wurde. Aber beispielsweise ging es um die Fabbrica, und er begriff genau, was sich da anbahnte, auch wenn die ein Jahr später, '78, in einem Rutsch ein paar Tausend Leute einstellten und es fast schien, als hätte er völlig danebengelegen. Am Ende hat er dann ja doch recht behalten.«

»Gibt es vielleicht noch irgendwo Mitschriften von seinen Beiträgen?«, fragte ich ohne große Hoffnung.

Misa und Ester sahen einander bedauernd an.

»Da hat nie irgendwer mitgeschrieben, es wurde immer nur geredet. Bestenfalls hielt hinterher mal jemand ein Ergebnis fest. Aber da könnte man heute auch nicht mehr rekonstruieren, wer was gesagt hat.«

Nur in groben Zügen konnten sie mir schildern, was in der Koordinationsstelle in der Via Plava ablief; natürlich wurde viel darüber diskutiert, was in der Stadt, vor allem in den Fabriken, und im Rest der Welt los war; es gab Lesekreise, auch zu Texten jenseits des marxistischen Kanons, zu McLuhan beispielsweise, zu Wygotski und zu Schriften, die politische Gefangene im Gefängnis verfasst hatten. Die Texte wurden vorgestellt und dann gemeinsam besprochen; man debattierte über die zunehmende Automatisierung der Arbeit, darüber, ob dadurch nur was verloren ging oder sich auch neue Möglichkeiten boten; man sprach von der Peripherie, von der Schule, von der fortschreitenden Repression.

Misa und Ester überließen mir eine ganze Tüte voller Flugblätter und Pamphlete aus jenen Jahren, die ich in den folgenden Monaten unsystematisch überflog. Ich suchte nichts Bestimmtes, wollte mir bloß einen Weg durch den umständlichen Jargon bahnen, durch all die Anspielungen, die mir nichts sagten. Nur manchmal taten sich die trockenen Seiten vor mir auf wie das Rote Meer vor Moses, und ich stieß auf etwas Interessantes oder wenigstens halbwegs Verständliches, besonders, wenn es um die Gefängnisse oder die sogenannten *bracetti* ging, die Hochsicherheitstrakte, in die man die Terroristen sperrte. Dann, eines Tages, fiel mir – rein zufällig, wie immer – ein maschinengetippter, von vorn bis hinten durchpaginierter Text in die Hand. Gleich den ersten Zeilen merkte ich mit wachsender Aufregung den blumigen Stil meines Vaters an – der »frühlingshaften Brise«, zum Beispiel, die durch die »vom eisigen Wind der hegemonialen Gesetze gegeißelte« Stadt wehte. Nach Jahren der Suche hatte ich zum ersten und einzigen Mal Worte vor mir, die von L. B. selbst stammten, Worte, die mir ohne die Vermittlung Dritter etwas darüber verrieten, was er in dieser Zeit gedacht hat, mir etwas von seiner viel gerühmten Intelligenz zeigten; seine eigenen Worte, die endlich, endlich wirkliche Gestalt annahmen, auf sieben formlos zusammengetackerten Seiten.

Ich las weiter. Ja, dieser Text konnte von der ersten bis zur letzten Zeile nur von ihm stammen, auch wenn er nicht unterschrieben war. Er handelte von der Notwendigkeit, die aus der Krise der APO-Gruppen entstandene Pluralität der Sprachen zu begreifen und alte Ideologismen abzuwerfen, um den Weg für Neues frei zu machen. Er unterstrich die Bedeutung der Befreiung der Körper, des Entstehens der »sozialen Mäander der ersten, seltsamen Antworten immer ungebildeterer Körper«. Mit Rückgriff auf einen anderen Text, der von der Trennung von Körper und Psyche durch die kapitalistische Gesellschaft handelte, von monströsen, entfremdeten kopflosen Körpern und körperlosen Köpfen, die durch die Großstädte streiften, schrieb er: »Der Geist springt zurück in die Vergangenheit; besichtigt erneut jene geheimen Orte, die tief in jeden kämpfenden Kommunisten eingeimpft sind, und was er dort vor sich sieht, ist das System absoluter Gewissheiten der Partei der Wahrheit. Ein kalter Schauder durchläuft uns, denn lange waren viele von uns – besonders die, die sich dem Marxismus-Leninismus verschrieben hatten – KÖPFE OHNE KÖRPER.«

Von Mitgefühl ergriffen hielt ich inne. Wer sonst in dieser Gruppe, in der fast alle mindestens fünf Jahre jünger waren als er, kannte wohl außer ihm diese »geheimen Orte«? Er war allein mit seinem Schmerz und seiner Scham. Nach all der Suche, all der Mühe, sie mir auszumalen, hatte ich seine Gedanken über Servire il Popolo nun schwarz auf weiß vor mir. Es gab noch andere vielsagende Stellen: »das Zauberwort vom Übergang zum Kommunismus« … »die tragischen Fossilien des Marxismus« … »es bräuchte eine nüchterne Kritik der vergilbten Familienfotoalben« … Der Text war undatiert, musste aber von Anfang der Achtziger stammen, aus der Zeit vor seiner Festnahme. Eine Ewigkeit lag zwischen dem jungen Kerl bei den Studentenprotesten in Rom und dem Mann, der diese Dinge schrieb, der in den neuen, »seltsamen Antworten« der ungebildeten und freien Körper einen Ausweg erahnte aus dem leeren Solipsismus der kopflosen Körper des Post-Everything (»überall nur noch Ruinen«) und des »Hab Spaß und zerbrich dir nicht den Kopf«, die die Machtstrukturen überhaupt nicht mehr antasteten. Eine Chance, sich den Individuen zu öffnen, dem Besonderen und den Erfahrungen, im Widerspruch zu jener Macht, die die Menschen immer abstrakter machte, ihre Einzigartigkeit auslöschte und sie zu einem Block vereinheitlichte (genau wie die Ideologie der Partei, merkte er sarkastisch an). Man musste sie retten, diese Menschen, sie in Körper mit Köpfen verwandeln, die Wirklichkeit vervielfältigen, auf die Stimmen lauschen, die »Geräusche«, die »winzigen Brüche«, man musste die Leute den hegemonialen Gesetzen entreißen, die das Individuum nach ihrem Bilde formten: Remuneration, Imitation, bezahlte Unterwerfung, blindes Einverständnis mit »Unternehmenszielen«, »aktives Mitgestalten«, lauter Dinge, die »alles durchziehen und *funktionieren*«, schrieb er verbittert. Mit dieser feindlichen Hegemonie verhandeln zu wollen, mochte aussichtslos sein: Aber – so die Hoffnung, mit der sein Text endete – nicht mehr nach dem ganz großen Projekt, dem einen Schlüssel zur Realität zu streben und stattdessen viele verschiedene Schlüssel, viele verschiedene Projekte, die gegenseitige Befruchtung vielfältiger Sprachen und Erkenntnisse zu suchen, das war die viel aussichtsreichere, lebendigere Perspektive. Nicht mehr die strahlende »Sonne der Zukunft« zwar, aber wenigstens eine neue Sprache für ein neues Dasein.

Das war alles. Allerdings hatte ich mich längst mit dem absurden Umstand abgefunden, dass von einem Mann, der all die Jahre Politik gemacht hatte in einer sich vor Worten und Ereignissen derart überschlagenden Zeit, nichts geblieben war als ein paar Sätze in der Zeitung, wenn man ihn wieder mal verhaftet hatte. Wie oft hatte ich seinen Namen in den Registern von Geschichtsbüchern gesucht, unter Zeitungsartikeln, in den Unterzeichnerlisten revolutionärer Pamphlete, ohne ihn dort je zu finden. Dies hier war nicht viel, aber doch wenigstens etwas. Immerhin kannte ich jetzt einen Teil seines politischen Denkens, und zwar nicht nur als dünnes Echo der Erinnerung und der Vergesslichkeit von Dritten. Immer wieder las ich den Text, studierte seine Feinheiten, seine Naivitäten, seine Intentionen. Klar und deutlich lag er vor mir: Mein Vater hätte sicher nie gedacht, dass dieser Text eines Tages das Einzige sein könnte, was seine Tochter entdecken würde, dass er für sie das einzige konkrete Dokument seines Denkens sein würde, ja er hatte ihn vermutlich selbst vergessen. Aber so war es, und er gehörte mir allein: weil ich beim mühsamen Durchforsten von Hunderten von Schriften diese hier sofort als seine erkannt hatte.

Als ich Misa und Ester eines Tages zu Hause auf dem Land besuchte, schob sich die zwischen Hunden und Katzen am Küchentisch sitzende Ester ihre Schmetterlingsbrille auf die Nase und zeigte mir ein paar alte Fotoalben. Nicht die vielen Hundert Bilder von unseren gemeinsamen Urlauben in meiner Kindheit allerdings, sondern welche aus der Zeit davor: Ferien mit L.B. und Agata, Griechenland, Apulien, Fähren, unbekannte Gesichter, ein Foto von L.B., wie er in kurzer Hose und Sonnenbrille den Kinderwagen mit Altea darin schob und lachend irgendwas zu dem kurz hinter ihm gehenden Misa sagte, offenbar in irgendeiner Kleinstadt im Süden. Heitere Bilder, allesamt. Auch in Misa und Esters Alben gab es keine echte Chronologie: Die Bilder waren durcheinander, sprangen hin und her in der Zeit. Es gab Foto von ihrer Hochzeit, am 5. Januar 1978. Misa war damals dreiundzwanzig, Ester einundzwanzig. Schön sahen sie aus. Ein Bild von Misa in einer lustigen roten Latzhose, mit einer strahlenden zweijährigen Altea in Karnevalsverkleidung auf dem Arm. Ein Schwarz-Weiß-Foto von Ester als Jugendlicher, umringt von Cousins und Cousinen; zwölf oder dreizehn wird sie da gewesen sein, trug einen Seitenscheitel und eine Twilljacke und überragte – schon damals groß gewachsen – mit todernster Miene die anderen Kinder.

Ein paar Abende später, zurück in Mailand, dachte ich noch mal an diese Fotos, während ich nach einem Abendessen auf meinem üblichen Bummel nach Hause durch die dunklen Straßen zwischen dem Piazzale Dateo und dem Corso XXII Marzo schlenderte und die Ranken betrachtete, die sich um dermaßen dicht mit den verschiedensten Pflanzen bewachsene Balkone schlangen, dass diese fast kleinen Heim-Dschungeln glichen, hinter denen aprikosengelbes Licht aus den Fenstern drang. Die Gestalten der Vergangenheit, die sich da materialisiert hatten, das hoch aufgeschossene Mädchen, der junge Mann mit langem Haar und kindlichem Gesicht, der seine knallbunte Tochter auf dem Arm hielt … Sie und viele andere waren als »meine Erwachsenen« stets sehr reale Elemente meiner Gegenwart gewesen: Niemals hatte ich mich gefragt, wie sie früher ausgesehen oder welche Wünsche sie gehabt haben mochten, wie ihre Liebesgeschichten begonnen hatten oder weshalb sie allein geblieben waren. Zwar wusste ich – wie man so Selbstverständliches eben weiß –, dass sie einmal jung gewesen waren, und einige – Misa, Ester, Nina, Teresa und meine Mutter zum Beispiel – hatte ich sogar noch jung gekannt, mit kaum über dreißig, dem Alter, auf das ich mittlerweile selbst zuging; aber sie waren eben immer einfach da gewesen, genau wie ich mich auch schon immer da gefühlt habe. Jetzt erschienen sie mir plötzlich auf ganz neue Weise.

Ich bekam nicht recht zu fassen, was dieser Gedanke zu bedeuten hatte, versuchte, ihn zu biegen und zu brechen, bis ich eine Antwort fand, aber es gelang mir nicht. Und doch schien mir, dass etwas sich geöffnet hatte, etwas, das sonderbar verwandt war mit diesen Dschungelbalkonen und dem Licht aus den Fenstern. Hätte ich den Gedanken definieren müssen, hätte ich gesagt, dass ich ein wenig klarer sah. Aber das trifft es nur ungefähr. Das *mot de l'enigme*, mit dem sich das Mysterium hätte lüften lassen, blieb weiter unerreichbar.

ES KAM DER GROSSE »KONGRESS GEGEN DIE REPRESSION« in Bologna im September 1977. Fast hunderttausend fuhren hin, eine ganze Untergrundbewegung, die sich bei Tageslicht zeigen, sich der Öffentlichkeit präsentieren und beweisen wollte, dass die »Autonomen« längst nicht alle so gewaltbereit waren, wie es hieß. Die Ziele waren hoch gesteckt: Für all diese Leute mit verschiedensten Hintergründen sollte ein gemeinsames Projekt gefunden werden, man wollte sich erneuern, »sich austauschen und debattieren« und vielleicht sogar einen Weg finden, die organisierten Avantgarden untereinander zu koordinieren. Ein begeisterter Arbeiter aus Piombino schrieb am ersten Tag an die *Lotta Continua*: »Man hört sogar die alte Lok des Operaismus rasseln (oder ist es doch nur das Skelett?).« Fast alle erklärten in emotionalen Briefen, sie wollten nach Bologna fahren, um zu sehen und zu verstehen.

Doch der Kongress war ein einziger Schlag ins Wasser. Während in der ganzen Stadt Theaterstücke, Feiern und Konzerte stattfanden, fielen bei der riesigen Versammlung im Palazzetto dello Sport die diversen »Seelen« der Bewegung brutal übereinanderher, und es wurde schmerzhaft offensichtlich, dass es nicht genügte, *gegen* etwas zu sein, um *für* etwas zu kämpfen, dass all diese »Seelen« nur unsichere, orientierungslose Hitzköpfe waren, dazu verdammt, auf ewig um sich selbst zu kreisen, ohne Projekte, Visionen oder Vorschläge, und während sie wahlweise einander die Augen auskratzten oder sich selbst auf die Schultern klopften, inmitten all dieses leeren, aber ohrenbetäubenden Geredes, mischten die Bewaffneten (so nannten Misa und Ester die Terroristen – wenn es um die Bewegung ging, sprachen sie, ohne groß darüber nachzudenken, im Jargon der Epoche von Bewaffneten und Unbewaffneten) sich still und heimlich unters Publikum, um die Lage zu sondieren und herauszufinden, wer vielleicht auf ihrer Seite war. Man redete und redete und redete, drei ganze Tage lang, und doch war am Ende nichts gesagt worden. Wer gekommen war, um zu sehen und zu verstehen, hatte letztlich nichts verstanden und nichts als Feierei und bunte Tanztruppen gesehen: Über dem Abgrund trinken wir eben gern Kaffee mit Schlagsahne, wie Andrej Bely schrieb.

Und der Abgrund lag gleich um die Ecke, näher, als irgendwer erwartet hätte; ein Sturzbach aus Zeichen ergoss sich im Schwall über die folgenden Tage. Zusammen mit L. B., Misa, Ester und vielen anderen war auch Cecilia Longoni nach Bologna gekommen, L. B.s alte Freundin, die zwar seit einer Weile nicht mehr politisch aktiv war, aber trotzdem am Kongress hatte teilnehmen wollen. Auf der Rückfahrt, den Kopf ans Zugfenster gelehnt, sagte L. B. zu ihr: »Es ist alles vorbei.«

Cecilia, die ihm gegenübersaß, fragte gar nicht erst, was er meinte. L. B. schloss die Augen und schwieg.

Der Kongress von Bologna endete am 25. September. Kurz darauf schossen Neofaschisten in Rom innerhalb von drei Tagen zuerst auf ein paar junge Männer auf einer Parkbank, dann auf eine junge Frau, die erst nach langem Koma starb, erst die einen, dann die andere, planmäßig, gnadenlos, im Stechschritt, und schließlich, am 30. September, wurde der zwanzigjährige Walter Rossi bei einer Demonstration für die Verletzte tödlich ins Genick getroffen.

Und dann, am 1. Oktober, starb Roberto Crescenzio in den Flammen.

EINMAL, ICH MUSS ETWA ZEHN ODER ELF JAHRE alt gewesen sein, standen mein Vater und ich Schlange vor einem Kino in der Via Po. Ins Kino gingen wir oft. Plötzlich zeigte er auf ein Café und sagte: »Früher hieß das noch *Angelo Azzurro*.«

Er schwieg einen Augenblick.

»Da drin ist einer verbrannt«, fuhr er dann fort. »Die haben Molotows reingeworfen … bei einer Demo. Er kriegte Angst und hat sich auf dem Klo eingeschlossen. Und dann ist er bei lebendigem Leib verbrannt.«

Ich blickte zu ihm auf, wollte seiner Miene etwas ablesen, doch die war unbewegt. Ob ich ihn gefragt habe, wieso jemand Molotowcocktails in das Café geworfen hatte, weiß ich nicht mehr. Ich war nur baff, weil er mir das erzählt hatte, einfach so, aus heiterem Himmel. Mehr sagte er nicht dazu, wir standen vor der lächelnden Kartenverkäuferin, und das war's, der Film fing an und brachte mich auf andere Gedanken. Aber das Gespräch habe ich nie vergessen, wegen des diffusen Unbehagens, das es in mir auslöste, wegen des Zitterns in seiner Stimme, wegen der Beiläufigkeit der schaurigen Anekdote. Sonst hat er mich nie auf Orte hingewiesen, an denen irgendwer getötet worden war. Das *Angelo Azzurro* stand für ihn also für etwas derart Abstoßendes, derart Unvorstellbares, dass er sogar mir davon erzählte, obwohl ich da noch nicht mal in die sechste Klasse ging. Jedes Mal, wenn ich an dem Café vorbeikam, musste ich nun daran denken, auch wenn wir nie wieder darüber sprachen. »*Angelo Azzurro*« wurde zu einem dieser Worte, die für immer mit einer tief sitzenden, erdrückenden Unruhe verbunden sind, so wie die »Affenpfote« bei William Wymark Jacobs, zu einem dieser Namen, die für einen auf ewig klingen wie das Pfeifen von Peter Lorre in *M – Eine Stadt sucht einen Mörder*. Nur dass dies hier keine Fiktion war, sondern die Wirklichkeit und obendrein ganz nah: Vielleicht hat es mich deshalb so sehr aufgewühlt.

Gelesen habe ich über den Vorfall im *Angelo Azzurro* erst etwa fünfzehn Jahre später: die für den 1. Oktober angesetzte Demo wegen der Ermordung Walter Rossis, die wütenden Demonstranten auf der Suche nach einem Ventil für ihren Zorn, die Anspannung, die einem die Luft abschnürte. Weil die Parteizentrale der MSI von der Polizei zu gut gesichert war, zogen die Demonstranten weiter in die Via Po. Dort, unweit der Piazza Vittorio, lag das *Angelo Azzurro*, bekannt als Treffpunkt für Faschisten und Heroindealer. Mit Letzteren als Prügelknaben konnten die Autonomen ganz gut leben. An diesem Vormittag aber befand sich im Café auch Roberto Crescenzio, ein Arbeiter und Student, der dort mit einem Freund nur etwas trinken wollte. (Ein Proletarier! würden *Lotta Continua* und die anderen kommunistischen Zeitungen in den folgenden Tagen wehklagen, wir haben einen Proletarier getötet!) Die Vermummten stürmten ins Café und brüllten, wie damals üblich, Personal und Gäste an, sie sollen verschwinden. Vielleicht war Roberto Crescenzio da schon auf der Toilette, vielleicht vernebelte ihm auch die Angst das Hirn, er floh in die falsche Richtung und schloss hinter sich ab. Jedenfalls flogen kurz darauf die Molotows, und das *Angelo Azzurro* ging in Flammen auf.

Auf der Straße gafften alle in die Feuersbrunst. Dann geschah es: Auf einmal tauchte wie aus einer Höllenpforte eine albtraumhafte Kreatur auf, pechschwarz, am Leib nur noch verbrannte Fetzen. Keine Haare mehr. Und kein Gesicht. Bloß ein verkohlter, taumelnder Körper mit weit aufgerissenen Augen. Die Menge verstummte. Wo kam der auf einmal her? Was war das für ein Geschöpf? Entsetzt sahen sie ihn an. In einem kurzen, lichten Moment besorgte jemand einen Stuhl, und die Gestalt setzte sich hin. Es gibt Fotos von ihr auf dem Stuhl, umringt von Menschen mit hängenden Armen. Dann wurde sie ins Krankenhaus gebracht. Der Stuhl blieb noch einige Stunden vor den Arkaden stehen, zu furchtbar, um ihn anzufassen, inmitten von verbrannten Kleiderresten und mit der schwarzen Spur der sitzenden Gestalt darauf.

»Schwere Zeiten«, schrieb jemand in der Nacht zum 3. Oktober mit roter Farbe auf eine Wand am Corso Valdocco. Auf der Stadt lastete drückende Stille.

Fast ständig bei Bewusstsein überlebte Crescenzio noch zwei viel zu lange Tage, dann erlöste ihn der Tod.

Das *Angelo Azzurro* ist eine klaffende Wunde in der Geschichte von Turin. Alle, die sich noch daran erinnern, sprechen voller Scham darüber, auch wenn sie nicht dabei waren. In gewisser Weise, schrieb jemand nach Crescenzios Tod, sind wir alle daran schuld. Man hatte eine Schwelle überschritten, nach der es kein Zurück mehr gab zu Unschuld, Reinheit und kindlicher Freiheit. Der Name

Angelo Azzurro stand fortan für das Unsagbare, das auf sie alle niederprasselte, das sich allen für immer ins Fleisch grub. Jener Tag markierte den endgültigen Bruch zwischen denen, die die Politik aufgaben, weil sie den Gedanken nicht ertrugen, dass ihre Welt diese Ausgeburt der Hölle hervorgebracht hatte, denen, die immer verzweifelter versuchten, die Scherben aufzulesen, und denen, die sich dem bewaffneten Kampf anschlossen – der Prima Linea, genauer gesagt, denn viel Auswahl gab es nicht mehr, alle Netzwerke waren zerschlagen, die Gruppen aufgelöst, die Brigadisten weit, weit weg, Mondwesen beinahe, und der Staat schlug weiter ohne großes Federlesen um sich. Die PL bot immerhin stabile Gruppen und einen Anschein von Organisation (Mure Galiani plante, eine proletarische Miliz aufzubauen) und natürlich die verführerische Aussicht, etwas *tun* zu können. So wurde Roberto Crescenzio zum Symbol, und ich muss immer wieder denken, wie schrecklich es doch ist, wenn einem Menschen dieses Schicksal widerfährt. Roberto Crescenzio hatte einen Körper, ein Gehirn, ein ganz normales Leben, von dem wir überhaupt nichts wissen, und übrig blieb nur eine gemarterte Hülle auf der Lebenskreuzung anderer, ein Märtyrer wider Willen, das Monstrum auf den Fotos, die Schuld einer gesamten Stadt. Oft heißt es, die Tragik eines Einzelnen oder einer Gruppe könne zumindest dazu dienen, andere auf eine skandalöse Tat oder Gepflogenheit aufmerksam zu machen – ich frage mich dann immer, was dieser Einzelne, diese Gruppe dazu sagen würden; und ich denke an das Grauen, das der Gedanke impliziert, und sei er noch so gut gemeint. Nein, Roberto Crescenzios Feuertod war zu überhaupt nichts nutze, war für gar nichts ein Symbol. Das mache ich nicht mit.

Der Circolo Barabba, der bereits seinen Sitz in der Via Plana hatte räumen müssen, weil die Stadt dort einen Kindergarten bauen wollte – in den ich kaum zehn Jahre später selbst gehen würde, wieder so eine Laune des Schicksals –, löste sich in diesem stürmischen Oktober auf. Einer der wichtigsten Betreiber – man nannte ihn Kim, wie eine Figur aus Salgaris Abenteuerromanen – ging wenig später zur PL und in den Untergrund, wurde Chef des Trupps »Centro« und gehörte der Turiner Führungsriege an. Gegen Kims Entscheidung – und überhaupt die Idee von bewaffnetem Kampf – verfasste ein anderes Mitglied des Circolo, ein geheimnisvoller, faszinierender und gewitzter junger Mann namens Albertino mit wuscheligem Haar über dem schönen Gesicht, ein erbittertes Manifest, an dessen Schluss sich noch Jahrzehnte später viele gut erinnern: »Von jetzt an könnt ihr ohne mich Geschichte machen.«

Eines späten Nachmittags im Dezember 1977 klingelte es an der Praxis eines Arztes um die fünfzig in Cit Turin, dem Jugendstilviertel mit den vielen Drachen und Löwen an den Fassaden. Eine Männerstimme befahl: »Aufmachen, Polizei.«

Die Sekretärin öffnete die Tür. Vier unmaskierte Personen – drei Männer, eine Frau – sperrten sie auf der Toilette ein, stürmten das Behandlungszimmer, warfen den Patienten raus und wandten sich dem Arzt zu, der sich erst schwach zur Wehr setzte, dann aber unter Schlägen und Tritten zu Boden ging. Die vier ließen dem Mann eine merkwürdige Behandlung angedeihen: Sie fesselten ihn an den Heizkörper und hielten einen kurzen »proletarischen Prozess« ab. Dann schossen sie ihm je eine Kugel Kaliber 7,65 mm in die Schulter und ein Knie. (Das andere Knie blieb nur dank einer Ladehemmung verschont.) Zum Abschluss hängten sie ihm ein Pappschild um den Hals, auf dem stand: »Das Proletariat kennt kein Verzeihen für seine Folterknechte.«

Dann verschwanden sie. Das Bekennerschreiben war unterzeichnet von den »Bewaffneten Arbeiterkampftruppen«. Die Sekretärin holte Hilfe, der Doktor wurde ins nahe Krankenhaus gebracht, und ein Reporter (die *Gazzetta del Popolo* saß gleich um die Ecke, sodass er zeitgleich mit dem Verletzten eintraf) hielt fest, wie ein Arzt beim Anblick der Wunden unter den aufgeschnittenen Klamotten raunte: »Du lieber Gott, sie haben ihn gekreuzigt!«

Sie fragten den Doktor nach seinem Namen, doch der wandte nur stumm den Blick ab. Wieder und wieder fragten sie, bis er endlich zischte: »Coda. Coda heiße ich.«

Einen Augenblick verstummten alle.

Villa Azzurra – ein reizender Name für ein Irrenhaus für Kinder. Die Diagnosen waren mehr als diskutabel und wurden jahrelang nicht angepasst, doch wen kümmerte das schon: Die Patienten kamen aus bettelarmen Familien, in denen sie das Sprechen nie richtig gelernt hatten, waren die Kinder alleinstehender, überforderter Frauen oder schlicht und einfach »Störenfriede«. Eine passende Form von Schwachsinn ließ sich immer finden. Meistens lagen die Kinder fixiert in ihren Betten, wo die Schwestern sie mit denselben Scheuerbürsten wuschen, mit denen sie sonst den Boden schrubbten. Manche Mädchen wurden, wenn sie älter waren, von den Pflegern für ein Stündchen weggebracht. Bald wurden ihre Bäuche rund. Zu viele Süßigkeiten, sagten die Schwestern. Dann verschwanden die Mädchen einfach.

Einmal, an Weihnachten, zeigte man den Kindern einen Film mit dem Titel *Der Zoo – Eine freie Entscheidung.*

Meistens waren die Kleinen derart vollgestopft mit Psychopharmaka, dass sie nicht mal mehr wussten, ob es draußen Tag war oder Nacht. Einer ging immer nur rückwärts. Die Lästigsten wurden verprügelt oder an Heizkörper gefesselt.

Der Chefarzt hieß Giorgio Coda. Seine Methoden waren interessant: Damit die unruhigeren Kinder sich abreagierten, ließ er sie wie Hunde miteinander kämpfen, bis sie blutend und erschöpft zusammenbrachen; seine Spezialität aber, mit der er sich die Leitung der Anstalt verdient hatte, waren Elektroschocks. Ihretwegen hieß er überall nur »der Elektriker«. Mit seinen »Strommassagen«, wie der Elektriker sie nannte, wurde vor allen Dingen Selbstbefriedigung bestraft, wozu man die Elektroden direkt auf und in den betreffenden Organen anbrachte; sie taugten aber auch als Strafe für andere Vergehen oder einfach zur Befriedigung privater Launen. Ein Junge – vielleicht der Sohn einer Prostituierten, definitiv aber einer Armen – hatte aus Trotz eine Murmel verschluckt und war zunächst in eine Anstalt für Erwachsene gekommen. Da jedoch »unvorstellbar« war, dass er inmitten der erwachsenen Verrückten untergebracht wurde, verlegte man ihn in die Villa Azzurra. Sein Name war Albertino. Er versuchte immer wieder, über die Dächer zu entkommen, und wenn seine Peiniger ihn einfingen – denn für die »Ruhigstellung« und alles andere war der Elektriker natürlich nicht allein zuständig –, erklärte er, er könne einfach nicht anders. Man fixierte ihn, verpasste ihm Strommassagen, aber es nutzte nichts, er gab nicht nach, ließ sich nicht brechen wie die anderen. Beim Prozess gegen den Elektriker war er, als kleiner Junge noch, einer der Hauptzeugen. Später, mit dreizehn, wurde er von einer wohlhabenden linken Familie adoptiert, die sich des leidgeprüften Ausreißers annehmen wollte.

Im Juni 1970 gelangte ein Fotograf des Magazins *Espresso* in die Anstalt. Unbemerkt schlich er durch die Stationen und fotografierte die fixierten, von Fliegen umschwirrten Kinder mit den leeren Gesichtern, die hin und wieder zahnlos in die Kamera grinsten. Er fotografierte auch ein Mädchen namens Maria, deren Porträt später zum Titelbild der Reportage wurde. Sie hatte kurze Haare, ein liebes Gesicht und war splitternackt ans Bett gefesselt – an den Knöcheln und Handgelenken, wie eine Gekreuzigte. Es gab einen Skandal, und die Kinder wurden ohne jeden Plan »befreit«, ohne dass irgendwer sich dafür interessierte, was danach aus ihnen wurde; die geistig schwer beeinträchtigte Maria ertrank einige Jahre später ohne Aufsicht in der Badewanne.

Über den Elektriker erschien ein Buch, und ausgehend von diesem Extremfall wurden die Gräuel hinter den verschlossenen Türen der Nervenheilanstalten im ganzen Land angeprangert, aber der zu fünf Jahren Haft verurteilte

Doktor Coda blieb dank eines juristischen Schlupflochs und einer Amnestie auf freiem Fuß. Die Leute von der Prima Linea wussten genau, wen sie da heimsuchten, und alle in der Bewegung kannten den schrägen, schönen Albertino und seinen Leidensweg, ebenjenen Albertino, der den bewaffneten Kampf so entschieden verurteilt hatte. Die Vergeltungsmaßnahme war ein voller Erfolg, Mure Galiani war begeistert: Dass man den Elektriker verkrüppelt, aber nicht getötet hatte, galt als publikumswirksame Aktion mit Auge fürs Detail und stieß auf fast ungeteilte Zustimmung. (Es war wirklich schwierig, Mitgefühl für dieses Monster aufzubringen.) Sie hatten das perfekte Ziel gewählt: Als gerechte Scharfrichter hatten sie die liegen gelassene Arbeit des Staats zu Ende gebracht.

Über vierzig Jahre nach der »Vergeltung« am Elektriker las ich ein Buch über die Anstalt. Dabei stolperte ich über einen Namen, der zu ungewöhnlich war, um ihn zu überlesen. Er gehörte einem Jungen, der in der Villa Azzurra war, und er ging mir nicht mehr aus dem Kopf. Es war der Name eines Sklavenbefreiers, was ich traurig paradox fand. Laut dem Buch wurden viele ehemalige Insassen, die nie darüber hinweggekommen waren, was die Anstalt ihnen angetan hatte, seit den Achtzigern von einer Kooperative betreut, die ich kannte: Mein Vater hatte dort nach seinem Psychologiestudium gearbeitet. Und ich erinnerte mich gut an den großen, dicken Mann, der aus dem Jungen mit dem Befreiernamen geworden war. Als Kind hat er mir immer Angst gemacht, weil er so groß war, weil er den Kopf immer zwischen den Schultern verbarg, weil seine blassblauen Augen so leer waren wie sein Gesicht und weil er so stockend sprach. Mein Vater hatte eine Schwäche für ihn: Den großen Namen sprach er stets voller Zuneigung aus, wiederholte ihn manchmal beinah wie ein Wiegenlied, als wolle er ihn damit in den Schlaf singen. Hin und wieder ließ S. dabei sogar die Schultern locker.

»Du rauchst zu viel«, mahnte mein Vater ihn oft zärtlich. S. wackelte dann hin und her und schenkte ihm ein leises Lächeln, das mir genauso zärtlich vorkam.

Wie sich herausstellte, war S. noch am Leben. Aus einer Reportage aus dem letzten Jahr erfuhr ich, dass ihn nach dem Bankrott der Kooperative eine Familie in Pflege genommen hatte. Er war immer noch derselbe, nur sein Haar war etwas angegraut. In der Reportage erzählte er von der Villa Azzurra. Er erinnerte sich noch an alles, an die Scheuerbürsten und auch an die Kissenbezüge, die man ihnen, wenn sie einen Anfall hatten, über den Kopf gestülpt und so fest zugezogen hatte, dass sie darin fast erstickten. Im Bett neben ihm war einmal ein Junge gestorben: Stundenlang hatte der Kleine vor sich hin gelitten, doch niemand hatte ihm geholfen, sosehr S. ihm auch versicherte, dass gleich jemand kommen würde, ganz bald, du wirst sehen.

Etwas Erschütternderes hatte ich selten gehört, und es erwischte mich kalt. Ausgiebig weinte ich über S. und die anderen, über das unerwartete Geflecht der Geschichten. Albertino war vor langer Zeit sehr jung an AIDS gestorben, nach zweieinhalb Jahren Gefängnis in den frühen Achtzigern und einem ganz anderen Leben. Aber die anderen, die wirklich Verrückten und die an ihrem Schicksal erst verrückt gewordenen, hatten sich noch lang in der Vorstadt herumgetrieben, in der Nähe der ehemaligen Anstalt, und sich nur hin und wieder in die Innenstadt gewagt. Bis ihnen jemand eine von Blauregen umrankte Tür geöffnet hatte. Und irgendwann war auch L. B. unter diesem Blauregen hindurchgegangen.

Einmal, im Gespräch mit zwei ehemaligen Genossen von L. B., fragte mich einer der beiden, der in der Fabbrica gearbeitet und L. B. gut gekannt hatte, später Lehrer geworden und auch mit meiner Mutter befreundet war: »Wie willst du die Geschichte eigentlich aufbauen? Willst du sie bis zu seinem Tod erzählen?«

Ich malte einen weiten Bogen in die Luft.

»Nein, das soll keine Biografie werden. Sein späteres Leben will ich nicht erzählen, nur diese fünfzehn Jahre. Die Geschichte eines Scheiterns.«

Er kniff die Augen zusammen.

»Aber das war doch kein Scheitern.«

»Ich meine das ja nur als Handlungsbogen, nicht als Urteil«, klärte ich ihn auf, geduldig und altklug.

»Trotzdem, wenn du weglässt, was danach kam ... den Teil, wo dein Vater sich um die Verrückten kümmert ... na ja, dann fehlt einfach was, verstehst du? Wäre er gescheitert, *wirklich* gescheitert, hätte er angefangen, Kohle zu scheffeln.«

Der andere nickte.

»Mit Scheitern hatte das nichts zu tun. Er war bis zum Schluss – ja, wirklich bis zum Schluss – für die Menschen da, die ihn gebraucht haben.«

Ich schwieg. Falsch war das zwar nicht, aber eben kein Teil meiner Geschichte.

Jetzt erkannte ich mit einem Mal, dass er recht gehabt

hatte. Alles floss zu einem kohärenten Bild zusammen: Albertino, Maria, der Elektriker, S. aus der Villa Azzurra, der schaurige Schatten der Anstalt, der wie Hintergrundflimmern in fast allen Büchern über diese Zeit auftauchte. An diesem Abend dachte ich lang über sie alle nach: über den kleinen Jungen, der eine Murmel verschluckt und auf den bewaffneten Kampf gespuckt hatte, über die gekreuzigte, ertrunkene Maria, über den Jungen, der immer nur rückwärts ging, über den, den ich als Erwachsenen gekannt hatte, ohne etwas von seiner Geschichte zu ahnen, und über die unerwartete Verbindung zu meinem Vater. Auch der L. B., an den ich bei alldem nie gedacht hatte, der L. B. von »danach«, der zu meinem Leben gehört und den ich für chaotisch und kaputt gehalten hatte, auch dieser L. B. hatte still und leise weitergemacht, in ewiger metaphorischer Opposition zur mittlerweile aufgelösten Prima Linea und zu ihrer »revolutionären Praxis«, zu stumpfen Racheaktionen, die nie jemanden gerettet, nie irgendwem geholfen haben, am wenigsten den Menschen, die nach der Folter durch den Elektriker und das System, das ihn hervorgebracht hatte, irgendwie weiterleben mussten. Die Stadt der Verstoßenen, die verborgene, peinliche, verwundete Stadt, die keinerlei Aufsehen erregte und keinerlei »geometrische Macht« ausübte, wie Franco Piperno sie den Roten Brigaden zuschrieb. Dieser Teil seiner Geschichte war keineswegs überflüssig; er enthielt die Wiederkehr und Entwicklung eines zentralen Motivs, vielleicht sogar des wichtigsten Motivs seiner exzentrischen Biografie. So ein Menschenleben kann einen eben immer wieder mit einem herrlichen kontrapunktischen Einfall überraschen.

Die Entführung des ehemaligen Ministerpräsidenten Aldo Moro kam für alle überraschend. Damit hatte niemand gerechnet, weder Prima Linea noch die unbewaffneten Autonomen; die anfängliche klammheimliche Freude über diesen Angriff aufs Herz christdemokratischer Macht wich bald völliger Verwirrung. Eine Freundin von L. B. erinnert sich, wie er sie noch am selben Tag, an dem der Politiker entführt und seine Eskorte ermordet worden war – oder vielleicht auch tags darauf –, zu Hause besuchte und nervös in der Küche herumschlich, wahllos irgendwelche Gegenstände in die Hand nahm und wieder zurückstellte.

»Er war so *düster*«, sagte sie. »Ich war aufgeregt, fragte: ›Leo, kannst du das fassen?‹ Und er knurrte nur: ›Ja, jetzt gibt's richtig was zu lachen.‹«

Und tatsächlich bildete sich schnell ein Strudel, der alles mit sich reißen und zermalmen sollte. Die PCI und die Gewerkschaften brachen kurzerhand die Beziehungen zu allen ab, die links von ihnen standen, um bloß nicht für »Sympathisanten« gehalten zu werden – und stellten dadurch natürlich alle links von ihnen unter Generalverdacht. Eine Welle von Razzien und Verhaftungen rollte unterschiedslos über die autonome Szene hinweg, obwohl die meisten Gruppen sich in wütenden Artikeln und Stellungnahmen von dieser in ihren Augen völlig entgleisten Eskalation distanziert hatten.

Bei Prima Linea war man zunächst ratlos. Klar war allerdings, dass man nach einer derart unerwarteten, jedes Maß sprengenden Aktion der Roten Brigaden den Einsatz ebenfalls erhöhen musste. Hatte bisher der Grundsatz gegolten, dass jedes Mitglied jederzeit aussteigen konnte, war es damit jetzt vorbei. Die militärische Ausbildung musste beschleunigt werden, und vor allem mussten alle in den Untergrund. Bislang waren die meisten weiter einer ganz normalen Arbeit nachgegangen, hatten brav die Stechuhr gedrückt und nach Feierabend an bewaffneten Aktionen teilgenommen – als »Lohnarbeiter des bewaffneten Kampfs«, wie manche sagten. Sie wollten in Kontakt mit der Bewegung bleiben, mit der sozialen Wirklichkeit ihres »Reviers«. All das war Geschichte, als Aldo Moros in einen Kofferraum gestopfte Leiche wie ein Grabstein auf das ohnehin klapprige theoretische Rückgrat der bewaffneten Gruppen krachte; übrig blieb nur das offene Schlachtfeld, ohne jeden Rückhalt der Massen, und man konnte nur noch schießen, nur immer mehr und immer lauter schießen, immer weiter aufrüsten und in Zukunft auch Achtzehnjährige, die nach ihrem persönlichen Aldo Moro suchten, und Gestrauchelte jeder Couleur rekrutieren, Hauptsache, die Reihen wurden dichter. War es vorher um Vergeltung und Bestrafung von Schandtaten gegangen, musste man nun mit der Konkurrenz gleichziehen und einfach alles in die Luft jagen, einschließlich der Ideologie. Bislang hatten die Roten Brigaden die PL nicht auf dem Zettel gehabt; das würde sich nun ändern.

Allgemeine Bewaffnung. So stellte Mure Galiani sich das vor. »Die Ausweitung der bewaffneten Praxis auf sämtliche sozialen Subjekte«, von den Arbeitern bis hin zu den Studenten, die sich dann selbst gegen ihre jeweiligen Unterdrücker erheben könnten. Damit begann die neue Rekrutierungsphase in Turin. Andere in der Führungsriege hielten die Idee für völlig wahnsinnig, besonders den Plan,

Waffen an Teenager auszugeben, doch Galiani war nicht zu stoppen. Die Prima Linea hatte einen halsbrecherischen Kurs ins Verderben eingeschlagen und sollte eine lange, blutige Spur aus Leichen hinterlassen.

»*Dans les rues de Turin-la-Terreur*«. Das war der Aufmacher von *France Soir* am 13. April 1978, illustriert durch das Foto des tot auf einem Bürgersteig liegenden Gefängniswärters Lorenzo Cutugno, ermordet von den Roten Brigaden. Auf den Straßen von Terror-Turin. Villefranche-sur-Mer, Chalon-sur-Saône und Turin-la-Terreur. Als wäre das nun wirklich der Name der Stadt, die blutige Essenz ihrer blassgelben, verrußten Fassaden und balkongesäumten Innenhöfe, der melancholischen Kopfsteingassen, die nachts im Licht der spärlichen Laternen glänzten, des trägen Flusses, der Vorstadthochhäuser, der alten Statuen und großen Parks. So, als wären die Wasser des Todes in all das eingesickert und hätten es so tief durchtränkt, dass es nie wieder dasselbe sein konnte.

Wir können alle töten, und wir werden sie auch alle töten. Ab einem gewissen Zeitpunkt war das offenbar alles, was noch zählte.

Unterdessen suchten L.B. und seine Freunde auf ihrem kleinen Boot, das sich inmitten des Unwetters gerade noch über Wasser hielt, unerschrocken weiter einen Weg, die Welt durch ihre Alltagspraxis zu verändern, ohne zu jenen extremen Mitteln zu greifen, die er nicht nur für unmenschlich, sondern auch für ungeeignet hielt. Ein Kind war in diesem fürchterlichen Frühling zur Welt gekommen, die Tochter der selbst noch blutjungen Petra. L. B. vergötterte die Kleine, und sie vergötterte L. B. Wann immer sie ihn sah, klatschte sie fröhlich in die Hände. Als sie ihre ersten Worte sagte, nannte sie ihn »Papo«. Doch die Wölfe waren ihm schon auf den Fersen.

Wenige Tage nachdem man Moros Leiche gefunden hatte, wurde L. B. – als »einer der Köpfe der Turiner autonomen Szene«, wie es in der *Stampa* vom 16. Mai 1978 hieß – wegen Mitgliedschaft in einer staatsgefährdenden Vereinigung verhaftet.

Ein Freund, der in einem Archiv arbeitete und gar nicht wusste, womit ich mich beschäftigte, schickte mir eine zufällig gefundene Pressenotiz. Sie stammte aus der *Lotta Continua* vom 17. Mai und handelte explizit von L. B.: »Auch in Turin wirft man inzwischen die ganz großen Netze nach ›Sympathisanten‹ aus, ein Begriff, der offenbar immer öfter dazu dient, die bekanntesten und streitbarsten Genossen der Bewegung zu brandmarken. So einer ist auch der bei den Turiner Genossen für seine unermüdliche politische Arbeit bekannte Leonardo Barone, Mitglied der PCIM-L sowie des Komitees gegen die Unterdrückung, der gestern Vormittag bei einer der gut dreißig von der Anti-Terror-Behörde DIGOS und den Carabinieri durchgeführten Razzien festgenommen wurde. Außer Leonardo wurden [...] verhaftet. Der Leiter der DIGOS erklärte, man werfe den Genossen ›gewaltsame Übergriffe bei Demonstrationen vor‹, auch wenn ›keiner von ihnen in Anschläge auf Personen verwickelt ist‹. Indirekt bestätigt das den provokatorischen Charakter dieser Festnahmen und Razzien bei 68ern,

Aktivisten von Lotta Continua und Gewerkschaftsvertretern. Leonardo Barone, der sich lediglich des Kommunismus schuldig gemacht hat, muss genau wie die anderen Genossen sofort freigelassen werden, damit er Seite an Seite mit uns weiterkämpfen kann.«

Wie provokatorisch die Festnahme auch gewesen sein mag, L. B. war jedenfalls nach wenigen Wochen wieder frei, allein schon, weil es nicht den geringsten Beweis dafür gab, dass er je Gewalt ausgeübt oder einer staatsgefährdenden Vereinigung angehört hätte. Agata erzählte, man habe ihn sogar aus Turin verbannen wollen, und zwar – der Gipfel der Absurdität – ausgerechnet nach Monte Sant'Angelo, in seinen Geburtsort auf dem Berg. Unter den vielen Festnahmen, die L. B. im Lauf der Jahre sammelte, hätte diese gar nicht weiter bedeutend sein müssen; und doch erwuchs daraus, wenigstens soweit ich das noch mühsam nachvollziehen konnte, offenbar die zweite große Gabelung auf seinem Lebensweg, soll heißen: der Anlass seiner Kündigung im Krankenhaus. Seine eigenen vagen Andeutungen, die widersprüchlichen Daten sowie der Umstand, dass er Dora – mit der er sonst nie über diese Zeit sprach – einmal erzählt hatte, kurz vor seiner Festnahme habe man ihn für eine Forschungsstelle in Deutschland ausgewählt, und das könne der Grund dafür gewesen sein, dass seine Kollegen ihn zwar nicht offen sabotiert, aber auch keinen Finger zu seiner Verteidigung gerührt hätten: Ließ sich aus alldem ableiten, dass L. B. damals einfach in die Fabrik ging, ohne irgendwem etwas davon zu sagen, nicht einmal seiner Frau und seinen besten Freunden? Genau zu diesem Zeitpunkt? Möglich, dass er als mutmaßliches Mitglied einer staatsgefährdenden Vereinigung nicht mehr praktizieren durfte, aber als die Anklage fallen gelassen wurde, hätte er die Stelle doch wohl wiederhaben können? Oder zog er sich damals wieder einmal in sich selbst zurück, weil er seine vielen Leben nicht mehr in den Griff bekam? Ich werde es wohl nie erfahren. Es wird für immer einer dieser weißen Flecken seines Daseins bleiben, eine der vielen Niederlagen, die dieser unberechenbare Mann sich so hartnäckig selbst beibrachte.

Damals also – oder vielleicht auch schon früher – fing L.B. bei der Materferro an, profitierte wohl von einer Einstellungswelle der Fabbrica, die in diesen Monaten Zehntausende Leute anheuerte. Materferro war der Name der Abteilung für »*materiale ferroviario*«, für Schienenfahrzeuge. Inzwischen ist davon nur eine klapprig umgitterte Industriebrache geblieben, überwuchert von Unkraut und bevölkert von Obdachlosen und Kaninchen.

Auch L.B.s Zeit als Arbeiter liegt heute im Dunkeln. Ehemalige Kollegen konnte ich nicht finden. Außerhalb der Fabriktore hatte sich das Komitee der Via Plava inzwischen nach und nach in das Komitee gegen die Unterdrückung verwandelt; eines Abends, so erinnert sich Ester, tauchte dort ein schüchternes Paar auf, dem ein Blumenladen gehörte. Der Sohn der beiden war wegen Mitgliedschaft in einer terroristischen Vereinigung verhaftet und in ein Hochsicherheitsgefängnis gesteckt worden – in einen dieser sogenannten *supercarceri*, an deren Existenz man immer noch kaum glauben mag. Angeblich wurde er dort brutal schikaniert oder zumindest ausgesprochen schlecht behandelt. Einer dieser *supercarceri* – schon wieder so ein

Zufall, so ein subtiles Leitmotiv des Lebens – befand sich übrigens in Trani. Misa, Ester und andere fuhren bald regelmäßig nach Mailand, ins Autonome Zentrum Leoncavallo, wo man Informationen über die horrenden Haftbedingungen der Terroristen sammelte – und auch über Folterungen, die seit der Moro-Entführung (der »Operation Fritz«, wie die Roten Brigaden sagten) immer häufiger vorkamen, wenngleich ihr wahres Ausmaß nie bekannt wurde. Zum Komitee gehörten mittlerweile auch einige Verwandte der inhaftierten Genossen, und was diese Genossen angestellt hatten, spielte vorerst keine Rolle. Ein Gefangener war zunächst mal einfach ein Gefangener, und wenn er obendrein noch ein Genosse war, musste man sich erst recht dafür einsetzen, ihm eine würdige Haft zu garantieren. Man sammelte Augenzeugenberichte, verfasste Flugblätter, um die Öffentlichkeit aufzuklären, und diskutierte pausenlos über die Gefängnisse. Andere Themen schien es gar nicht mehr zu geben.

Und die Gefängnisse platzten aus allen Nähten. Sara und Mino waren während der »35-Tage-Schlacht«, eines der Höhepunkte des Arbeitskampfes mit der Fabbrica, im Herbst 1980 ein Paar geworden. Als ich die zwei zum ersten Mal besuchte, zum Abendessen in ihrer Wohnung mit der großen Terrasse, von der aus man fast die gesamte Stadt überblickte und auf der eine dürre Zehnjährige herumtollte, eine spät geborene Tochter mit spitzem, klugem Gesicht, erzählte Mino im Verlauf seiner hin und wieder geduldig von Sara ergänzten Ausführungen, man habe irgendwann kein einziges bekanntes Gesicht mehr auf der Straße gesehen, weil alle hinter Gittern saßen. Mino war der junge

Sizilianer, der L.B. bei den Organisierten Arbeitslosen kennengelernt hatte; die etwas ältere Sara war eine sanftmütige Frau mit lebhafter, verschmitzter Miene, die L.B. zum ersten Mal bei einer Arbeiterversammlung Ende der Sechziger begegnet war. Die beiden zeigten mir Fotos von L.B., von Urlauben mit ihm. Mino war ein passionierter, begabter Fotograf; seine Schwarz-Weiß-Bilder von Berlin und anderen Städten hatten etwas Künstlerisches. Auch eins der Fotos, die Agata mir geschenkt hatte, stammte von ihm, wie sich herausstellte, als er eine Filmrolle nach Bildern meines Vaters absuchte: eine Großaufnahme von L.B. im Urlaub, ausgestreckt auf einer Bank, das bärtige Gesicht auf eine Hand gestützt, die Augen halb geschlossen, entspannte Züge, gelassenes Lächeln. Mino hatte eine Seite von ihm eingefangen, die man auf anderen Porträts nie sah.

Ein Foto berührte mich besonders. Es stammte von einem Picknick, bei dem auch gegrillt wurde. Links, neben einer jungen Frau, lag L.B. auf dem Bauch und sprach lächelnd mit einem etwa einjährigen Mädchen, das in Unterhemd und Windel vor ihm stand. Er stützte sich auf die Ellbogen, formte mit den Händen ein Dreieck und zog die Augenbrauen hoch, als lausche er etwas ausgesprochen Interessantem; Mino und Sara wussten nicht mehr, wer das Mädchen war, und konnten sich auch an viele der anderen nicht erinnern. Eine Menge Leute waren auf dem Bild zu sehen, sie saßen oder lagen irgendwo oder standen um den Grill. Die Stehenden am rechten Bildrand waren nicht mehr zu erkennen: Die Zeit, die raue Schachtel oder irgendein Gegenstand, unter dem das Bild in einer Schublade gelandet war, hatte ihre Gesichter fast vollständig ausgerieben. Übrig waren nur noch ihre hochgekrempelten Hemdsärmel, die Beine, eine Hand mit einer Zigarette und ein paar Schuhe im Gras.

»Die da«, sagte Mino, indem er mit dem Zeigefinger über die verblassten Gesichter strich, »sind alle in den bewaffneten Kampf gegangen.«

Ich sah erst ihn an und dann wieder das Foto. Ich war baff. Nie zuvor hatte ich einen Gegenstand von solch erstaunlicher Symbolkraft in der Hand gehalten; so etwas gehörte doch eigentlich ins Reich der Literatur. Die scharfe Trennung zwischen Geretteten und Verlorenen war, so unvorstellbar das auch sein mochte, einfach ein Produkt des Zufalls: Und so, rein zufällig, wurde auch dieses kleine, ramponierte Foto zum tragischen Bildnis einer Epoche.

Sara fuhr mich mit dem Auto zurück zu meiner Mutter. Es war bereits nach Mitternacht, als wir mitten auf der leeren Straße vor der Haustür anhielten. Sie drehte sich zu mir um und sagte: »Eins solltest du unbedingt noch wissen.«

»Ja?«

»Dass dein Vater nicht groß rauskam, kein großes Tier in der Politik wurde, das hat er selber so gewollt. Er hatte alle Karten in der Hand. Aber er wollte nicht. Ihm war immer lieber, sich im Hintergrund zu halten. Er wollte kein Anführer sein. Verstehst du?«

Ich nickte.

Durch die Frontscheibe linste sie hoch zu den erleuchteten Fenstern. »Einmal habe ich euch hier besucht. Du warst noch ganz klein. Es schneite stark, wir brauchten ewig bis hierher. Aber ich erinnere mich an das Haus und auch an deine Mutter. Irgendwann würde ich sie gern mal wiedersehen. Margherita.«

Sie lächelte. Das Gefühl eines geteilten Geheimnisses lag in der dunklen, menschenleeren Straße, in diesen Worten, die sie sich bis zum Ende aufgespart hatte, in der nächtlich stillen Stadt, in der es scheinbar nur uns beide gab. Ich lächelte zurück.

ES IST INTERESSANT NACHZUVOLLZIEHEN, wie L. B. mit Mure Galiani in Berührung kam, und sei es nur, weil sich dabei fast alle Variablen zeigen, die das Schicksal eines Menschen entscheiden können: Zufall, Einsamkeit, Rache, Dummheit, Überheblichkeit, Verwechslung und sture Verblendung.

Es war im Februar 1979. Innerhalb von sechzig Tagen hatte die Stadt sechsunddreißig Anschläge erlebt. In Mailand hatte die Prima Linea den Richter Alessandrini ermordet, im letzten Herbst hatte sie auch in Neapel zugeschlagen und dort – im Rahmen ihrer sogenannten »Knastkampagne« gegen Notstandsgesetze und miserable Haftbedingungen – den Kriminalanthropologen Alfredo Paolella getötet, einen Vorkämpfer für Gefängnisreformen und bessere Resozialisierungsmaßnahmen, vor allem für Drogenabhängige. Warum diese »Gerechten«, wie auch Alessandrini einer war? Weil man unbedingt vermeiden wollte, dass sie die staatlichen Institutionen zum Besseren veränderten und damit die vermeintliche Notwendigkeit von Organisationen beseitigten, die diese Institutionen mit Waffengewalt abschaffen wollten. Im Januar töteten sie in Turin einen Gefängniswärter. Sie hatten die Messlatte eindeutig angehoben, auch im Hinblick auf den erbitterten Wettstreit mit den anderen Bewaffneten. Die PCI hatte unterdessen beschlossen, in Turin einen Fragebogen auszugeben, der vor allem wegen seiner Frage Nummer fünf heftig kritisiert wurde: »Verfügen Sie über konkrete Hinweise, die den Behörden helfen könnten, die Verantwortlichen für Attentate oder Überfälle zu ermitteln?« Ein offener Aufruf zum Denunziantentum, wie viele fanden. Und was, wenn jemand einen anderen nur anschwärzte, um ihm eins auszuwischen? Trotzdem verteilten die Ortsverbände den Fragebogen. Bald bemerkte der Vorsitzende des Ortsverbands Borgo San Paolo und Madonna di Campagna, dass er beschattet wurde; mehrere Tage hintereinander trieb sich dieselbe Person auf dem Bürgersteig vor seinem Haus herum. Dann fiel ihm auch noch ein Auto mit vier Insassen auf, die darauf warteten, dass er den Bus verließ, und an der nächsten Haltestelle stieg eine Frau zu, setzte sich neben ihn und stieg eine Station weiter wieder aus. Vielleicht alles nur Zufall, doch so langsam machte er sich Sorgen.

Erste Szene. Am Vormittag des 8. Februar probierten drei junge Leute in einem Tabakladen Karnevalsmasken auf. Da Karneval jedoch bereits ein Weilchen her war und die drei nun schon zum dritten Mal in nur drei Tagen kamen, wurde der Tabakhändler misstrauisch, nahm an, dass sie die Masken für einen Überfall brauchten, und rief, kaum dass sie aus dem Laden waren, zum dritten Mal die Polizei. Diesmal kamen die Beamten. Die drei jungen Leute – zwei Männer, eine Frau – betraten unterdessen ein nahes Café. Sie hatten ihren Kaffee gerade erst bekommen, als eine Streife eintrat und ihre Ausweise verlangte. Ohne ein Wort zu sagen, zogen sie die Waffen und eröffneten das Feuer. Die Polizisten schossen zurück. Niemand weiß genau, was dann passiert ist, doch als die Waffen endlich schwiegen, waren zwei der jungen Leute tot: ein noch wie ein halbes Kind wirkender Mann und eine Frau mit dünnen Augenbrauen, einer nunmehr nutzlosen kugelsicheren Weste unter dem Lodenmantel und einer Mütze über den kurzen roten Locken. Die Zeitungen druckten Fotos ihrer Leichen ab, ihrer Gesichter, die nicht etwa überrascht vom Tod wirkten, sondern ernst und konzentriert. Aus mir unerfindlichen Gründen – vielleicht als archaische Botschaft an die Terroristen – wurden die beiden nackt auf den Asphalt gelegt. »Grüße aus Turin« titelte die Satirezeitschrift *Male* über dem grausigen Bild. Obgleich das mitgeführte Arsenal die drei so gut wie sicher als Terroristen auswies, fiel es der Polizei schwer, ihre Identitäten zu ermitteln. Dann veröffentlichte Prima Linea ein Kommuniqué zu Ehren von »Charlie und Carla«. Charlie hieß eigentlich Matteo, war zwanzig Jahre alt und hatte in Rivalta bei der Fabbrica gearbeitet und ein naturwissenschaftliches Gymnasium besucht. Er stammte aus einer zerrütteten Familie – der Vater saß lebenslang wegen Mordes und Mitgliedschaft in der Mafia, zwei große Brüder hatten auch schon Haftstrafen verbüßt –, und als die Polizei zu seiner Mutter kam, da schrie sie auf, das könne doch nicht wahr sein, nicht auch noch er, ein Fluch sei das. Matteo war einer der Schüler aus der jüngsten Rekrutierungswelle. Zu Freunden hatte er einmal gesagt, er würde lieber sterben, als in den Knast zu gehen. Barbara, die Frau, war neunundzwanzig, hatte eine kleine Tochter und war in Bologna eine namhafte linke Aktivistin gewesen, hatte an allen wichtigen Kämpfen teilgenommen. Bevor sie mit ihrem langjährigen Partner Bastien Vivaldi – dem Dritten im Bunde, der hatte entkommen können – in den Untergrund gegangen war, war sie Kindergärtnerin gewesen.

Zweite Szene. Bei der PL war man erschüttert: Zum ersten Mal waren zwei der ihren getötet worden. Ohne sich mit langen Diskussionen aufzuhalten, machte man sich an die Planung von Vergeltungsmaßnahmen. Vor allem Bastien Vivaldi, der die Frau verloren hatte, die er liebte, dürstete nach Rache. Die Tage vergingen, Wut und Hass nährten sich gegenseitig und gediehen. Auch aufgrund der wirren Schilderung einiger Genossen, die vor dem Café alles mitangesehen hatten, festigte sich immer mehr die Überzeugung, es habe sich um eine kaltblütige Hinrichtung gehandelt. »Getrieben vom Wunsch, etwas zu tun«, wie Mure Galiani später sagen sollte, kümmerte sich niemand mehr groß um die Fakten. Nachdem man plakativere Ziele aus praktischen Gründen aufgegeben hatte, wurden ein junger Mann aus den Einsatztrupps und ein Mitglied der PL mit der Auswahl eines geeigneten Orts für einen Hinterhalt beauftragt: Sie entschieden sich für eine Weinhandlung in der Via Millio, im Stadtviertel San Paolo. Am 9. März 1979, einem fahlen, dunstigen Freitag, parkte um dreizehn Uhr ein gestohlener Fiat 131 in der Nähe des Ladens. Fünf Personen stiegen aus, darunter Vivaldi, Mure Galiani und seine Partnerin mit dem Tarnnamen Laura. Sie hatten mit Alufolie abgedeckte Backbleche bei sich – unter der Folie lagen die Kalaschnikows. Sie betraten die Weinhandlung, fesselten die Besitzer im Hinterzimmer, und Bastien Vivaldi ging an den Tresen, über dem ein großer Spiegel mit »Campari«-Schriftzug ging. Er rief die Polizei an und behauptete, er habe einen Dieb erwischt, der ihm das Autoradio klauen wollte. Den Dieb habe er überwältigt, sagte er, und würde jetzt hier auf die Beamten warten, Via Millio 64/A, ja, die Weinhandlung, genau. Es dauerte noch gut eine halbe Stunde, bis ein Streifenwagen eintraf. Der erste Polizist war kaum durch die Tür, da wurden schon fünf Schüsse auf ihn abgegeben, von denen einer ihn in den Bauch traf. Es gelang ihm noch, das Feuer zu erwidern, dann schleppte er sich auf den Bürgersteig und bat Passanten, ihm zu helfen. Seine beiden Kollegen eröffneten ebenfalls das Feuer, doch aus ihrem Rücken schossen nun auch Laura und ein weiterer Mann; beide hatten sich neben einem Auto versteckt. Im folgenden Kugelhagel traf Laura versehentlich Galiani am rechten Arm, wodurch ihm die Pistole aus der Hand fiel; er schnappte sich kurzerhand eine Kalaschnikow und schoss – obwohl ihn gleich darauf ein zweiter Schuss ins Knie getroffen hatte – einfach mit der Linken weiter. Inzwischen stand er auf der Straße, auf ein Autodach gestützt, und zielte auf einen Polizisten, der sich mit leerem Magazin in die Weinhandlung geflüchtet hatte. Einer seiner Schüsse prallte irgendwo ab und ging auf eine Reise, die bereits vierzig Minuten vorher angefangen hatte, als die Polizei gerufen worden und zugleich ein Bus vor einem Gymnasium abgefahren war, um von dort die Stadt zu durchqueren, und aus diesem Bus stieg ein noch nicht ganz Neunzehnjähriger, der schon spät dran fürs Mittagessen war, weil er mit einem Lehrer, der großer Fan von Beppe Fenoglio war, noch darüber hatte reden wollen, dass er seine Abschlussarbeit gern über Fenoglio schreiben wollte (die Minuten, die Sekunden, der Zufall). Ein gewisser Emanuele Iurilli, der plötzlich mitten in der

Schießerei stand, und obwohl man ihm noch zurief, er solle in Deckung gehen, endete die Reise des abgeprallten Projektils in seinem rechten Lungenflügel und zerfetzte ihm die Leber. Er ging zu Boden. Die Terroristen ergriffen mitsamt dem humpelnden Mure Galiani die Flucht und erreichten nach einigen Stunden einen Unterschlupf, in dem ein Arzt sich seine Wunden ansah und die Blutung stoppte, ihm aber erklärte, dass er mehr nicht für ihn tun konnte. Der Arzt war wahrscheinlich L.B., und laut Anklage bewies der Umstand, dass Kim, der Ehemalige vom Circolo Barabba, ausgerechnet ihn geholt hatte, seine im Vorfeld erklärte Bereitschaft, Leute von der PL zu behandeln. L.B. dagegen beharrte bis zum Schluss darauf, gar nicht gewusst zu haben, zu wem man ihm da brachte. Ich frage mich, was er wohl tat, als er aus dieser Wohnung kam, als Kim ihn wieder abgesetzt hatte. Wie hat er sich wohl gefühlt? Hatte er einen ranzigen Geschmack im Mund, ging er allein durch die verstummte Stadt und rang um Atem, um Verständnis, versuchte, seine Gefühle in begreifliche Portionen zu zerlegen? Und was empfand er, als er später von dem Jungen hörte? Mure Galiani wurde jedenfalls nach Mailand gebracht und verarztet, und der Tod von Emanuele Iurilli brach über Prima Linea herein wie eine einstürzende Brücke aus Stahlbeton.

Aber es gab – so unglaublich das scheinen mag – noch eine dritte Szene. Vivaldis Rachedurst war nicht gestillt, der Hinterhalt gescheitert, alle Polizisten hatten überlebt, und zu allem Überfluss hatte es auch noch einen Unschuldigen erwischt. Doch nicht einmal dieser zufällige Tod hatte ihren Hass besänftigt; die PL glich immer mehr einer

Verbrecherbande, die Denunzianten, Verräter und Spitzel zum Schweigen bringen musste; und der oberste Verräter, der Hauptschuldige an alledem, das musste doch gewiss der Inhaber dieses Cafés sein, in dem Vivaldi, Barbara und Matteo an jenem Vormittag von der Polizei gestellt worden waren; die Bullen hatte *er* gerufen, das war doch wohl offensichtlich. An den Tabakhändler verschwendeten sie keinen Gedanken, sparten sich sogar die übliche Routineüberprüfung und tauften die Aktion auf den Namen »Operation Judas«. Was sie nicht wussten: Bereits zum Zeitpunkt der Schießerei war über den Verkauf des Cafés verhandelt worden, und inzwischen hatte es den Besitzer gewechselt. Der neue Inhaber hieß Carmine Civitate. Am 18. Juli betraten vier Männer in Overalls das Café. Hinterm Tresen stand nur Civitates Frau. Die Männer bestellten einen Amaro und warteten. Dann kam Civitate mit einem Tablett herein, stellte es auf den Tresen, und Bastien Vivaldi gab sofort sieben Schüsse auf ihn ab, die ganze Trommel seiner .357er. Die Kugeln durchsiebten Civitates Brustkorb und zerschmetterten seinen Schädel. Seine Frau floh ins Hinterzimmer, die Terroristen gaben Fersengeld. Standhaft weigerten sie sich hinterher zu glauben, dass sie schon wieder einen völlig Unbeteiligten ermordet hatten. Nichts als Propaganda, sagten sie, blanke Verleumdung. In wütenden Flugblättern drohten sie, alle zu bestrafen, die sich an der Schmutzkampagne gegen sie beteiligten (wir können alle töten, und wir werden sie auch alle töten …). Als der Tabakhändler 1983 beim Prozess aussagte, *er* habe damals die Polizei gerufen, herrschte in den Käfigen der Angeklagten eisiges Schweigen.

Nach langem Zögern beschloss ich, Mure Galiani ausfindig zu machen. Agata behauptete zwar steif und fest, L.B. sei nie bei ihm gewesen, doch die Verteidigungsschrift besagte das Gegenteil. Mure Galiani, seines Zeichens militärischer Kopf der Prima Linea, Mitglied des nationalen Kommandos, persönlich beteiligt an vier Straftaten, ursprünglich zu lebenslanger und dann in Revision zu neunundzwanzig Jahren Haft verurteilt, seit den Achtzigern offiziell von PL distanziert. Seine Kontaktdaten herauszufinden, war erstaunlich einfach. Als ich meiner Mutter erzählte, dass ich ihm schreiben wolle, verlor sie, die sonst nie etwas aus der Ruhe brachte, vollkommen die Fassung.

»Mit *denen* brauchst du nicht zu reden!«, schrie sie ins Telefon. »Auf Antworten von *dem* kannst du verzichten. Warum musst du unbedingt wissen, ob das wirklich so war? Was würde das ändern?«

Eine gute Frage. Warum musste ich das wissen? Die Verteidigungsschrift sah es als erwiesen an. Also war es eindeutig passiert. Offensichtlich hatte L.B. dafür auch die Verantwortung übernommen, sich nur dagegen verwahrt, daraus irgendeine Form von Mitwisserschaft oder aktiver Beteiligung abzuleiten. War ich auf völlige Gewissheit aus? Schon möglich. Vielleicht war es aber auch vertrackter. Einerseits die bohrende Hoffnung auf ein weiteres Fragment von meinem Vater, selbst wenn es zu dieser fremdartigen Unterwelt gehörte, zu der ich sonst keinerlei Zugang hatte (und auch hier wieder dieser unerfüllbare Wunsch, herauszufinden, was er gedacht und gesehen, welche Worte er gesagt oder für sich behalten hatte, die wachsende Angst angesichts der unzähligen Orte, an denen ich ihn nie würde erreichen können). Andererseits aber auch ein noch befremdlicheres Gefühl: das Bedürfnis, mich davon zu überzeugen, dass Mure Galiani existierte. War all das wirklich passiert? War er tatsächlich lebendig, nicht nur eine abstrakte Figur der Schreckensmeldungen in den Medien, sondern ein Mensch aus Fleisch und Blut?

»Ich möchte einfach wissen, was da los war«, sagte ich, und das war nicht gelogen.

»Ach, mach doch, was du willst«, sagte meine Mutter nach kurzem, frostigem Schweigen.

Ich erfuhr letztlich nicht mehr, als ich schon wusste. Das Ganze war nicht mal besonders aufwühlend oder sonst bemerkenswert. Nein, es war so verstörend banal, als schriebe man einem entfernten Verwandten eine Weihnachtskarte. Alles lief ganz gesittet ab. Ich schickte Galiani eine Mail, erklärte, wer ich war und was ich wollte, entschuldigte mich, falls ich ihm Umstände machte oder meine Fragen alte Wunden aufrissen. Er antwortete geschliffen und bedauerte, er sei angesichts der Umstände der mutmaßlichen Begegnung mit L. B. wohl nicht klar im Kopf genug gewesen, um sich heute noch wirklich zu erinnern. Seelenruhig versicherte er mir außerdem, es mache ihm »nicht das Geringste« aus, über diese Zeit zu reden, die inzwischen ja »der Vergangenheit angehört«. (Das »nicht das Geringste« fand ich irritierend.) Hinterher hatte er jedoch wohl noch mit einem anderen Ex-PL-Mitglied gesprochen, mit Kim nämlich, der sich noch gut an L. B. und jenen Tag erinnerte, und schrieb mir eine Woche später eine zweite Mail. Darin meinte er, er habe meinem Vater – und deshalb auch mir – gegenüber eine »Ehrenschuld«. Ich stutzte über die Wortwahl, die mit meiner Moral und meinem Denken so gar nichts zu tun hatte, und auch darüber, dass mein Vater in seiner Mail immer nur »Er« – mit großem E – war. Ganz eindeutig sprachen wir zwei nicht dieselbe Sprache.

Wie ich schon aus den Prozessunterlagen wusste, war es Kim gewesen, der L. B. abgeholt hatte, um Galiani Ersthilfe zu leisten. L. B. hatte, so schrieb Galiani, nur getan, was er für viele andere nach Handgreiflichkeiten bei Demonstrationen getan hatte. Ohne Fragen und ohne Ansehen der Person, nur aus »Berufsehre und Solidarität«. Dann kamen nur noch Dinge, die ich bereits wusste: dass L. B. in keinster Weise zur PL gehört und sich im Gefängnis immer tadellos verhalten hatte (was auch immer das hieß), dass er in der Haft Jura studiert und vor Gericht zwar stets wahrheitsgemäß abgestritten hatte, dass er zur PL gehörte, aber dennoch verurteilt worden war. »Mit Terroristen wurde damals nicht lange gefackelt«, schloss er.

Er bat mich, meinem Vater in seinem Namen eine Blume aufs Grab zu legen. Ich verriet ihm nicht, dass seine Asche ins Meer gestreut worden war, es also gar kein Grab gab, auf das ich eine Blume hätte legen können, und sparte mir auch zu sagen, dass ich es vielleicht auch sonst nicht getan hätte. Alles in allem war er schließlich sehr höflich gewesen.

Das war alles. Ganz fruchtlos war es nicht gewesen, und doch, warum auch immer, blieb das Gefühl, nichts in der Hand zu haben, mit schwirrendem Kopf in einer leeren Welt zu stehen.

IMMERHIN EIN ETWAS SCHÖNERES BILD gibt es noch von 1979. Alberto und Lucilla haben mir davon erzählt, und auch sie haben Fotos mitgebracht. Sie waren zu den Filmfestspielen nach Venedig gefahren, hatten am Strand vor dem Filmpalast ihre Zelte aufgeschlagen. Auf den Fotos trägt L.B. eine blaue Weste, kneift die Augen vor der Sonne zu und scheint nie stillhalten zu können, nicht mal, während die anderen auf den Stufen in der Sonne sitzen. Er steht daneben, die Hände in den Hüften, oder schlendert umher.

Weil sie nicht akkreditiert waren, konnten sie nur Filme sehen, die um zwei oder drei Uhr morgens liefen. Durch Zufall landeten sie in *Das Imperium schlägt zurück*, auf Englisch, mit französischen Untertiteln. Ich lachte.

»Der hat uns zwar nicht wirklich interessiert«, sagte Alberto lächelnd, »aber Spaß hatten wir schon.«

Unterdessen, im Oktober, passierte etwas Sonderbares in der Fabbrica. Einundsechzig Arbeiter erhielten aus heiterem Himmel alle dasselbe, sehr allgemein gehaltene Kündigungsschreiben: Angeblich waren sie nicht produktiv genug gewesen und hatten sich am Arbeitsplatz unangemessen verhalten. Ihre Kollegen legten umgehend die Arbeit nieder; der Gewerkschaftsführer erklärte, bevor er irgendetwas unternähme, wolle er genaue Gründe für die

Kündigung erfahren. Die bestanden im Wesentlichen aus dem Vorwurf, die Arbeiter hätten Unfrieden gestiftet und die Produktion gestört; besonders aber unterstellte man ihnen Nähe zum Terrorismus. Die Diskussion über Gewalt, über legitime und illegitime Mittel des Kampfes sowie die Verteidigung der Entlassenen beherrschten nun alles. Niemand merkte, dass die Fabbrica mit diesem unerwarteten Zug die Feindseligkeiten eröffnet hatte. Alle waren viel zu beschäftigt damit zu versichern, dass ihnen die Produktivität doch auch am Herzen lag, dass auch sie die Gewalttäter loswerden wollten – und das obwohl am Ende nur vier der Gekündigten in irgendeiner Form mit den Roten Brigaden in Verbindung gebracht und die anderen fast alle rehabilitiert wurden. Das Unternehmen hatte einen Testballon gestartet: für die »Restrukturierung«, von der zwar schon länger die Rede war, deren Wesenskern aber noch niemand erkannt hatte. Die Fabbrica hatte sie geteilt, jetzt herrschte sie. Bei genauerem Hinsehen hätte man die merkwürdige Episode als Omen sehen können; als kleinen schwarzen Teerstrich auf dem Boden, der in die Zukunft deutete.

Am 11. Dezember drang die Prima Linea in die SAA ein, die *Scuola di amministrazione aziendale*, eine Turiner Managerschmiede, die Unternehmen und Studenten miteinander in Kontakt brachte. Seit einem Jahr bot die Schule außerdem einen Master in Betriebsführung an: ein Dorn im Auge der Bewegung, den es auszuziehen galt, und zwar so spektakulär wie möglich. Der Überfall war minutiös geplant. Gegen Viertel nach drei am Nachmittag, gleich nach Unterrichtsbeginn, tauchten fünf gut gekleidete junge Männer mit

Aktenkoffern im Gebäude auf. Einer von ihnen – jung, brünett und höflich – erklärte den Studenten und der hinterm Pult sitzenden Dozentin: »Ich bin von Prima Linea. Ruhig bleiben, euch passiert nichts. Das Gebäude ist besetzt.« Dann holten die anderen ihre Waffen aus den Koffern. Ein sechster Mann kam mit einer Sporttasche herein, aus der er eine MP zog.

Draußen, am Eingang und auf dem Parkplatz, sorgten sieben weitere Terroristen für Deckung, alle mit kugelsicheren Westen unter ihren Mänteln und Jacken. Doch es müssen noch mehr Leute vor Ort gewesen sein, die Hörsäle, Cafeteria und Bibliothek durchkämmten und alle – Studenten, Lehrkräfte und Angestellte, insgesamt etwa 200 Personen – im Audimax zusammentrieben. Es folgte die übliche Ansprache: Eine junge Frau, offenbar etwas nervöser als ihre Genossen, erklärte den Studenten mit zittriger Stimme, an dieser Schule würden die Führungskader der multinationalen Konzerne gezüchtet, und wenn sie wüssten, was gut für sie sei, sollten sie ihr Studium sofort abbrechen. Ein kurzer Einspruch wurde sofort abgewürgt. Weitere Einzelheiten, so die Terroristen, könne man später dem Flugblatt entnehmen.

R. R., der Intellektuelle bei Prima Linea, suchte aus dem Lehrverzeichnis fünf passende Dozenten aus: Vier waren leitende Angestellte der Fabbrica, einer kam von Olivetti. Zur Sicherheit verlangte man ihre Ausweise und stellte ihnen ein paar Fragen; einer hatte bei der Fabbrica mit einem Ingenieur gearbeitet, den die PL bereits im September ermordet hatte, und kam deshalb gleich auf die Liste. Die fünf Studenten wurden per Zufall ausgewählt. Zehn

Leute – die Bedeutung dieser Zahl würde niemandem entgehen: »Eine lehrbuchmäßige Anwendung des Begriffs Dezimierung«, schrieb später jemand. Im Audimax mussten nun alle den Kopf zwischen die Beine nehmen und auf den Boden blicken, obwohl die Terroristen die ganze Zeit schon unmaskiert gewesen waren. Doch hier gehen die Berichte auseinander: Einige erzählen auch, sie hätten bäuchlings auf dem Boden liegen müssen. Wie immer erlebte auch hier jeder sein persönliches Grauen.

Die zehn Auserwählten wurden teils in die Toiletten gebracht, teils in den Flur davor. Allerdings weichen die Aussagen hier besonders voneinander ab: fünf zu einer Seite des Flurs und fünf zur anderen oder doch je fünf an zwei getrennten Orten? Einige, aber nicht alle, wurden gefesselt und mit Paketband geknebelt. Auf jeden Fall fand eine Art Ritual statt: In einer Version richteten vier der Terroristen nach ein paar Worten über »Carla und Charlie« und multinationale Konzerne die Waffen auf ihre Opfer und blitzten eines nach dem anderen theatralisch böse an, als wollten sie ihnen für alle Ewigkeit ihren Hass und ihre Verachtung einprägen. Dann schossen sie ihnen in die Beine. Ein Dozent erinnert sich an eine Waffe direkt vor seiner Nase. In einer anderen Version mussten alle mit dem Gesicht zur Wand stehen, die Terroristen sprachen über ihre toten Genossen, und die Geiseln hörten das Zischen der Sprühdosen, mit denen die Kampfnamen von Barbara und Matteo an die Wand geschrieben wurden. Dann die Schüsse in die Beine, einer nach dem anderen. Ein Dozent bekam noch eine Extrakugel ab, weil sich herausgestellt hatte, dass er einen Waffenschein besaß, und den Unterdrückern keine Selbstverteidigung gestattet war. Der Letzte in der Reihe, ein Student, der wenige Minuten zuvor noch damit beschäftigt gewesen war, ein paar Weihnachtskarten zu schreiben, verlor jedes Zeitgefühl, während die Schüsse näherkamen und die Geknebelten neben ihm lautlos zusammensackten. Und er verlor sogar den tierischsten aller Instinkte, den Überlebenstrieb: Er wollte nur noch, dass es aufhörte, endlich vorbei war, egal, wie; erleichtert stellte er am Ende fest, dass Schüsse aus kurzer Distanz nicht so schmerzhaft sind. Er wurde am schwersten verwundet und war mit dreiunddreißig dauerhaft behindert.

Es gibt keine einheitliche, offizielle Version dessen, was sich an diesem 11. Dezember 1979 in der SAA zugetragen hat. Alle weichen voneinander ab, und sei es nur in Kleinigkeiten. In direkter Folge lesen sie sich wie ein Kompendium traumatischer Erinnerungen, der trügerischsten Sorte, die es gibt. Interessant ist aber, dass alle Verletzten sich bei den Vernehmungen am nächsten Tag zwar an die merkwürdige Freundlichkeit der Terroristen erinnerten, aber nicht daran, wie sie ausgesehen hatten. Viele hatten obendrein bereits vergessen, wer wann was gesagt oder getan hatte. Aber alle bestanden darauf, die Gesichter nicht beschreiben zu können, die sie höchstwahrscheinlich gut und aus der Nähe gesehen hatten, deren Züge jedoch umgehend verschwommen waren, als wären sie in ihren Hirnwindungen versunken. Von den Leuten, die auf sie geschossen hatten, blieb nichts als ein dumpfes Echo.

Ein Dozent, der mit den anderen im Audimax war, erzählte dem *Espresso*: »Vor fünfunddreißig Jahren stand schon mal jemand mit einer Maschinenpistole hinter mir, während ich mit dem Kopf zwischen den Beinen auf dem Boden kauerte: ein Nazi. Damals war ich noch ein Kind, heute bin ich erwachsen, aber die Situation ist dieselbe. Dieselben Nazimethoden, dieselbe Preußenhöflichkeit, dieselben kalten Mörderaugen.«

(Viele Überlebende von Aktionen der PL und anderer Terroristen erwähnten später die Augen. Eine Zeugin, ihren Namen weiß ich nicht mehr, sagte, einer sei lächelnd auf sie zugekommen, beziehungsweise auf ihren Mann, auf den er es abgesehen hatte, doch gelächelt habe er »nur mit dem Mund«, nicht mit den Augen.)

Die Terroristen verschwanden aus der Schule und hinterließen das übliche Bekennerschreiben. Das Blutbad war vorüber. Gedauert hatte das Ganze nur eine knappe halbe Stunde. Ein blutiger See breitete sich auf dem Flur aus, Wimmern und Geschrei erhoben sich. Aber Moment, wurde wirklich geschrien und gewimmert? Andere erinnern sich an Stille, weil immer noch alle geknebelt waren. Als im Audimax endlich jemand auf die Füße kam und Hilfe holen wollte, rutschte, schlitterte und krabbelte er über das Blut. Unter den Schuhen der Sanitäter spritzte das Blut zu allen Seiten, als stapften sie an einem Regentag durch tiefe Pfützen. Sofern es wirklich still gewesen sein sollte, war es damit nun vorbei. Die Schreie, von denen man nicht mal mehr sagen konnte, woher sie jeweils kamen, nahmen kein Ende und schienen durch die ganze Stadt zu gellen.

JE NÄHER DIE ZEIT MEINES VATERS meiner eigenen kam, desto mehr entzog sie sich mir, desto lückenhafter wurde sie. Doch der Umstand, dass ich *noch immer* jünger war als er damals, dass ich das Alter, in dem ihm bestimmte Dinge widerfahren sind, *noch immer* nicht erreicht hatte, machte ihn erstaunlich lebendig; er schützte mich vor der Zukunft und ließ seine Vergangenheit zu Kristall erstarren: Die Dinge mussten ihm erst noch passieren. Seine Jugend vervielfältigte sich – und meine gleich mit.

Inzwischen war es Jahre her, dass all das angefangen hatte, doch ich trauerte immer noch dem geisterhaften Rom nach, der vielleicht größten Leerstelle dieser Geschichte, zumal ich niemanden fand, der dort mit L.B. zu tun gehabt hatte. Dann geschah ein kleines Wunder: Alberto, L.B.s alter Parteifreund, der mir unermüdlich geholfen und Kontakte ausgegraben hatte (zum Beispiel hatte er mir Druina vermittelt), schrieb eines Tages, eine Bekannte habe eine Freundin in Rom, die L.B. vielleicht gekannt hätte.

»Clara heißt sie«, schrieb er. »Sagt dir das was?«

Und ob mir das was sagte! Ich vergrub das Gesicht in den Händen und schluchzte. Da war sie also, jene Clara *disparue*, die ferne Geliebte, die höhere Tochter, vor deren Haus der verliebte L.B. seine Ein-Mann-Demo abgehalten hatte – die einzige Zeugin aus Rom, ich hatte sie wieder.

Wir telefonierten an einem regnerischen Tag, die Verbindung brach immer wieder ab, und auch sie gehörte zu den Menschen, die sich nie an irgendwas erinnern, aber sie wusste noch, dass er ein lustiger Kerl war, erinnerte sich, wie sie zusammen Kinder in der Vorstadt betreut hatten und wie wichtig ihnen gewesen war, für diese Kinder da zu sein, daran, dass sie einander nur selten gesehen hatten, weil sie dauernd unterwegs waren, so viel zu tun hatten, dass kaum mal Zeit für einen Kuss blieb, dass sie oft wütend auf L. B. war, weil er ihr seine idiotischen Lügen auftischte, ihr sagte, er ginge irgendwohin, und dann traf sie ihn woanders, ohne Grund, ohne Hintergedanken, einfach aus Gewohnheit, als hätte er schon damals nicht anders gekonnt. Clara schickte mir auch ein Foto, das mir viel bedeutete: L. B. im Jahre 1968, bartlos und in schwerem Mantel, wie er auf einem Podium vor der La Sapienza leidenschaftlich eine Rede hält, umringt von anderen jungen Leuten und einem dicht gedrängten Studentenpublikum.

Dasselbe wie beim Anblick dieses Fotos habe ich sonst nur ein Mal empfunden, als ich eines Abends beim Essen mit einem halben Auge eine Fernsehdoku schaute, in der die Aufnahmen von jenem 16. März gezeigt wurden, an dem die Faschisten an der La Sapienza die Tische und Stühle aus dem Fenster warfen, diese Bilder, die ich schon Dutzende Male gesehen und nach einem bekannten Gesicht abgesucht hatte, und plötzlich – ich weiß auch nicht, wieso nicht schon früher, wieso gerade *jetzt*, vielleicht dank des Jugendfotos, das Agata mir geschenkt hatte – plötzlich jedenfalls sprang ich vom Stuhl auf, wischte dabei fast meinen Teller vom Tisch, weil ich *ihn gesehen hatte*. Er war unscharf, weit weg von der Kamera und nur ein paar Millisekunden im Bild, aber *er war es*. Irgendetwas hatte ihn getroffen, er wurde aus dem Bild gestoßen, zwei andere halfen ihm hoch und zogen ihn an den Armen eine Treppe hinauf, während er sich mit Schmerzensmiene den Kopf hielt. Ich ließ mein Essen stehen, suchte die Aufnahmen im Internet, sah sie mir an, sah sie noch einmal an, zoomte auf sein Gesicht, und ja, er war es wirklich, es war keine Halluzination gewesen.

Ich kann nicht erklären, warum diese Bilder mich dermaßen aufwühlten. Vermutlich, weil sie nach all den Worten und Erinnerungen anderer der erste sichtbare Beweis für etwas waren, das L. B erlebt hat; ein echtes Zeitzeugnis. Jetzt endlich wusste ich mit absoluter Sicherheit, dass er wirklich existiert hat.

1980 WEISS ICH NUR VON ZWEI SICHTUNGEN. Zur ersten kam es nach der »35-Tage-Schlacht«, die am 10. September begann, als die Fabbrica die Streichung von vierzehntausendvierhundertneunundsechzig Stellen ankündigte und die Arbeiter begriffen, dass das einer Kriegserklärung gleichkam; fünfunddreißig Tage legten sie in allen Werken die Arbeit nieder, demonstrierten, diskutierten, klagten in endlosen Versammlungen ihr Leid und kampierten vor den Haupttoren der Fabbrica. Nachts flackerten ihre Garnisonsfeuer wie traurige Flämmchen aus einem letzten Schützengraben; schließlich, nach einer bizarren Demo, bei der das Führungspersonal verlangte, die Werke umgehend zu öffnen und die Arbeit wieder aufzunehmen – böse Zungen behaupteten, die Demo sei von ganz oben bestellt gewesen –, erzielten Unternehmen und Gewerkschaften eine Einigung, laut der wenigstens ein Teil der Kurzarbeiter wieder eingestellt werden sollte, ein Versprechen, das jedoch nie eingelöst wurde; am letzten der fünfunddreißig Tage zog eine Gruppe Arbeiter, die letzten noch verbliebenen, von Mirafiori bis ins Zentrum von Turin, stumm und im Bewusstsein, dass die Geschichte sie besiegt hatte; und doch marschierten sie, drückten etwas aus, ohne auch nur ein Wort zu sagen, und mittendrin gingen schweigend und durchnässt vom Regen auch L. B. und sein alter Genosse Sebastiano, der Freund von Roberto, der mit ihm in der

Strada delle Cacce war. Sie sprachen kein Wort miteinander und verabschiedeten sich schließlich mit einer kurzen, wehmütigen Umarmung.

Von der zweiten Sichtung erzählte mir Emanuele Pariante. Der Ex-Parteigenosse von L.B., der später nach Amerika gegangen war, lebte und arbeitete inzwischen in einem hübschen Häuschen in einem der eigentümlichsten Viertel von Turin, in Borgo Campidoglio, eine Art Dorf inmitten der Großstadt, ein ehemaliges Arbeiterviertel mit niedrigen Häusern und engen Sträßchen. Sein Haus hatte einen Garten, und dort erwartete er – spindeldürr in einer weiten Hose – mich bester Laune mit seiner Partnerin, die ein strahlendes Koboldsgesicht, duftiges schwarzes Haar und himmelblaue Augen hatte. Sie setzte sich zur Arbeit neben uns an den Tisch und mischte sich nur einmal ein, um mir zu erzählen, dass sie L.B. schon vor ihrer Beziehung mit Pariante kennengelernt hatte, Ende der Sechziger, und sich gern an ihn erinnerte. Sie erzählte, er habe sich eine Zeit lang um ein Mädchen mit psychischen Problemen gekümmert, die eines Tages – womöglich unter LSD-Einfluss – von einem Balkon gestürzt war; offenbar hat er sie regelmäßig im Krankenhaus besucht, bis es ihr wieder besser ging.

Pariante berichtete von der Partei, in der L.B. und er immer etwas abseits gehalten worden seien, erzählte von L.B. und von der Strada delle Cacce. Von den Terrorismusvorwürfen hatte er gar nichts gewusst, die erstaunten ihn. Zum letzten Mal hatte er L.B. nach seiner Rückkehr aus den USA gesehen, 1980, anlässlich des Erdbebens in Irpinia. Am Tag nach dem Beben waren sie sich bei Morgengrauen in einem der Laster des Roten Kreuzes begegnet, die freiwillige Helfer aus Turin ins Katastrophengebiet brachten. Seit mindestens fünf Jahren hatten sie einander da nicht mehr gesehen. L. B. schien ihm noch ganz der Alte, wenn auch ein wenig müder. Misa hatte ihm seinen blauen Mantel geliehen, weil L. B. keinen besaß, der warm genug gewesen wäre. Mit dabei war damals auch der Bruder von Agata.

Viele Stunden später erreichten sie die verwüstete Region: Schutt und Trümmer, soweit das Auge reichte, Leute schafften Leichen weg, kein Strom, kein Wasser und kein Telefon. Dann fing es auch noch an zu schneien. Sie blieben lange, erzählte Pariante. Wochen, vielleicht einen Monat oder sogar länger. L. B. und andere Ärzte versorgten in einem großen Zelt die Verletzten, deren Strom auch nach mehreren Tagen nicht abriss. Pariante und Agatas Bruder fuhren, nachdem sie bei den Bergungsarbeiten geholfen hatten, mit einem Lastwagen Patrouille, um Plünderer daran zu hindern, sich in den Ruinen zu bedienen. Eine surreale Stimmung herrschte an diesem zerstörten Ort, der mittlerweile still geworden war, gelähmt und gedämpft vom Schnee, der langsam alles unter sich begrub, die Kirchtürme, die Häuser und die gleichgültigen Berge.

Einmal, einige Wochen nach ihrer Ankunft, während sie auf einer Stufe saßen und sich ausruhten, sagte L. B. zu Pariante: »Man könnte meinen, der Winter hört hier niemals auf. Wie ein Zauber, der die Zeit anhält.«

»Das klingt ja fast, als fändest du das gut«, erwiderte Pariante.

L. B. gab keine Antwort.

»Aber erzähl doch mal von dem Prozess, ich hatte wirklich keine Ahnung«, forderte mich Pariante auf, zog gedankenverloren an seiner Zigarette. »Was war da los?«

Ich schilderte es knapp und erzählte ihm auch, was hinterher passiert war. Er hörte aufmerksam zu, doch dann grinste er ein wenig spöttisch.

»Und warum willst du das erzählen? Was soll das werden, die Rache der Süditaliener? Willst du den Namen deines Vaters reinwaschen?«

Seine Partnerin sah auf und warf ihm einen scheelen Blick zu. Ich erstarrte und legte den Stift weg, mit dem ich mir bis eben noch Notizen gemacht hatte.

»Nein«, sagte ich.

Schon öfter hatte jemand mich nach dem Warum gefragt, und alle hatten sie ihre eigene Erklärung in petto. Ich habe nie verstanden, weshalb ihnen das so wichtig war. Sie deuteten mein Projekt psychoanalytisch, als Akt der Vergebung oder der Versöhnung, als Apologie der »guten« Kommunisten im Allgemeinen oder meines Vaters im Besonderen, als Sachbuch über die Siebziger und dergleichen mehr. Etwas Unsinnigeres als das hier hatte ich jedoch noch nie gehört. Und die einfachste Erklärung kam niemand jemals in den Sinn: dass es mich einfach interessierte.

Pariante musterte mich einen Augenblick, als wollte er herausfinden, ob ich die Wahrheit sagte, dann ließ er den Blick wieder nachdenklich schweifen.

»Weißt du … Leonardo hatte genau das Leben, das er sich gewünscht hat. Letzten Endes ist er immer da gewesen, wo er sein wollte. Er hielt an der Demokratie fest, als sich keiner mehr einen feuchten Kehricht um sie scherte. Sein

Leben war kurz, in gewisser Hinsicht nicht zu Ende gelebt. Aber es war das, was man auf Englisch *a decent life* nennen würde. Mir fällt gerade keine treffende Übersetzung ein. Aber ich glaube, am Ende ist das alles, was zählt.«

Er drückte die Zigarette aus und blinzelte ein paarmal.

»Komm uns gern wieder besuchen, wir sind immer hier im Garten.«

IN DEN TROSTLOSEN STÄDTEN WÜTETEN weiterhin Prima Linea und die Roten Brigaden sowie deren Nachahmer und Ableger. Abhilfe ließ sich nur schaffen, indem man potenzielle Rekruten davor bewahrte, den Terroristen in die Fänge zu geraten. L.B., seit September 1980 wie viele Tausend andere in Kurzarbeit, verbrachte damit viele Monate. Wurde ein Bekannter festgenommen, vielleicht aus völlig an den Haaren herbeigezogenen Gründen, griff man ihm finanziell unter die Arme, brachte ihm ab und zu eine ordentliche Mahlzeit ins Gefängnis oder putzte seine Wohnung – kleine, praktische, unbezahlbare Hilfestellungen. Wie ein Prediger ging L.B. in den Fabriken zu den Jüngsten, Beeinflussbarsten und erklärte ihnen, dass Prima Linea eine Totgeburt war und sie, wenn sie sich auf den Terrorismus einließen, ihre Jugend, ihre Zukunft und überhaupt alles wegwürfen. Und über alldem lag das Heroin wie eine schwere Schneedecke.

Das Komitee gegen die Repression war nach wie vor aktiv. Jetzt sogar erst recht, seit nach dem Fall Dozier (der von den Roten Brigaden entführte amerikanische General, der dank gewaltsam erzwungener Aussagen befreit wurde) allerlei Foltermethoden zum Standardrepertoire der Polizei gehörten: Schlagstöcke in der Vagina, Waterboarding, Schläge in die Genitalien, Zangenrisse an den Brustwarzen, Entkleidung und Demütigung, unter Wasser gedrückte Köpfe, Prügel und Tritte im Wechsel mit honigsüßen

Fragen. Ein Beamter verdiente sich damals den Spitznamen De Tormentis.

Doch es gab auch Differenzen innerhalb der Linken, im Komitee und anderswo. Als der führende Rotbrigadist Patrizio P. sich nach seiner Festnahme auf dem Platz nahe der Wohnung meiner Mutter zur Kooperation mit den Ermittlern bereit erklärte, begann die Ära der »*pentiti*«, der Kronzeugen. Die Aussicht auf Strafmilderung brachte kleine und große Fische zum Reden, kaum dass sie ins Netz gegangen waren; sie verrieten Namen und Adressen und erläuterten bis dato unergründliche Zusammenhänge. Dem größten Teil der außerparlamentarischen Linken galten sie als Verräter – der eigenen Genossen auch noch, eine Todsünde geradezu, selbst wenn diese Genossen Massenmörder waren. Es kam auch durchaus vor, dass die Kronzeugen, wenn sie erst in das perverse System von Zuckerbrot und Peitsche eingespannt waren, völlig Unschuldige anschwärzten. Und natürlich gab es Kronzeugen wie Roberto Celauro, einen Mann am Rande der Psychopathie, der sich – wohl wissend, wie viel ihm das nutzen würde – gleich nach seiner Verhaftung süffisant über sämtliche ihm bekannten Namen und Aktionen ausbreitete, haarklein und mit erstaunlichem Detailgedächtnis (besonders für Waffen, denn die liebte er, und auch an seine Taten schien er gern zurückzudenken). Am Ende musste er, der Mörder, eine geringere Strafe verbüßen als zum Beispiel eine junge Frau, die niemals eine Waffe angerührt hatte. Das war es, was die Kritiker der Regelung mit Recht als vollkommen abstrus anprangerten. Celauro, von seinen Genossen aus wohl nachvollziehbaren Gründen »der wahnsinnige Roby« genannt, hatte übrigens noch eine beachtliche Karriere vor sich: In den Neunzigern trat er der Lega Nord bei, wurde aber von ihr ausgeschlossen und später erneut verhaftet: beim Versuch, Bomben in mindestens einer Moschee zu legen. Wenige Tage nachdem ich die Verteidigungsschrift fand, ist er im Gefängnis gestorben.

Opportunisten wie ihn gab es bestimmt zuhauf, aber manche hatten sicher auch kompliziertere Motive: eine Glaubenskrise, ein quälender Zweifel, der sie nicht mehr losließ, und vielleicht sogar – zumindest manche machten daraus keinen Hehl – der ehrliche Wunsch, dem Wahnsinn Einhalt zu gebieten, weil inzwischen offensichtlich war, dass er nur in die absolute Katastrophe führen konnte. Doch die meisten Genossen brachten ihnen – egal, ob sie selbst je einer bewaffneten Gruppe angehört hatten – nichts entgegen als an Ekel grenzende Verachtung.

Im Komitee verschlechterte sich derweil zusehends das Klima, besonders durch die Neuzugänge. Viele Arbeiter aus der ersten Phase waren schon längst nicht mehr dabei. Schließlich ging auch Petra: Sie hielt den Tanz um den heißen Brei einfach nicht mehr aus. Obwohl auch sie fand, dass man ein wachsames Auge auf die Haftbedingungen der Terroristen haben sollte, waren diese Mörder ihrer Meinung nach nicht einfach »fehlgeleitete Genossen«. Ja, sie waren überhaupt keine Genossen, sondern etwas völlig anderes, auch wenn Petra nicht recht wusste, was. Also trat sie schweren Herzens aus dem Komitee aus, das ihr fast ein Zuhause gewesen war, und obwohl es dabei auch zum Bruch mit L. B. kam, erinnerte sie sich immer gern an ihn und freute sich, wenn sie ihm zufällig begegnete – mit ihrer sanften Stimme erzählte sie mir am Telefon, er habe ihr alles beigebracht, was sie über Politik wusste. Und sie sprach noch immer liebevoll vom »*papo*« ihrer Tochter.

Nun gab es nichts mehr, gar nichts. Zwar fanden noch Arbeiterversammlungen statt, doch die schienen jetzt leer und zwecklos. Selbst die Wörter hatten ihren Sinn verloren, sogar das Wort »Genosse«. Sie waren ausgehöhlt, verdorrt, wie der abgestreifte Panzer eines Käfers in der Sonne. Gesiegt hatte die tote, versteinerte Sprache der Chimäre, obwohl fast alle ihre Anführer inzwischen hinter Schloss und Riegel saßen, oft dank der Aussagen eines »Verräters«. Eine tote Sprache in einer toten Stadt.

Die »Verräter« wurden der Reihe nach ermordet. William Wacher, ein junger Mann, der für die PL nur Flugblätter verteilt und nach seiner Verhaftung aus lauter Angst geredet hatte, wurde im Februar 1980 aus der Haft entlassen und in Mailand, Porta Ticinese, bereits von einem Strafkommando erwartet. Auch der Bruder von Patrizio P. wurde umgebracht, nach einem grausigen, vor einer Flagge mit fünfzackigem Stern gefilmten »proletarischen Prozess«, unterlegt mit einer blechernen Version der »Internationale«. Sein Blick beim Urteil ... Dieser Blick! Seine von elf Kugeln durchsiebte Leiche fand man später in der Nähe der Pferderennbahn Capannelle in Rom. Im Dezember 1981 wurde dem PL-Mitglied Giorgio Soldati, das der Polizei nur eine alberne Lappalie verraten hatte (ein bisschen Sprengstoff, das er selbst vergraben hatte und das längst nicht mehr zu gebrauchen war), im Gefängnis ein Prozess gemacht, an den sich alle Anwesenden als eins der abscheulichsten Erlebnisse ihres Lebens erinnern. Obwohl er in Einzelhaft hätte sein sollen, wurde er mitten im Speisesaal stranguliert, während die Wachen offenbar nicht einmal merkten, dass jemand die Türspione verdeckt hatte. Ein junger Rotbrigadist aus der Vorstadt ertrug neun Tage Folter, ehe er den Mund aufmachte: Doch in der Zeit, die er den anderen für ihre Flucht verschafft hatte, hatten die zu sehr getrödelt. Einige wurden geschnappt, und der »Denunziant« wurde bestraft. Im Juli 1982 ermordete man ihn während des Hofgangs im *supercarcere* von Trani.

Und doch zeigte sich 1982 auch ein Silberstreif am Horizont. Die Stadt kam langsam in Bewegung, es gab Bürgerversammlungen, man stellte zaghaft Konzerte auf die Beine, um die Leute aus den Wohnungen zu locken, in denen sie sich jahrelang verkrochen hatten. Im Januar bekam L. B. Besuch von Colomba, den er noch von der Materferro kannte und mit dem er seither in Kontakt geblieben war, vor allem, weil eins seiner Kinder krank war und L. B. es behandelte. Colomba schlug ihm vor, sich in einer Bar in der Via Monginevro mit einer Frau zu treffen, die L. B. sofort als »eine von denen« erkannte. Mit ihr sollte er die ominöse Fahrt zu der verletzten Mancini nach Rom planen. Zu der Mancini also, die zwei Jahre zuvor einem Gefängnisarchitekten den Kopf in ein Waschbecken gedrückt und in den Nacken geschossen hatte; der Architekt hat überlebt, die Kugel im Nacken ist ihm geblieben. Ein paar Jahre später schrieb Mancini ihm aus der Zelle – um mit ihm ins Gespräch zu kommen oder ihn um Verzeihung zu bitten, ich weiß es nicht –, und er schrieb ihr zurück, war sogar bereit zu einem Treffen, wollte verstehen; doch am Ende eines nie verschickten Briefes kam er zu dem Schluss, dass diese Treffen nichts genutzt hatten, denn verstanden hatte er durch sie nur, dass es nichts zu verstehen gab. Er hatte ein Ideal hinter der Gewalt gesucht, die man ihm angetan, hinter dem Schmerz, den er erlitten hatte, doch das gab es nicht: Diese Frau und ihre Genossen hatten keine Ideale, für sie gab es nur Gewalt, in der sie noch stärker gefangen waren als im Gefängnis. Es konnte niemals Klarheit geben, nie irgendein Verständnis dafür, dass ihm eines Tages jemand den Kopf in ein Waschbecken gedrückt und in den Nacken geschossen hatte – oder besser gesagt: Jetzt wusste er, dass es *für nichts und wieder nichts* passiert war.

Im Café hörte Colomba nicht auf zu quasseln, hysterisch geradezu. Die Frau war schroff und wortkarg. Als sie wieder gingen, sagte L. B. zu Colomba, er wisse nicht so recht. Dann, am Nachmittag, beschloss er, nicht zu fahren, und sagte Colomba, für ihn gebe es die Prima Linea gar nicht. Er hatte Wichtigeres zu tun: Die Bewegung, so erzählten mir Misa und Ester, schien in diesem Frühling wieder zu erstarken, und er war einer, dem die Leute zuhörten, dem sie folgten. Seine Leidenschaft war neu entfacht. Am 6. Juni 1982 wurde im Teatro Cinema Giardino eine große nationale Arbeiterversammlung abgehalten, auf der L. B. eine lange Rede hielt und bei der es zum endgültigen Bruch zwischen den Bewaffneten und den Nichtbewaffneten kam. Natürlich ging es auch um Repression und die systematische Zerschlagung der Avantgarde und selbstverständlich auch um die Gefängnisse, aber vor allem ging es um die dringende Notwendigkeit, die letzten Jahre hinter sich zu lassen, ohne die inhaftierten Proletarier dranzugeben. Darum, etwas Neues aufzubauen und den Blick in die Zukunft zu richten.

Am 22. Juni wurde L. B. wegen Mitgliedschaft in einer terroristischen Vereinigung verhaftet.

WIR WERDEN NIE ERFAHREN, ob Colomba seinen Namen nannte, weil die Ermittler ihn ihm eingeflüstert hatten, um sich den Störenfried L. B. vom Hals zu schaffen, oder ob ihm wirklich kein anderer einfiel, weil alle verhaftet waren, und er vor Angst den Einzigen anschwärzte, der ihm in den Sinn kam. Wir wissen nur, dass eines Morgens die Polizei vor L. B.s Tür stand, Agata eine Pistole an den Kopf hielt, die kleine Wohnung vergeblich nach Waffen und belastendem Material durchsuchte und L. B. verhaftete. Es kam zu einer Gegenüberstellung, von der mir jemand berichtet hat, der anonym bleiben möchte. Colomba wiederholte dabei unablässig: »Lasst ihn frei, lasst ihn frei, lasst ihn frei. Er hat nichts getan. Lasst ihn frei, lasst ihn frei ...«

L. B. sagte, er sei nicht »sauer« auf Colomba, sondern auf die, die ihn zu ihrem Laufburschen gemacht hatten, wohl wissend, wie willensschwach er war. Ein armer Wicht, hatte der Anwalt gesagt.

Dann verschwand L. B. für Wochen von der Bildfläche. Entsprechend dem Notstandsgesetz war das durchaus so üblich. Während Agata verzweifelt und vergeblich von einem Kommissariat zum nächsten ging, um sich nach ihm zu erkundigen, saß er allein im Keller irgendeiner Wache. Nur einmal hat er mir später gesagt: »Du weißt nicht, wie das ist in Einzelhaft.« Mehr nicht. Und wirklich, sosehr ich meine Fantasie auch anstrengte, das Ergebnis kam mir stets vor wie ein derart müder Abklatsch der Wirklichkeit eines einsamen Mannes, der ganz buchstäblich im Dunkeln darüber gelassen wird, was ihm bevorsteht, dass ich gleich wieder aufgab. Du weißt es nicht. Ich weiß es nicht. Ich kann mir zwar die Mauern und die Pritsche ausmalen, das Plumpsklo im Boden, die Stille, die Geräusche in der Ferne und die Fensterluke, doch ich kann mir all das eben nur *ausmalen*. Nicht einmal vorstellen kann ich mir die Stunden in der Nacht, ohne eine Ahnung, wann und wie das alles enden würde. Wochen. Sekunden, Minuten, Stunden. Tage. Nächte. Ohne frische Kleidung. Ohne eine menschliche Stimme. In nahezu völliger Finsternis, umgeben vom Gestank des Plumpsklos und des eigenen ungewaschenen Körpers. Ohne Bücher, ohne Zeitungen, ohne das kleinste Hilfsmittel, um sich die monströse, maßlose Zeit zu vertreiben. Draußen geht das Leben weiter, rattern die Straßenbahnen. Jemand liebt dich. Weiß nicht, wo du bist. Doch die Sonne geht auf und wieder unter. Es ist Sommer, denn das war es vorher, und das wird es wohl noch sein.

Du weißt es nicht.

Dann kam er ins Gefängnis. Ins Le Nuove, das »neue Gefängnis«, das man damals immer noch so nannte, obwohl es schon im 19. Jahrhundert erbaut worden war, als Ersatz für all die Orte, in die man vorher Kriminelle gesperrt hatte. Seit Ende der Achtziger ist es nicht mehr in Betrieb, und im abendlichen Winternebel sieht der rötliche Bau mit seinen Türmchen und dem von Unkraut zugewucherten Ringgraben aus wie eine marode mittelalterliche Festung – und mit den unterirdischen Zellen, in denen früher Partisanen auf ihre Erschießung warteten und dann, später, die Einzelhäftlinge einsaßen.

L. B. landete in Flügel Nummer sechs.

Endlich konnte Agata ihn wiedersehen. Einmal pro Woche trafen sie sich zur Besuchszeit in einem winzigen Zimmer, unter Aufsicht einer Wache. Irgendwann wurde eine Trennscheibe eingebaut, die auch noch Berührungen verhinderte. L. B. bemerkte das schon an der Tür und ließ die Wache wissen, solange diese Scheibe da wäre, würde er jeden Besuch verweigern. Wochenlang hielt er das durch, dann gab die Gefängnisleitung endlich nach. Später, gegen Ende seiner Haft, durften Agata und er sich sogar im Saal für »normale« Insassen treffen, wo man an einem richtigen Tisch sitzen und sich unterhalten, ja sogar umarmen konnte, umgeben vom wohltuenden Geplapper der anderen.

Von seinen Verwandten besuchte ihn nie jemand. Hin und wieder kamen ein Freund oder eine Freundin, vor allem Cecilia, die draußen den Verlauf seiner Verhandlung mitverfolgte. Er schrieb Briefe an Misa, Ester und andere, die ihm nahestanden, doch die gingen später fast alle bei Umzügen verloren. Die Briefe an Agata gibt es noch. Sie sind ausgesprochen zärtlich. Detailliert beschreibt er ihr darin, wie sie bei einem Besuch ausgesehen hatte, so als hätte er sich all die Einzelheiten sorgsam für die Tage danach aufbewahrt: der Kragen ihrer Bluse, ihre Frisur. Er schreibt von Hoffnung, manchmal in schwülstigen Metaphern, manchmal im simplen, jovialen Ton eines verängstigten Mannes, der seine Frau beruhigen will. Er hat Blumen und andere Kritzeleien daraufgemalt. Einmal – vermutlich als Antwort auf einen ihrer Briefe oder kurz nach einem

Treffen – schrieb er, er beneide sie und ihre Freundin, die am Meer gewesen waren, beim Chinesen gegessen hatten … »Vergesst nicht die, denen das alles verwehrt ist, die hier drin festsitzen und von der Stadt hinter der Mauer träumen.«

Was mag er da drin wohl empfunden haben, abends, wenn es nichts zu tun gab? Während er in der stickigen Zelle saß und das Tageslicht schräg durch das kleine Fenster fiel? Wenn er auf einen Stuhl stieg, so schreibt er in einem Brief, konnte er die umliegenden Dächer sehen. Fragte er sich, wann er wieder echtes Tageslicht zu sehen bekäme, außerhalb der Mauern? Fragte er sich nach den Gründen? Dachte er darüber nach, dass die Menschen dort draußen ihre Leben weiterlebten – und darüber, wie weh dieser Gedanke tat? Nicht zu wissen, wie lang er einsitzen würde, muss eine unerträgliche Qual für ihn gewesen sein. Diese Stadt da draußen, die Stadt, von der er träumte – sie hatte ihn verraten! Diese fremde, zufällig geliebte Stadt, die ihn nun doch noch abgewiesen hatte, diese finstere Stadt, die er nicht hatte begreifen können, die er womöglich nie begreifen würde. Diese Stadt, die an manchen Wintertagen, wenn die Luft eiskalt und klar ist, aussieht wie aus Licht gemacht. Wieso, Stadt, wolltest du mich nicht? Warum habe ich in dir nie einen Platz gefunden?

Woraus baut sich die Landschaft meines Lebens auf? Was habe ich *geschaffen?*

Angst hatte er auch. Obwohl er nicht das Geringste zu gestehen hatte und keinen einzigen Namen nannte, heftete allein der Umstand, dass er alle Fragen ruhig beantwortete, ihm eine unsichtbare Zielscheibe auf den Rücken. In jenem

Sommer war der Ex-Brigadist in Trani ermordet worden, im Herbst folgte die entsetzliche Episode, bei der zwei Wachleute getötet wurden, nur um auf ihren Leichen eine Warnung für eine Kronzeugin zu hinterlassen. Erstaunlicherweise hat er mir davon erzählt. Ich weiß gar nicht mehr, wovon wir damals sprachen, erinnere mich aber, dass wir gerade über die Piazza Vittorio gingen. Er erzählte, was passiert war, und fuhr raunend fort: »Nur, damit dir klar wird, wie weit es gekommen war. Zwei Menschen wurden umgebracht, nur um ein Briefchen auf ihnen abzulegen.«

Im November wurde er entlassen. Eine juristische Grundlage dafür konnte ich nicht finden, zumal vermutlich nicht mal sein erster Prozess begonnen hatte. Agata sagte, diesen Tag werde sie nie vergessen. Sie sei sofort zum Komitee gelaufen und habe freudestrahlend verkündet: »Leo ist raus aus dem Knast!«

Die Anwesenden drehten sich wie Schlangen nach ihr um, und einer sagte frostig: »Das heißt dann wohl, er hat geredet.«

Und so wurde L.B. mit einem Mal zum »Kronzeugen«. Plötzlich stand er ganz allein da. Ein alter Freund von ihm, der zweite Mann bei meiner Unterhaltung mit dem Ex-Arbeiter der inzwischen Lehrer ist und darauf beharrt hatte, dass die Geschichte meines Vaters keine von Scheitern sei, erzählte mir am selben Nachmittag, er habe L.B. ein paar Monate, ja vielleicht sogar ein Jahr nach seiner Haftentlassung zufällig auf der Straße getroffen. Sie hätten einander gegrüßt, sagte er, sich kurz unterhalten und seien dann wieder ihrer Wege gegangen. An der nächsten Straßenecke trat ein Bekannter auf ihn zu und fragte ihn fast zischend: »Du redest mit Barone? Weißt du nicht, dass …« Mit der Hand ahmte er einen plappernden Mund nach. Weißt du nicht, dass er ein Spitzel ist? Der Freund blitzte den anderen verächtlich an und ging. Das war nun also aus L. B. geworden. Nicht das Gefängnis hatte ihn kleingekriegt, wie ich gedacht hatte, als Agata mir von seinem Rückzug erzählte. Nein, das hatte seine Welt getan, indem sie ihm den Rücken kehrte.

Sein politisches Leben war vorbei. Arbeit hatte er auch nicht mehr. Seine »Genossen« (selbstverständlich abgesehen von den echten Freunden) sprachen kein Wort mehr mit ihm oder machten ihn schlecht. Er war am Ende.

Eines Tages, nachdem er Stunden schweigend auf dem Sofa gesessen hatte, brach er plötzlich in Tränen aus. Agata kam aus dem Nebenzimmer und blieb vor ihm stehen, wusste nicht, was tun.

Und er schluchzte: »Ich habe mein Leben vertan. Mein ganzes Leben habe ich vertan.«

WIE ES WEITERGING, WISSEN WIR IN GROBEN ZÜGEN. Wir wissen, dass er alles hinschmiss, alles vergessen wollte und prozessiert hat, bis seine Unschuld bewiesen war. Dass er sich in eine Frau verliebte und eine Tochter mit ihr bekam, es aber nicht schaffte, bei ihnen zu bleiben. In einem Brief, den ich vor Kurzem noch einmal gelesen habe, entdeckte ich folgenden Satz (den ich beim ersten Mal noch nicht hatte verstehen können): »Als ich Eure Tür hinter mir zuzog, hatte ich das Gefühl, auf ganzer Linie versagt zu haben.«

Doch er lebte weiter, rappelte sich hoch, liebte wieder, studierte wieder, tat noch so vieles. *A decent life,* wie Pariante meinte. Manchmal träume ich von ihm, frage ihn nach seiner Version der Geschichte, doch er läuft immer vor mir weg oder löst sich in Luft auf. Ob er manchmal an die Zeiten vor dem großen Knall dachte? Druina erzählt, sie hätte ihn einmal, als ich schon auf der Welt war, zufällig an einem herrlichen Apriltag getroffen. Die Luft war golden vor Blütenstaub, und die beiden machten spontan einen Spaziergang am Fluss. Lange gingen und redeten sie wie alte Freunde, auch über die PCIM-L und jene Jahre. Leider wusste sie nicht mehr, was er genau gesagt hatte. Aber verabschiedet haben sie sich herzlich und mit kräftigem Händedruck.

P., eine andere Freundin, erzählte mir, sie habe die Beerdigung genauso furchtbar gefunden wie ich, und zwar genau wegen dieses Gefühls, dass all der Zirkus viel zu wenig mit dem Menschen zu tun hatte, den man dort hätte ehren sollen. Irgendwann ist sie einfach gegangen, obwohl die Trauerfeier noch gar nicht vorbei war. Vor der Tür, sagte sie, hätten mehrere Leute mit grauem Haar gestanden und allein geweint.

In den Wochen vor meinem dreißigsten Geburtstag passierte etwas Unerhörtes: Ich dachte an meinen Geburtstag. Auf mein Alter hatte ich nie Wert gelegt, das Älterwerden hatte mich nie interessiert. Vielleicht, weil es mich vorher noch nichts angegangen war. Angst hatte ich immer nur vor dem Ende gehabt, nie vor der Zeit. Die war unendlich. Sie war für mich immer dasselbe gewesen: Alles war bereits passiert – auch alles Schlimme –, und alles würde erst passieren. Und jetzt, ganz plötzlich, gingen meine Zwanziger dem Ende zu, und ich spürte seit einer Weile, wie die Zeit unwiederbringlich verrann: Gerade erst war noch Oktober und das Laub der Bäume rot und gelb gewesen, jetzt stand der Frühling vor der Tür. Die Zeit, das war das blonde Haar, das auf dem Kopf der Tochter meiner Freundin S. in Paris spross, eines kleinen Mädchens, das es bis eben nicht gegeben hatte. Zugleich fürchterlich und wunderbar. Doch ich wusste: Auch wenn die Zeit beständig kürzer wird – erschreckend viel kürzer sogar –, verrinnt sie doch nicht. Zu Zeit kommt immer bloß mehr Zeit hinzu. Nur die Toten bleiben auf der Strecke.

An einem dieser Tage, ich spazierte gerade durch die Straßen von Como zur Arbeit, ergriff mich plötzlich einer dieser Momente, in denen ich meinen Körper völlig klar im Raum spüre. Sofort danach, als hätte sich eine riesige Bresche vor mir aufgetan, dachte ich an die Vergangenheit und daran, wie ich sie früher als kompakte Fläche begriffen hatte und mich selbst als überzeitliches Wesen, das sich an alles erinnerte und diese Erinnerungen für seiner Aufmerksamkeit nicht wert hielt. Jetzt begriff ich, dass das so nicht stimmte. All diese Bilder, all diese lebhaften Wahrnehmungen, die über mich hereingebrochen waren, ohne dass ich wusste, was ich daraus machen, wie ich sie entschlüsseln sollte, ja selbst die Berge, die ich in diesem Augenblick sah, der Bach, die Kirschbäume mit ihren Zweigen voller Knospen, und zugleich all die winzigen Erinnerungen, die in konfusen Fetzen in mir aufstiegen und die ich verzweifelt zu rekonstruieren versuchte, ohne zu begreifen, weshalb, ohne zu verstehen, welchen Sinn sie heute noch haben sollten, für mich und die Geschichte, die ich schrieb, sie alle gehörten in Wahrheit zu einem einzigen Ensemble; all diese Gegenstände, diese Schimmer, all die Geschöpfe, mit denen ich ein Wort oder Gefühl geteilt hatte und die jetzt gemeinsam vor mir auftauchten wie eine geoffenbarte Wahrheit, all das war ich. Der Stoff meines Lebens breitete sich vor mir aus, nun endlich klar und deutlich in all seiner Unschärfe, leuchtend wie eine Korallenbank, aus der man sich die schönsten Stücke herausbricht, um sie neu zu kombinieren.

Nichts war geschehen, nichts hatte sich verändert zwischen meinem letzten Schritt und dem danach, und doch sah ich jetzt so glasklar, als hätte jemand mir netterweise eine Brille aufgesetzt, von der ich nicht gewusst hatte, dass ich sie brauchte. Jetzt war ich in der Lage, mir meine eigene Erfahrung anzueignen, und das war eine Offenbarung.

Aber irgendetwas musste doch geschehen sein, erst vor Kurzem und ohne dass ich es gemerkt hatte. Dann begriff ich. Unter dem ersten Kitesch hatte ich ein weiteres entdeckt: mein eigenes Leben. Der Versuch, das Leben meines Vaters zu rekonstruieren, hatte mich gezwungen, in die Vergangenheit zurückzublicken und mir Dinge in Erinnerung zu rufen, an die ich mich bestens zu erinnern geglaubt hatte, und Dinge, die aus meinem Gedächtnis gelöscht waren; ich war gezwungen gewesen, meine eigene Vergangenheit zu untersuchen, die ich für vollständig und eindeutig präsent gehalten hatte. Wie eine große perlmutterne Muschel barg die Geschichte meines Vaters unter ihrer Schale meine eigene: meine Geschichte, die ich längst zu besitzen geglaubt hatte, und in der ich nun eine neue Linie, eine neue Wahrheit fand. Mein wahres Leben, was auch immer ich daraus noch machen würde.

Die Blätter an den Bäumen raschelten, und ich ging weiter.

ERST VIEL SPÄTER FRAGTE ICH DORA, wie er gestorben war. Schon tags zuvor hatte sein Zustand sich verschlechtert, er hatte den Nachmittag mit meiner Mutter verbracht, und die beiden hatten sich lange unterhalten, so liebevoll, wie man das eben tut, wenn man sich viele Jahre kennt und keinen Groll mehr hegt.

»Er ist ganz friedlich eingeschlafen«, sagte Dora. Wir saßen im Auto auf einem Parkplatz. »Schon eine ganze Weile hatte er die Augen geschlossen, dann sagte er auf einmal: ›Ich sterbe‹, und ich habe die Schwester gerufen, aber als sie kam, war er schon gegangen.«

Ich blickte starr geradeaus. Ich sagte ihr nicht, dass mir das kein bisschen friedlich vorkam, sondern eher entsetzlich, dieses *Bewusstsein* zu sterben, während es geschieht, und auch nicht, dass mir das Mitleid mit ihm fast den Atem nahm, dass ich förmlich spürte, wie es mir aus Kopf und Körper strömte und aus den Fenstern ihres Autos. Doch ich weinte nicht vor ihr.

Er war so wütend, während er im Sterben lag. Und ich war wütend auf ihn, weil er mir nicht einmal jetzt meine Ruhe ließ, weil er meine Trauer um Celina nicht verstanden und mich über seinen Zustand angelogen hatte und weil er launisch wie ein Kind war, dabei hätte ich ihn doch besser als die anderen verstehen müssen, denn ich war wie er. Wie er mich behandelt hat, war falsch, doch auch ich habe einen Fehler gemacht, als ich meine eigene panische Angst vor dem Tod in ihm nicht wiedererkannte, diese Angst, die ihn von innen aufgefressen haben muss, dieselbe, die mich von seinem Krankenbett hat fliehen lassen.

Doch ich empfand vor allem etwas anderes als Schuldgefühle, und zwar tiefe Nostalgie: nicht bloß für Vergangenes, sondern auch für Dinge, die niemals passiert sind, die *noch* nicht passiert sind, die *vielleicht* hätten passieren können. Eine Nostalgie im Futur II. Eine Nostalgie des Nicht-mehr-Möglichen. Vielleicht hätten wir eines Tages richtig reden können. Vielleicht hätte ich es wenigstens ein einziges Mal geschafft, ihm über die Wange zu streicheln.

ES WAR ABEND UND SCHON DUNKEL. Mein Vater räumte den Abendbrottisch ab und griff sich eine Taschenlampe. Schweigend zogen wir unsere Sandalen an. Auch draußen herrschte tiefe Stille; nur die Grillen zirpten noch im Unterholz. Der fast volle Mond schien auf die Veranda, auf der wir eben gegessen hatten, und auf den Baum, von dessen Ästen sich Jennifer, die Tochter der Engländer, mit der ich immer spielte, so gern baumeln ließ. Mein Vater ging los, vergewisserte sich kurz, dass ich ihm folgte, und knipste dann die Taschenlampe an, um den von Kaktusfeigen und duftenden Sträuchern gesäumten Weg auszuleuchten. Sand rutschte mir in die Plastiksandalen. Wir folgten dem Pfad, auf und ab zwischen den Bergen, die tagsüber grün und felsig waren, gesprenkelt vom Rosa der Bougainvilleas und dem Goldgelb des Ginsters. Inzwischen sah man kaum die Hand vor Augen. Die Taschenlampe blitzte hin und her, und wir sagten kein Wort. Wir kamen an Häusern mit hell erleuchteten Veranden vorbei, ganz sicher auch an dem Haus weiter oben auf der Insel, wo wir in den ersten Tagen zu Gast gewesen waren. Bei Harry, einem höflichen rotschopfigen Engländer, und seiner Partnerin Gina, einer schlanken Neapolitanerin, die ihr orangenes Haar immer im Pferdeschwanz trug und sämtliche Katzen der Umgebung bei sich aufnahm, humpelnde, dürre, einäugige Streuner, die ihr ständig um die Beine strichen, wenn sie rauchend auf dem Mäuerchen vor ihrem Haus saß und ihr heiseres Lachen erschallen ließ. Vielleicht kamen wir auch an dem halb eingestürzten Häuschen vorbei, das Jennifer, ihr sommersprossiges Brüderchen Martin und ich zum Hexenhaus erklärt hatten; es war umwuchert von dornigem Gestrüpp und Unkraut, und wir wetteten darum, wer sich am dichtesten hintraute, wagten aber nie, es zu betreten. Doch wir gingen immer wieder hin, magisch angelockt von der Gefahr – oder vielleicht auch von der Hexe. Mein Vater und ich gingen jetzt durch den Wald, weit weg vom Licht der Häuser; über mir riefen die Nachtvögel, und mir war sogar, als seufzte feucht das Laub. Mein Vater ging stets zwei, drei Schritte vor mir her, drehte sich aber immer wieder nach mir um, hielt die Taschenlampe niedrig, um mich nicht zu blenden.

Endlich erreichten wir die kleine Anhöhe. Während des Aufstiegs zeichnete sich immer deutlicher die große, dunkle Masse der Nachbarinsel Stromboli vor dem klaren, weiten Sternenhimmel ab, und ich hielt den Atem an. Nebeneinander blieben wir stehen, mein Vater knipste die Lampe aus. Seit dem Nachmittag spuckte der Vulkan schon Feuer. Wir waren gekommen, um das Schauspiel zu betrachten.

In trägen scharlachroten Flüssen ergoss sich die Lava aus den Kratern auf dem Gipfel. Hin und wieder sprühten Funken und Gesteinsbröckchen. Zu hören war jedoch nicht das leiseste Knistern. Das Meer war – abgesehen von Licht vereinzelter Boote – vollkommen finster, so tiefschwarz wie Petroleum.

Keiner von uns rührte sich, keiner sprach ein Wort. Die Stille, die mir vorher schon gewaltig vorgekommen war, schien sich ausgedehnt zu haben, hüllte jetzt alles ein. Und doch, wenn ich die Ohren spitzte, hörte ich etwas im Hintergrund, ein tiefes, dumpfes Brummen oder Rütteln, das aus dem Innersten der Erde aufzusteigen schien, aus ihren tiefsten Ursprüngen. Lange betrachteten wir den Vulkan, eine unendliche, benebelnde Weile lang, die vielleicht sogar bis in den Morgen hätte dauern können. Ein bisschen wie in jenen Nächten in der Stadt, wenn ich nicht schlafen konnte und nicht wusste, wie spät es war, weil ich nicht auf den Wecker sehen wollte, und ich auch nicht mehr hätte sagen können, ob die Autos draußen noch die letzten oder schon die ersten waren, und diese einsamen Geräusche gingen mir stets eigenartig nah. In gewisser Weise würde ich dasselbe auch später empfinden, in den ebenso schlaflosen Nächten in Doras Ferienwohnung, wenn ich um zwei oder drei Uhr morgens im Nachthemd auf den Balkon trat, mich an den kleinen Tisch setzte und in die leere Landschaft jenseits des Gartens der Wohnanlage blickte, in die weite Ebene voll Gestrüpp und Gerümpel, hinter der man das Gebirge sah und manchmal auch ein Feuer oben auf den Gipfeln, ein von Menschen entzündetes Feuer, wie ich wusste, dessen Rauch hoch in den Himmel stieg; und mitten durch diese Leere führte das Bahngleis, auf dem hin und wieder ein Nachtzug vorbeirauschte und einen animalischen Schrei ausstieß, der bis hinauf zu dem Balkon gellte, auf dem ein einsames, schlafloses Mädchen saß und schaute. Schreiend raste er vorüber, und mir schwindelte bei dem Gedanken an die vielen Menschen, die vielen Leben hinter diesen dunklen Fensterchen, denn ohne es ganz zu begreifen, spürte ich in mir, außerhalb von mir und überall um mich herum die sich ausbreitende Melancholie der Weite.

Beim Anblick des Vulkans in jener Nacht verspürte ich dasselbe, auch wenn ich es noch nicht hätte benennen können. Weder Müdigkeit noch Langeweile nahm ich wahr, sondern nur den weiten Himmel über mir und leichten Schwefelduft, vermengt mit dem von Wildblumen und Salz, den eine sanfte Brise hin und wieder zu uns trug. Ich dachte an gar nichts. Ich war nur mein Körper in der Gegenwart.

Neben meinem Vater stand ich auf der kleinen Anhöhe, und wir schauten das Mysterium.

DANKSAGUNG

Ich möchte allen danken (die Betreffenden wissen, wer sie sind), die mir bei meinen Nachforschungen geholfen, mir Material geliefert und ihre Geschichten erzählt haben – und die Geschichte meines Vaters.

Ich danke dem Centro Studi Piero Gobetti für den Zugang zu den verfügbaren Dokumenten im Zusammenhang mit dem Prozess gegen Leonardo Barone im Archiv Bianca Guidetti Serra und für die Hilfe bei meiner Recherche.

Ich danke meiner Mutter, die immer für mich da war.

Ich danke den Freunden, die mich in diesen Jahren begleitet haben. Auch sie wissen, wer sie sind. Besonders danke ich aber Stefania Di Mella und Mattia de Bernardis für ihre Nähe, ihren Rat und ihre Zuneigung. Und Niccolò, meinem langjährigen Partner und wunderbaren Freund. Er war eine unersetzliche Stütze während des größten Teils der Arbeit an diesem Buch.

Beatrice Masini danke ich, dass sie daran geglaubt hat.

Beim Verfassen dieses Buches habe ich mich unzähliger Quellen bedient. Wer mehr wissen möchte, findet hier eine kleine Auswahl italienischer Titel:

Michele Ruggiero, Mario Renosio, *Pronto, qui Prima linea*, Edizioni Anordest, 2014

Andrea Tanturli, *Prima linea. L'altra lotta armata (1974–1981)*, Derive Approdi, 2018

Stefano Ferrante, *La Cina non era vicina. »Servire il popolo« e il maoismo all'italiana*, Sperling & Kupfer, 2008 Guido Bertagna, Adolfo Ceretti, Claudia Mazzucato (Hrsg.), *Il libro dell'incontro. Vittime e responsabili della lotta armata a confronto*, Il Saggiatore, 2015

Adelaide Aglietta, *Diario di una giurata popolare al processo delle Brigate rosse*, Lindau, 2009

Marco Revelli, *Lavorare in Fiat*, Garzanti, 1989

Luca Rastello, *Piove all'insù*, Bollati Boringhieri, 2006

Albertino Bonvicini, *Fate la storia senza di me*, herausgegeben von Mirko Capozzoli, add, 2011

Alberto Gaino, *Il manicomio dei bambini. Storie di istituzionalizzazione*, Edizioni Gruppo Abele, 2017

Div. Autoren, *Care compagne cari compagni – lettere a Lotta Continua*, edizioni Lotta Continua, 1978

Corrado Stajano, *L'Italia nichilista*, Mondadori, 1982

Antonio Moresco, *Lettere a nessuno*, Mondadori, 2018